I0555807

Totengeläut

Ein Oxford-Krimi

Bridget Hart Buch 7

M S MORRIS

Dieses Buch ist ein fiktives Werk und jede Ähnlichkeit
mit lebenden oder verstorbenen Personen ist rein zufällig,
es sei denn, es handelt sich um historische Fakten.

Veröffentlicht von Landmark Media, einer Division
von Landmark Internet Ltd.

Bridget Hart® und M S Morris® sind eingetragene
Marken von Landmark Internet Ltd.

Copyright © 2021 Margarita Morris und Steve Morris
Deutsche Übersetzung: S. von Nessen, Deutsches
Korrektorat: Rebekka Haindl Wörtereule Lektorat &
Korrektorat

msmorrisbooks.com

Alle Rechte vorbehalten.
ISBN-13: 978-1-914537-46-2

DANKSAGUNG

Ein herzliches Dankeschön an Nicola und John für die Führung durch ihr wunderschönes Herrenhaus.

KAPITEL 1

Die Kirchenbänke von St. Michael and All Angels
füllten sich bereits. Der Gottesdienst würde gut
besucht sein.

Von ihrem Platz im Glockenstuhl des Kirchturms aus
spähte Amy Bagot durch das vergitterte Fenster in das
darunter liegende Kirchenschiff. Es sah so aus, als wäre das
ganze Dorf gekommen, um Mr. Henry Burton, dem *alten
Gutsherrn*, wie ihn die Bewohner von Hambledon-on-
Thames liebevoll nannten, die letzte Ehre zu erweisen. Der
alte Mann, der schon seit einiger Zeit krank gewesen war,
war in der vergangenen Woche friedlich zu Hause auf
Hambledon Manor gestorben, nachdem er von seiner
treuen Haushälterin und zuletzt von einer
Krankenschwester einer privaten Agentur gepflegt worden
war. Amy wusste das alles, weil ihre Eltern, Robert und
Sue Bagot, den Pub Eight Bells im Dorf betrieben und
daher in den Klatsch und Tratsch in dieser eng
verbundenen Gemeinde eingeweiht waren.

Amy, die schon von klein auf eine begeisterte
Glockenläuterin war, freute sich, dass man sie gebeten
hatte, sich dem Team von acht Glockenläutern

anzuschließen und am Ende des Gottesdienstes ein Viertelgeläut zu läuten, ein Wechselgeläut, das etwa 45 Minuten dauert. Es wäre eine würdige Hommage an Henry Burton, der im Jahr 2000 anlässlich der Millenniumsfeierlichkeiten des Dorfes großzügig zur Restaurierung der Glocken beigetragen hatte. Am Abend zuvor hatte sie Bill Harris, den Glockenmeister und den Mann, von dem sie alles über das Wechselläuten gelernt hatte, in den zwei Stockwerke höher gelegenen Glockenraum begleitet, um an jedem der acht Glockenklöppel Ledermuffen anzubringen. Hier warteten nun die anderen Glockenläuter. Als Zeichen des Respekts wurden die Glocken halb gedämpft geläutet, was ein unheimliches Echo erzeugte, das Amy jedes Mal einen Schauder über den Rücken jagte.

Sie sah auf ihre Uhr. Zehn vor zwölf. Der Gottesdienst sollte um zwölf beginnen, gefolgt von einem Leichenschmaus im Eight Bells Pub, dem traditionellen Ort für alle Feste und Gedenkfeiern im Dorf. Amy hatte ihren Freund Jake Derwent überredet, sich den Tag freizunehmen und sie nach dem Glockenläuten im Pub zu treffen. Sobald sie etwas gegessen hätten, dachte sie, könnten sie vielleicht einen Spaziergang entlang des Thames Path machen.

Sie war seit genau zwei Monaten, drei Wochen und fünf Tagen mit dem Detective Sergeant zusammen. Sie hatte ihn über eine Online-Dating-App kennengelernt, obwohl ihre ersten Versuche, auf diese Weise die Liebe zu finden, nicht gut gelaufen waren und sie die Hoffnung schon fast aufgegeben hatte. Aber dann war Jake aufgetaucht, und sie hatte sich sofort in den rothaarigen und bärtigen Mann aus Yorkshire verguckt. *Er sieht wie ein anständiger Kerl aus*, hatte sie gedacht. Und sie hatte sich nicht geirrt. Außerdem stach er mit seinen 1,96 m aus der Menge heraus. Er war witzig und freundlich und hielt sie nicht für einen Nerd, weil sie sich so für das Glockenläuten begeisterte. Und sie war fasziniert von seiner Arbeit. Sie hatte schon immer gern Krimis gelesen, und nun hatte sie ihren eigenen Detective, der Verbrechen aufklärte und echte Mörder dingfest machte. Sie war noch nie so glücklich gewesen.

„Noch fünf Minuten", sagte Bill Harris mit seinem weichen Oxfordshire-Akzent. Amy wusste nicht, wie alt Bill war, aber er musste mindestens fünfundsiebzig sein. Groß und weißhaarig, mit buschigen Augenbrauen, hatte ihn das lebenslange Besteigen von Glockentürmen und das Läuten der Tenorglocke schlank und fit gehalten. Amy bewunderte seine Hingabe. Sie hoffte, dass sie in seinem Alter auch noch Glocken läuten würde.

Wieder spähte sie durch das Gitterfenster. Unten verteilte Harriet Stevenson, die Messnerin, die Gottesdienstordnung und wies den letzten Nachzüglern die wenigen verbliebenen Plätze in den voll besetzten Kirchenbänken zu. Harriet war als Cheforganisatorin eindeutig in ihrem Element, herrisch und übereifrig. Amy versuchte, jemanden zu entdecken, den sie kannte. Ihr Vater Robert saß am Rand einer Kirchenbank nahe der Nordtür, damit er während des letzten Liedes hinausschlüpfen konnte. Ihre Mutter war im Pub geblieben, um das Essen für den Leichenschmaus vorzubereiten, und ihr Vater hatte ihr versprochen, vor dem Ende des Gottesdienstes zu ihr zu kommen, um zu helfen. Aber er wollte die letzte Ehre erweisen, denn der alte Gutsherr, dem der Pub gehört hatte, war immer ein fairer und großzügiger Vermieter gewesen, der nie an Reparaturen an dem Fachwerkhaus aus dem siebzehnten Jahrhundert gespart hatte.

Harriet Stevenson dirigierte eine kleine Gruppe von drei Frauen und einem Mann zu einer der reservierten Bänke weiter vorne. Es waren die Leute aus dem Herrenhaus, und alle schauten ihnen nach, als sie ihre Plätze einnahmen. Lindsey Symonds, eine resolute Frau mit einem auffälligen schwarzen Hut, war Henry Burtons Gutsverwalterin gewesen. Amy kannte sie lediglich vom Sehen, denn Lindsey kam nur selten in den Pub oder beteiligte sich an den Aktivitäten im Dorf. Hinter ihr folgte die zierliche Josephine Daniels, die treue Haushälterin des alten Gutsherrn. Amy und Bill waren Josephine am Abend zuvor begegnet, als sie die Blumen für den Trauergottesdienst in der Kirche arrangierte. In ihrer Funktion als Floristin der Kirche hatte sie ihrem ehemaligen Arbeitgeber alle Ehre gemacht und die Kirche mit exquisiten Arrangements aus weißen Rosen und Schwertlilien geschmückt, die, wie sie ihnen erzählt hatte, in den Gärten des Herrenhauses gewachsen waren. Ihr Sohn Shaun, der Gärtner des Hauses, kam als Nächster. Amy hatte ihn noch nie in Anzug und Krawatte gesehen, und er zupfte verlegen an seinem Hemdkragen, während er nach vorne schlurfte. Das Schlusslicht der Gruppe bildete eine kleine, rundliche Frau mit einem freundlichen Gesicht. Amy kannte sie nicht, aber sie vermutete, dass es sich um die Krankenschwester handelte, die den alten Mann in seinen letzten Tagen gepflegt hatte.

Auf der anderen Seite des Ganges erkannte Amy den blonden Schopf ihrer alten Schulfreundin Kayleigh Simpson, jetzt örtliche Grundschullehrerin und Verlobte von Jamie Reade, einem der acht Glockenläuter. Ihre bevorstehende Hochzeit am Wochenende würde ein weiterer, freudigerer Anlass zum Läuten der Glocken sein, auf den sich Amy besonders freute. Vielleicht würden sie und Jake eines Tages in dieser Kirche heiraten und ihnen zu Ehren würde ein Viertelgeläut erklingen. Sie stellte sich ein schlichtes, elfenbeinfarbenes Kleid vor, nichts allzu Ausgefallenes, nur …

„Es ist Zeit", sagte Bill, stand auf und ergriff den Seilstrang der Tenorglocke. Sofort wandte sich Amys Aufmerksamkeit von den Gedanken an die Ehe wieder dem Trauergottesdienst zu. Mit festem, geübtem Griff zog Bill am Seil, und zwei Stockwerke höher im Glockenraum ertönte die schwerste und tiefste der acht Glocken mit feierlichem Klang.

Das Totengeläut.

Beim Klang der halb gedämpften Glocke drehten sich einige Köpfe im Kirchenschiff in Erwartung der Ankunft des Sarges zur Nordtür. Die Mitglieder des Kirchenchors, die auf Bänken in der Nähe des Altars saßen, erhoben sich und machten sich bereit. Auf ein Zeichen des Dirigenten hin begann der Organist, die ersten Takte von Mozarts *Ave Verum Corpus* zu spielen. Dann stand auch die Gemeinde auf, wie es die Gottesdienstordnung vorsah. Die Trauerfeier sollte gleich beginnen.

Während die einzelne Glocke weiterläutete und der Chor sang, wurde der mit einem schlichten Strauß weißer Lilien geschmückte Sarg auf den Schultern von sechs schwarz gekleideten Sargträgern, die das Bestattungsunternehmen in Oxford gestellt hatte, in die Kirche getragen. Reverend Martin Armistead, ein recht junger Mann, der zwölf Monate zuvor zum Pfarrer von St. Michael and All Angels ernannt worden war, nachdem der Vorgänger nach einer rekordverdächtigen Amtszeit von siebenunddreißig Jahren verstorben war, führte die kleine Prozession an. Hinter dem Sarg folgte die engste Familie des Verstorbenen.

Der Sohn des alten Gutsherrn schien Mitte vierzig zu sein, mit vollem Haar, das nur an den Schläfen leicht ergraut war. Amy vermutete, dass dieser Mann, Tobias Burton, der sich so kerzengerade hielt, jetzt der Gutsherr war. Aber wenn sie die Dorfbewohner von Hambledon-on-Thames richtig einschätzte, würde sein Vater immer der *Gutsherr* bleiben. Die Dorfbewohner waren ein loyaler Haufen, aber man musste sich ihre Loyalität verdienen.

Neben Tobias, die Hand in der Armbeuge ihres Mannes, ging seine Frau, schlank und elegant in schwarzem Kleid, taillierter Jacke und High Heels. Ihre beiden Kinder, ein Junge und ein Mädchen im Alter von etwa zwölf und zehn Jahren, folgten ihren Eltern pflichtbewusst. Amy hatte Mitleid mit ihnen, weil sie in so jungen Jahren hinter dem Sarg ihres Großvaters gehen mussten. Hätten sie nicht bei einem Verwandten oder Freund der Familie sitzen können? Aber vielleicht kannten sie hier niemanden. Die Familie wohnte ja nicht im Dorf. Das allein war schon Grund genug für Klatsch und

Tratsch im Pub und im Dorfladen. Es hieß, der Sohn sei „etwas Großes in der Stadt", obwohl konkrete Fakten eher dünn gesät waren. Einige sagten, er habe ein Vermögen mit Immobilien gemacht. Andere meinten, an der Börse oder durch dubiose Investitionen in Übersee. Jedenfalls war das Gesprächsthema im Dorf, was er nach dem Tod seines Vaters mit dem Herrenhaus machen würde. Amy hatte dem Gerede nicht viel Aufmerksamkeit geschenkt – sie war viel zu sehr mit Jake beschäftigt gewesen –, aber sie verstand, dass die Gemüter in manchen Kreisen erhitzt waren. Es gab sogar Gerüchte über eine Spaltung des Dorfes. Die Sache konnte hässlich werden.

Der Sarg wurde auf eine Bahre im vorderen Teil des Kirchenschiffs, direkt unter der Kanzel, gestellt, und die Tenorglocke verstummte schließlich. Die Familie nahm auf den leeren vorderen Kirchenbänken Platz. Der Pfarrer, der in Amys Augen immer etwas nervös und unbehaglich wirkte, sprach einige Begrüßungsworte und der Gottesdienst begann.

In seiner Trauerrede sprach der Pfarrer warmherzig über den Verstorbenen. Es klang, als hätten er und seine Frau den Empfang, den der alte Gutsherr ihnen bereitet hatte, persönlich zu schätzen gewusst. Er betonte Henry Burtons Großzügigkeit gegenüber der Dorfgemeinschaft, seinen Beitrag zur Instandhaltung der Kirche, dass er sich nicht zu fein gewesen war, ein Pint im Pub zu trinken, und dass er jedes Jahr die Gärten des Herrenhauses für das Sommerfest geöffnet hatte. Die Leute nickten zustimmend und tupften sich mit Taschentüchern die Augen ab, während sie sich an den alten Mann erinnerten. Das Dorf hatte nicht nur seinen Gutsherrn verloren. Es hatte einen lieben Freund verloren.

Als die Orgel die ersten Akkorde des Schlussliedes – *Jerusalem* – anstimmte, hoben die Sargträger den Sarg wieder auf ihre Schultern, und die acht Glockenläuter stellten sich im Kreis auf, bereit, das Viertelgeläut zu läuten. Amy stand jetzt mit dem Rücken zum Gitterfenster, aber selbst wenn sie ihm zugewandt gewesen wäre, hätte sie dem Geschehen unten keine Beachtung geschenkt. Die Läutenden konzentrierten sich jetzt ganz aufeinander. Das Viertelgeläut würde etwa fünfundvierzig Minuten dauern, während derer Henry Burton im Familiengrab auf dem Kirchhof beigesetzt werden würde. Als Läuterin der Diskantglocke war es Amys Aufgabe, den Reigen zu eröffnen. Ihr gegenüber, an Glocke Nummer fünf, lächelte ihr Jamie Reade aufmunternd zu. Sie ergriff den Seilstrang mit beiden Händen und sagte auf Bills Nicken hin die Worte, die den Beginn des Läutens ankündigten.

„Achtung, die Diskantglocke setzt an." Sie zog fest am Seil. „Die Diskantglocke hat angeschlagen."

★

Harriet Stevenson ging aufmerksam durch die Kirchenbänke, legte die Gesangbücher wieder ordentlich an ihren Platz, richtete die Kniebänke und Polster und sammelte verschiedene Fundstücke ein. Es war wirklich erstaunlich, wie sorglos die Leute mit ihren Sachen umgingen. Sie hatte bereits eine Lesebrille, ein Handy und zwei zusammengefaltete Regenschirme gefunden, deren Besitzer sich vernünftigerweise auf die Launen des englischen Sommers vorbereitet hatten. Ein Glück, dass der Regen ausgeblieben war, denn das fehlende Blei im Kirchendach war noch immer nicht ersetzt worden, und das Dach neigte dazu, an der dritten Bankreihe von vorne auf der Südseite des Kirchenschiffs zu lecken. Sie würde – wieder einmal – mit dem Pfarrer über die Reparatur sprechen müssen. Er war jetzt seit einem Jahr im Amt und es war höchste Zeit, dass er sich um die Probleme kümmerte, die sie bei ihren monatlichen Treffen immer wieder zur Sprache brachte.

Harriet nahm ihre Aufgabe als Messnerin sehr ernst. Sie war mit dem Verlauf der Trauerfeier zufrieden, was nicht zuletzt ihrem Organisationstalent zu verdanken war. Sie war es gewesen, die den Druck der

Gottesdienstordnungen organisiert und mit Josephine
Daniels über die passende Blumenauswahl gesprochen
hatte. Sogar die gesamte Musik und die Kirchenlieder
hatte sie ausgesucht. Der Sohn des Gutsherrn hatte diese
Angelegenheiten dem Pfarrer überlassen, und der
wiederum hatte sie an sie delegiert. Nun, das war nur recht
und billig. Harriet kannte Henry Burton seit vielen Jahren
und glaubte genau zu wissen, welche Art von Musik ihm
gefallen hätte. Sie war der Meinung, dass *Jerusalem* eine
geniale Wahl für das Schlusslied gewesen war – bewegend
und erhebend zugleich. Wenn nur die Glocken nicht
gleichzeitig mit dem Orgelspiel zu läuten begonnen hätten.
Was für ein Lärm! Harriet war durchaus für Traditionen,
aber diese Glockenläuter waren ein Fall für sich, und man
konnte die Orgel kaum noch hören, sobald sie zu läuten
begannen, selbst wenn die Glocken halb gedämpft waren.
Sie läuteten immer noch. Würden sie niemals aufhören?

Sie legte die Fundstücke in einem ordentlichen Stapel
auf die vordere Bank an der Nordseite der Kirche und
begann dann mit der Inspektion der Südseite. Dort hatte
die Familie des Gutsherrn während des Gottesdienstes
gesessen: die Kinder unruhig, die Mutter mit trockenen
Augen und kalter Gleichgültigkeit, als wäre die Beerdigung
für sie nichts weiter als eine Unannehmlichkeit. Henrys
Sohn, Tobias Burton, hatte nicht ein einziges Mal den
Kopf gesenkt, nicht einmal während der Gebete.

Was hätte der arme Henry wohl von einem solchen
Verhalten seiner eigenen Familie gehalten?

In den kommenden Wochen und Monaten würde sie
sich mit den Plänen des Sohnes für das Herrenhaus
auseinandersetzen müssen. Tobias Burton hatte keinen
Hehl aus seiner Absicht gemacht, das Haus in ein
Luxushotel mit Spa zu verwandeln, und konnte es
offensichtlich kaum erwarten, sein Erbe in die Hände zu
bekommen. Er hatte sogar schon begonnen, das Anwesen
zu erkunden, während sein armer Vater im Sterben lag und
die Welt um sich herum nicht mehr wahrnahm. Harriet
glaubte keine Sekunde, dass Henry Burton die habgierigen

Pläne seines Sohnes gebilligt hätte. Das Herrenhaus war ein Pfeiler des Dorflebens, und der Platz des Gutsherrn war im Haus und nicht im entfernten London.

Harriet freute sich auf die Aussicht, es mit Tobias Burton und seinem gierigen Vorhaben zur Sanierung des Herrenhauses und der Ländereien aufzunehmen. Ihre lange und erfolgreiche akademische Laufbahn in Oxford hatte sie sich hart erarbeitet, und sie hatte nicht die Absicht, ihren Ruhestand mit Rosenpflege und Kuchenbacken zu verbringen. Neben ihren Pflichten als Messnerin war sie auch Vorsitzende des Gemeinderats von Hambledon. Nichts geschah in Hambledon-on-Thames ohne Harriets Wissen und selten ohne ihre Zustimmung.

Sie glaubte fest an die Werte von Kontinuität und Tradition, und wenn Kontinuität und Tradition in einem kleinen Dorf in Süd-Oxfordshire mit Füßen getreten und in den Wind geschlagen würden, dann gäbe es wirklich keine Hoffnung für die Zukunft. Nein, solange Harriet Stevenson Blut in den Adern und Luft in den Lungen hatte, würde sie mit Zähnen und Klauen für das kämpfen, woran sie glaubte. Und sie glaubte ganz sicher nicht, dass ein Herrenhaus aus der Tudorzeit, dessen Grundmauern noch aus der Zeit vor den Rosenkriegen stammten, in ein Hotel verwandelt werden sollte.

Als hätte sie mit der drohenden Schließung der Dorfschule nicht schon genug um die Ohren. Das war ein weiterer Kampf, den sie gewinnen wollte, zum Wohle der Kinder und der Lehrer, vor allem der netten Kayleigh Simpson. Die Schule bestand seit hundertfünfzig Jahren, und wenn es nach Harriet ginge, würde sie der Gemeinde noch weitere hundertfünfzig Jahre dienen.

Von den Kirchenbänken an der Südseite holte sie eine zweite Lesebrille und nicht weniger als sechs achtlos weggeworfene Gottesdienstordnungen. Sie sammelte alle verlorenen Gegenstände auf einem Haufen, den sie später im hinteren Teil der Kirche auslegen würde, damit die Leute sie abholen konnten. Dann, noch immer mit den gewichtigen Gedanken an Geschichte und Tradition beschäftigt, betrat sie das nördliche Querschiff, um am Grab von Henry Burtons bedeutenden Vorfahren, Lord Edmund und Lady Ellen Burton, einen Moment der Kontemplation zu halten. Edmund, der in der Tudorzeit ein wohlhabender Kaufmann gewesen war, hatte das Herrenhaus von Henry VIII. erhalten, nachdem der König es bei der Auflösung von Abingdon Abbey im Jahr 1538 beschlagnahmt hatte. Der Ehemann, der 1577 während der Regierungszeit von Elizabeth I. gestorben war, und seine Frau, die ein Jahr zuvor verstorben war, waren nun für alle Ewigkeit unsterblich. Ihre Kalksteinstatuen ruhten friedlich auf dem kunstvollen Marmorgrabmal, das das nördliche Querschiff dominierte. Das war Tradition für sie, aber auch ein mächtiges *Memento Mori*. Vergiss nicht, dass du sterben wirst.

Als Harriet in stiller Kontemplation dastand, während die Glocken unablässig läuteten – wie sie sie irritierten! –, spürte sie, eher als dass sie es hörte, eine Bewegung hinter sich. Wahrscheinlich war es einer der Besitzer der Lesebrillen, der zurückgekommen war, um sein verlorenes Eigentum abzuholen. Sie hoffte, dass er ihr angemessen dankbar dafür sein würde, dass sie sich die Mühe gemacht hatte, alle verlorenen Gegenstände einzusammeln. Sie drehte sich um, um zu sehen, wer es war, aber in diesem Moment krachte ein schwerer Gegenstand auf ihren Kopf. Ihre Knie gaben nach und sie stürzte auf die kalten Steinplatten.

Wäre Harriet Stevenson in diesem Moment in der Lage gewesen, einen Gedanken zu fassen, hätte sie zweifellos das Chaos beklagt, das ihr Blut anrichtete, als es sich über den Boden ergoss. Aber alle Gedanken – ob an verlorenes Eigentum, die Zukunft des Herrenhauses, das Gewicht der Tradition oder das undichte Kirchendach – waren jetzt jenseits von ihr. Die Glocken läuteten weiter, aber sie hörte sie nicht mehr. Sie würden sie nie wieder stören.

KAPITEL 2

„Hast du deinen Taschenrechner dabei?"

„Ja, Mum."

„Was ist mit deinem Geodreieck?"

„Ja, Mum, hör auf, mich zu nerven."

„Ein Lineal? Ersatzstifte?"

„Mum, du machst mich nervös."

„Sorry. Es ist nur so, dass ich letzte Nacht einen Traum hatte. Ich stand kurz vor einer Matheprüfung, und als ich das Blatt umdrehte, merkte ich, dass ich mein Mäppchen vergessen hatte und keine der Fragen beantworten konnte." Bridget legte den Gang ein und fuhr aus Wolvercote hinaus.

Chloe lachte. „Ehrlich, Mum. Man könnte meinen, du wärst diejenige, die ihre GCSEs schreibt."

„Glaub mir", sagte Bridget, „das hier ist zehnmal schlimmer."

Chloe steckte mitten in ihren GCSE-Prüfungen und Bridget hatte sich noch nie so gestresst gefühlt, nicht einmal, als sie ihre Abschlussprüfungen in Geschichte in Oxford geschrieben hatte. Ihre Tochter war seit Ostern im so genannten „Studienurlaub" zu Hause, aber Bridget machte sich ständig Sorgen, wie viel sie wirklich lernte. Allzu oft kam sie mit einer Tasse Tee in Chloes Zimmer und fand sie bei einem Videotelefonat mit ihrer besten Freundin Olivia oder, häufiger noch, mit ihrem Freund Alfie.

„Olivia und ich haben uns nur gegenseitig in Chemie getestet", erklärte Chloe bei einer dieser Gelegenheiten. Bridget war sich nicht sicher, ob sie ihr wirklich glaubte. Sie konnte sich nicht daran erinnern, dass Chemie in ihrer Schulzeit solche Lachsalven ausgelöst hatte. Vielleicht wurde das Fach heutzutage auf unterhaltsamere und kreativere Weise gelehrt, aber das Periodensystem der Elemente konnte nur begrenzt Spaß machen.

Neben Chloes Prüfungen machte ihre Schwester Vanessa Bridget das Leben mit ihrem neuesten Projekt schwer – nämlich ihre alternden Eltern davon zu überzeugen, ihr Haus in Lyme Regis zu verkaufen und in ein Seniorenheim zu ziehen, vorzugsweise in der Nähe von Oxford. Prinzipiell war das eine gute Idee. Der Gesundheitszustand ihrer Mutter hatte sich in den letzten Jahren verschlechtert, und dem Vater fiel es trotz aller gegenteiligen Beteuerungen immer schwerer, alles alleine zu bewältigen.

„Ein schönes Altersheim wäre ideal für sie", hatte Vanessa betont. „So viel einfacher und bequemer."

Doch ihre Eltern sahen das anders und hatten sich trotz Bridgets halbherziger Ermutigungen geweigert, umzuziehen.

„Vielleicht wären sie glücklich, wenn wir sie einfach dort ließen, wo sie sind", hatte Bridget zu Vanessa gesagt, als sie das letzte Mal über das Thema gesprochen hatten.

Aber Vanessa war unnachgiebig, wenn sie sich einmal etwas in den Kopf gesetzt hatte. „Das sagst du nur, weil du sie so gut wie nie besuchst. Ich mache die ganze Arbeit, fahre nach Dorset und wieder zurück, um alles zu regeln."

Der Vorwurf war unfair, denn Bridget konnte sich nicht einfach von der Arbeit losreißen, aber Vanessa hatte recht, dass ihre Eltern mehr Unterstützung brauchten. Ein

Seniorenheim wäre vielleicht die beste Lösung, aber ihre Mutter und ihr Vater waren genauso stur wie Vanessa, und so war eine Pattsituation entstanden, in der keine Seite bereit war nachzugeben, und Bridget stand zwischen den Fronten.

Als ob die Wohnsituation ihrer Eltern und Chloes Prüfungen nicht schon genug Sorgen bereiteten, kam auch noch die bevorstehende Hochzeit von Bridgets Ex-Mann Ben mit seiner Verlobten Tamsin hinzu. Bridget graute vor dem Ereignis und hatte immer noch kein Outfit für diesen Anlass gekauft. Chloe war die Hauptbrautjungfer und sollte an diesem Wochenende zu einer weiteren Anprobe nach London fahren, aber Bridget hatte ein Machtwort gesprochen und darauf bestanden, dass die Anprobe erst nach den Prüfungen stattfinden sollte. Das ließ nicht mehr viel Zeit bis zur Hochzeit, aber ausnahmsweise hatte Bridget ihren Willen durchgesetzt und jeden Augenblick dieses kleinen Sieges genossen.

Im Moment steckte Chloe mitten in den Prüfungen, was bedeutete, dass sie manchmal morgens und manchmal nachmittags in die Schule musste, je nachdem, wie der Prüfungsplan es vorsah. Wann immer es ging, brachte Bridget sie hin, um sicherzustellen, dass sie pünktlich ankam. Das war ein weiterer ihrer wiederkehrenden Albträume – zu spät zu einer Prüfung zu kommen und die Türen verschlossen und verriegelt vorzufinden. Nur noch eine Woche, dann würde sie sich entspannen können.

Die heutige Prüfung war in reiner Mathematik, und allein der Gedanke daran trieb Bridget kalten Schweiß auf die Stirn. Sie konnte sich beim besten Willen nicht mehr an Simultangleichungen oder Trigonometrie erinnern.

Sie bog in die Woodstock Road ein und betete, dass es keinen Stau geben würde. Es wäre typisch für die Stadtverwaltung von Oxford, mitten in der Prüfungszeit mit umfangreichen Straßenbauarbeiten zu beginnen. Aber ausnahmsweise wurden ihre Gebete erhört, und sie setzte Chloe zwanzig Minuten vor Beginn vor dem Schultor ab.

„Viel Glück", rief sie, als Chloe ausstieg.

„Danke, Mum." Chloe winkte und ging davon.

Ich habe vergessen, sie zu fragen, ob sie einen Bleistiftspitzer dabei hat, dachte Bridget. Aber jetzt war es zu spät. Chloe war verschwunden.

Sie wollte gerade losfahren – auf ihrem Schreibtisch in Kidlington wartete ein Berg Papierkram auf sie – als ihr Telefon klingelte. Bridget schaute auf das Display. Es war der diensthabende Sergeant. Er würde sie nur anrufen, wenn es etwas Wichtiges gäbe.

„Detective Inspector Bridget Hart am Apparat."

„Ma'am, es gab einen Vorfall in der Kirche von Hambledon-on-Thames."

Bridget erinnerte sich an das hübsche kleine Dorf, in dem sie und Jonathan einmal nach einem erfrischenden, wenn auch schlammigen Spaziergang auf dem Thames Path in einem Pub zu Mittag gegessen hatten. Sie hörte, was der diensthabende Sergeant ihr erzählte – eine Frau brutal ermordet; Streifenpolizisten am Tatort –, und sofort waren alle Gedanken an Prüfungen und Hochzeiten aus ihrem Kopf verdrängt.

„Ich bin in einer halben Stunde da", sagte sie.

Sie legte den Gang ein und fuhr in Richtung der Umgehungsstraße von Oxford. Eine Mordermittlung. Genau das, was sie brauchte, um ihre Prüfungsangst zu vertreiben.

KAPITEL 3

Die Kirche St. Michael and All Angels lag malerisch im Herzen des Dorfes Hambledon, direkt gegenüber dem Kriegerdenkmal und neben dem alten Herrenhaus. Einen friedlicheren Ort kann man sich kaum vorstellen. Doch als Detective Sergeant Jake Derwent die Leiche untersuchte, die im nördlichen Querschiff der Kirche lag, war klar, dass hier eine grausame Gewalttat verübt worden war. Die Menge an Blut, die sich über den Steinboden verteilt hatte, deutete auf einen brutalen Angriff mit einem schweren Gegenstand hin, auch wenn er die Tatwaffe noch nicht hatte finden können.

Nur eine halbe Stunde zuvor hatte er sich bei einem Mittagsbier im Eight Bells entspannt und mit Amys Eltern geplaudert, während sie das Essen für den Leichenschmaus vorbereiteten.

„Die Kirche ist brechend voll", hatte Robert Bagot nach seiner Rückkehr vom Trauergottesdienst berichtet. „Es ist schön zu sehen, dass sich die Leute so viel Mühe geben, dem alten Gutsherrn einen würdigen Abschied zu bereiten."

„Er wird im Dorf fehlen, das steht fest", sagte Sue. „Er war ein feiner Gentleman."

Jake hatte Robert und Sue Bagot schnell ins Herz geschlossen. Die Eltern seiner Freundin kennenzulernen, konnte eine beängstigende Erfahrung sein, aber im Fall von Amys Eltern hatte Jake sich auf Anhieb mit ihnen verstanden. Sie waren entspannt, locker und gesprächig – ein ideales Paar, um einen Dorfpub zu führen – und schienen erfreut, dass er mit ihrer Tochter zusammen war. „Ein Polizist?", hatte Sue anerkennend gesagt, als sie erfuhr, womit er seinen Lebensunterhalt verdiente, und kurz darauf: „Und bist du aber groß!"

Jake war mehr als glücklich gewesen, mit ihnen im Pub zu warten, während Amy das Viertelgeläut, oder wie auch immer es genannt wurde, zu Ende brachte. Sie hatte versucht, ihm die Prinzipien des Wechselläutens zu erklären, aber er war schnell von dem ganzen Fachjargon verwirrt worden und hatte den Unterschied zwischen Grandsire Triples und Kent Treble Bob Major nicht verstanden. Er war ganz zufrieden damit, die Welt des Läutens ihr zu überlassen.

Er und Amy waren nun schon seit ein paar Monaten zusammen und er war überrascht, wie schnell sie ein fester Bestandteil seines Lebens geworden war. Er hätte nie gedacht, dass er sich so gut mit jemandem verstehen würde, der in der Bodleian Library arbeitete und dessen Vorstellung von einem gelungenen Abend darin bestand, einen alten Kirchturm zu besteigen, um Glocken zu läuten. Und doch fühlte er sich in ihrer Gesellschaft völlig entspannt. Es war so unkompliziert, Zeit mit ihr zu verbringen. Und die Tatsache, dass ihre Eltern einen Pub betrieben und Amy selbst eine begeisterte Biertrinkerin war, konnte nur ein Bonus sein.

Kurz nach viertel vor eins trafen die ersten Gäste im Pub ein. Sie bedienten sich am reichhaltigen Buffet und verteilten sich dann im Garten des Pubs, der zum Flussufer hin abfiel, um die warme Juni-Sonne zu genießen. Jake hatte Gesprächsfetzen aufgeschnappt –

waren die Blumen nicht herrlich, hatte der Chor nicht wunderschön gesungen und *hatte der Pfarrer nicht eine würdige Trauerrede gehalten.* Den Leuten schien der Gottesdienst gefallen zu haben, wenn man das so sagen konnte. Die Glocken hatten weiter geläutet, während der Sarg im Familiengrab beigesetzt wurde, und der Klang hatte sich leicht in der Sommerluft ausgebreitet.

Und dann, kurz nach halb zwei, war Amy mit hochrotem Kopf in den Pub gestürmt, mit der schockierenden Nachricht, dass die Glockenläuter die Leiche einer älteren Frau in der Kirche gefunden hätten und Jake sofort mitkommen solle, um sich der Sache anzunehmen.

„Ich komme und sehe mir das an", hatte er ihr gesagt und das halbleere Glas auf den Tresen gestellt. „Aber es wird nicht viel zu tun geben. Die Sanitäter werden sich um alles kümmern, wenn sie kommen. Jemand hat doch einen Krankenwagen gerufen, oder?"

„Du verstehst nicht", sagte Amy atemlos, packte seine Hand und zog ihn vom Barhocker. „Sie wurde ermordet."

Er hatte sie zur Kirche begleitet, wo Bill Harris, der oberste Glockenläuter, sie am Eingang empfing. „Hier entlang, Sergeant", sagte er mit ernster Miene. „Es ist eine schlimme Sache. Eine wirklich schlimme Sache."

Die anderen sechs Glockenläuter standen in der Kirche Wache. Jake erkannte Jamie Reade, der in seinem Alter war und am Wochenende Amys beste Freundin Kayleigh Simpson heiraten sollte. Die vier hatten erst letzte Woche zusammen im Pub etwas getrunken.

„Ich habe sofort die Polizei gerufen, als wir die Leiche entdeckt haben", sagte Jamie. „Ein Wagen ist auf dem Weg aus Abingdon."

„Das war richtig, Kumpel", sagte Jake. „Jetzt zeig mir, wo die Leiche ist."

Es war in der Tat ein brutaler Angriff gewesen. Bei dem Opfer handelte es sich um eine ältere Frau, adrett gekleidet mit Tweedrock und Jacke, aber die Jacke war jetzt voller Blut. Noch mehr Blut hatte sich in einem großen Bogen um ihren Kopf herum ausgebreitet. Am Rand war es verschmiert, als hätte es jemand mit der Schuhspitze erwischt.

„Ist einer von Ihnen aus Versehen in das Blut getreten?", fragte Jake.

Die Glockenläuter schüttelten alle den Kopf.

„Nein", sagte Bill, „wir haben darauf geachtet, nichts zu verändern."

Jake nickte. Die Glockenläuter mochten vorsichtig gewesen sein, aber jemand hatte blutige Fußspuren auf dem Steinboden hinterlassen. Für Jakes ungeübtes Auge waren es nur Schlieren, aber es war möglich, dass die Spurensicherung etwas aus den Spuren lesen konnte. Er kniete sich neben die Leiche, um das Opfer genauer zu untersuchen.

„Das ist Harriet Stevenson", antwortete eine Glockenläuterin auf Jakes unausgesprochene Frage hin. „Sie ist die Messnerin hier, oder besser gesagt, sie war es. Ich nehme an, sie hat nach dem Gottesdienst aufgeräumt, als sie angegriffen wurde. Ich bin in Erster Hilfe ausgebildet, also habe ich nach Puls und Atmung gesucht, aber da war nichts. Und als ich dann die Kopfwunde sah ..." Die Frau verstummte.

Jake musste die offizielle Todesfeststellung des Gerichtsmediziners abwarten, um sicher zu sein, aber die Ersthelferin machte einen kompetenten Eindruck und Jake war sicher, dass sie recht hatte. Der stark beschädigte Schädel des Opfers und die Menge an Blut, die aus der Kopfwunde ausgetreten war, ließen für ihn keinen Zweifel daran, dass das Opfer nicht mehr zu retten war. Die wichtigste Aufgabe bestand nun darin, den Tatort und alle Beweise zu sichern.

„Ich muss Sie jetzt alle bitten, die Kirche zu verlassen", sagte er und stand wieder auf. „Dies ist ein Tatort und ich muss ihn vor Kontamination schützen."

So viel zu seinem freien Tag. Es sah so aus, als würde der Spaziergang am Flussufer, den er mit Amy an diesem Nachmittag hatte machen wollen, nicht stattfinden. Auch das Mittagessen im Eight Bells konnte er wohl vergessen. Er wünschte, er hätte sich noch schnell einen Happen vom Buffet geschnappt, solange er die Gelegenheit dazu gehabt hatte.

Er wartete, bis die acht Glockenläuter, einschließlich Amy, die Kirche verlassen hatten, dann folgte er ihnen nach draußen ins grelle Sonnenlicht. „Ich möchte, dass Sie alle hierbleiben, wenn es Ihnen nichts ausmacht", sagte er. „Sie können gehen, sobald Sie bei einem meiner Kollegen eine Aussage gemacht haben."

„Natürlich", sagte Bill Harris. „Aber ich kann Ihnen jetzt schon sagen, dass keiner von uns den Angriff gesehen hat. Es muss passiert sein, als wir oben im Turm gewesen sind und die Glocken geläutet haben. Als wir am Ende des Viertelgeläuts die Treppe heruntergekommen sind, war Miss Stevenson bereits tot."

„Waren Sie alle acht die ganze Zeit im Turm?"

„Das waren wir", sagte Bill. „Das macht die Sache noch schrecklicher, wenn man bedenkt, dass wir oben im Glockenstuhl waren" – er deutete auf den massiven, viereckigen Kirchturm – „während sich das unten abspielte."

„Haben Sie etwas gehört?", fragte Jake.

Bill schüttelte den Kopf. „Sie müssen verstehen, Sergeant, dass wir uns beim Läuten so sehr darauf konzentrieren, die Wechsel richtig hinzubekommen, dass wir alles um uns herum völlig vergessen. Außerdem sind die Glocken, wie Sie sicher wissen, beim Läuten ziemlich laut. Ich fürchte also, wir haben keinen Ton gehört."

Jake nickte. Vom Pub am anderen Ende des Dorfes waren die Glocken schon laut genug gewesen. Im Glockenturm selbst mussten sie ohrenbetäubend gewesen sein.

„Vielleicht hat jemand etwas gesehen?", schlug er vor.

„Nicht das Geringste", sagte Bill. „Wir standen uns im Kreis gegenüber. Und außerdem kann man zwar vom Glockenstuhl aus durch das Gitter ins Kirchenschiff sehen, aber wegen des Winkels nicht in die Querschiffe." Der arme Mann sah ziemlich verzweifelt aus. Amy legte ihm tröstend einen Arm um die zitternden Schultern.

Während Jake auf Hilfe wartete, zog er Jamie Reade beiseite. Er hatte Jamie sofort gemocht, als er ihn letzte Woche kennengelernt hatte, und fand den jungen Ingenieur, der im nahe gelegenen Wissenschaftspark arbeitete, besonnen und direkt. „Hast du eine Ahnung, wer so etwas tun könnte?"

„Ich weiß es wirklich nicht", sagte Jamie leise. „Aber unter uns gesagt, Harriet Stevenson war nicht gerade die beliebteste Person im Dorf."

„Ach?"

„Ich hatte nicht viel mit ihr zu tun, aber sie war allem Anschein nach eine kleine Wichtigtuerin. Ich will nicht schlecht über die Toten reden, aber es wird hier ein paar Leute geben, die nicht traurig darüber sind, sie los zu sein."

Die sich nähernden Blaulichter und Sirenen kündigten die Ankunft eines Streifenwagens und eines Krankenwagens an. Jake atmete erleichtert auf. Jetzt konnte er den Tatort ordnungsgemäß sichern und mit den Ermittlungen beginnen.

KAPITEL 4

Bridget kam gut voran, als sie die Umgehungsstraße von Oxford verließ und in Richtung Süden fuhr, vorbei an den hübschen Dörfern Nuneham Courtenay und Clifton Hampden, aber sie wurde langsamer, als sie das Schild mit der Aufschrift „Willkommen in Hambledon-on-Thames. Bitte fahren Sie vorsichtig. Vielen Dank." erreichte.

Sie fuhr auf der alten Toll Bridge Road in den Ort hinein, vorbei an einem Fachwerk-Pub mit bunten Blumenampeln. Von dort aus folgte sie der High Street, vorbei an einer Reihe malerischer Backstein-Cottages, einer kleinen Grundschule der Church of England und den Gärten des Herrenhauses, durch dessen schmiedeeiserne Tore kunstvoll geschnittene Buchsbäume zu sehen waren. Weiß getünchte Häuser mit Strohdächern und üppigen Bauerngärten verliehen dem Ort einen idyllischen Charme. Sie fand die Kirche im Zentrum des Dorfes, direkt gegenüber der Grünanlage und in der Nähe der Post und des Tante-Emma-Ladens.

Sie parkte ihren roten Mini hinter einem Streifenwagen und einem Krankenwagen und ging dann durch das

Lychgate, das alte überdachte Holztor zum Kirchhof, und den unebenen Weg hinauf zum Eingang der Kirche. Der Friedhof war übersät mit alten, verwitterten Grabsteinen, und eines der größeren Gräber wies Spuren einer frischen Beisetzung auf. Der diensthabende Sergeant hatte etwas von der Beerdigung des Gutsherrn gesagt, die an diesem Tag stattfinden sollte.

Am Nordportal der Kirche hatte sich eine kleine Menschenmenge versammelt. Insgesamt acht Personen, vermutlich Dorfbewohner. Bridget zeigte dem uniformierten Beamten, der Wache stand, ihren Dienstausweis und ging hinein.

Für ein so kleines Dorf war die Kirche recht groß. Der hohe, quadratische Glockenturm mit den burgähnlichen Zinnen war Bridget bereits auf dem Weg über den Kirchhof aufgefallen. Jetzt betrachtete sie das hohe Kirchenschiff, das sich zu einem Fachwerkdach erhob, die Buntglasfenster, die biblische Szenen darstellten, und das kunstvoll geschnitzte Chorgestühl, das das Kirchenschiff vom Chorraum trennte. Vor dem Altar war ein außergewöhnlicher Blumenschmuck arrangiert – creme- und elfenbeinfarbene Kränze aus Rosen, Freesien und Pfingstrosen. Als sie das nördliche Kirchenschiff hinaufging, versetzte der Jahrhunderte alte Geruch von Holzpolitur und staubigen Gesangsbüchern sie in ihre Kindheit zurück. Sie war mit Gottesdiensten der Church of England in St. Mary Magdalene in Woodstock aufgewachsen. Doch der Mord an ihrer jüngeren Schwester Abigail im Alter von sechzehn Jahren, als Bridget selbst noch Studentin am Merton College war, hatte ihren Glauben bis ins Mark erschüttert. Jetzt war sie sich nicht mehr sicher, woran sie glaubte, außer daran, Kriminelle zu fassen und den Opfern Gerechtigkeit zu verschaffen. Vergebung hatte in ihrem Glaubenssystem keinen so hohen Stellenwert mehr.

Sie war überrascht, aber erfreut, die vertraute Gestalt ihres Sergeants Jake Derwent am Tatort zu sehen. Sie entdeckte ihn sofort, da er alle anderen überragte. Bridget, die nur 1,58 m groß war, hatte bisweilen einen kleinen Komplex wegen ihrer Größe, besonders in Situationen, in denen sie zeigen wollte, dass sie das Sagen hatte. Sie fragte sich, wie es wohl sein mochte, aus so luftiger Höhe auf die Menschen herabzublicken, anstatt ständig das Kinn in die Höhe zu recken, in der Hoffnung, bemerkt zu werden.

Er kam auf sie zu und durchquerte mit wenigen Schritten das Kirchenschiff. „Ma'am."

„Sergeant." Sie bemerkte seinen legeren Aufzug aus Jeans und Turnschuhen. „War das nicht eigentlich Ihr freier Tag?"

„Das war er", sagte Jake. „Ich war im Pub und habe auf meine Freundin Amy gewartet, als sie mit der Nachricht vom Mord hereingestürmt kam. Sie ist eine der Glockenläuterinnen. Sie haben nach dem Trauergottesdienst geläutet, und als sie vom Turm herunterkam, fand sie die Leiche hier liegen."

Das erklärte also die Menschenmenge draußen. Acht Glockenläuter für acht Glocken. Bridget erinnerte sich, dass eine von ihnen eine sommersprossige Rothaarige in Jakes Alter war.

„Haben sie den Tatort verunreinigt?"

„Das glaube ich nicht, Ma'am. Sie wirkten alle vernünftig. Einer von ihnen hat die Leiche auf Lebenszeichen untersucht, aber als ich hier ankam, habe ich sie alle gebeten, draußen zu warten."

„Ich werde gleich mit ihnen reden", sagte Bridget, „aber zuerst ..."

Sie folgte Jake zur Leiche des Opfers. Dr. Sarah Walker, die Gerichtsmedizinerin, erhob sich, als sie sich näherten. „Ah, Bridget", sagte sie. „Ich dachte mir schon, dass Sie hier die Leitung übernehmen würden, als ich Ihren Sergeant gesehen habe."

„Es war reiner Zufall, dass Jake hier war. Eigentlich hat er heute frei. Er war nur zufällig in der Nähe."

„Da hat er aber Glück gehabt", sagte Sarah trocken.

Bridget richtete ihre Aufmerksamkeit auf das Opfer. Eine Frau im Alter von etwa siebzig Jahren. Sie lag mit ausgebreiteten Armen auf dem Rücken. Der Schädelbruch war deutlich zu sehen. Sie sah aus wie die Art von Kirchgängerin, die Bridget schon unzählige Male in solchen Dörfern gesehen hatte – tadellos gekleidet in ihrem Sonntagsstaat aus Tweedrock und dunkler Jacke über einer hellen Bluse. Zweifellos eine Stütze der Gemeinde und eine sehr unübliche Person, um auf solch eine brutale Weise ermordet zu werden. Ihr graues Haar war kurz geschnitten. Sie trug schlichte goldene Ohrringe und eine Perlenkette um den Hals, aber keinen Ehering am Finger. Vielleicht geschieden oder ledig. Sie mochte einmal schön gewesen sein, und selbst im Alter wirkten ihre Gesichtszüge stolz und kultiviert. Sonst gab es nichts Auffälliges an ihr, außer der Tatsache, dass sie nach einem Trauergottesdienst in einer Dorfkirche brutal erschlagen worden war.

„Erster Eindruck?", fragte Bridget.

„Stumpfe Gewalteinwirkung auf den Kopf mit einem schweren Gegenstand", sagte Sarah sachlich. „Ich bin mir sicher, dass Roy zum selben Schluss kommen wird, wenn er Gelegenheit hatte, sie gründlich zu untersuchen."

„Zweifellos." Bridget hatte die Beziehung zwischen der verschlossenen Gerichtsmedizinerin und dem mürrischen Pathologen Dr. Roy Andrews noch immer nicht durchschaut. Entwickelte sich da etwa eine Romanze über den Seziertischen der Pathologie? Es war schwer vorstellbar, aber Bridget konnte sich ebenso wenig vorstellen, was jemanden dazu bewegen könnte, einen Beruf zu wählen, bei dem man ständig mit Leichen zu tun hatte. Jedes Mal, wenn sie selbst einer Obduktion beiwohnen musste, war sie erleichtert, wieder in die Sonne zu kommen und die kalte Atmosphäre der Pathologie hinter sich zu lassen. Sie wollte Sarah gerade fragen, ob sie Roy in letzter Zeit gesehen hatte, als eine andere Stimme ihr neugieriges Interesse unterbrach.

„Dieses Dorf ist viel zu schön für einen Mord."

Sie drehte sich um und sah Vikram Vijayaraghavan, den Leiter der SOCO, mit seinem Team von weiß gekleideten Beamten der Spurensicherung auf sich zukommen.

„Vik", sagte Bridget und freute sich, den freundlichen Ermittler zu sehen.

„Bridget." Vik hielt inne, um den Anblick der ermordeten Frau auf sich wirken zu lassen. Ein Stirnrunzeln huschte über sein Gesicht. „Nicht gerade das, was man an einem Ort wie diesem zu finden erwartet."

„Ganz und gar nicht", sagte Bridget. „Aber hoffentlich können Sie etwas Licht ins Dunkel bringen."

„Wir werden unser Bestes tun." Seine scharfen Augen wanderten durch das schummrige Innere der Kirche. „Wie viele Personen hatten Zugang zum Tatort?"

„Abgesehen von der Polizei?", fragte Jake. „Insgesamt acht Glockenläuter. Und praktisch das ganze Dorf war unmittelbar zuvor bei der Trauerfeier."

„Großartig", sagte Vik mit dem ihm eigenen Humor. „Ich liebe Herausforderungen. Dann machen wir uns mal an die Arbeit."

„Ich gehe Ihnen aus dem Weg, damit Sie Ihre Arbeit machen können", sagte Bridget zu ihm. „Kommen Sie", sagte sie zu Jake. „Gehen wir nach draußen, dann können Sie mich Ihrer Freundin vorstellen."

★

Der Juninachmittag wirkte nach dem gedämpften Licht im Inneren der Kirche sehr hell. Als Bridget aus dem kühlen Steingebäude trat, empfing sie Wärme, frische Luft und Vogelgezwitscher. Draußen nahm sie sich einen Moment Zeit, um die Umgebung auf sich wirken zu lassen. Die Kirche lag am südlichen Ende des Kirchhofs, in der Nähe einer niedrigen Steinmauer, die sie vom Grundstück des Herrenhauses trennte. Der Friedhof war gepflegt, das Gras um die Grabsteine akkurat gemäht, und am Rand standen große, dunkle Eiben. Einige Schaulustige hatten sich auf dem Dorfanger versammelt, wurden aber von uniformierten Beamten von der Kirche ferngehalten.

Jake führte sie zu der Gruppe von Glockenläutern, die vor dem Nordeingang der Kirche warteten. „Das ist Amy Bagot", sagte er und stellte die zierliche Rothaarige vor, die Bridget schon bei ihrer Ankunft aufgefallen war. „Amy war diejenige, die die Leiche zuerst gesehen hat." Röte breitete sich in Jakes Nacken aus. Es war ihm sichtlich unangenehm, seine Chefin seiner Freundin vorzustellen.

Amy hingegen schien diese Verlegenheit nicht zu empfinden. Sie streckte Bridget eine warme Hand entgegen. „Freut mich, Sie kennenzulernen", sagte sie mit einem strahlenden Lächeln. „Jake hat mir schon so viel von Ihnen erzählt. Er sagt immer, dass Sie eine großartige Chefin sind."

„Wirklich?" Bridget warf ihrem Sergeant einen Seitenblick zu, dessen Wangen sich prompt fuchsienrosa färbten. „Ich habe gehört, Sie sind eine Glockenläuterin."

Amy nickte begeistert. „Wir haben nach der Trauerfeier ein Viertelgeläut geläutet. Das muss um die Zeit gewesen sein, als der Mord geschah. Wir waren mit dem Läuten fertig, und ich ging gerade die Treppe hinunter, um den Schlüssel für den Glockenturm in der Sakristei abzugeben, als ich die Leiche im nördlichen Querschiff sah und Alarm schlug. Jamie rief die Polizei und ich eilte zum Pub, um Jake zu holen." Stolz blickte sie in Jakes Gesicht. „Ich wusste, dass er genau weiß, was zu tun war."

Bridget freute sich, dass Jake jemanden kennengelernt hatte, der so erfrischend bodenständig war und der ihn ganz offensichtlich bewunderte. Eine Zeit lang war er mit Detective Constable Ffion Hughes zusammen gewesen, aber diese Beziehung war nicht gut ausgegangen und hatte zu monatelangen Spannungen im Team geführt. Aber jetzt schienen die beiden weiterzumachen – Jake mit einer neuen Freundin, und Ffion, indem sie sich auf die Prüfung zum Detective Sergeant vorbereitete. Es war schön zu sehen, dass die beiden Mitglieder ihres Teams ihr Leben wieder in den Griff bekamen.

„Also, können Sie mir sagen, was Sie gesehen haben?",

fragte Bridget.

„Nicht viel, um ehrlich zu sein", antwortete Amy. „Harriet lag einfach da, überall war Blut. Ich habe Alarm geschlagen und dann Jake geholt."

„Besteht die Möglichkeit, dass Sie in das Blut getreten sind, als Sie die Leiche entdeckt haben?", fragte Bridget. Sie hatte verschmiertes Blut und ein paar schwache Fußspuren auf dem Steinboden in der Nähe der Leiche bemerkt.

Amy schüttelte den Kopf. „Ganz bestimmt nicht. Ich war nicht einmal in der Nähe."

„Sie sagten, der Name des Opfers sei Harriet?"

„Ja", sagte Amy. „Harriet Stevenson. Sie war die Messnerin. Jeder im Dorf kannte sie."

„Verstehe. Und was können Sie mir über Harriet Stevenson erzählen?"

Von hinten ertönte die Stimme eines Mannes. „Vielleicht kann ich Ihnen helfen, Inspector?"

Bridget drehte sich um und sah einen gutaussehenden jungen Mann mit einem Priesterkragen den Weg von der Straße hinunterkommen. Er mochte in den Dreißigern sein, aber er wirkte ein wenig abgekämpft. Er sah müde aus und hatte Sorgenfalten auf der Stirn, als trüge er alle Probleme der Gemeinde auf seinen Schultern.

„Martin Armistead", sagte er und reichte ihr die Hand. „Ich bin der Pfarrer hier in St. Michael and All Angels. Das ist wirklich ein furchtbarer Schock für uns." Seine Hand fühlte sich kühl und feucht an, und er hielt Bridgets Hand fest, als hätte er vergessen, sie loszulassen. Sein Gesicht sah in der Sommersonne sehr blass aus, und Bridget befürchtete, dass er jeden Moment in Ohnmacht fallen könnte.

„Kannten Sie das Opfer gut?", fragte sie.

Endlich ließ der Pfarrer ihre Hand los. „Ja ... ja. Ja, natürlich. Harriet und ich haben sehr eng zusammengearbeitet, wie Sie sich vorstellen können." Er hob die Hand an die Stirn. „Ich kann nicht glauben, dass sie tot ist. Die Leute sagen, es war Mord. Kann das wirklich wahr sein?"

„Vielleicht könnte ich Sie unter vier Augen sprechen, und Sie erzählen mir alles, was Sie wissen."

„Ich ..." Der Pfarrer nickte. „Natürlich, ja. An einem ruhigen Ort. Wäre das Pfarrhaus geeignet?"

„Ich bin mir sicher, es wäre sehr gut geeignet."

Bridget zog Jake beiseite. „Ich weiß, dass heute eigentlich Ihr freier Tag ist, aber könnten Sie die Aussagen der Glockenläuter aufnehmen und dann zum Pub gehen, um die Ermittlungen zu organisieren? Besorgen Sie sich eine Liste von allen, die heute bei der Trauerfeier waren, und finden Sie heraus, ob jemandem etwas Ungewöhnliches aufgefallen ist, etwa ein Fremder, der sich dort herumgetrieben hat oder so."

Jake grinste. „Kein Problem, Ma'am. Ich hatte schon damit gerechnet, dass mein freier Tag ruiniert ist."

„Tut mir leid", sagte Bridget. „Obwohl, um ehrlich zu sein" – sie nickte in Amys Richtung – „Ihre Freundin scheint zu denken, dass dies das Aufregendste ist, was passieren konnte." Sie zwinkerte ihrem Sergeant zu. „In der Zwischenzeit werde ich mal sehen, was der gute Reverend über seine Messnerin zu sagen hat."

KAPITEL 5

Das Pfarrhaus, ein georgianisches Doppelhaus mit wohlproportionierten Sprossenfenstern, stand neben der Grundschule der Church of England und überblickte den Dorfanger. Ein geschwungener Kiesweg führte zur Eingangstür, die mit steinernen Pilastern verziert war. In den Beeten zu beiden Seiten des Eingangs wucherten rosafarbene und gelbe Rosen, und ein außer Kontrolle geratener Efeu kletterte an den Mauern empor und drohte, die Fenster im Obergeschoss zu verdecken.

„Was für ein bezauberndes Haus", sagte Bridget.

„Im Inneren muss einiges gemacht werden", sagte der Pfarrer entschuldigend und führte sie in eine Eingangshalle, die mit abblätternden Anaglypta-Tapeten in einem ziemlich schmuddeligen Braunton tapeziert war. „Die Church of England schwimmt nicht im Geld ..., aber" – seine Miene hellte sich auf – „wissen Sie, wir hatten großes Glück, dass uns diese Gemeinde angeboten wurde. Sie dürfen nicht denken, dass wir undankbar sind."

„Wir?", erkundigte sich Bridget.

Martin Armistead berührte mit den Fingern seinen

Ehering und drehte ihn nervös hin und her. „Kommen Sie mit in die Küche. Ich stelle Ihnen meine Frau Emma vor."

Bridget folgte ihm in die große Küche im hinteren Teil des Hauses. Obwohl der Raum hell und freundlich war, schien er seit mindestens dreißig Jahren nicht mehr renoviert worden zu sein. Eine junge Frau in einem hellen Leinenkleid stand vor der Spüle und starrte abwesend aus dem Fenster. Sie war sehr schlank, vielleicht etwas zu schlank, und hatte etwas Gespenstisches an sich, als wäre sie ein Lichtspiel und könnte jeden Moment verschwinden.

„Darling?", fragte der Pfarrer. „Das ist die Polizistin, die den, ähm, Mord untersucht."

Emma Armistead drehte sich langsam um und begrüßte Bridget mit einem traurigen Lächeln. Ihr Gesicht war halb hinter einer langen Strähne feinen, blonden Haares verborgen, die ihr achtlos über ein Auge fiel. Sie strich sie beiseite und enthüllte ein ungeschminktes Gesicht, das jedoch eine eindringliche Schönheit ausstrahlte. Sie entsprach ganz und gar nicht Bridgets Vorstellung von einer Pfarrersfrau. Nach ihrer Erfahrung waren Pfarrersfrauen in der Regel robuste, fröhliche Persönlichkeiten, die immer damit beschäftigt waren, die Sonntagsschule zu leiten oder Flohmärkte zu organisieren, um Geld für Afrika zu sammeln. Emma Armistead erschien ihr viel zu zerbrechlich für eine solche Rolle.

„Soll ich Tee machen?", fragte sie leise.

„Ja, das wäre wunderbar", sagte ihr Mann und klatschte in die Hände. „Mit Tee lässt sich alles viel leichter ertragen, nicht wahr?"

Emma füllte einen Teekessel mit Wasser und holte eine bunte Auswahl an Tassen aus einem Schrank. Sie ließ einen Teebeutel in jede Tasse fallen und wandte sich wieder dem Fenster zu.

„Wie lange sind Sie denn schon in dieser Gemeinde?", fragte Bridget, während sie darauf warteten, dass das Wasser kochte. Der Pfarrer sah nicht so alt aus, als hätte er das Priesterseminar schon lange hinter sich.

„Etwa ein Jahr", sagte er. „Wir sind aus Birmingham hierher gezogen."

„Birmingham? Das ist ein ziemlicher Kontrast. Von der Großstadt in ein kleines Dorf in Oxfordshire."

„Es passt gut zu uns", sagte er. „Ich meine, wir sind sehr glücklich hier."

„Gut."

Das Wasser kochte und Emma schenkte es in die Tassen ein.

„Milch und Zucker?", erkundigte sich der Pfarrer.

„Bitte", sagte Bridget. Sie wartete, während er mit den Getränken hantierte und ihr eine Tasse reichte.

„Trinken wir den Tee in meinem Arbeitszimmer", sagte er. „Da haben wir es gemütlicher."

Bridget folgte ihm in einen kleinen Raum neben dem Flur, der mit einem Schreibtisch und verschiedenen Stühlen eingerichtet und vom Boden bis zur Decke mit Büchern und Papieren vollgestopft war. Das Arbeitszimmer bot einen Blick auf den hinteren Garten, ein bescheidenes Rechteck, das von einer hohen Backsteinmauer umgeben war, mit Gras, das man zu lange hatte wachsen lassen, und mit überfüllten Blumenbeeten, übersät mit Rosen, Pfingstrosen, Fingerhut und Büscheln von rotem und rosa Mohn, die wie Juwelen aussahen. Außerdem gab es, wie Bridget bemerkte, eine beträchtliche Ansammlung von Brennnesseln, Löwenzahn, Gänsedisteln und Wolfsmilch. Es erinnerte sie sehr an ihren eigenen, leider vernachlässigten Garten.

Sie wartete, während der Pfarrer einen Stapel Papiere von einem durchgesessenen Stuhl räumte, und machte es sich bequem, als er hinter seinem Schreibtisch Platz nahm.

„Also, Reverend –"

„Bitte, nennen Sie mich Martin."

„Martin, was können Sie mir über Harriet Stevenson erzählen? Zunächst einmal, hatte sie lebende Verwandte?"

Er schüttelte den Kopf. „Ich glaube nicht. Sie war unverheiratet, und hatte, soweit ich weiß, keine Geschwister. Ihre Eltern sind vor ein paar Jahren gestorben."

„Sie lebte allein?"

„Ja, in einem Haus im Dorf. Sie war im Ruhestand. Früher war sie Akademikerin, glaube ich."

„In Oxford?"

„Richtig."

„Und sie war Messnerin in St. Michael and All Angels?"

„Ja, schon seit einigen Jahren. Ich muss sagen, sie hat ihre Aufgaben immer mit größter Hingabe erfüllt. Sie war unermüdlich. Unermüdlich."

„Sie müssen eng mit ihr zusammengearbeitet haben."

„Ja, das habe ich. Wir haben uns jede Woche getroffen und ich habe sie auch bei verschiedenen Gemeindeveranstaltungen gesehen."

„Wie kamen Sie mit ihr aus?", fragte Bridget.

„Nun, wie ich schon sagte, sie war sehr gewissenhaft. Ich hatte sicherlich nichts zu beanstanden. Harriet war sozusagen eine Stütze der Gemeinde."

„Inwiefern?"

„Nun, sie war nicht nur Messnerin. Sie war auch Vorsitzende des Gemeinderats" – er begann, Harriets Aufgaben an den Fingern abzuzählen – „Vorsitzende des Schulrats der örtlichen Grundschule; sie leitete den Frauenverein und organisierte die Kuchen- und Produktwettbewerbe beim Sommerfest; sie setzte sich für Verkehrsberuhigungsmaßnahmen im Dorf ein. Ich meine, ich könnte die Liste fortsetzen, aber ich bin sicher, Sie verstehen, was ich meine. Sie regierte praktisch Hambledon-on-Thames."

„Ein starker Charakter also", sagte Bridget. „War sie beliebt? Wussten die Leute ihre Bemühungen zu schätzen?"

Der Pfarrer faltete die Hände und tippte die Fingerspitzen aneinander. „Ich glaube nicht, dass es mir zusteht, zu mutmaßen, was die Leute über sie gedacht haben mögen. Und schon gar nicht möchte ich böswilligen Klatsch und Tratsch wiederholen."

„Ich würde es begrüßen, wenn Sie das täten, Martin",
sagte Bridget. Als er immer noch unsicher dreinschaute,
fügte sie hinzu: „Schließlich sieht es so aus, als hätte sie
jemand ermordet, und es ist meine Aufgabe,
herauszufinden, wer und warum. Das kann ich nicht, wenn
ich nicht in alle relevanten Informationen eingeweiht bin."

„Ja, das verstehe ich. Ich möchte wirklich helfen."

„War Harriet also eine beliebte Person in
Hambledon?"

Er fuhr langsam fort und wählte seine Worte mit
Bedacht. „Um ganz ehrlich zu sein, würde ich sagen, dass
sie ziemlich unbeliebt war. Sie war zwar fleißig und
versuchte, ihr Bestes zu geben, aber sie neigte dazu, das
Dorf so zu behandeln, als wäre es ihr eigenes privates
Lehen."

„Sie hatte eine dominante Persönlichkeit", vermutete
Bridget.

Der Pfarrer lächelte zerknirscht. „Ich hätte es selbst
nicht besser ausdrücken können."

Bridget nickte. Sie war diesem Typ schon oft begegnet.
Eine eigensinnige Frau, die nach einer steilen Karriere nun
im Ruhestand ihre beträchtliche Energie und ihre
Fähigkeiten in den Dienst der Gemeinschaft stellte, in der
sie lebte. Ihre eigene Schwester Vanessa war ein gutes
Beispiel dafür. Sie kommandierte Bridget schon jetzt
herum und wenn ihre Kinder erst einmal erwachsen waren
und aus dem Haus waren, konnte sich Bridget sich gut
vorstellen, dass Vanessa die Rolle der allgemeinen
Wichtigtuerin übernehmen würde. Es hatte mehrere
Gelegenheiten gegeben, bei denen Bridget kurz den Drang
verspürt hatte, ihrer Schwester mit einem schweren
Gegenstand eins überzuziehen.

Doch im Fall von Harriet Stevenson war jemand weit
über bloße Frustration oder Wut hinausgegangen und
hatte einen brutalen Angriff verübt, der zu ihrem Tod
geführt hatte.

„Ich nehme an, dass eine Person wie sie", sagte
Bridget, „die überall ihre Finger im Spiel hatte, die Leute

verärgern könnte, auch wenn sie die besten Absichten hatte."

Der Pfarrer warf ihr einen dankbaren Blick zu, als hätte sie seine Gedanken präzise ausgedrückt, ohne dass er schlecht über die Toten reden musste.

„Hat sich Harriet bei ihrer unermüdlichen Organisations- und Kampagnenarbeit Feinde gemacht?", fragte Bridget.

„Feinde?", echote der Pfarrer. Das Wort schien ihm Angst zu machen. „Ich würde nicht gerade ‚Feinde' sagen."

„Gegner also. Leute, die anderer Meinung waren als sie."

Er drehte den Kopf und sah aus dem Fenster. Seine Frau Emma war in den Garten gegangen, streifte barfuß durch das lange Gras und bückte sich, um an den Rosen zu riechen. Der Pfarrer wandte sich wieder Bridget zu. „Man kann wohl sagen, dass nicht alle immer mit Harriet einer Meinung waren", räumte er ein.

„Wer genau war nicht mit ihr einverstanden?"

Er rutschte unbehaglich auf seinem Stuhl hin und her, nahm einen Stift von seinem Schreibtisch und legte ihn wieder zurück. „Da fällt mir eine bestimmte Angelegenheit ein."

„Ja?"

„Harriet hatte gerade eine Kampagne gestartet, um den Umbau des Herrenhauses zu verhindern. Der alte Gutsherr Henry Burton ist letzte Woche gestorben. Heute war seine Beerdigung. Sein Sohn Tobias ist in das Dorf zurückgekehrt und plant offenbar, das Haus in ein privates Hotel umzuwandeln."

„Und Harriet Stevenson war dagegen?"

„Ja, und zwar aufs Schärfste. Und als Vorsitzende des Gemeinderates war sie in der Position, etwas dagegen zu unternehmen."

„Sie wollen damit sagen, dass Tobias Burton ein Motiv gehabt haben könnte, sie zu ermorden."

Der Pfarrer sah erschrocken drein. „Das habe ich nicht

gesagt. Bitte legen Sie mir keine Worte in den Mund. Ich sage nur, dass Harriet entschlossen war, Tobias' Pläne zu durchkreuzen. Mehr weiß ich nicht."

Draußen war Emma gerade dabei, ein paar Rosen nachlässig zu stutzen, die verwelkten Blüten mit einer Gartenschere abzuschneiden und sie in einen Weidenkorb zu werfen. Ihr Kleid hatte sich in den scharfen Dornen verfangen, aber sie schien es nicht bemerkt zu haben.

Bridget war sich nicht ganz sicher, ob sie dem Pfarrer glaubte, dass er nicht mehr über die Fehde zwischen Harriet und dem neuen Gutsherrn wusste, aber sie beschloss, das Thema zu wechseln.

„Hatte Harriet als Messnerin eine Rolle bei der Beerdigung?"

Der Pfarrer schien erleichtert, wieder sicheren Boden unter den Füßen zu haben. Er nickte. „Ja. Harriet half bei der Planung der Trauerfeier. Sie war schon früh in der Kirche und sorgte dafür, dass alles bereit war. Sie begrüßte die Leute, als sie ankamen, und verteilte die Gottesdienstordnung. Während des Trauergottesdienstes saß sie im hinteren Teil der Kirche und hatte ein wachsames Auge auf alle, weil sie auch die Ersthelferin der Kirche war."

„Und nach der Trauerfeier?"

„Sie hat bestimmt aufgeräumt. Sonntags hat sie immer die Kirchenbänke nach verlorenen Gegenständen abgesucht. Es hat sie ein bisschen genervt, dass die Leute ihre Sachen liegen ließen. Wenn es nach ihr gegangen wäre, hätte jeder, der eine Lesebrille trug, ein Namensschild in sein Brillenetui kleben müssen." Er lachte. „Und auch auf die Regenschirme und Telefone. Sie konnte manchmal ziemlich schulmeisterlich sein."

„Wie viele Trauergäste nahmen an der Trauerfeier teil?"

„Ich weiß es nicht genau, aber die Kirche war voll. Es waren sogar viel mehr Leute da als bei einem normalen Sonntagsgottesdienst. Das hat mich nicht überrascht. Der alte Gutsherr – so nannten die Leute hier den Herrn des

Anwesens – war sehr beliebt. Er hatte sein ganzes Leben im Dorf verbracht und war ein sehr anständiger Mann. Sehr großzügig."

„Wann hat die Trauerfeier begonnen und wie lange hat sie gedauert?"

Martin kramte in den Papieren, die auf seinem Schreibtisch lagen, und zog eine Gottesdienstordnung hervor. Er reichte sie Bridget. „Der Gottesdienst begann um zwölf und dauerte etwa fünfundvierzig Minuten. Die Leute mögen es nicht, wenn so etwas zu lange dauert. Um viertel vor eins waren wir auf dem Weg nach draußen zur Beisetzung."

„Auf dem Friedhof ist mir ein frisch ausgehobenes Grab aufgefallen."

„Ja. Die meisten Beerdigungen finden heutzutage im nahe gelegenen Krematorium statt, aber die Burtons haben ein Familiengrab. Seit Generationen werden sie in Hambledon beigesetzt. Henrys Frau liegt dort begraben."

„Wer war bei der Beisetzung dabei?"

„Nur ein kleiner Kreis. Der Sohn des alten Herrn, seine Frau und ihre beiden kleinen Kinder. Dann waren da noch sein Verwalter, seine Haushälterin und die Krankenschwester, die ihn am Ende seines Lebens pflegte. Der Küster war natürlich auch da. Alle anderen sind zum Leichenschmaus in den Pub gegangen."

„Außer den Glockenläutern", sagte Bridget.

„Ja, wir sind sehr stolz auf unsere Glocken in St. Michael and All Angels. Wir haben eine ausgezeichnete Gruppe von Läutern, und Henry Burton hat eine beträchtliche Summe für die Instandhaltung der Glocken gespendet. Alle waren der Meinung, dass es ein angemessener Tribut wäre, ihm zu Ehren ein Viertelgeläut zu läuten. Das heißt, alle außer Harriet."

„Sie mochte das Glockengeläut nicht?"

„Sie mochte überhaupt keinen Lärm. Sie pflegte zu sagen, dass die Glocken alles andere übertönten. Sie hatte deswegen einen kleinen Streit mit Bill Harris, dem Glockenmeister."

„Verstehe." Die Liste der Menschen, die Harriet nicht mochte oder beleidigt hatte, schien von Minute zu Minute länger zu werden. „Wie lange hat das Begräbnis gedauert?"

„Nicht länger als zwanzig Minuten, würde ich sagen. Um zehn nach eins war es vorbei."

„Und wie lange haben die Glocken geläutet?"

„Ich glaube, ein Viertelgeläut dauert etwa fünfundvierzig Minuten. Bill Harris kann es Ihnen genau sagen. Sie begannen am Ende des Gottesdienstes, als der Sarg hinausgetragen wurde, und läuteten weiter, bis die Beisetzung beendet war."

In Gedanken stellte Bridget den zeitlichen Ablauf des Mordes zusammen. Er konnte nicht während des Gottesdienstes verübt worden sein, als die Kirche voller Menschen war. Wenn man fünf oder zehn Minuten für das Verlassen der Kirche und den Weg zum Pub einrechnete, dann konnte der Mord frühestens kurz vor eins geschehen sein. Die Leiche war von den Glockenläutern entdeckt worden, als sie um halb zwei vom Turm herunterkamen. Der Mord musste also während der Beisetzung oder in den zwanzig Minuten danach stattgefunden haben.

„Was war mit den Trauernden am Grab? Wissen Sie, wohin sie nach der Beisetzung gegangen sind?"

„Tut mir leid, nein. Ich nehme an, sie sind zum Leichenschmaus in den Pub gegangen, aber das kann ich nicht mit Sicherheit sagen. Sie müssen sie fragen."

„Das werden wir", sagte Bridget. „Und was ist mit Ihnen? Sind Sie nach der Beerdigung in die Kirche zurückgekehrt?"

Der Pfarrer sah ihr direkt in die Augen. „Nein. Tatsächlich bin ich nach der Beisetzung direkt hierher zurückgekommen. Ich wollte nach Emma sehen."

Bridget drehte sich noch einmal um, um aus dem Fenster zu blicken, aber die Frau des Pfarrers war verschwunden. „War sie nicht bei der Trauerfeier?"

Die Frage schien ihn zu überraschen. „Emma? Nein, warum sollte sie?"

„Ich hatte den Eindruck, dass das ganze Dorf zu

diesem Anlass gekommen war."

„Ja, aber Emma kannte Henry Burton nicht besonders gut. Und außerdem findet sie Beerdigungen … unheimlich. Es hätte ihr nicht gutgetan."

Das war eine rätselhafte Antwort, aber vielleicht wurde von einer Pfarrersfrau nicht erwartet, dass sie an jedem Gottesdienst teilnahm, den ihr Mann leitete. „Warum wollten Sie dann nach ihr sehen?", fragte Bridget. „Ist sie krank?"

„Nein, überhaupt nicht. Ich wollte nur sehen, wie es ihr geht." Martin blickte nervös auf seinen Schreibtisch und schob Papiere hin und her. „Die Wahrheit ist, dass ich nach der Beisetzung keine Lust hatte, zurück in die Kirche zu gehen. Ich wusste, dass Harriet dort aufräumen würde, und ich wollte ihr nicht in die Quere kommen."

„Es klingt, als ob Sie ihr aus dem Weg gehen wollten."

„Was soll ich sagen?" Er zuckte hilflos mit den Schultern. „Vielleicht wollte ich das."

„Aus einem bestimmten Grund?"

„Wie ich bereits angedeutet habe, konnte Harriet manchmal schwierig sein. Vielleicht wäre es treffender, zu sagen, dass sie oft schwierig war. Sie nörgelte ständig an irgendetwas herum. Das undichte Dach, die Vorbereitungen für die Sonntagsschule, die Wahl der Kirchenlieder. Tatsache ist, dass ich unsere wöchentlichen Treffen für völlig ausreichend hielt und ihr keine weitere Gelegenheit geben wollte, mich zu schikanieren."

„Schikanieren – das ist ein ziemlich hartes Wort, wenn ich das sagen darf."

Er schaute verlegen. „Nun, stören, wenn Ihnen das lieber ist."

„Verstehe." Es war offensichtlich, dass Harriet Stevenson im Laufe ihres Lebens ein gewisses Talent dafür entwickelt hatte, Menschen zu stören. Aber sie würde niemanden mehr belästigen. Bridget stand auf. „Nun, vielen Dank für Ihre Zeit, Martin. Einer meiner Beamten wird später hier sein, um Ihre schriftliche Aussage aufzunehmen." Sie reichte ihm ihre Karte. „Rufen Sie mich bitte an, wenn Ihnen noch etwas einfällt."

★

Als Bridget im Eight Bells ankam, fand sie Jake im Garten des Pubs, wo er sich mit einer Gruppe von Dorfbewohnern unterhielt. Es war ein sehr malerischer Ort, um einen Drink zu genießen, denn der Garten lag direkt am Ufer der Themse, nur ein kurzes Stück flussaufwärts von der Hambledon Schleuse.

„Wie ist es Ihnen ergangen?", fragte Bridget.

„Alle sind schockiert über das, was passiert ist", sagte Jake, „aber niemand, mit dem ich bisher gesprochen habe, hat etwas Verdächtiges bemerkt. Alle haben die Kirche sofort nach dem Gottesdienst verlassen und sind in den Pub gegangen, um etwas zu essen und zu trinken. Alle haben betont, wie viel Miss Stevenson für das Dorf getan hat, aber wenn ich zwischen den Zeilen lese, bekomme ich langsam den Eindruck, dass sie nicht gerade beliebt war."

„Hatte sie zu viel Macht?"

„Auf jeden Fall. Jemand nannte sie eine herrische Furie."

Eine herrische Furie. Unwillkürlich kam Bridget ein Bild ihrer Schwester in den Sinn, doch sie schob es entschieden beiseite. Es war schon schlimm genug, dass Vanessa sie im wirklichen Leben ständig nervte, da musste sie sich nicht auch noch von ihrem Geist verfolgen lassen, wenn sie gar nicht anwesend war.

„Wir sollten uns das Haus des Opfers ansehen", sagte sie zu Jake.

Harriet Stevenson hatte ein Einfamilienhaus aus dem neunzehnten Jahrhundert in der Nähe der Grundschule besessen. Es lag in einem stattlichen, gepflegten Garten mit alten Bäumen und Sträuchern und war, abgesehen vom Herrenhaus, eines der größten Häuser im Dorf, und Bridget kam der Gedanke, dass dieses Anwesen für eine einzelne Person ziemlich groß war. Seine Ausmaße und seine zentrale Lage mit Blick auf den Dorfanger verstärkten den Eindruck, dass Harriet eine herausragende Stellung im Dorfleben eingenommen hatte. Bridget schloss die Tür auf und trat in den Flur.

Das Haus war auf jeden Fall in einem besseren Zustand als das ziemlich heruntergekommene Pfarrhaus. Ein Mosaikboden führte zu einer Treppe mit einem Läufer, der mit Messingstangen befestigt war. An den weißen Wänden hingen Drucke von Lady Margaret Hall, einem der ersten Frauen-Colleges, eine Erinnerung an Harriets Tage als Akademikerin an der Universität nur wenige Meilen entfernt.

Das Wohnzimmer hatte das Flair eines Gentleman's Club – ein dunkelbraunes Chesterfield-Ledersofa und dazu passende Sessel, ein türkischer Teppich auf dem Holzboden, eine Whisky-Karaffe und ein Satz Kristallgläser auf einem Beistelltisch. In den Regalen aus Eichenholz stapelten sich gebundene Bücher, vor allem über britische Geschichte – die Rosenkriege, die Tudors, die Jakobiner, den englischen Bürgerkrieg. Sofort fühlte sich Bridget in ihre eigene Studienzeit zurückversetzt. Ein gerahmtes Diplom an der Wand bestätigte, dass Harriet einen erstklassigen Abschluss in Geschichte gemacht hatte.

Es war ein schöner Raum, aber es fehlte etwas, um ihn gemütlich zu machen. Es mangelte an weiblichen Akzenten – Blumen, Deko, persönliche Fotos. Vielleicht hatte seine Besitzerin keine weichen Akzente gebraucht.

Ein Zimmer mit Blick auf den hinteren Garten war als Arbeitszimmer genutzt worden. Bridget konnte sich gut vorstellen, wie Harriet hinter dem großen Mahagonischreibtisch saß, ihre verschiedenen Aufgaben erledigte und ihre Kampagnen zur Verbesserung des Dorflebens leitete.

Sie nahm einen ledernen Schreibtischkalender zur Hand, der neben einem Laptop lag, und blätterte darin. „Sie war eine vielbeschäftigte Frau", sagte sie und überflog die Wochen bis zum heutigen Datum. „Sehen Sie sich das an. Letzte Woche hatte sie am Montag eine Sitzung des

Schulrats, am Mittwoch das Planungskomitee für das Dorffest und am Freitag ein Treffen mit dem Pfarrer. In dieser Woche sollte sie am Donnerstag an einer Gemeinderatssitzung teilnehmen, und für Freitag hatte sie ein weiteres Treffen anberaumt, um die Pläne zur Umwandlung des Herrenhauses in ein Hotel zu besprechen."

„Wann hat sie sich mal entspannt?", fragte Jake.

„Vielleicht hat sie das nicht", erwiderte Bridget. „Manche Menschen mögen es, beschäftigt zu sein." Als Akademikerin aus Oxford war Harriet zweifellos an harte Arbeit gewöhnt und hatte diese Gewohnheit aus ihrem Berufsleben einfach mit in den Ruhestand genommen. Möglicherweise war ihr unerbittlicher Terminplan mit Ausschusssitzungen ein Ersatz für Freunde und ein gesellschaftliches Leben gewesen. Eine unverheiratete Frau, die allein in einem so großen Haus lebte, konnte sich durchaus einsam gefühlt haben.

Es war schon spät und sie konnten an diesem Tag nicht mehr viel tun. „Gehen Sie und genießen Sie, was von Ihrem freien Tag noch übrig ist", sagte sie zu Jake. „Wir sehen uns gleich morgen früh auf dem Revier."

KAPITEL 6

„Hast du eine Ahnung, wer es war?" Zum ersten Mal an diesem Tag hatte Amy Jake ganz für sich allein und sie platzte vor Fragen.

Sie gingen Hand in Hand den Themsepfad entlang, die Abendsonne glitzerte auf dem trägen Wasser und warf lange Schatten über die Felder. Es war fast Mittsommer, Amys liebste Jahreszeit, wenn die Wiesen rund um Hambledon grün, saftig und mit Wildblumen übersät waren und der Garten des Eight Bells bis spät in die Nacht von Stimmen und Gelächter erfüllt war.

„Noch nicht", sagte Jake. „Die Ermittlungen haben gerade erst begonnen. Wir müssen die Ergebnisse der Spurensicherung und der Forensik abwarten, und die Leiche wird obduziert werden. Es wird viele Befragungen geben, Zeugenaussagen werden gesichtet und die Laptop- und Handydaten des Opfers werden untersucht. Wir müssen uns ein detailliertes Bild von ihrem Leben machen und versuchen herauszufinden, wer sie töten wollte, vorausgesetzt, es war nicht nur ein zufälliger Angriff. Das Sammeln von Beweisen kann manchmal ziemlich langweilig sein."

„Für mich klingt das nicht langweilig", sagte Amy. „Es klingt faszinierend."

Eigentlich sollte sie Abscheu vor dem Mord empfinden, aber in Wahrheit war es das aufregendste Ereignis im Dorf, seit vor ein paar Jahren ein mehr als dreistündiges Stedman-Triples-Geläut zur 450-Jahr-Feier der Glocken erklungen war. Damals hatte sich Harriet Stevenson über den „Lärm" beschwert, der durch das stundenlange Läuten der Glocken verursacht wurde, doch Henry Burton hatte sie bei einer öffentlichen Versammlung, auf der die Angelegenheit diskutiert wurde, höflich, aber bestimmt überstimmt. Der alte Gutsherr war in seinen jungen Jahren selbst ein begeisterter Glockenläuter gewesen und unterstützte das eindrucksvolle Geläut voll und ganz. Zur Erinnerung an dieses Ereignis hing im Glockenraum eine Holztafel mit den Namen der Glockenläuter in goldener Schrift. Amy hatte die Diskantglocke geläutet, Jamie Reade die Nummer fünf und Bill Harris wie üblich die Tenorglocke.

„Wie geht es dir eigentlich?", unterbrach Jake ihre Gedanken.

„Gut. Warum?"

„Es ist nur so, dass es ein Schock sein kann, eine Leiche zu finden, vor allem, wenn sie erschlagen wurde. Wenn du mit jemandem darüber reden möchtest, kann ich das arrangieren …"

„Die einzige Person, mit der ich reden will, bist du", sagte Amy und drückte seinen Arm.

„Du weißt, dass ich dir keine Einzelheiten über die Ermittlungen verraten kann."

„Natürlich nicht. Ich würde nicht erwarten, dass du dich unprofessionell verhältst." Aber sie überlegte bereits, wie sie Jake bei der Lösung des Falles helfen konnte. Sie kannte jeden im Dorf, und vielleicht würden die Leute mit ihr offener reden als mit der Polizei. Der Pub war immer eine gute Quelle für lokalen Klatsch, ganz zu schweigen von den anderen Glockenläutern. Sie behielt ihre Gedanken für sich, aber ihr Verstand arbeitete bereits auf

Hochtouren und schmiedete Pläne.

„Du siehst glücklich aus", sagte Jake.

„Das bin ich auch."

Sie liebte es, mit einem Detective zusammen zu sein.

★

Es war schon spät, als Robert Bagot schließlich erschöpft neben seiner Frau Sue ins Bett kroch. Was für ein Tag! Die Trauerfeier und der Leichenschmaus wären schon anstrengend genug gewesen, aber dann auch noch der Mord an der Messnerin, nun, er konnte es kaum fassen. Der Anblick der Streifenwagen mit ihren blinkenden Blaulichtern auf dem Dorfanger wirkte wie aus einer Fernsehserie. So etwas passierte in Hambledon-on-Thames einfach nicht.

An diesem Nachmittag und Abend hatte es im Pub nur ein Gesprächsthema gegeben. Alle möglichen Meinungen über den Mord waren geäußert worden, aber als Wirt hatte Robert seine Gedanken für sich behalten und sich geweigert, in die Debatte einzugreifen. Er konnte es sich nicht leisten, Partei zu ergreifen, wenn er alle seine Gäste bei Laune halten wollte.

„Alles in Ordnung?", fragte Sue, legte das Buch beiseite, in dem sie gerade las – ausgerechnet eines von Agatha Christie –, und kuschelte sich an ihn.

„Alles in Ordnung. Aber ich muss sagen, ich war froh, als endlich alle weg waren." Als er die letzte Runde mit der Glocke hinter der Bar eingeläutet hatte, war das Lokal noch immer voller Dorfbewohner gewesen. Sie hatten keine Anstalten gemacht zu gehen, und es war eine echte Herausforderung gewesen, die letzten Nachzügler loszuwerden, vor allem Shaun Daniels, den Gärtner des Herrenhauses, der nach ein paar Pints ziemlich rüpelhaft werden konnte. Und er hatte heute mehr als nur ein paar getrunken.

„Irgendwas Neues von der Polizei?", fragte Sue.

„Noch nicht", antwortete er. „Ich glaube, es wird eine

Weile dauern, bis sie alle Beweise gesammelt und herausgefunden haben, was passiert ist. Aber eines kann ich dir sagen, Liebes – es wird ihnen nicht an Leuten mangeln, die bereit sind, ihre Meinung zu sagen. Ich habe heute so ziemlich jede Theorie darüber gehört, wer Harriet Stevenson getötet hat, und warum."

Sue senkte die Stimme, obwohl sie nur zu zweit waren. „Ich rede nicht gern schlecht über die Toten, aber irgendwie habe ich das Gefühl, dass sie es herausgefordert hat."

Er seufzte. „Ich weiß, was du meinst." In den fünf Jahren, seit Harriet Stevenson nach ihrer Pensionierung ins Dorf zurückgekehrt war, hatte sie ihre Nase in jedermanns Angelegenheiten gesteckt und so manchen auf die Palme gebracht. Auch Robert und Sue hatten schon den ein oder anderen Streit mit ihr wegen des Lärms im Garten des Pubs an Sommerabenden gehabt.

„Gut, dass Jake da war", sagte Sue. „Amy hat so ein Glück, dass sie ihn gefunden hat."

„Jake ist ein guter Kerl", sagte Robert. Er wusste, dass seine Frau hoffte, dass die Beziehung von Dauer sein würde. Ihr gefiel der Gedanke, Jake als Schwiegersohn zu haben, und Robert wäre sehr glücklich, wenn es so käme. Aber er würde nicht im Traum daran denken, seiner Tochter etwas zu sagen. Es war Amys Entscheidung, was sie aus ihrem Leben machen wollte.

„Glaubst du, Tobias wird seine Pläne mit dem Herrenhaus trotzdem durchziehen?", fragte Sue und wechselte plötzlich das Thema.

„Hoffentlich nicht", antwortete Robert.

Seine Ablehnung der Pläne, das Herrenhaus in ein Hotel umzuwandeln, war einer der wenigen Punkte, in denen er und Harriet Stevenson einer Meinung waren. Im Dorf war es kein Geheimnis, dass Henry Burtons Sohn und Erbe das Gelände inspizierte und sich mit Bauunternehmern traf, um die Arbeiten zu besprechen. Wenn im Dorf ein neues Hotel eröffnet würde, wäre das nicht gut für das Geschäft im Pub. Robert hatte gehofft, dass die Pläne im Sande verlaufen würden. Aber jetzt war die Person, die den Widerstand gegen die Pläne angeführt hatte, tot. Das war sicher ein gefundenes Fressen für die Gerüchteküche. Aber er war viel zu müde, um jetzt darüber zu reden.

Er küsste seine Frau auf die Wange und löschte das Licht.

KAPITEL 7

Chloes nächste Prüfung stand erst Ende der Woche an, so dass Bridget am nächsten Tag ohne weitere Prüfungssorgen zur Arbeit gehen konnte.

Der Stress, den sie bereits durchgestanden hatte, war schon genug. Auf die Frage, wie die Mathearbeit am Vortag gelaufen war, hatte Chloe mit den Schultern gezuckt und „gut" geantwortet. Aber als Bridget genauer nachfragte, gab Chloe schließlich zu, dass ihr bei der letzten Frage die Zeit ausgegangen war und sie diese unvollendet gelassen hatte.

„Also nicht gut", schloss Bridget.

„Aber Mum, das war eine unmögliche Frage. Nur einer in der ganzen Klasse konnte sie beantworten."

„Also nicht unmöglich. Nur schwierig."

„Du bist keine große Hilfe, Mum."

Bridget atmete tief durch. „Macht nichts", sagte sie mit einer, wie sie hoffte, aufmunternden Stimme. „Wenn es allen schwer gefallen ist, werden die Prüfer das bei der Benotung sicher berücksichtigen. Vergiss es und konzentrier dich auf die nächste Prüfung."

„Bin schon dabei, Mum."

Bridget verzichtete darauf, Chloe daran zu erinnern, ihre Vorbereitungszeit nicht mit Gesprächen mit Alfie und Olivia zu vergeuden. Das hatte sie ihr schon hundertmal gesagt. Jetzt war es an der Zeit, ihrem eigenen Rat zu folgen und sich auf ihre Aufgabe zu konzentrieren. In einem friedlichen Dorf war eine Frau brutal ermordet worden, und das an einem Tag, der eigentlich der Trauer und Besinnung gewidmet sein sollte. Für die Frau war es eine Tragödie, für Bridget ein neuer Ansporn. Der Beginn einer neuen Ermittlung weckte immer ihren Gerechtigkeitssinn und erinnerte sie daran, warum sie Polizistin geworden war – um das Unrecht in der Welt zu beseitigen. Sie fuhr zur Arbeit und fühlte sich erstaunlich unbeschwert.

Um viertel vor acht betrat sie den Einsatzraum in Kidlington und freute sich, Jake bereits an seinem Schreibtisch vorzufinden.

„Guten Morgen, Ma'am. Ich dachte mir, dass Sie früh anfangen wollen."

„Ja", sagte sie. „Teambesprechung, sobald alle da sind."

Es war vielleicht keine Überraschung, dass Jake als Erster eintraf. Er hatte einen persönlichen Bezug zu dem Fall, denn seine Freundin hatte die Leiche entdeckt. Bridget fragte sich, ob es richtig war, ihn in die Ermittlungen einzubeziehen, beschloss dann aber, dass es kein Problem sein würde. Sie konnte seinen gesunden Menschenverstand und sein Einfühlungsvermögen sicherlich gut gebrauchen, Fähigkeiten, die nicht jeder in ihrem Team besaß.

Detective Constable Ffion Hughes traf als Nächste ein, wie immer in ihrer grünen Biker-Lederkluft. *Ein typisches Beispiel*, dachte Bridget. Ffions Fähigkeiten im Umgang mit Computern und ihr scharfer, analytischer Verstand waren unübertroffen, aber ihre „People Skills" ließen noch zu wünschen übrig. Nach Ffions Durchbruch bei ihrem letzten Fall, bei dem es um den Tod einer Schriftstellerin beim Oxford Literary Festival ging, hatte Bridget sie für eine Beförderung zum Detective Sergeant empfohlen, und nun verbrachte sie jede freie Minute damit, für ihre Prüfungen zu lernen – weit mehr, als Bridget es Chloe je hatte tun sehen. Wenn es der jungen Constable gelänge, ihre Fähigkeiten im Umgang mit Menschen zu verbessern, würde sie eine ausgezeichnete Detective Sergeant abgeben. Bridget hatte sie kürzlich zu einem Seminar geschickt und hoffte auf Fortschritte.

„Ich habe Ihre Nachricht erhalten, Ma'am", sagte Ffion. „Ich hole mir schnell einen Tee. Möchten Sie auch einen?"

Bridget beschloss, das Angebot als ein vielversprechendes Zeichen zu werten. „Kaffee, bitte. Milch und zwei Stück Zucker."

Am Abend zuvor hatte sie allen Teammitgliedern eine Nachricht geschickt, dass sie Punkt acht Uhr ein Briefing abhalten würde. Es blieb abzuwarten, ob alle pünktlich erscheinen würden.

Das herannahende Geplänkel männlicher Stimmen im Korridor draußen kündigte die Ankunft von DS Ryan Hooper, DS Andy Cartwright und DC Harry Johns an. Bridget sah auf die Uhr. Zwei Minuten vor acht. Sie waren knapp dran, hatten es aber immerhin geschafft. Jetzt konnten sie loslegen. Oder zumindest würden sie das können, sobald sich jeder ein Getränk geholt hatte – einen Kräutertee für Ffion, einen starken Tee für Jake, einen Starbucks-Kaffee für Ryan, einen Energydrink für Harry und einen lauwarmen Kaffee aus dem Automaten für sie und Andy.

Nach einem kurzen Schluck ihres eigenen Getränks – das den Namen Kaffee kaum verdiente – klatschte sie in die Hände, um für Ruhe zu sorgen. „Gut. Fangen wir an."

Das Stimmengewirr im Einsatzraum verstummte rasch, und Bridget nahm ihren Platz vor dem Whiteboard ein. Sie hatte ein Foto des Opfers vom schwarzen Brett in der Kirche mit der Überschrift *Unser Team in St. Michael and All Angels* genommen und befestigte es nun am Whiteboard. Eine strenge Frau mit einem Helm aus lackiertem stahlgrauem Haar. Formelle Bluse und Perlen. Das Gesicht der Toten starrte Bridget an, als würde es sie verurteilen.

„Harriet Stevenson, Messnerin in St. Michael and All Angels in Hambledon-on-Thames. Gestern um zwölf begann Harriet mit ihren Pflichten bei der Beerdigung von Henry Burton, dem Herrn des Anwesens, der in Hambledon allgemein als der alte Gutsherr bekannt war. Zu Harriets Aufgaben an diesem Tag gehörte es, die Trauergäste bei ihrer Ankunft in der Kirche zu begrüßen, die Gottesdienstordnung zu verteilen und nach der Trauerfeier aufzuräumen. Eineinhalb Stunden später wurde ihre Leiche im nördlichen Querschiff der Kirche von einer Glockenläuterin entdeckt, mit gebrochenem Schädel, nachdem sie von einem stumpfen Gegenstand getroffen worden war.

Das Zeitfenster des Angriffs liegt zwischen dem Ende des Trauergottesdienstes um zwölf Uhr fünfundvierzig und dem Zeitpunkt, als die Glockenläuter um etwa halb zwei das Läuten beendeten und vom Glockenturm herunterkamen. Wenn man davon ausgeht, dass die Trauergäste etwa zehn Minuten brauchten, um die Kirche zu verlassen, ist es meiner Meinung nach am wahrscheinlichsten, dass der Mord nach eins und vor dem Ende des Glockengeläuts stattgefunden hat. Damit lässt sich die Tatzeit auf etwa dreißig Minuten eingrenzen. In dieser Zeit fand auf dem Friedhof die Beisetzung statt, die aber um zehn nach eins beendet war, was bedeutet, dass der Täter jeder gewesen sein könnte, der an der Beerdigung teilgenommen hat. Fragen bis hierher?"

„Sie erwähnten einen stumpfen Gegenstand", sagte Ryan. „Haben wir eine Mordwaffe?"

„Noch nicht", sagte Bridget. Sie heftete ein paar Fotos der Leiche ans Whiteboard, die das SOCO-Team *in situ* gemacht hatte. „Wie Sie sehen können, war der Schädel des Opfers stark zertrümmert, aber die Waffe wurde bisher nicht gefunden."

„Könnte es sich um einen Gelegenheitsangriff

gehandelt haben?", fragte Andy. „Ein Raubüberfall vielleicht?"

„Die Geldbörse des Opfers wurde bei ihr gefunden", sagte Bridget, „Sie enthielt Bargeld in Höhe von etwa fünfzig Pfund. Wenn der Täter also nicht gestört wurde, bevor er das Geld an sich nehmen konnte, haben wir es vermutlich mit einem anderen Motiv zu tun."

Ffion hob die Hand. „Ma'am, Sie sagten, die Glockenläuter hätten während des Angriffs geläutet. Haben sie nichts gesehen oder gehört?"

„Das kann ich beantworten", ergriff Jake das Wort. „Ich war schon einmal im Glockenturm von St. Michael and All Angels. Man kann durch die Gitter des Innenfensters ins Kirchenschiff sehen, aber man hat keine gute Sicht auf die Querschiffe. Die Glockenläuter standen im Kreis, einander zugewandt, und konzentrierten sich auf das Läuten der Glocken. Das Wechselläuten ist eine ziemlich komplizierte Angelegenheit. Und was das Hören betrifft, kann ich sagen, dass der Lärm der Glocken dafür viel zu laut ist."

„Danke für die Erklärung", sagte Bridget.

Ryan stupste Jake an. „Was hast du im Glockenturm gemacht?"

„Meine Freundin Amy hat mich mal mitgenommen, um mir zu zeigen, wie das Wechselläuten funktioniert."

„Das Wechselläuten", kicherte Ryan. „So nennt man das also?"

Jake drehte sich verlegen weg. Auch Ffion wandte sich mit finsterer Miene von den Männern ab.

„Haben wir die Glockenläuterin befragt, die die Leiche entdeckt hat?", fragte Andy. „Ich hätte gedacht, sie wäre eine naheliegende Verdächtige."

„Es war Amy", sagte Jake schnell. „Und sie ist ganz sicher keine Verdächtige."

„Aber wenn sie die Leiche gefunden hat …"

Jakes Temperament flammte auf. „Sie war mit den anderen Glockenläutern im Turm, okay? Sie sind alle zusammen heruntergekommen. Amy war zufällig diejenige, die die Leiche zuerst entdeckt hat."

Bridget fragte sich erneut, ob es klug war, Jake in das Ermittlungsteam aufzunehmen. Er würde sich definitiv besser zusammenreißen müssen, wenn sie ihm erlauben wollte, zu bleiben. „DS Derwent", sagte sie, „bitte versuchen Sie, Ihre Emotionen im Zaum zu halten. Darf ich Sie daran erinnern, dass es unsere Aufgabe ist, Beweise zu sammeln, und nicht, das Ergebnis der Untersuchung vorwegzunehmen."

Er senkte den Kopf, sichtlich getroffen von der Zurechtweisung. „Ja, Ma'am. Verzeihung, Ma'am."

„Aber Jake hat recht", fuhr sie fort, um die Situation zu entschärfen. „Die Glockenläuter waren die ganze Zeit zusammen im Turm und kamen auch zusammen herunter. Ich denke, wir können sie als Verdächtige ausschließen."

„Können wir zu diesem Zeitpunkt noch jemanden ausschließen?", fragte Ryan. „Oder müssen wir das ganze Dorf befragen?"

„Ich habe mit dem Pfarrer, Reverend Martin Armistead, gesprochen", sagte Bridget. „Er ist ein junger Geistlicher, der erst seit einem Jahr im Amt ist. Ich hatte den Eindruck, dass er sich in Bezug auf die Leitung der Kirche ziemlich auf die Messnerin verließ, obwohl er sie für eine ziemlich schwierige Person hielt. Er deutete an, dass es zwischen ihr und dem Erben des Herrenhauses böses Blut gab. Jake, haben Sie das mitbekommen, als Sie mit den Leuten im Pub gesprochen haben?"

„Ja", sagte Jake. „Definitiv. Es sieht so aus, als wolle Henry Burtons Sohn und Erbe Tobias Burton das Herrenhaus in ein Hotel und Spa umwandeln. An diesem Plan scheiden sich im Dorf die Geister. Nicht alle sind dagegen, aber Harriet Stevenson war vehement gegen die Idee und hat eine Kampagne vorbereitet, um das Projekt zu verhindern. Am Freitagabend sollte eine Versammlung im Gemeindehaus stattfinden, um den Widerstand zu diskutieren, aber ich nehme an, dass sie jetzt abgesagt wird."

„Ein Bauernaufstand", scherzte Ryan.

„Nur dass Harriet Stevenson keine Bäuerin war", sagte Bridget. „Sie war eine pensionierte Oxford-Akademikerin, und nach dem, was der Pfarrer sagte, hatte sie eine Menge Macht in der Gemeinde. Sie war nicht nur Messnerin, sondern auch Vorsitzende des Gemeinderats und des Schulrats der örtlichen Grundschule. Außerdem war sie für die Organisation des Sommerfestes verantwortlich. Aber obwohl sie eine Autoritätsperson im Dorf war, glaube ich nicht, dass sie viele Freunde hatte. Jake?"

„Das stimmt, Ma'am. Alle, mit denen ich gesprochen habe, waren schockiert über ihren Tod, aber niemand hat eine Träne vergossen."

„Waren alle, die bei der Beerdigung waren, aus der Gegend?", fragte Ffion.

„Die meisten", antwortete Jake, „mit Ausnahme der unmittelbaren Familie des Verstorbenen. Tobias Burton lebt mit seiner Frau und seinen beiden Kindern in London."

„Was ist mit Fremden im Dorf?"

„Bisher hat niemand gemeldet, dass er jemanden gesehen hat, der da nicht hingehört."

„Klingt, als hätte dieser Tobias Burton am meisten von Harriet Stevensons Tod profitiert", sagte Andy.

„Ich werde ihn auf jeden Fall mit höchster Priorität befragen", sagte Bridget. „Der einzige Grund, warum ich gestern nicht mit ihm gesprochen habe, war Respekt. Das wäre am Tag der Beerdigung seines Vaters ziemlich unsensibel gewesen."

„Gibt es schon etwas Neues von der Spurensicherung?", fragte Harry, der sich zum ersten Mal zu Wort meldete. Der junge Constable war fleißig und gewissenhaft, aber schüchtern, und Bridget wünschte sich, er würde sich mehr an den Teambesprechungen beteiligen. Es war gut, dass er mal eine Frage stellte.

„Bis jetzt noch nicht", sagte sie aufmunternd. „Wie gesagt, die Tatwaffe wurde noch nicht gefunden. Aber es gab Spuren auf dem Boden in der Nähe der Leiche, die darauf hindeuten, dass jemand in das Blut getreten sein könnte." Sie blickte auf den vorläufigen Bericht, den Vik ihr per E-Mail geschickt hatte. „Es gibt zwar keinen vollständigen Fußabdruck, aber Vik glaubt, dass die Spuren von einem Schuh mit glatter Ledersohle stammen, höchstwahrscheinlich von einem Mann. Wir werden sehen, was die Forensik dazu sagt, aber bis dahin müssen wir unsere eigenen Nachforschungen anstellen. Jake, Ryan, ich möchte, dass Sie beide ins Dorf fahren und von allen, die bei der Beerdigung waren, Zeugenaussagen aufnehmen."

„Wird gemacht", sagte Ryan, der sich über die Aussicht auf einen Tag außerhalb des Reviers freute.

„Andy, Harry, können Sie ein paar Hintergrundrecherchen über Tobias Burton anstellen? Schauen Sie, ob Sie etwas über seine geschäftlichen Interessen herausfinden können. Womit verdient er seinen Lebensunterhalt? Plant er wirklich, aus dem Herrenhaus ein Hotel zu machen?"

Andy nickte und machte sich eine Notiz in seinem Notizbuch.

„Und Ffion", sagte Bridget, „Sie kommen mit mir. Es ist höchste Zeit, dass wir mit Tobias Burton sprechen."

KAPITEL 8

Am Tag nach dem Mord, der das Dorf erschüttert hatte, sah Hambledon-on-Thames nicht anders aus als am Tag zuvor. Die Sonne schien hell auf den Dorfanger, und vom Spielplatz der Grundschule war das fröhliche Stimmengewirr der Kinder zu hören. Es brauchte eindeutig mehr als den Tod eines Menschen, um die Ruhe dieser beschaulichen Gemeinde zu erschüttern. Doch als Bridget die High Street entlangfuhr, zuckten die Gardinen in den Fenstern der strohgedeckten Cottages zu beiden Seiten, und eine junge Frau, die aus der Bäckerei kam, beobachtete sie aufmerksam. Der Mord hatte das Misstrauen der Anwohner geweckt und vielleicht die ohnehin schwelenden Konflikte angeheizt.

Bridget lenkte ihren Mini zu den Holztoren, die zum Herrenhaus führten, und beugte sich aus dem Auto, um einen Summer zu betätigen. Die Tore öffneten sich lautlos, und sie fuhr auf das Grundstück, während der Kies unter den Reifen knirschte.

Das weitläufige Gelände war von einer massiven Steinmauer umgeben, die rechts an die Kirche grenzte. Auf der linken Seite verdeckten Bäume und Sträucher den

Blick, aber am anderen Ende des Grundstücks waren einige Nebengebäude zu sehen. Das gesamte Areal musste etwa vier Hektar groß sein. Ein stämmiger Mann in Jeans-Latzhosen schnitt gerade mit einer Heckenschere einen riesigen Buchsbaum. Als Bridget vorbeifuhr, unterbrach er seine Arbeit und drehte sich um, um sie anzustarren.

Als sie und Ffion einen Moment später aus dem Auto stiegen, stand er immer noch auf halber Höhe seiner Leiter und beobachtete sie mit einem mürrischen Ausdruck auf seinem sonnengebräunten Gesicht.

„Haben Sie auch den Eindruck, dass wir hier nicht willkommen sind?", fragte Ffion.

Bridget schenkte dem grimmigen Gärtner keine Beachtung und nahm stattdessen das alte Herrenhaus in Augenschein, das sich vor ihr erhob. Das etwas verwinkelte, aber beeindruckend große Gebäude aus honigfarbenem Stein wurde von vier Giebeln gekrönt, über denen drei riesige Schornsteine emporragten. Die Morgensonne spiegelte sich in den bleiverglasten Sprossenfenstern, um die sich eine üppige Glyzinie rankte, deren knorrige Wurzeln so groß wie kleine Baumstämme waren. Die Veranda, die zur bogenförmigen Eingangstür führte, wurde von zwei riesigen Keramikkübeln flankiert, die weitere Exemplare der kunstvoll gestutzten Buchsbäume enthielten. Bridget zog an dem altmodischen Klingelzug neben der Tür, und irgendwo tief im Inneren des Hauses läutete eine Glocke.

Die schwere Eichentür wurde von einer Frau zwischen Mitte und Ende sechzig geöffnet, die ein langärmeliges schwarzes Wollkleid trug, das für den sonnigen Junitag etwas zu warm aussah. Ihr graues Haar war zu einem lockeren Knoten am Hinterkopf gebunden, einige Strähnen hatten sich gelöst und umrahmten ihr blasses Gesicht. Mit müden Augen betrachtete sie Bridget und Ffion.

Bridget zeigte ihren Dienstausweis. „Detective Inspector Bridget Hart von der Thames Valley Police. Das ist meine Kollegin, Detective Constable Ffion Hughes.

Wir hatten gehofft, mit Mr. Tobias Burton sprechen zu können. Ist er da?"

„Es tut mir leid", sagte die Frau, „aber Mr. Burton ist im Moment nicht da. Er ist geschäftlich in Oxford und ich weiß nicht, wann er zurückkommt. Soll ich ihm etwas ausrichten?"

„Nicht nötig", sagte Bridget. „Wenn Sie mir seine Nummer geben, kann ich ihn selbst anrufen."

Die Frau zögerte einen Moment, nickte dann aber. „Würden Sie bitte einen Moment hier warten?"

„Eigentlich", sagte Bridget, „würden wir gerne mit Ihnen über den Mord an Harriet Stevenson sprechen, wenn wir schon mal hier sind."

„Natürlich", sagte die Frau. „In diesem Fall kommen Sie besser herein."

Sie öffnete die Tür weiter und führte sie in die ausladende, holzgetäfelte Eingangshalle, die so groß war wie jedes Zimmer in Bridgets eigenem Haus. Von der Halle gingen mehrere Türen in verschiedene Richtungen ab, und eine breite Holztreppe führte zu einer Galerie im Obergeschoss. Von der gegenüberliegenden Wand blickte ein Hirschkopf auf einem Schild mit traurigen Augen auf sie herab. Der Geruch von Alter und Bienenwachs lag in der Luft.

„Ich bin übrigens Josephine Daniels, die Haushälterin hier im Herrenhaus." Jetzt, wo sie im Haus waren, wirkte sie selbstsicherer. „Bitte, kommen Sie mit in die Küche."

Sie folgten ihr durch eine offene Tür, einen zweiten, schmaleren Gang entlang und in eine große, helle Küche mit einem Boden aus Steinplatten. Eine Reihe blank polierter Kupfertöpfe hing an der Wand über einem riesigen Aga in einer Nische, in der früher vielleicht ein Kohleofen oder in früheren Jahrhunderten ein offener Kamin gestanden hatten. Das Fenster über der Belfaster Spüle gab den Blick frei auf einen Gemüsegarten mit akkurat gepflanzten Reihen von Stangenbohnen und Tomatenpflanzen. In der Ferne war ein Gewächshaus zu erkennen.

Josephine bat sie, sich an den großen Holztisch zu setzen, während sie den Kessel auf die Herdplatte stellte. „Ich bin mir nicht sicher, ob ich Ihnen viel erzählen kann", sagte sie. „Aber ich werde mein Bestes tun, um zu helfen."

„Danke", sagte Bridget.

Nachdem das Wasser gekocht hatte, brachte Josephine den Tee in einer großen braunen Kanne an den Tisch und stellte drei Tassen, eine Schale Zucker und ein Kännchen Milch bereit.

„Sind Sie schon lange Haushälterin auf dem Gut?", fragte Bridget.

„Mein ganzes Arbeitsleben", antwortete Josephine, während sie den Tee einschenkte. „Mehr als fünfzig Jahre. Ich habe hier angefangen, als ich sechzehn war."

„Das ist eine lange Zeit. Sie müssen den verstorbenen Gutsherrn sehr gut gekannt haben." Bridget erinnerte sich, dass der Pfarrer erwähnt hatte, dass die Haushälterin eine der wenigen Personen gewesen war, die an der Beisetzung teilgenommen hatten.

„Ja", sagte Josephine. „Er war schon Gutsherr, als ich meinen Dienst hier antrat. Sein Vater fiel 1944 an der Spitze seiner Männer in der Schlacht um die Normandie, also war Mr. Burton noch ein Kind, als er Gutsherr wurde." Sie rührte zwei Zuckerwürfel in ihren Tee und sah Bridget mit großen blauen Augen an, die jeden Moment zu überquellen schienen. „Er war ein lieber Mann. Ich werde ihn sehr vermissen." Sie zog ein Baumwolltaschentuch aus dem Ärmel ihres Kleides und tupfte sich schniefend die Nase.

„Ihr Verlust tut mir sehr leid", sagte Bridget.

„Danke", sagte Josephine und steckte das Taschentuch wieder in den Ärmel. Bridget bemerkte, dass sie keinen Ehering trug. „Er war schon eine Weile krank", fuhr sie fort. „Es war einmal die Rede davon, ihn in ein Hospiz zu verlegen, aber er war fest entschlossen, hier zu sterben, in seinem Zuhause. Er liebte dieses Haus. Es bedeutete ihm alles. Schließlich organisierte der junge Mr. Burton eine Krankenschwester, um dem alten Gutsherrn seinen

Wunsch zu erfüllen."

Bridget nahm einen Schluck Tee, bevor sie zum eigentlichen Grund ihres Besuchs überging. „Darf ich fragen, wie gut Sie Harriet Stevenson kannten?"

„Ziemlich gut", antwortete Josephine. „In einem Dorf dieser Größe lernt man die Leute schnell kennen, auch wenn ich sie nicht als Freundin bezeichnen würde. Unsere Wege kreuzten sich meist in der Kirche, da sie Messnerin war und ich mich um den Blumenschmuck kümmerte."

„Sie arrangieren die Blumen für die Kirche?", fragte Bridget. „Ich muss sagen, die Blumendeko bei der Beerdigung gestern war sehr schön."

„Danke. Der alte Gutsherr hat immer darauf bestanden, Blumen für die Kirche zu spenden. Er war so großzügig. Er war der Meinung, dass der Gutsherr die Pflicht hatte, der Gemeinschaft etwas zurückzugeben. Mein Sohn Shaun züchtet sie. Er ist der Gärtner hier."

Bridget erinnerte sich an den unfreundlichen Empfang durch den Mann mit der Heckenschere. „War das Shaun, den ich draußen arbeiten sah, als ich ankam?"

„Ja, genau", sagte Josephine. „Er ist ein guter Junge, Shaun. Sie dürfen ihm nicht übelnehmen, wenn er etwas unhöflich wirkt, das ist einfach seine Art. Und wir haben alle einen schrecklichen Schock erlitten, erst der Tod des alten Gutsherrn, dann gestern die Sache mit Miss Stevenson. Wie Sie sich vorstellen können, wissen wir im Moment weder ein noch aus."

Bridget nickte. „Fällt Ihnen ein Grund ein, warum jemand Miss Stevenson etwas antun wollte?"

Josephine schürzte die Lippen. „Ich würde sie nicht als beliebte Frau bezeichnen. Sie hat sich keine Mühe gegeben, nett zu den Leuten zu sein. Aber was Sie mich wirklich fragen, ist, ob ich jemanden kenne, der ihren Tod wollte. Die Antwort ist Nein. Seit Menschengedenken ist so etwas in diesem Dorf nicht vorgekommen. So etwas gibt es hier einfach nicht."

„Nein", sagte Bridget. „Den Eindruck hatte ich auch."

Ffions Blick wanderte unruhig durch die Küche.

„Wohnen Sie hier im Herrenhaus?", fragte sie.

„Ja", sagte Josephine. „Ich habe mein ganzes Erwachsenenleben hier verbracht."

„Und Ihr Sohn wohnt auch hier?"

„Nicht im Haus. Er hat ein Cottage auf dem Gelände."

„Er lebt dort allein?"

Josephine zögerte einen Moment, bevor sie antwortete. „Ja. Er hatte schon immer Pech in der Liebe."

Bridget wartete, ob Ffion noch weitere Fragen hatte, aber ihre DC schien ihre Neugier vorerst gestillt zu haben.

„Sie waren bei der Beisetzung, ist das richtig?", fragte Bridget Josephine.

Die Haushälterin nickte. „Ja, es war nur eine kleine Gruppe – der junge Mr. Burton, seine Frau und Kinder, ich, Rosemary Carver, die Krankenschwester, die den alten Gutsherrn am Ende pflegte, und Ms. Symonds, die Gutsverwalterin. Der neue Pfarrer hat ein paar nette Worte gesagt."

„Wann war die Beisetzung zu Ende?"

„Ich glaube, es war etwa zehn nach eins oder so."

„Und was haben Sie danach gemacht?"

„Ich bin hierher zurückgekommen, ins Herrenhaus."

„Sie sind nicht zum Leichenschmaus in den Pub gegangen?"

„Nein. Ich mag keine großen Menschenansammlungen. Rosemary hat versucht, mich zu überreden, aber ich habe ihr gesagt, dass ich allein sein möchte, und sie hat es verstanden."

„Wohin ist Rosemary nach der Beerdigung gegangen? Und die Gutsverwalterin, Ms. Symonds?"

„Ich nehme an, sie sind beide zum Leichenschmaus gegangen. Aber ich kann es nicht mit Sicherheit sagen."

„Was ist mit Ihrem Sohn Shaun?", fragte Ffion. „War er nicht bei der Trauerfeier?"

„Ja, natürlich war er da. Fast das ganze Dorf war da."

„Aber er war nicht bei der Beisetzung mit der Familie und den anderen Angestellten?"

„Nein", sagte Josephine, ohne eine Miene zu verziehen.

„Ich nehme an, er ist in den Pub gegangen. Er fühlt sich bei formellen Anlässen nicht wohl. Er ist sehr schüchtern."

„Was ist mit Tobias Burton und seiner Familie?", fragte Bridget. „Wissen Sie, was sie unmittelbar nach der Beisetzung getan haben?"

„Ich glaube, sie hatten vor, in den Pub zu gehen. Sie mussten sich beim Leichenschmaus der Form halber blicken lassen. Obwohl" – Josephine senkte die Stimme, auch wenn niemand sonst im Raum war – „unter uns gesagt, ich glaube, Mrs. Burton wollte die Kinder so schnell wie möglich nach London zurückbringen. Sie wollte nicht, dass sie die Schule verpassen."

„Sie hat das Dorf bereits verlassen?"

„Der junge Mr. Burton fuhr sie und die Kinder noch am selben Nachmittag zum Bahnhof. Er blieb allein zurück, um die Angelegenheiten seines Vaters zu regeln."

„Haben Sie gesehen, wohin Tobias Burton unmittelbar nach der Beerdigung gegangen ist?", fragte Ffion.

„Nein", sagte Josephine. „Ich habe ihn selbst nicht gesehen. Wie ich schon sagte, bin ich allein zum Haus zurückgekehrt."

„Wann haben Sie ihn das nächste Mal gesehen?"

„Das war, nachdem er vom Bahnhof zurückgekommen war. Das muss so gegen vier gewesen sein."

Ffion warf Bridget über den Küchentisch hinweg einen vielsagenden Blick zu. Es war offensichtlich, dass ihr Verdacht gegen Tobias Burton durch die Aussage der Haushälterin keineswegs ausgeräumt worden war.

„Also", sagte Bridget, „wohnt außer Ihnen und Tobias Burton noch jemand in diesem Haus?" Das Herrenhaus schien enorm groß für nur zwei Bewohner.

„Shaun hat natürlich sein Cottage auf dem Anwesen. Die Krankenschwester Rosemary hat in den letzten Monaten hier gewohnt, aber jetzt, da ihre Arbeit getan ist, wird sie ausziehen. Ms. Symonds, die Gutsverwalterin, besitzt ein eigenes Haus im Dorf."

„Sobald die Krankenschwester weg und Mr. Burton nach London zurückgekehrt ist, sind also nur noch Sie im

Haus?"

Josephine schüttelte den Kopf. „Nein, ich bin nur dem alten Gutsherrn zuliebe so lange geblieben. Jetzt, wo er nicht mehr da ist, habe ich vor, mich zur Ruhe zu setzen. Ich habe ein paar Ersparnisse zur Seite gelegt. Ich werde also aus dem Gutshaus ausziehen und mir im Dorf ein eigenes kleines Haus zur Miete suchen." Sie faltete die Hände. „Um meine eigene Zukunft mache ich mir keine Sorgen, aber um Shaun."

„Warum das?"

Ein besorgter Ausdruck verfinsterte das Gesicht der Haushälterin, als bedaure sie es, so viel preisgegeben zu haben. „Der alte Gutsherr hat sich immer um seine Angestellten gekümmert. Shauns Cottage auf dem Gut bekam er mit seinem Job. Aber wenn es stimmt, was man sich erzählt, und der junge Gutsherr plant, aus dem Haus ein Hotel zu machen, weiß ich nicht, was aus Shaun wird ..." Sie verstummte.

„Ein Hotel braucht sicher auch einen Gärtner", sagte Bridget. „Und ich bin sicher, dass es hier in der Gegend viele Leute gibt, die für jemanden mit seinen Fähigkeiten und seiner Erfahrung gutes Geld bezahlen würden." Ihre eigene Schwester Vanessa hatte einen jungen Mann, der einmal in der Woche kam, um die größeren Gartenarbeiten zu erledigen, und es gab viele Leute in Oxfordshire mit noch größeren Gärten als Vanessa.

„Vielleicht", sagte Josephine zweifelnd. „Aber Veränderungen sind immer schwierig und nicht unbedingt gut."

„War das auch Harriets Meinung?", fragte Ffion.

„Oh, ja", sagte Josephine. „Miss Stevenson war eine große Verfechterin der Tradition. Sie war ganz und gar nicht begeistert von der Idee, dieses Haus in ein Hotel zu verwandeln."

„Hat sie ihre Einwände jemals Tobias Burton gegenüber geäußert?"

„Bei mehr als einer Gelegenheit, denke ich", sagte Josephine. „Aber der junge Gutsherr wollte sich von einer alten Wichtigtuerin wie ihr nichts sagen lassen. Ich hole Ihnen seine Nummer." Sie stand auf und nahm eine Visitenkarte von einer Pinnwand an der Wand. „Hier, bitte." Sie reichte die Karte an Ffion weiter, die Tobias Burtons Nummer in ihr Telefon einspeicherte.

Bridget dankte der Haushälterin für ihre Zeit und folgte ihr durch die beiden Flure zurück zur Haustür. Dieses Haus war wirklich ein Labyrinth. Sie wollte gerade gehen, als sie schwere Schritte auf der Holztreppe hörte. Eine stämmige Frau mittleren Alters mit rötlichem Teint schleppte sich mühsam mit einer schweren Reisetasche die Stufen hinunter. Bei jedem Schritt stieß sie gegen ihr Bein und erschwerte ihr den Abstieg. Als sie Bridget und Ffion erblickte, blieb sie auf der untersten Stufe stehen und sah die Haushälterin fragend an.

„Inspector Hart", sagte Josephine Daniels, „das ist Rosemary Carver. Sie ist wegen der Beerdigung nach Hambledon zurückgekehrt und hat hier übernachtet, um mir Gesellschaft zu leisten. Rosemary, diese beiden Damen sind Detectives von der Thames Valley Police."

Rosemarys Augen weiteten sich bei der Erwähnung der Polizei. Sie ließ ihre Tasche auf den Boden gleiten und streckte eine rosafarbene Hand aus. „Ich nehme an, Sie sind wegen dieser schrecklichen Sache mit der Messnerin hier." Sie legte die andere Hand auf ihre Brust und schüttelte den Kopf. „Schockierend. Ich konnte es kaum glauben. Ich sagte zu Josephine, dass man heutzutage nirgendwo mehr sicher ist. Und wenn man bedenkt, dass so etwas Schreckliches ausgerechnet am Tag der Beerdigung des alten Gutsherrn, Gott hab ihn selig, passieren konnte."

„Ich habe gehört, dass Sie Henry Burton bis zu seinem Tod gepflegt haben", sagte Bridget.

„Das habe ich", sagte Rosemary. „Ich war die letzten drei Wochen seines Lebens hier. Da ging es ihm schon schlecht, aber er war noch bei Verstand, zumindest wenn er nicht mit Schmerzmitteln vollgepumpt war, der arme Kerl. Wir haben uns nett unterhalten, der alte Gutsherr und ich. So ein liebenswerter Mann."

„Haben Sie sich ganz allein um ihn gekümmert?"

„Ja. Ich habe hier gewohnt, war also rund um die Uhr verfügbar, wenn Not am Mann war. Das ist der Service, den meine Agentur anbietet, verstehen Sie? Wir bieten Menschen am Ende ihres Lebens Palliativpflege in ihrem eigenen Zuhause an." Ihr Blick wanderte durch den Flur. „Obwohl ich sagen muss, dass die meisten meiner Patienten nicht in so prächtigen Häusern wie diesem leben."

„Waren Sie bei ihm, als er starb?" Die Krankenschwester schien recht gesprächig zu sein, und Bridget hoffte, sie würde bestätigen, dass der alte Mann eines natürlichen Todes gestorben war, ohne direkt danach fragen zu müssen. Ein verdächtiger Todesfall genügte fürs Erste.

„Wir beide", sagte Rosemary, nahm die Hand der Haushälterin und drückte sie freundschaftlich. „Er ist ganz friedlich im Schlaf gestorben, das kann ich Ihnen versichern. Ich sage den Leuten immer, dass das die beste Art ist, zu gehen."

Bridget versuchte, ihre nächste Frage vorsichtig zu formulieren, um nicht unhöflich zu erscheinen. „Nehmen Sie oft an Beerdigungen verstorbener Patienten teil?"

„Nein, normalerweise nicht. Es mag gefühllos klingen, aber in meinem Beruf darf man sich nicht zu sehr an seine Patienten binden. Sie sterben alle, so leid es mir tut. Aber ich muss zugeben, dass dieser Fall für mich etwas Besonderes war. Der alte Mann ist mir sehr ans Herz gewachsen, und Josephine und ich sind gute Freundinnen geworden. Ich kann Ihnen sagen, dass es eine absolute Freude war, hier zu arbeiten. So ein netter alter Herr und so ein schönes Haus." Bewundernd blickte sie auf die holzgetäfelten Wände, als könne sie ihr Glück kaum fassen, an einen solchen Ort geschickt worden zu sein.

„Sie arbeiten für eine private Agentur?", fragte Bridget.

„Ja, *Oxford Angels* heißt sie. Ich habe früher für den National Health Service gearbeitet, aber Sie können sich nicht vorstellen, wie stressig die Arbeit auf den Stationen ist." Ihre Hand wanderte wieder zu ihrer Brust, als reichte die Erwähnung des National Health Service aus, um Herzklopfen zu verursachen. „Wir waren immer überlastet. Am Ende konnte ich es nicht mehr ertragen und habe mich bei *Oxford Angels* angemeldet, und ich kann ehrlich sagen, dass ich es nie bereut habe."

„Ich habe gehört, Sie waren auch bei der Beisetzung ", sagte Bridget. Es schien, dass eine einfache Aufforderung ausreichte, um die Krankenschwester zum Reden zu bringen. Bridget wünschte sich, alle ihre Zeugenbefragungen würden so reibungslos verlaufen.

„Ja", sagte Rosemary. „Ich war mir nicht sicher, ob ich dabei sein sollte, denn es war hauptsächlich für die Familie und Menschen, die den alten Gutsherrn schon lange kannten, aber Josephine bestand darauf, dass ich dabei sein sollte." Sie warf der Haushälterin einen liebevollen Blick zu. „Sie meinte, dass ich dem alten Mr. Burton so nahe stand wie kaum jemand sonst. Allerdings", fügte sie hinzu, „bin ich mir nicht sicher, ob der junge Mr. Burton das auch so gesehen hat. Er hat zwar nichts gesagt, aber ich hatte den Eindruck, dass er dachte, ich sollte mich um meine eigenen Angelegenheiten kümmern."

„Was haben Sie unmittelbar nach der Beisetzung gemacht?"

„Nun, ich bin über den Kirchhof gegangen, habe mir ein paar der Grabsteine angesehen – es ist so eine schöne alte Kirche, nicht wahr? – und dann bin ich zum Pub auf der anderen Seite des Dorfes gegangen. The Eight Bells, glaube ich, heißt er. Die hatten ein richtig gutes Buffet für den Leichenschmaus vorbereitet. Alles selbstgemachte Sandwiches und Kuchen. Ich habe die Wirtin Sue nach ihrem Rezept für die Cremetörtchen gefragt. Ich sagte zu ihr, Sue, das sind die besten Cremetörtchen, die ich je gegessen habe. Und ich habe nicht übertrieben."

Bevor Bridget ihre nächste Frage stellen konnte, fuhr Rosemary fort: „Aber hören Sie, wie ich von den Cremetörtchen schwärme! Sie sind wegen der Messnerin hier und wollen sicher wissen, ob ich etwas Verdächtiges gesehen habe. Die Antwort lautet Nein, ich habe nichts gesehen. Ich kann mir nicht vorstellen, wer so ein schreckliches Verbrechen begangen haben könnte. Es ist ein so freundliches Dorf. Ich kann mir nur vorstellen, dass jemand von außerhalb hierhergekommen sein muss, um Unheil zu stiften. Das ist jedenfalls meine Meinung."

„Vielen Dank dafür", sagte Bridget. Sie reichte Rosemary ihre Karte. „Falls Ihnen noch etwas einfällt, können Sie mich unter dieser Nummer erreichen."

„Natürlich." Rosemary steckte die Karte in eine Tasche ihrer Strickjacke und wandte sich dann an Josephine. „Ich melde mich, versprochen. Wir müssen uns mal treffen, eine schöne Tasse Tee trinken und ein bisschen plaudern." Sie umarmte ihre Freundin herzlich und gab ihr einen Kuss auf die Wange. „Aber jetzt muss ich wirklich zurück zu meinem Mann. Er hat sich die ganze Zeit, die ich weg war, von Bohnen und Toast ernährt, der arme Kerl." Sie nahm ihre Reisetasche und verließ eilig das Haus.

★

„Sollen wir einen Spaziergang über das Anwesen machen?", fragte Bridget, als sie draußen waren.

„Und sehen, ob wir dem freundlichen Gärtner begegnen?", erwiderte Ffion.

„Genau", sagte Bridget. „Mal sehen, ob er wirklich die schüchterne, missverstandene Seele ist, für die ihn seine Mutter hält."

„Oder der ungehobelte Tölpel, der er zu sein scheint", schloss Ffion.

Shaun Daniels schnitt nicht mehr den Buchsbaum an der Vorderseite des Hauses, und so erkundeten sie die nähere Umgebung, vorbei an tiefen Staudenrabatten, einem kleinen runden Rosengarten und einem Zierteich mit Seerosen. Je weiter sie sich vom Haus entfernten, desto wilder wurde der Garten. Sie durchquerten ein kleines

Wäldchen, in dem Wildblumen zwischen den Bäumen wuchsen, und eine Wiese, auf der ein einzelner Pfad durch das hohe Gras gemäht war. Unten am Fluss fanden sie ein einstöckiges Steinhäuschen. Die Fensterrahmen waren verrottet, die Farbe blätterte ab, ein Stück Dachrinne hing lose herab und offenbarte einen dunklen Fleck, an dem das Regenwasser tief in die Steinmauer eingedrungen war. Das graue Schieferdach war mit Moos bedeckt und einige Ziegel fehlten. Die Fenster waren schon lange nicht mehr geputzt worden. Bridget klopfte an die Holztür, aber es kam keine Antwort. Nicht weit entfernt stand ein altes Bootshaus, aber das Gebäude war verschlossen. Bridget spähte durch das mit Spinnweben verhangene Fenster, aber es war niemand drinnen, und es gab kaum Anzeichen dafür, dass das Haus in den letzten Jahren genutzt worden war. Neben dem Bootshaus befand sich ein Rasentennisplatz, der längst von Unkraut überwuchert war.

„Das Gelände ist riesig", sagte Bridget. „Und ziemlich verwahrlost."

„Da drüben", sagte Ffion und deutete auf die andere Seite des Hauses.

Der Gärtner schien aus dem Boden zu wachsen. Als sie näher kamen, bemerkte Bridget, dass er aus einem halb unterirdischen Eiskeller kam, der von einem grasbewachsenen Hügel bedeckt war. In der Hand hielt er eine Harke. Vielleicht benutzte er den alten Eiskeller als Lager für seine Werkzeuge, jetzt, da die Erfindung des Kühlschranks Eiskeller überflüssig gemacht hatte.

„Mr. Daniels?", rief Bridget.

„Ja. Was gibt's?" Sein Tonfall war schroff und abweisend.

„Ich habe mich gefragt, ob wir uns kurz unterhalten könnten."

„Können wir. Aber vielleicht habe ich Ihnen nicht viel zu sagen." Er stand reglos da und hielt die Harke wie einen Dreizack in die Höhe.

Bridget blieb in einiger Entfernung stehen. Shaun

Daniels wirkte einschüchternd. Er war ein großer Mann mit muskulösen Armen und dunklem, widerspenstigem Haar. Seine Latzhose war schmutzig, seine Hände und Finger waren schwarz von Erde, und er roch nach abgestandenem Schweiß. Aber er hatte auch etwas Faszinierendes. Eine breite, schwere Stirn verbarg sensible Augen unter einem Schleier rauer Männlichkeit. Ein Heathcliff der Neuzeit? Nach einem heißen Bad und frischer Kleidung könnte man ihn durchaus als gutaussehend bezeichnen.

„Dieser Garten ist wunderschön", sagte Bridget aufrichtig. Ihr eigenes Grundstück, das im Vergleich zu dem von Hambledon Manor nur die Größe einer Briefmarke hatte, war vor langer Zeit in einen wilden Zustand übergegangen, und sie hatte jede Hoffnung aufgegeben, es von der Natur zurückzuerobern.

Shaun quittierte das Kompliment mit einem Schulterzucken.

Ffion zeigte keinerlei Anzeichen, dass sie von seinem guten Aussehen angetan war. „Wir würden gerne mit Ihnen über den Tod von Harriet Stevenson sprechen", sagte sie.

Der Gärtner schaute finster drein. „Ich habe gestern schon im Pub mit einem von Ihnen gesprochen. Und bevor Sie fragen, ja, ich war auf der Trauerfeier, und nein, ich habe nichts Verdächtiges bemerkt. Ich habe Harriet Stevenson nicht umgebracht, und ehrlich gesagt ist es mir auch völlig egal, wer es war."

„Nun, danke", sagte Bridget. „Das erspart uns eine Menge Fragen. Aber da wir schon mal hier sind, haben wir noch ein paar mehr."

Er grunzte. „Na, dann los."

„Vielleicht könnten Sie uns zunächst etwas über Ihre Arbeit hier im Herrenhaus erzählen."

„Was gibt es da zu erzählen? Ich bin der Gärtner."

„Und was genau heißt das?"

Er grinste. „Ich würde sagen, hauptsächlich Gartenarbeit. Ich dachte, Sie wären Detectives."

„Mr. Daniels, wir können das Gespräch hier oder auf dem Revier führen. Es liegt ganz bei Ihnen."

Er seufzte. „Also gut. Ich bin für die Pflege der Außenanlagen des Hauses verantwortlich. Das ist eine viel zu große Aufgabe für eine einzige Person, wie Sie wahrscheinlich sehen können. Früher gab es einen Chefgärtner und drei oder vier Gehilfen. Jetzt bin nur noch ich da. Außerdem wollte der alte Gutsherr, dass ich mich um den Kirchhof kümmere, den Rasen mähe und die Grabsteine sauber halte. Ach ja – und Schnittblumen für den Sonntagsgottesdienst züchte." Er runzelte die Stirn. „Und für all das hat er mir einen Hungerlohn gezahlt."

„Wir haben gehört, dass Sie neben Ihrem Lohn auch freie Unterkunft bekommen haben", sagte Ffion.

Er neigte den Kopf in Richtung des Flusses. „Eine alte, zugige Hütte neben dem Bootshaus, ja. Kalt im Winter, feucht das ganze Jahr über. Hat den alten Gutsherrn keinen Cent gekostet."

„Sie klingen nicht sehr dankbar", sagte Bridget. „Wenn Sie das so empfanden, hätten Sie sich vielleicht einen anderen Job suchen sollen."

Daraufhin verstummte der Gärtner. Er drehte sich um und ging zur Vorderseite des Hauses. Bridget beeilte sich, ihm zu folgen.

Plötzlich blieb er stehen und drehte sich um. „Der alte Gutsherr war kein schlechter Mensch. Er war ein Gentleman, im Gegensatz zu seinem Sohn. Aber Leute wie er ... Sie sind so weit von Leuten wie mir entfernt, dass es keine gemeinsame Basis gibt." Er deutete mit der Harke auf das Haus und das Grundstück. „Wie kann eine Person so viel besitzen, während der Rest von uns darum kämpft, über die Runden zu kommen? Es war nicht leicht für Mum, mich hier allein großzuziehen. Wir hatten vielleicht ein Dach über dem Kopf und Essen auf dem Teller, aber viel Geld hatten wir nie. Glauben Sie, ich könnte mir hier in der Gegend ein eigenes Haus leisten? Jetzt will der neue Gutsherr aus dem Anwesen ein schickes Hotel machen. Wer weiß, ob ich nächste Woche noch einen Job oder ein

Zuhause habe? Das ist einfach nicht fair."

„Haben Sie mit Tobias Burton über seine Pläne gesprochen?"

„Er erzählt mir nie etwas", sagte Shaun. „Leute wie er tun das nie. Das haben sie nicht nötig."

„Können Sie uns sagen, was Sie am Tag der Beerdigung gemacht haben?", fragte Bridget, um von Shaun Daniels' Lieblingsthema abzulenken: die Reichen und die Armen.

„Da gibt es nicht viel zu erzählen. Ich habe meinen besten Anzug angezogen und mich in der Kirche blicken lassen. Den Rest des Tages verbrachte ich im Pub."

„Sie waren also nicht bei der Beisetzung?"

Er zeigte Bridget seine schmutzigen Finger. „Ich sehe jeden Tag genug Dreck. Ich muss nicht zusehen, wie jemand unter die Erde gebracht wird."

„Ich dachte, Sie wollten vielleicht Ihre Mutter unterstützen, da Sie offensichtlich viel für sie empfinden. Und da sie so viel von Ihnen hält."

Er zuckte zusammen, und Bridget vermutete, dass sie einen wunden Punkt getroffen hatte. Shaun Daniels war nicht der gefühllose Trottel, für den er sich ausgab. Offensichtlich fühlte er sich seiner Mutter sehr verbunden, auch wenn er seinem ehemaligen Arbeitgeber gegenüber Gleichgültigkeit heuchelte.

„Hören Sie", sagte er, „Henry Burton war sowohl mein Vermieter als auch mein Arbeitgeber. Er war kein schlechter Mensch, und ich habe den alten Gutsherrn respektiert. Aber er war nie mein Freund. Wie könnte man mit so jemandem befreundet sein? Also erwies ich ihm meinen Respekt, wie ich es am besten kann ... mit einem Pint Ale in der Hand." Er hielt die Harke fest in seiner großen Faust. „Und jetzt, wenn Sie mich entschuldigen, ich habe Arbeit zu erledigen."

Sie waren wieder beim Buchsbaum vor dem Haus angekommen, und Shaun begann, die Heckenreste aus dem Rasen zu harken. Bridget ließ ihn gewähren und kehrte zum Auto zurück.

KAPITEL 9

Tief unter der Erde, in dem Tunnel, der die Radcliffe Camera mit der Old Bodleian Library verband, beschäftigte sich Amy Bagot in Gedanken mit Mord.

Es gefiel ihr hier unten, weit weg von der Hektik der geschäftigen Straßen Oxfords. Der alte Underground Bookstore oder „Stacks", zu dem früher nur Bibliotheksmitarbeiter Zutritt hatten und von dem aus Bücher auf einem klappernden Förderband aus den 1930er-Jahren in die Lesesäle transportiert wurden, war in den letzten Jahren renoviert und in einen modernen Studienraum mit bequemen Stühlen und WLAN verwandelt worden. Die Touristen, die gemächlich über den Radcliffe Square schlenderten und bewundernd zur Kuppel der Camera oder zum Turm von St. Mary's hinaufblickten, ahnten nichts von der verborgenen Welt, die sich unter dem Kopfsteinpflaster verbarg.

Während sie einen Wagen mit Büchern zurück zu den Regalen schob, dachte sie über die Ereignisse des Vortages nach. Hatte jemand aus dem Dorf den Mord begangen? Soweit sie wusste, hatte niemand einen Fremden in der

Gegend gesehen. Die meisten Leute behaupteten, zur Tatzeit im Pub gewesen zu sein. Blieben noch die Leute am Grab. Könnte es einer von ihnen gewesen sein? Es war allgemein bekannt, dass Henry Burtons Sohn einen guten Grund hatte, die Messnerin nicht zu mögen und sie aus dem Weg haben wollte, und das war die bei weitem populärste Theorie, die im Eight Bells die Runde machte. Der Gedanke, dass sie nur wenige Meter entfernt im Kirchturm geläutet hatte, als der Angriff stattfand, war frustrierend. Ein Mord war quasi unter ihren Füßen verübt worden!

Amy fragte sich, was Jake gerade tat. Sprach er mit den Menschen im Dorf? Hatte die Polizei schon irgendwelche Durchbrüche erzielt? Was war mit den forensischen Beweisen vom Tatort? Verzweifelt wartete sie auf Neuigkeiten, widerstand aber dem Drang, ihm eine Nachricht zu schreiben. Er hatte ihr gesagt, er könne nicht mit ihr über Details der Ermittlungen sprechen. Nein, es hatte keinen Sinn, zu spekulieren. Sie musste sich auf ihre Arbeit konzentrieren.

Sie nahm das erste Buch aus ihrem Wagen, überprüfte die Klassifizierungsangaben auf dem Buchrücken und suchte den richtigen Platz im Regal. Es war wichtig, beim Einordnen der Bücher sorgfältig vorzugehen. Ein falsch einsortiertes Buch war so gut wie verschwunden.

„Amy, da bist du ja."

Sie drehte sich um und sah ihren Kollegen Evan auf sich zukommen. Ein schlaksiger, büchervernarrter junger Mann mit gebückter Haltung und blassem Teint, der sie einmal um ein Date gebeten hatte, und den sie sanft hatte abblitzen lassen müssen. Sie mochte es nicht, Menschen zu verletzen, aber er war wirklich nicht ihr Typ. Jetzt versuchte sie, ihm aus dem Weg zu gehen. „Was gibt's?", fragte sie.

„Der Bibliothekar will dich sprechen."

„Weswegen?" Der Bibliothekar war der ranghöchste Beamte der Bodleian Library, der für die Fachbibliothekare und alle Junior-Mitarbeiter wie Amy verantwortlich war. Im Alltag sah sie nicht viel von ihm. Sie stand in der Hierarchie zu weit unten.

„Hat er nicht gesagt. Aber er sah ziemlich glücklich aus."

Amys Interesse war geweckt. Aber sie konnte ihren Wagen mit den nicht einsortierten Büchern nicht einfach stehen lassen.

„Ich räume sie für dich ein", sagte Evan. „Geh und sieh nach, was er will."

Amy schenkte ihm ein dankbares Lächeln – sie musste wirklich einen Weg finden, freundlicher zu Evan zu sein, ohne ihm falsche Hoffnungen zu machen, dass sie jemals mehr als Kollegen und Freunde sein könnten – und machte sich auf den Weg zum Büro des Bibliothekars in der Old Bodleian.

„Sie wollten mich sprechen, Sir?", sagte sie, nachdem sie geklopft hatte und in sein Heiligtum gebeten worden war.

„Ah, ja, Miss Bagot, nehmen Sie Platz."

Professor Patrick Danvers, ein freundlicher Mann Ende fünfzig, war vor ein paar Jahren zum Bibliothekar von Bodley ernannt worden. Der Mann, der letztlich für die Aufbewahrung und Erhaltung von mehr als zwölf Millionen Druckwerken, darunter Karten und Dokumente, die ein Jahrtausend und älter waren, verantwortlich war, wurde von seinen Kollegen sehr geschätzt und von Amy bewundert. Sie wartete darauf, dass er ihr erklärte, warum er sie sprechen wollte.

Er rieb sich die lange Nase und lehnte sich in seinem Stuhl zurück. „Sie wohnen in Hambledon-on-Thames, richtig?"

„Ja, Sir. Meinen Eltern gehört der Pub." Sie hoffte, dass er sie nicht nur hergebeten hatte, um sich nach der Qualität des Biers zu erkundigen oder um eine Reservierung zu machen.

„Ausgezeichnet. Dann habe ich genau den richtigen Job für Sie. Ich glaube, Sie werden Freude daran haben, und es wird Ihre Fähigkeiten weiterentwickeln."

„Sir?"

„Ich bin von einer Anwaltskanzlei in Oxford kontaktiert worden, die den Nachlass des verstorbenen Henry Burton verwaltet. Ich gehe davon aus, dass Sie ihn kannten, da Sie ja aus dem Dorf stammen?"

„Ja!", sagte Amy. „Ich war im Team der Glockenläuter bei seiner Beerdigung."

Danvers wirkte beeindruckt. „Eine Frau mit vielen Talenten, wie ich sehe. Nun, es scheint, dass Henry Burton seine gesamte Büchersammlung der Bibliothek vermacht hat. Ich weiß nicht genau, was die Sammlung enthält, aber ich habe gehört, dass es etwa tausend Titel sind, viele davon Erstausgaben. Es scheint, dass Mr. Burton wollte, dass die Sammlung für die Nachwelt erhalten bleibt. Ich habe veranlasst, dass morgen ein Team zum Herrenhaus fährt, um die Bücher einzupacken und hierher zu transportieren. Ihre Aufgabe wird es sein, die Arbeit zu beaufsichtigen und die Bücher anschließend zu katalogisieren. Würde Ihnen das Spaß machen?"

„Auf jeden Fall", sagte Amy strahlend. „Es wäre mir eine Ehre."

„Ausgezeichnet. Wenn das so ist, brauchen Sie morgen nicht nach Oxford zu kommen. Fahren Sie direkt zum Herrenhaus und treffen Sie die Jungs dort. Ich habe bereits mit der Haushälterin gesprochen, sie erwartet Sie."

„Ich danke Ihnen vielmals."

Amy kehrte mit dem Gefühl unter die Erde zurück, dass das Leben nicht aufregender werden konnte. Der Bibliothekar hatte ihr nicht nur einen besonderen Auftrag anvertraut, sondern sie würde auch die Gelegenheit haben, im Herrenhaus herumzuschnüffeln und den Menschen, die dort lebten und arbeiteten, ein paar Fragen zu stellen. Es bestand eine reelle Chance, dass sie einen Hinweis finden würde, der zur Aufklärung des Mordes führen könnte.

★

„Ich denke, nach all der harten Arbeit haben wir uns etwas zu essen verdient", sagte Ryan, stieß die Tür des Eight Bells auf und ging schnurstracks zur Theke. Er schnappte sich eine Speisekarte und blätterte sofort zum Burger-Bereich.

Jake hatte nichts dagegen einzuwenden. Nach einem langen Vormittag, an dem sie sich durch das Dorf gearbeitet und mit so vielen Menschen wie möglich gesprochen hatten, war er ausgehungert. Und er konnte aus eigener Erfahrung bestätigen, dass Robert und Sue Bagot die besten Burger in ganz Oxfordshire machten.

„Ich nehme einen Burger mit Käse und Speck und Pommes, ohne Salat, bitte", sagte Ryan. „Und ein paar Extraportionen Ketchup."

„Für mich dasselbe", sagte Jake.

„Möchtet ihr etwas trinken?", fragte Robert und notierte sich ihre Essensbestellung.

„Nur zwei Cola", sagte Jake. Die Bierauswahl im Eight Bells war umfangreich, aber sie hatten noch den ganzen Nachmittag Arbeit vor sich, und es war wichtig, einen klaren Kopf zu behalten.

„Geht klar." Robert füllte zwei Pint-Gläser mit Cola aus dem Zapfhahn. „Die Getränke gehen aufs Haus."

„Prost", sagte Jake, hob sein Glas und nahm einen großen Schluck. „Vielen Dank."

„Und, wie läuft's?", fragte der Wirt. „Schon irgendwelche Durchbrüche?"

„Tut mir leid, Robert, aber wir dürfen nicht darüber sprechen", sagte Jake, obwohl es in der Tat wenig zu besprechen gab. Niemand, mit dem sie bisher gesprochen hatten, hatte etwas Bemerkenswertes beobachtet.

Robert nickte verständnisvoll. „Ich war selbst bei der Trauerfeier und habe es mir hundertmal durch den Kopf gehen lassen, aber ich kann ehrlich sagen, dass mir nichts Verdächtiges aufgefallen ist. Es waren keine Fremden anwesend oder so etwas. Das heißt natürlich nicht, dass nicht doch jemand da war. Es gibt viele Ecken auf dem Friedhof, wo man sich hinter einem Grabstein oder einer

Hecke verstecken kann. Aber das scheint mir ein bisschen weit hergeholt."

„Was erzählt man sich im Pub?"

„Alles Mögliche", sagte Robert, „aber das Hauptthema ist natürlich das Gerücht, dass Tobias Burton das Herrenhaus in ein Hotel verwandeln will." Er stützte die Ellbogen auf den Tresen und senkte die Stimme. „Das hat schon vor dem Mord zu Spannungen geführt. Harriet Stevenson war die Anführerin der Opposition, und sie hatte viele Unterstützer auf ihrer Seite. Die Menschen mögen keine Veränderungen. Sie wollen, dass alles so bleibt, wie es immer war, besonders in einem Dorf wie diesem. Aber einige der Jüngeren, und mit ‚jünger' meine ich die unter fünfzig, sind der Meinung, dass es gut für das Dorf sein könnte. Mehr Arbeitsplätze. Wir würden sozusagen auf der Landkarte erscheinen."

„Was denkst du?", fragte Jake.

Der Wirt tippte sich an die Nase und beugte sich verschwörerisch über die Theke. „Eine Sache, die man in diesem Beruf sehr schnell lernt, ist, seine Meinung für sich zu behalten. Ich möchte nicht die Hälfte meiner Kundschaft vergraulen, indem ich Partei ergreife. Aber unter uns gesagt, ich bin nicht gerade begeistert von der Idee eines schicken Hotels. Ich war kein Fan von Harriet Stevenson, aber in diesem Punkt hatte sie recht."

Der Pub füllte sich allmählich, und Robert musste sich wieder um seine Gäste kümmern. „Sue bringt euch das Essen an den Tisch, wenn es fertig ist", sagte er zu den beiden Detectives. „Ich sag euch was, wenn ihr mehr über das Leben im Dorf erfahren wollt, solltet ihr mit Maurice sprechen." Er deutete auf einen Tisch neben dem Kamin, an dem ein älterer Herr mit hoher Stirn und einer Mähne aus federleichtem weißem Haar mit einem Pint und dem Kreuzworträtsel der *Times* saß. Das rote Seidentuch, das er um seinen faltigen Hals trug, verlieh ihm zusammen mit dem blütenweißen Hemd und der Tweedjacke ein elegantes, lässiges Aussehen. Seine intelligenten, funkelnden Augen hinter der silbernen Brille schienen sein

Alter zu widerlegen. „Maurice Fairweather", erklärte der Wirt, „ist unser Lokalhistoriker. Er hat ein Buch über die Geschichte des Dorfes geschrieben. Es gibt nicht viel, was sich in den letzten paar hundert Jahren in Hambledon ereignet hat, von dem Maurice nichts weiß."

„Ich hoffe, unsere Nachforschungen müssen nicht so weit zurückgehen", sagte Ryan, aber er und Jake nahmen ihre Getränke und setzten sich zu Maurice an den Tisch. Der alte Mann sah auf, als sie sich näherten, und musterte sie durch seine dicken Brillengläser.

„Detective Sergeant Jake Derwent", sagte Jake, „und …"

„DS Ryan Hooper", sagte Ryan. „Was dagegen, wenn wir uns zu Ihnen setzen, Kumpel?"

„*Enchanté*", sagte Maurice und streckte eine knochige Hand mit langen, dünnen Fingern aus. Sein Lächeln offenbarte lange, gelbliche Zähne. „Sie sind also die großen Detectives, ja?"

„Wir gehören zum Team", sagte Jake, der sich nicht sicher war, ob der alte Mann sich über sie lustig machen wollte.

„Hmm, mal sehen, was Sie draufhaben." Er fuhr mit einem manikürten Fingernagel über die Liste der Kreuzworträtsel. „Ach ja, versuchen wir mal das hier. *Likelihood of person catching criminal.* Wahrscheinlichkeit, dass jemand einen Verbrecher schnappt? Acht, sechs."

Jake kratzte sich am Kopf. In Kreuzworträtseln war er noch nie gut gewesen. Wenn Maurice erwartete, dass sie das Rätsel lösten, bevor er bereit war, ihnen Informationen zu geben, dann gab es keine Hoffnung."

„Sporting chance", sagte Ryan. Jake sah ihn erstaunt an.

„Sehr gut, junger Mann", sagte Maurice mit einem anerkennenden Nicken. Er faltete seine Zeitung zusammen, damit sie ihre Getränke abstellen konnten.

Sue kam mit dem Essen, bevor Jake Ryan fragen konnte, wie er das Kreuzworträtsel gelöst hatte. Vielleicht war es auch besser so – er wollte vor Maurice nicht dumm dastehen. Sein Magen knurrte beim Anblick und Geruch der dicken, saftigen, mit Käse und Speck belegten Burger und der großzügigen Portion handgeschnittener Pommes. Es schien ein bisschen unhöflich zu sein, an Maurice Fairweathers Tisch zu essen, aber Ryan biss bereits herzhaft in seinen Burger, und der alte Mann schien nichts dagegen zu haben. Er schien die Gelegenheit zu einem Gespräch sogar zu genießen.

„Natürlich", sagte Maurice, „ist dies nicht der erste Mord in St. Michael and All Angels."

Jakes Ohren spitzten sich bei dieser Nachricht. Warum hatte er noch nie etwas davon gehört? Vielleicht war es passiert, bevor er nach Oxford gezogen war. Er schaute zu Ryan, der ebenso verwirrt den Kopf schüttelte.

Maurices Augen funkelten amüsiert. „Es war im Jahr 1555. Ich nehme an, Sie wissen, was in jenem Jahr in Oxford geschah?"

Jake wünschte, Maurice Fairweather würde aufhören, sie mit seinen kryptischen Andeutungen und seinem Geschichtswissen auf die Probe zu stellen. Aber Ryan schien bereit, das Spiel mitzuspielen.

„Mal sehen", sagte er zwischen einem Bissen Burger und Pommes, „1555 … Das wäre die Zeit der Tudors. Liege ich richtig in der Annahme, dass Bloody Mary auf dem Thron saß?"

„Weiter", sagte Maurice, der sich sichtlich amüsierte.

„Und Mary war als Tochter von Katharina von Aragón eine überzeugte Katholikin. War 1555 also das Jahr, in dem die Märtyrer von Oxford auf dem Scheiterhaufen verbrannt wurden?"

„Sehr gut." Maurice Fairweather hob sein Bier und prostete ihnen zu. „Seien Sie guten Mutes, Master Ridley, und spielen Sie den Mann. Wir werden heute durch Gottes Gnade in England eine Kerze entzünden, die, so hoffe ich, niemals erlöschen wird. "

Jake starrte ihn verständnislos an. Zwischen Ryan und Maurice kam er sich allmählich wie ein kompletter Trottel vor.

„Das waren die letzten Worte von Hugh Latimer an Nicholas Ridley, bevor sie vor dem Balliol College als Ketzer verbrannt wurden", erklärte der Hobbyhistoriker. Er zeigte auf Ryan und sagte: „Der ist schlauer, als er aussieht."

„Ich weiß", sagte Jake niedergeschlagen. Er hatte schon lange den Verdacht, dass Ryans burschikoses Auftreten nur Fassade war. Vielleicht verbrachte er seine Abende damit, heimlich Geschichtsbücher zu lesen.

„Hugh Latimer, Bischof von Worcester, und Nicholas Ridley, Bischof von London, wurden 1555 wegen ihrer protestantischen Lehren zu Märtyrern", erklärte Maurice. „Im Jahr darauf ereilte Thomas Cranmer, Erzbischof von Canterbury, das gleiche Schicksal. Cranmer versuchte, sich aus der Affäre zu ziehen, indem er seinen Glauben widerrief, aber er hatte sich bereits das Genick gebrochen, als er Henry VIII. dabei half, die Ehe mit Marys Mutter, Katharina von Aragón, zu annullieren. Am Ende zog er seinen Widerruf zurück und starb als Märtyrer für den Anglikanismus."

„Und was hat das alles mit Hambledon-on-Thames zu tun?", fragte Jake.

„Dazu komme ich noch", sagte Maurice und nahm einen Schluck von seinem Bier. Er hatte es offensichtlich nicht eilig, seine Geschichten zu erzählen. „Nun, der damalige Besitzer von Hambledon Manor war ein Mann namens Edmund Burton. Sie haben sicher die Bildnisse von ihm und seiner Frau Ellen im nördlichen Querschiff der Kirche bemerkt."

„Äh, ja", sagte Jake, der sich vage an ein Grab mit Figuren darauf erinnerte, obwohl er sich, um ehrlich zu sein, mehr auf die am Boden liegende Leiche aus Fleisch und Blut konzentriert hatte als auf die jahrhundertealten Steinfiguren.

„Edmund Burton war ein Anhänger der englischen Reformation. Eine gefährliche Position, wenn man bedenkt, dass Protestanten nicht weit entfernt in Oxford auf dem Scheiterhaufen verbrannt wurden. Dann, in einer dunklen Nacht im November 1555, nur einen Monat, nachdem Latimer und Ridley in Flammen aufgegangen waren, wurde der Pfarrer von Hambledon-on-Thames erschlagen aufgefunden, und zwar fast genau an der Stelle, an der gestern die Messnerin getötet wurde. Geschichte wiederholt sich immer."

„Aber diese beiden Todesfälle stehen in keinem Zusammenhang", protestierte Jake. „Sie liegen Hunderte von Jahren auseinander, und religiöse Verfolgung gehört der Vergangenheit an."

„Ist das so?", sagte Maurice und warf ihm einen scharfen Blick zu. „Da bin ich mir nicht so sicher. Meinen Sie nicht, dass der Ort, an dem die beiden Morde geschahen, mehr als nur ein Zufall sein könnte?"

Jake schwieg, weil er den Köder nicht schlucken wollte, aber Ryan schien sich wirklich für Maurices Geschichte zu interessieren. „Dieser Edmund Burton muss also ein ziemlich großer Fisch gewesen sein, wenn er sein eigenes Bildnis in der Kirche hat?"

„Genau das war er, wie Sie so schön sagen", sagte Maurice mit einem kehligen Lachen. „Und glücklicherweise war er klug genug, sich der religiösen Verfolgung zu entziehen und ein hohes Alter zu erreichen. Tatsächlich war es Edmund, der den Bau des Kirchturms finanzierte und die Installation der Glocken im Jahr 1570 beaufsichtigte."

„Meine Freundin ist eine Glockenläuterin", sagte Jake, erleichtert, einen sachdienlichen Beitrag zum Gespräch leisten zu können.

„Die junge Amy Bagot", sagte Maurice, und Jake fragte sich, wie viel der scharfsinnige alte Mann über sein Privatleben wusste. „Das Wechselläuten hat im Dorf eine lange Tradition und wurde immer von der Familie Burton unterstützt."

„Was ist dieses geheimnisvolle Wechselläuten, von dem ich immer wieder höre?", fragte Ryan, und Jake stellte erfreut fest, dass Ryan doch nicht alles wusste.

„Das ist eine typisch englische Tradition", erklärte

Maurice, „obwohl sie auch in Wales und in viel geringerem Maße in anderen englischsprachigen Teilen der Welt praktiziert wird. Wissen Sie, im Gegensatz zu den Glocken in den Kirchen anderer europäischer Länder schwingen englische Glocken nämlich in einem vollständigen Kreis. Das bedeutet, dass der Rhythmus der Glocken sehr genau gesteuert werden kann, so dass sie in einer bestimmten Reihenfolge geläutet werden können. Beim Wechselläuten werden die Glocken in aufeinanderfolgenden Reihen geläutet, wobei jede Glocke einmal erklingt und sich die Reihenfolge der Glocken zwischen den aufeinanderfolgenden Reihen je nach der angewandten Methode ändert.“

„Die Methoden haben Namen wie Plain Hunt oder Oxford Bob Triples“, sagte Jake und versuchte sich daran zu erinnern, was Amy ihm erzählt hatte.

„Das ist richtig“, sagte Maurice anerkennend, „obwohl moderne Methoden viel komplizierter sein können, wie Spliced Surprise Major oder Stedman Sextuples. Die ersten Bücher über das Wechselläuten wurden im siebzehnten Jahrhundert veröffentlicht, die bekanntesten sind Duckworths *Tintinnalogia* von 1668 und Stedmans *Campanalogia* von 1677. Henry Burtons Großvater Francis war ein begeisterter Glockenläuter und Sammler von Büchern zu diesem Thema. Er finanzierte auch die Renovierung der Kirchenorgel im Jahr 1909. Und natürlich war es der verstorbene Henry Burton selbst, der im Jahr 2000 die Glocken restaurieren ließ. Es ist eine Familientradition.“

Jake beschloss, diese Erwähnung von Henry Burton zum Anlass zu nehmen, das Gespräch wieder auf die Gegenwart zu lenken. „Ich nehme an, Sie waren gestern bei der Trauerfeier?“

„Natürlich.“ Maurice warf ihm einen scharfen Blick zu. „Wollen Sie mich etwa bitten, Ihnen ein Alibi für die Tatzeit zu geben?“

„Wir fragen jeden im Dorf, wo er zu dieser Zeit war“, sagte Ryan.

„Ja", sagte Maurice und nickte. „Natürlich. Nun, ich war auf der Trauerfeier, wie alle anderen auch. So ein Ereignis wollte ich nicht verpassen. Es war sogar einer der besten Trauergottesdienste, die ich je erlebt habe. Ich hoffe nur, dass der Organist, wenn ich an der Reihe bin, die Hymnen nicht so schrecklich in die Länge zieht."

Jake kam der Gedanke, dass Maurice Fairweather wahrscheinlich alles beobachtet hatte, was während des Gottesdienstes vor sich ging. Wenn etwas Ungewöhnliches vorgefallen wäre, hätte er es sicher bemerkt. „Ist Ihnen bei der Beerdigung etwas Ungewöhnliches aufgefallen, Sir?"

„Lassen Sie mich überlegen", sagte Maurice. „Harriet Stevenson hat wie immer alle herumkommandiert, also nichts Ungewöhnliches. Ich erinnere mich, dass sie Shaun Daniels, Henrys Gärtner, gesagt hat, er solle sein Telefon ausschalten. Mir ist aufgefallen, dass der Wirt sich während des letzten Liedes aus dem Staub gemacht hat, in der Hoffnung, dass es niemand bemerken würde. Was Tobias Burton angeht, so glaube ich nicht, dass er allzu traurig darüber war, dass sein alter Herr tot war. Und natürlich wurde am Ende des Gottesdienstes ein Viertelgeläut geläutet. Das war sehr ungewöhnlich. Ich nehme nicht an, dass sich das wiederholen wird, wenn ich mal das Zeitliche segne."

Jake starrte den alten Mann verärgert an. Anstatt hilfreiche Hinweise zu liefern, schien Maurice sich nur auf Jakes Kosten amüsieren zu wollen.

„Ach, kommen Sie", sagte Maurice, als er Jakes Blick bemerkte. „Haben Sie erwartet, dass ich enthülle, ich hätte einen maskierten Mann vor der Kirche herumlungern sehen oder ein geflüstertes Gespräch zwischen Harriet Stevenson und ihrem Angreifer belauscht? Sie müssen sich schon mehr anstrengen, um den Fall zu lösen."

„Können Sie uns irgendetwas Nützliches sagen, Sir?", fragte Jake. „Was ist mit der Spaltung im Dorf zwischen den Befürwortern und den Gegnern der Pläne für das Herrenhaus?"

„Gerüchte über Pläne, meinen Sie? Nun, ich denke,

das ist eine naheliegende Spur. Ich persönlich hoffe, dass Tobias seinen Willen bekommt. Wer braucht in der heutigen Zeit noch ein Herrenhaus? Ein Luxushotel wäre weitaus vorteilhafter für die Zukunft des Dorfes."

„Wirklich?", fragte Jake, überrascht von Maurices Erklärung. „Ich hätte gedacht, dass Sie mehr mit der Vergangenheit verbunden sind."

„Ganz im Gegenteil", sagte Maurice. „Geschichte ist faszinierend, aber es ist der Wandel, der sie so interessant macht. Wehe dem Mann oder der Frau, die sich den Kräften des Wandels in den Weg stellt." Und mit dieser unheilvollen Warnung leerte er den letzten Schluck seines Bieres und wünschte ihnen einen schönen Nachmittag.

KAPITEL 10

Bridgets Gespräche mit Josephine Daniels, ihrem Sohn Shaun und der Krankenschwester Rosemary Carver hatten ihr wertvolle Einblicke in die Geschehnisse im Herrenhaus und die dort herrschenden Spannungen gegeben, aber es war ihr immer noch nicht gelungen, mit dem Mann zu sprechen, der im Zentrum des Ganzen stand – Tobias Burton, dem jungen Gutsherrn. Nachdem sie das Anwesen verlassen hatte, wählte sie die Nummer, die ihr die Haushälterin gegeben hatte.

Die Stimme, die sich meldete, war tief und sonor und klang bereits bei der Begrüßung irritiert. „Ja, hallo?"

„Mr. Tobias Burton?"

„Am Apparat. Wer ist da?"

„Detective Inspector Bridget Hart von der Thames Valley Police. Josephine Daniels hat mir Ihre Nummer gegeben. Ich würde gerne mit Ihnen über den Tod von Harriet Stevenson sprechen."

„Hören Sie", sagte Tobias, „ich bin im Moment ziemlich beschäftigt. Ich bin in einer Besprechung mit meinem Architekten und habe dann einen wichtigen Termin mit meinem Anwalt."

„Mr. Burton, ich leite eine Mordermittlung und muss Sie dringend sprechen. Ich bin derzeit beim Herrenhaus, aber ich bin bereit, zu Ihnen zu kommen, wenn das hilft."

Es folgte ein kurzes Schweigen. Dann: „Ja, in Ordnung. Ich bin in vierzig Minuten im Quod in der High Street. Kennen Sie es?"

„Ich kenne es", sagte Bridget. „Das ist perfekt."

Ffion schenkte ihr ein schiefes Lächeln, als sie das Gespräch beendete. „Er schien nicht sehr erpicht darauf zu sein, mit Ihnen zu sprechen."

„Keine Ahnung, warum", sagte Bridget. „Mittagessen im Quod klingt nach einer netten Art, sich die Zeit zu vertreiben. Haben Sie Hunger?"

Sie fuhren ins Zentrum von Oxford, und Bridget schaffte es, den Mini in eine Parklücke in der St. Giles zu zwängen, nicht weit vom Martyrs' Memorial, dem steinernen Denkmal zu Ehren von Latimer, Ridley und Cranmer. Im Vorbeifahren warf sie einen Blick auf den furchteinflößenden gotischen Turm und erschauderte kurz bei dem Gedanken, dass genau an dieser Stelle einst Menschen in den Flammen umgekommen waren.

Von dort war es nur ein kurzer Spaziergang bis zum stilvollen Restaurant im Erdgeschoss des Old Bank Hotels. Bei ihrer Ankunft war niemand da, auf den Tobias Burtons Beschreibung passte, also wählte Bridget einen Tisch mit Blick auf die Tür und bestellte für sich und Ffion Mineralwasser.

Zehn Minuten später öffnete sich die Tür und ein großer, dunkelhaariger Mann im Anzug trat ein und sah sich erwartungsvoll um. Er wurde von einer Frau mit einer übergroßen Sonnenbrille begleitet. Der Mann entdeckte Bridget und kam auf sie zu.

„Detective Inspector Hart?"

Bridget stand auf und schüttelte ihm die Hand. „Danke, dass Sie sich Zeit für mich nehmen, Mr. Burton. Das ist meine Kollegin, Detective Constable Ffion Hughes."

„Und das ist Lindsey Symonds, meine Verwalterin."

Die Frau, die eine weiße Seidenbluse und eine elegante Hose trug und eine Dior-Handtasche über der Schulter hatte, reichte Bridget kühl die Hand. „Erfreut, Sie kennenzulernen, Inspector."

„Darf ich Sie zum Essen einladen?", fragte Tobias und schnippte mit den Fingern, um einen Kellner an den Tisch zu rufen. „Es muss schnell gehen, fürchte ich. Wie ich schon sagte, habe ich danach einen Termin mit meinem Anwalt."

„Das wäre sehr nett." Nachdem sie die Speisekarte studiert und ihre Bestellung aufgegeben hatte – ein leichtes Gericht aus Kabeljaufilet und gebratenem Fenchel –, erkundigte sich Bridget nach dem Treffen mit dem Architekten.

„Hervorragendes Treffen", sagte Tobias. „Endlich geht es voran."

„Sie sprechen von Ihren Plänen, Hambledon Manor in ein Hotel umzuwandeln?"

„Sie haben davon gehört?" Tobias nickte zustimmend. „Das ist es, was das Anwesen braucht. Was sollte ich sonst mit einem Haus dieser Größe anfangen? Ich habe schon eins in London. Meine Frau will nicht aufs Land ziehen und ich ehrlich gesagt auch nicht. Ich investiere eine Menge Geld in dieses Projekt. Alle Zimmer werden individuell und nach höchsten Standards eingerichtet, und auf dem Gelände wird es einen Wellnessbereich geben. Ein Hotel dieser Qualität wird dem verschlafenen Dörfchen einen richtigen Aufschwung verschaffen." Während er sprach, fixierte Tobias sie mit seinen tiefliegenden Augen. Er hatte eine natürliche Ausstrahlung und einen Charme, der Bridget in seinen Bann zog. Es war leicht, sich davon überzeugen zu lassen, dass seine Pläne genau das waren, was Hambledon brauchte.

„Vielleicht gefällt es manchen Leuten, in einem verschlafenen kleinen Dorf zu leben", sagte Ffion und trommelte mit ihren grün lackierten Fingernägeln auf den Tisch. „Sind alle im Dorf mit Ihren Plänen einverstanden?"

Tobias wirkte verärgert über die Unterbrechung. „Ich habe meine Pläne noch nicht bekannt gegeben, deshalb kann ich dazu nichts sagen."

„Stimmt es, dass Harriet Stevenson eine Versammlung einberufen hat, um Widerstand gegen das geplante Hotel zu organisieren?", fragte Ffion weiter.

„Wie ich bereits betont habe", sagte Tobias, „wurde offiziell noch kein Hotel vorgeschlagen."

„Und doch wurde eine Versammlung im Gemeindehaus einberufen, um die Angelegenheit zu besprechen. Wäre Harriet Stevenson nicht ermordet worden, hätte sie morgen Abend stattgefunden."

Nun ergriff die Verwalterin das Wort. „Harriet Stevenson wusste nicht, wann sie es gut sein lassen sollte. Was ging es sie überhaupt an, sich in die Pläne für das Anwesen einzumischen?"

„Als Vorsitzende des Gemeinderats", sagte Bridget, „fühlte sie sich wohl verpflichtet, im besten Interesse des Dorfes zu handeln."

Tobias winkte ab. „Wie ich schon mehrfach gesagt habe, sind die Pläne noch nicht veröffentlicht. Wenn sie fertig sind, werden wir im Rahmen des entsprechenden Planungsverfahrens einen Antrag stellen. Es wird alles seine Ordnung haben. Ich bin kein Freund von Abkürzungen."

Das Essen kam, und Tobias machte sich über seinen Teller mit Wildlachs und Spargel her. Er presste Zitronensaft über den Fisch und begann mit finsterer Miene zu essen.

Bridget ließ ihn eine Weile essen, bevor sie mit ihren Fragen fortfuhr. „Vielleicht darf ich Sie nach Ihrem Umgang mit Miss Stevenson fragen?"

„Ich hatte keinen", sagte Tobias trocken, während er ein Stück rosa Lachs auf seine Gabel spießte. „Sie ist erst vor etwa fünf Jahren nach Hambledon gezogen, und da war ich schon lange in London. Ich hatte sicher keinen ‚Umgang' mit ihr, wie Sie es so schüchtern formulieren. Tatsächlich habe ich die Frau kaum je getroffen."

„Wann haben Sie sie zuletzt gesehen?"

„Ich habe nach dem Trauergottesdienst in der Kirche kurz mit ihr geredet. Sie hat mir ihr Beileid ausgesprochen, das ich angenommen habe."

„Verstehe", sagte Bridget. „Wenn es Ihnen nichts ausmacht, hätte ich jetzt ein paar Fragen an Ms. Symonds."

Lindsey Symonds warf Bridget einen abschätzenden Blick zu. „Natürlich. Ich bin gerne bereit, die Ermittlungen zu unterstützen."

„Können Sie mir sagen, wie lange Sie schon Verwalterin auf Hambledon Manor sind?"

„Ich habe vor etwas mehr als zehn Jahren angefangen, für Mr. Burton Senior zu arbeiten."

„Sie müssen ihn in dieser Zeit sehr gut kennengelernt haben."

„Ja, wir hatten eine enge Arbeitsbeziehung."

„Und was genau sind Ihre Aufgaben als Verwalterin des Anwesens?"

„Ich beaufsichtige das Personal, kümmere mich um die Pächter, überwache die Instandhaltung der Immobilie, was auch immer anfällt. Es ist eine sehr abwechslungsreiche Aufgabe, und genau das hat mich daran gereizt."

„Sie wohnen im Dorf?"

„Ja. Ich habe dort ein Haus."

„Leben Sie allein?"

„Ich bin ledig, also ja."

„Hatten Sie jemals beruflichen Kontakt mit Harriet Stevenson?"

Die Verwalterin zwang ihre Lippen zu einem schmalen Lächeln. „Ich hatte von Zeit zu Zeit mit ihr zu tun, in ihrer Funktion als Vorsitzende des Gemeinderats."

„Und wie würden Sie Ihr Verhältnis beschreiben?"

„Wir waren höflich zueinander."

„Aber Sie mochten sie nicht besonders?"

„Es war nicht meine Aufgabe, sie zu mögen. Meine Aufgabe ist es, die Interessen des Anwesens zu vertreten."

„Und diese Interessen stimmten nicht immer mit denen von Miss Stevenson überein?"

„Das habe ich nicht gesagt."

„Was würden Sie dann sagen?"

„Ich würde sagen, dass wir eine professionelle Distanz gewahrt haben und dass es bei unseren Begegnungen keine Feindseligkeiten gab."

„Vielen Dank für Ihre Hilfe, Ms. Symonds." Bridget wandte ihre Aufmerksamkeit wieder Tobias zu, der immer noch mit seinem Lachs beschäftigt war. „Wenn es Ihnen nichts ausmacht, Mr. Burton, würde ich Ihnen gerne einige Fragen zu den gestrigen Ereignissen stellen. Zunächst möchte ich Ihnen mein Beileid aussprechen."

Er nickte ihr knapp zu. „Danke."

„Können Sie mir sagen, was Sie während und nach der Beerdigung gemacht haben?"

Er legte Messer und Gabel beiseite und nahm einen Schluck Mineralwasser. „Nach dem Gottesdienst begleiteten meine Familie und ich den Pfarrer auf den Friedhof. Die Burtons haben dort ein Familiengrab. Auch ein paar andere Trauergäste kamen, um der Beisetzung meines Vaters beizuwohnen."

„Waren Sie auch dabei, Ms. Symonds?", fragte Bridget die Verwalterin.

„Ja", antwortete sie. „Ebenso wie Josephine Daniels, die Haushälterin von Mr. Burton, und auch die Krankenschwester, die den alten Mr. Burton in seinen letzten Tagen gepflegt hat."

„Rosemary Carver?"

„Ja."

„Ich danke Ihnen. Fahren Sie fort, Mr. Burton."

„Der Pfarrer ist neu im Dorf", sagte Tobias. „Ein junger Mann – gut gemeint natürlich –, aber er kannte meinen Vater nicht wirklich. Ich habe ihm gesagt, was er während des Gottesdienstes sagen sollte. Er hat die Beisetzung vollzogen und dann an den Küster übergeben."

„Wann war die Beisetzung zu Ende?"

„Es hat nicht lange gedauert. Ich würde sagen, sie war

um zehn nach eins vorbei."

„Und was geschah dann?"

„Was meinen Sie damit?", fragte Tobias. „Da war nichts mehr."

„Ich meine", sagte Bridget, „was haben Sie unmittelbar nach der Beerdigung gemacht?"

Zum ersten Mal während des Gesprächs erschien ein gefährliches Glitzern in Tobias Burtons Augen, und Bridget erhaschte einen Blick auf den mächtigen Mann, der ein großes, erfolgreiches Unternehmen aufgebaut hatte und es offensichtlich gewohnt war, seinen Willen durchzusetzen. „Sie verlangen von mir Rechenschaft über meine Aktivitäten zur Tatzeit?", fragte er.

„Wir wissen noch nicht genau, wann der Angriff auf Miss Stevenson stattgefunden hat", sagte Bridget ruhig. „Ich möchte einfach nur wissen, was Sie nach dem Verlassen des Grabes getan haben."

Tobias stach mit der Gabel in einen Spargel, steckte ihn in den Mund und kaute nachdenklich. „Mein Vater und ich hatten keine besonders enge Beziehung", sagte er schließlich. „Zweifellos wird Ihnen jeder, mit dem Sie sprechen, sagen, dass er ein feiner alter Herr war, und das stimmt natürlich auch. Er war ein Mann von großer Würde und genoss hohes Ansehen in der Gemeinde. Aber Sie sollten verstehen, dass ein Mann seiner Generation und seiner sozialen Schicht durch eine große Last von Konventionen eingeschränkt war. Es fiel ihm nicht leicht, Zuneigung oder Liebe auszudrücken, vor allem nicht gegenüber den Menschen, die ihm am nächsten standen. Als Kind war er für mich eine distanzierte Figur, und als meine Mutter starb ..."

Er hielt einen Moment inne, als wäre er in Erinnerungen versunken, sein Blick war distanziert. „In den letzten Jahren haben wir uns nicht oft gesehen. Ich glaube, dass es für uns beide so einfacher war. Und in seinen letzten Tagen und Wochen war er die meiste Zeit nicht ansprechbar. Wir hatten keine Gelegenheit, uns zu verabschieden. Und das habe ich dann nach der

Beisetzung gemacht. Ich bin am Grab geblieben und habe mich verabschiedet."

Sein Blick richtete sich wieder auf Bridget, und er schien in die Gegenwart zurückzukehren. „Ist es das, was Sie wissen wollten?"

„Vielen Dank", sagte Bridget. „Ich weiß, das muss schwer für Sie sein."

Ffion beugte sich vor. „Wohin sind Sie gegangen, nachdem Sie sich von Ihrem Vater verabschiedet hatten?"

Jetzt blitzte unverhohlener Zorn in seinen Augen auf. „Wirklich, Constable, ich empfinde Ihre Fragen als ziemlich feindselig. Wenn Sie es unbedingt wissen müssen, ich bin auf dem Friedhof spazieren gegangen, um einen klaren Kopf zu bekommen."

„Sind Sie zurück in die Kirche gegangen?"

„Nein."

„Kann das jemand bestätigen?"

„Woher soll ich das wissen?", fragte er. „Es ist Ihre Aufgabe, herauszufinden, wer was gesehen hat."

„Tatsächlich", sagte Lindsey Symonds, „kann ich bestätigen, dass das, was Mr. Burton Ihnen erzählt hat, wahr ist. Ich stand zu der Zeit unter dem Lychgate und telefonierte. Ich sah Tobias über den Kirchhof gehen. Er sah aus, als wollte er in Ruhe gelassen werden, also hielt ich Abstand. Nachdem ich mein Telefonat beendet hatte, kam er zu mir ans Tor und wir gingen gemeinsam zum Pub, wo seine Frau und seine Kinder auf ihn warteten."

„Danke, Ms. Symonds", sagte Bridget. „Das ist sehr hilfreich."

„Gut", sagte Tobias. „Ausgezeichnet." Er schnippte noch einmal mit den Fingern, um die Aufmerksamkeit des Kellners auf sich zu lenken. „Wenn wir hier fertig sind, fordere ich die Rechnung an, und wir können uns auf den Weg machen."

„Danke für die Einladung", sagte Bridget. „Aber bevor wir gehen, darf ich Sie fragen, was Sie in den nächsten Tagen vorhaben?"

„Ich werde ziemlich beschäftigt sein. Ich habe eine

Menge zu tun, mich um das Testament meines Vaters kümmern, Vorkehrungen für das Haus treffen und so weiter."

„Sie werden also im Herrenhaus wohnen?"

„Ja."

Bridget lächelte und erhob sich von ihrem Platz. „Vielen Dank, Mr. Burton. Wenn Sie sich entschließen zu gehen, würden Sie mir dann bitte Bescheid geben? Nur für den Fall, dass wir noch einmal mit Ihnen sprechen müssen."

*

„Ich bin zu Hause, Liebling." Rosemary Carver stieß die Haustür ihrer mit Kieselputz versehenen Doppelhaushälfte in Cowley auf und schob einen Stapel Briefe und Flugblätter beiseite, die Simon noch nicht abgeholt hatte. Sie stellte ihre Reisetasche auf den Boden und sammelte die Post ein. Es war der übliche Müll: Flyer von Pizzalieferanten, ein Fensterputzer, der um Aufträge warb, eine Mitteilung der Stadtverwaltung zur Müllabfuhr. Und die unvermeidliche Zahlungsaufforderung – diesmal vom Stromversorger. Ihre Schwester Maureen hatte ihr geraten, den Anbieter zu wechseln, um die Kosten niedrig zu halten, aber Rosemary hatte nie Zeit für solche Dinge und wusste auch nicht, wo sie anfangen sollte. Wahrscheinlich zahlten sie viel zu viel für Strom und zweifellos auch für Gas. Kein Wunder, dass sie nie genug Geld hatten, um über die Runden zu kommen.

Aus dem Wohnzimmer drang das Geräusch des Fernsehers. Das war alles, was Simon in diesen Tagen tat. Fernsehen, essen und trinken.

Normalerweise war sie froh, wieder zu Hause zu sein, aber diesmal schienen die Wände des kleinen Hauses sie zu erdrücken. Sie nahm an, dass das nur natürlich war, nach der enormen Größe von Hambledon Manor.

In den ersten Tagen im Herrenhaus war sie überwältigt

gewesen, von der Weite der Räume, der geschwungenen Treppe und dem breiten Podest im ersten Stock. Der Charme der „alten Welt" – all die freiliegenden Eichenbalken, die flämischen Buntglasfenster und die ausgefallene Holzvertäfelung – „Leinenfaltenvertäfelung" hatte Josephine, die Haushälterin, sie genannt – hatte sie begeistert, und in ihren ruhigeren Momenten hatte sie sich in einem dieser historischen Dramen im Fernsehen vorgestellt, ganz in Seide und Spitze gekleidet. Aber dann hatte sie sich an die neue Umgebung gewöhnt, und das Herrenhaus hatte begonnen, sich wie ein Zuhause zu fühlen.

Natürlich hatte sie sich etwas vorgemacht. Leute wie Rosemary Carver gehörten nicht an einen so prächtigen Ort. Sie hatte gewusst, dass sie früher oder später nach Hause zurückkehren musste, in ein baufälliges Haus und zu einem nichtsnutzigen Ehemann.

Josephine hatte sie immer in der Küche willkommen geheißen, den Kessel auf dem riesigen Aga zum Kochen gebracht und sich mit ihr bei einer Tasse Tee und einem Stück selbstgebackenem Kuchen unterhalten. Und als Rosemary sich an das Herrenhaus gewöhnt hatte, hatte sie begonnen, es zu erkunden. Einmal hatte sie aus reiner Neugier eine getäfelte Tür geöffnet und wäre beinahe eine verborgene Wendeltreppe hinuntergefallen. Ihre Fantasie hatte sich überschlagen. Vielleicht hatte einer von Henry Burtons Vorfahren eine heimliche Geliebte? Sie stellte sich vor, wie die scharlachrote Frau mitten in der Nacht die Treppe hinauf- und hinunterschlich. Neben der versteckten Treppe befand sich hinter einer weiteren als Vertäfelung getarnten Tür eine geheime Abstellkammer. Sie fragte sich, was dort wohl aufbewahrt worden war? Juwelen vielleicht. Oder Gold? Aber Josephine hatte ihr erklärt, dass der Geheimschrank ein Priesterloch gewesen war – ein Ort, an dem sich in früheren Zeiten der Priester der nahe gelegenen Kirche vor Verfolgung verstecken konnte –, und dass die Treppe dem Gutsherrn als Fluchtweg gedient hatte, falls Soldaten gekommen waren, um ihn zu verhaften. Rosemary war von dieser Geschichte nicht sehr angetan. Sie zog ihre eigenen, romantischeren Theorien vor, die von heimlichen Liebhabern und geheimen Verabredungen. Sie fragte sich, wie Henry Burton wohl in jungen Jahren ausgesehen hatte. Anhand der alten Fotos, die im Haus verteilt waren, konnte sie erkennen, dass er ein gutaussehender Mann gewesen war. Aber als Krankenschwester war es ihr Schicksal, sich um Menschen zu kümmern, die alt waren und im Sterben lagen, von Krankheiten gezeichnet und nur noch ein Schatten ihrer selbst.

Wie ihr eigener Mann.

Sie ging ins Wohnzimmer, wo Simon auf dem Sofa saß und sich irgendeinen Unsinn über Lkw-Fahrer in Amerika ansah. Die Sportseiten der *Daily Mail* lagen aufgeschlagen auf seinem Schoß. Auf dem Boden standen eine halb ausgetrunkene Tasse Tee und ein Teller voller Krümel. Wenigstens hatte er es geschafft, sich zu ernähren, während sie weg gewesen war.

„Du bist wieder da." Er stellte den Fernseher leiser und kam mühsam auf die Beine. „Ich wollte gerade den Abwasch machen."

„Mach dir keine Mühe", sagte Rosemary. „Ich kümmere mich darum und mache uns beiden eine frische Tasse Tee."

Ein Ausdruck der Erleichterung breitete sich auf seinem Gesicht aus. „Danke, Schatz."

Sie trug das schmutzige Geschirr in die Küche und stellte es zu den anderen ungewaschenen Tellern, die sich in der Spüle stapelten. Simon wollte nicht faul sein, aber er hatte nicht mehr gearbeitet, seit er vor zehn Monaten von einer Leiter gestürzt war und sich den Rücken verletzt hatte. Jetzt fiel ihm jede Bewegung schwer, und es gab keine Anzeichen, dass es ihm besser ging. Sie machte sich ständig Sorgen um ihn, wenn sie nicht zu Hause war, aber was konnte sie tun? Sie musste arbeiten gehen, sonst würden sie in einem Berg von Schulden versinken.

Aber es gab einen Silberstreif am Horizont. Sie hatte es

Simon noch nicht gesagt – sie würde es noch eine Weile für sich behalten –, aber vielleicht würde sie in Zukunft nicht mehr ganz so viele Stunden arbeiten müssen.

Mit zwei frischen Tassen Tee kehrte sie ins Wohnzimmer zurück und setzte sich zu ihm aufs Sofa.

„Ich bin froh, dass du zurück bist", sagte er, reichte ihr die Hand und drückte sie. „Ich habe dich vermisst."

„Ich habe dich auch vermisst. Und ich bin froh, dass ich wieder hier bin. Dieser Mord war eine schlimme Sache, und das auch noch direkt nach der Beerdigung."

„Es muss ein furchtbarer Schock gewesen sein", sagte er. „Wollte die Polizei mit dir sprechen?"

Rosemary spürte, wie ihr Herz bei der Erwähnung der Polizei schneller zu schlagen begann. „Das wollte sie", sagte sie. „Ich habe heute Morgen die leitende Ermittlerin getroffen. Ich konnte ihr natürlich nichts sagen."

„Natürlich nicht."

Die bewusste Lüge blieb ihr im Halse stecken und ließ ihr Herz noch heftiger schlagen. Ihre Hand wanderte in die Tasche ihrer Strickjacke, wo sie mit dem Finger die Karte berührte, die Detective Inspector Bridget Hart ihr gegeben hatte. Was sollte sie damit anfangen? Sie schob den Gedanken beiseite. Darum würde sie sich später kümmern.

KAPITEL 11

„Alles in diesem Raum kann versteigert werden",
sagte Tobias. „Hier gibt es nichts, was ich
behalten möchte." Er deutete verächtlich auf
einen Beistelltisch aus Mahagoni im Regency-Stil und
einen Sammlerschrank aus dem neunzehnten Jahrhundert
mit einem Dutzend flacher Schubladen, in dem ein
viktorianischer Vorfahre von Henry Burton Hunderte von
Fossilien, Motten und Schmetterlingen sorgfältig
aufbewahrt und katalogisiert hatte.

Josephine notierte die Wünsche des neuen Gutsherrn
in einem Notizbuch und fügte die Gegenstände der immer
länger werdenden Liste hinzu, die bereits einen
ausziehbaren Esstisch aus viktorianischem Nussbaumholz,
sechs edwardianische Esszimmerstühle und einen
französischen Schrank aus dem siebzehnten Jahrhundert
enthielt, ganz zu schweigen von unzähligen
Perserteppichen und Gemälden mit Landschaften und
Pferden. Natürlich würde auch der Hirschkopf im Flur
verschwinden.

In der letzten Stunde hatte Josephine Tobias auf einem
Rundgang durch das Haus begleitet, bei dem er beiläufig

Gegenstände von großer Schönheit ausrangiert hatte, die sie im Laufe der Jahre liebevoll gepflegt hatte, wobei sie nur bestes Bienenwachs verwendet hatte, um die Oberflächen makellos zu halten. Tobias, so schien es, interessierte sich nur für den monetären Wert jedes einzelnen Stücks, und dafür, wie viel es bei einer Auktion einbringen würde. Er schätzte weder die Geschichte eines Gegenstandes noch seine Verbindung zur Familie über Generationen hinweg. Welch ein Kontrast zu seinem Vater, der Kunst um der Kunst willen geliebt hatte und diese antiken Möbelstücke für das geschätzt hatte, was sie darstellten – Kontinuität, eine ungebrochene Verbindung zur Vergangenheit. Tobias' neues Hotel, das hatte er unmissverständlich klargemacht, sollte mit den neuesten zeitgenössischen Möbeln ausgestattet werden. Er hatte den Namen eines Londoner Designers erwähnt, der die komplette Renovierung des Herrenhauses übernehmen sollte. Raus mit dem Alten, rein mit dem Neuen. Das war das Motto von Tobias Burton.

Vom Salon gingen sie weiter in die Bibliothek. Henry Burton hatte es geliebt, alte Bücher zu sammeln, und er hatte viel Zeit hier verbracht. Ledergebundene Bände mit blattvergoldeten Rücken füllten die Glasregale. Einmal im Monat war Josephine mit einem Staubwedel über die Bücher gefahren und hatte darauf geachtet, nichts zu beschädigen.

„Das geht alles an die Bodleian Library", sagte Tobias.

„Ja, ich habe heute Morgen mit dem Bibliothekar gesprochen. Sie schicken morgen ein Team vorbei."

Tobias schien nicht zuzuhören. „Dad hat das in seinem Testament verfügt, ist das zu fassen?" Er ließ die Idee völlig hirnrissig klingen, wie der letzte Wunsch eines Mannes, der nicht mehr ganz richtig im Kopf war. Wahrscheinlich dachte er an den Geldwert der Bücher, von denen viele seltene Erstausgaben waren und unter dem Hammer des Auktionators eine hübsche Summe hätten einbringen können.

„Zumindest wird die Sammlung nicht zerschlagen",

sagte Josephine. Auch sie bedauerte den Verlust der Bücher, aber das Bodleian war wohl der beste Ort für sie.

„Gut, ich denke, das wäre erst einmal alles." Tobias schaute auf die Uhr und war sichtlich darauf erpicht, zu gehen. Er hatte es immer eilig. Für ein richtiges Gespräch nahm er sich nie Zeit, nicht ein einziges Mal hatte er sie gefragt, wie es ihr ging.

„Eigentlich möchte ich etwas sagen", sagte sie.

„Ach ja? Was denn?"

„Da all diese alten Dinge verschwinden" – sie deutete auf die lange Liste, die sie aufgeschrieben hatte – „denke ich, dass es auch für mich Zeit ist zu gehen. Ich habe beschlossen, Ende des Monats in den Ruhestand zu gehen."

„In den Ruhestand gehen? Sind Sie sicher, Miss Daniels?" Tobias setzte sofort zu einer rührseligen Rede darüber an, dass der Ort ohne sie nicht mehr derselbe sein würde. Er konnte durchaus charmant sein, wenn es die Situation erforderte, aber sie sah die Erleichterung in seinen Augen. Zweifellos hatte er auch sie loswerden wollen, zusammen mit den antiken Möbeln und alten Büchern. Aber Menschen waren nicht so einfach zu entsorgen. Jetzt, so wurde ihr klar, hatte sie ihm das Leben leicht gemacht.

„Ich bin sicher, Sie werden in Ihrem Ruhestand sehr glücklich sein", schloss er jovial.

„Vielen Dank, Mr. Burton. Das werde ich bestimmt."

★

Bill Harris kam an diesem Abend früh, um alles vorzubereiten, die Stühle im Kreis aufzustellen und den Teekocher in der Küche anzuschalten – normalerweise Aufgaben, die Harriet Stevenson selbst hätte erledigen wollen, als ob niemand sonst dazu in der Lage gewesen wäre. Neben seinen Aufgaben als Glockenmeister war Bill auch stellvertretender Vorsitzender des Gemeinderats von Hambledon. Er mochte es, einen Grund zu haben, aus dem Haus zu kommen, besonders seit dem Tod seiner Frau vor fünf Jahren. Es war nicht gut, die ganze Zeit allein zu Hause zu sitzen. Der Gemeinderat traf sich jeden dritten Donnerstag im Monat im Gemeindehaus, aber die heutige Sitzung würde unweigerlich eine eher düstere Angelegenheit werden.

Knarrend öffnete sich die Holztür und Alison Rawlinson kam herein, den Arm voller Akten. Als Sekretärin des Gemeinderats war es Alisons Aufgabe, den gesamten Papierkram zu erledigen, Ratsbeschlüsse umzusetzen und die Website des Gemeinderats zu pflegen, eine Aufgabe, die sie mit Sorgfalt und Gewissenhaftigkeit erfüllte. Bill genehmigte die feierliche Bekanntmachung auf der Homepage der Gemeinde, in der Harriets vorzeitiges Ableben bekanntgegeben wurde. Nun gab es eine Vakanz im Rat, die zu gegebener Zeit durch eine Wahl besetzt werden musste. Aber Bill war der Meinung, dass es viel zu früh war, um über solche Dinge nachzudenken. Harriets Leiche war kaum kalt. Die polizeilichen Ermittlungen in ihrem Mordfall hatten gerade erst begonnen.

„Ich helfe Ihnen mit dem Tee", sagte Alison, fröhlich wie immer. Bill wusste, dass sie ein schwieriges Arbeitsverhältnis mit Harriet gehabt hatte, die gern jedes noch so triviale Detail der Ratsgeschäfte überwachte. Er hatte einmal mitbekommen, wie Alison Harriet als „verdammten Kontrollfreak" bezeichnet hatte, eine harsche Kritik aus dem Munde der sanftmütigen Alison.

In den nächsten zehn Minuten trafen auch die übrigen Ratsmitglieder ein, während Alison durch die Durchreiche Tassen mit Tee verteilte. June Parker, die den Dorfladen und das Postamt leitete, Eric Fletcher, der Kirchenorganist, ein pensionierter Bankmanager namens Graham Ashton und Maurice Fairweather, der Lokalhistoriker und Allround-Exzentriker. Die Öffentlichkeit war immer willkommen, an den Sitzungen des Gemeinderats teilzunehmen, aber im Allgemeinen blieb sie fern, und der heutige Abend war keine Ausnahme.

Als es sich alle bequem gemacht hatten, nickte Bill der versammelten Gruppe zur Begrüßung zu und nahm selbst Platz. Als stellvertretender Vorsitzender war es nun seine Aufgabe, in Harriets Fußstapfen zu treten und den Vorsitz zu übernehmen – eine Verantwortung, auf die er lieber verzichtet hätte. Er fühlte sich verpflichtet, ein oder zwei Worte zu den tragischen Ereignissen des vergangenen Tages zu sagen, aber er war kein großer Redner und wusste nicht so recht, wo er anfangen sollte. Da er zum Zeitpunkt des Mordes oben im Glockenturm gewesen war, konnten die anderen Ratsmitglieder erwarten, dass er mehr über die Ereignisse wusste, als er tatsächlich tat. In Wahrheit wusste er kaum mehr als die anderen. Er hatte die halbe Nacht wach gelegen und war alles noch einmal durchgegangen, von dem Moment an, als Amy mit dem Läuten der Diskantglocke begonnen hatte, bis zum Ende des Viertelgeläuts, als sie alle die Treppe hinuntergestürmt waren und die Leiche gefunden hatten. Aber so sehr er sich auch bemühte, er konnte sich nicht erklären, wie es zu dem Mord gekommen war oder wer für eine so schreckliche Gewalttat verantwortlich sein könnte.

„Bevor wir mit der Sitzung beginnen", begann er, „möchte ich noch sagen ..." Aber die Worte, die ihm vorschwebten, schienen zu verschwinden, als die anderen ihn erwartungsvoll ansahen. Er hätte wirklich etwas vorbereiten und aufschreiben sollen.

June Parker kam ihm zu Hilfe. „Wir sind alle sehr bestürzt über das, was Harriet Stevenson zugestoßen ist. Ich konnte es nicht fassen, als ich die Nachricht hörte. Schockierend! Und das ausgerechnet am Tag von Henry Burtons Beerdigung! Das ist so tragisch. Ihr Tod ist ein großer Verlust für den Rat und die Gemeinde, der er dient."

„In der Tat", sagte Bill, der June für ihre Intervention dankbar war. „Wir alle schulden Harriet großen Dank für alles, was sie für das Dorf getan hat. Der Ort wird ohne sie nicht mehr derselbe sein."

Von Maurice Fairweather kam etwas, das wie ein

Schnauben klang. Alle Köpfe drehten sich ruckartig in Maurices Richtung und June räusperte sich hörbar.

Maurice und Harriet waren sich selten einig gewesen, und einige ihrer Auseinandersetzungen über Ratsangelegenheiten waren legendär, wie der Krieg, den sie über die Anzahl und den Standort der Hundekotbehälter auf dem Dorfanger geführt hatten. Harriet hatte sie für einen Schandfleck gehalten und dafür plädiert, sie möglichst unauffällig aufzustellen. Sie selbst war eindeutig keine Hundeliebhaberin. Maurice hatte argumentiert, dass die Leute die Behälter nicht benutzen würden, wenn sie nicht gut sichtbar wären. Beim Verfassen des Protokolls war es Alison gelungen, taktvolle Formulierungen wie „es kam zu einer lebhaften Diskussion" oder „es wurden unterschiedliche Meinungen geäußert" zu finden, die den hitzigen Auseinandersetzungen kaum gerecht wurden. Maurice und Harriet hatten sich häufig in einem Niemandsland aus Unverständnis und Meinungsverschiedenheiten gegenübergestanden, das andere Ratsmitglieder mit äußerster Vorsicht durchquert hatten, aus Angst, eine Landmine auszulösen. Bill hatte den dringenden Verdacht, dass Maurice es insgeheim genossen hatte, die Vorsitzende zu ärgern, und dass es ihm Spaß gemacht hatte, ihr zu widersprechen.

Er warf Maurice einen strengen Blick zu, um zu sehen, ob das rebellische Ratsmitglied etwas zu sagen hatte, aber Maurice entschied sich wohlweislich, diesmal stumm zu bleiben.

„Nun, sollen wir anfangen?", fragte Bill, der darauf erpicht war, die Ordnung wiederherzustellen und die Sitzung in Gang zu bringen. „Hat jeder eine Kopie der Tagesordnung für heute Abend und das Protokoll der letzten Sitzung?" Alle nickten und raschelten mit ihren Papieren. „Ausgezeichnet. Gibt es etwas zu besprechen? Nein? In diesem Fall gehen wir zum ersten Punkt über."

Die Tagesordnung, die Alison drei Tage vor der Sitzung vorbereitet und verteilt hatte, enthielt vier

Hauptpunkte, allesamt Lieblingsprojekte von Harriet. Es gab einen Vorschlag für weitere Geschwindigkeitsreduzierungen und andere verkehrsberuhigende Maßnahmen; die Frage der Instandhaltung des Dorfangers und des Zustands der Grünstreifen und Hecken in öffentlichem Besitz; einen Vorschlag für einen Kinderspielplatz und schließlich die Zukunft des Herrenhauses. Dieser Punkt war mit Abstand der umstrittenste.

Die ersten drei Punkte wurden schnell diskutiert und *nem con* verabschiedet.

„Kommen wir zu Punkt vier", sagte Bill mit einem mulmigen Gefühl in der Magengrube. „Harriet wollte einen Protest des Dorfes gegen den geplanten Umbau des Herrenhauses in ein Hotel organisieren. Sie hatte, wie Sie wissen, für morgen Abend ein erstes Treffen einberufen, um den Widerstand zu koordinieren."

„Nun, sie ist nicht mehr hier, nicht wahr?", sagte Maurice mit einem unverkennbaren Anflug von Genugtuung in der Stimme. „Deshalb schlage ich vor, dass wir die ganze Idee verwerfen. Ein Hotel könnte dem Dorf guttun. Außerdem hat Tobias Burton seine Vorschläge ja noch gar nicht veröffentlicht. Harriet mochte es einfach, Unruhe zu stiften. Wir sollten abwarten, was Tobias tatsächlich vorhat."

June sah aus, als wollte sie protestieren, überlegte es sich dann aber anders. Alison warf Maurice einen angewiderten Blick zu, sagte aber nichts, und weder Eric noch Graham schienen eine klare Meinung zu dieser Angelegenheit zu haben, weder in die eine noch in die andere Richtung. Bill merkte, dass sie darauf warteten, dass er eine Entscheidung traf. Sollten sie die Angelegenheit weiterverfolgen, wie Harriet es sich gewünscht hatte, oder sollten sie sie stillschweigend fallen lassen? In gewisser Weise kam es ihm respektlos gegenüber der toten Frau vor, eine Angelegenheit, die ihr so sehr am Herzen gelegen hatte, einfach beiseitezuschieben. Andererseits hatte Bill keine Lust auf einen langen Streit mit Maurice Fairweather oder sonst jemandem. Nachdem er in der vergangenen Nacht so schlecht geschlafen hatte, wollte er einfach nur die Versammlung beenden und nach Hause gehen. Er beschloss, sich in bester Tradition des Gemeinderats für einen Kompromiss zu entscheiden.

„Ich denke, es ist das Beste, wenn wir diesen Punkt erst einmal vertagen. In den nächsten Tagen müssen wir uns um dringendere Angelegenheiten kümmern, die die vakante Stelle betreffen. Ohne Harriet als Leiterin der morgigen Sitzung – und als Zeichen des Respekts ihr gegenüber – sollten wir sie auf jeden Fall absagen." Er war froh, dass alle nickten. Maurice Fairweather saß da wie eine Grinsekatze.

Bill fragte, ob es weitere Tagesordnungspunkte gäbe, und als sich niemand meldete, schloss er die Sitzung. Mit einem Blick auf die Uhr an der Wand stellte er überrascht fest, dass sie in Rekordzeit fertig geworden waren. Das war sicher eine willkommene Abwechslung zu den Zeiten, als Harriet das Sagen hatte und die Auseinandersetzungen oft bis spät in die Nacht dauerten. *Jedes Unglück hat auch sein Gutes*, dachte Bill, während er die Stühle stapelte und Alison beim Abwasch half.

★

„Worüber freust du dich so?", fragte Bridget.

Jonathan hatte ein breites Grinsen im Gesicht, als er an diesem Abend zu ihr nach Hause kam. Er hatte immer noch seine eigene Wohnung in Iffley, auf der anderen Seite von Oxford, aber er verbrachte immer mehr Zeit in Bridgets Haus. Er hatte der Küche seinen Stempel aufgedrückt, indem er Bridgets nicht mehr ganz frische Kräuter und Gewürze weggeworfen und ihre Messersammlung durch ein professionelles Set ergänzt hatte, das einem Koch mit seinen Fähigkeiten angemessen war. Sie war sogar so weit gegangen, in ihrem Kleiderschrank Platz für seine Ersatzkleidung zu schaffen. Für Bridget war das ein willkommener Schritt, und sie genoss Jonathans Gesellschaft ebenso wie seine berühmten Rühreier zum Frühstück. Aber Bridgets Haus, das gemütlich gewesen war, als nur sie und Chloe darin wohnten, fühlte sich jetzt immer mehr wie ein Schuhkarton an, und wenn sie jemals dauerhaft zusammenziehen wollten, mussten sie sich nach etwas Größerem umsehen.

Jonathan holte eine Flasche Prosecco aus einer Leinentasche. „Ich habe heute einen Riesenumsatz gemacht. Ich dachte, wir könnten feiern." Jonathan besaß eine Kunstgalerie in der Oxford High Street, die auf moderne Werke zeitgenössischer Künstler spezialisiert war. Bridget hätte gerne selbst eines seiner Bilder gekauft, aber sie waren alle zu groß für ihr winziges Haus, ganz zu schweigen von ihrem Budget.

„Prosecco an einem Wochentag?" Bridget hatte versucht – wenn auch zugegebenermaßen nicht allzu sehr –, ihren Alkoholkonsum auf das Wochenende zu beschränken, um vor der bevorstehenden Hochzeit ein paar Pfunde loszuwerden. Der Gedanke, dass Tamsins urteilender Blick über ihre kurvige Figur wanderte und sie für viel zu üppig befand, war ein starker Anreiz, die Kalorienzufuhr zu reduzieren. Andererseits war Jonathans gute Laune ansteckend, und das klang wie die perfekte Ausrede, um eine Regel zu brechen, die ohnehin nicht in Stein gemeißelt war. „Erzähl mir mehr", sagte sie und holte zwei große Weingläser aus dem Schrank.

Jonathan füllte die Gläser und trank einen Schluck Sekt. „Ein Mann war heute im Laden und hat sich ein paar große Leinwände für die Lobby seines neuen Hotels ausgesucht. Er sagt, er möchte weitere Bilder desselben Künstlers für alle Zimmer. Ich habe für ihn ein Treffen mit dem Künstler arrangiert, um einen möglichen Auftrag zu besprechen."

Bridget wollte ihm gerade gratulieren, als sie mit dem Glas auf halbem Weg zum Mund erstarrte. „Ein neues Hotel. Hat er gesagt, wo dieses Hotel stehen soll?"

„Ja, in Hambledon-on-Thames. Das ist das hübsche

Dorf mit dem charmanten Pub, wo wir am Fluss spazieren gegangen sind." Er studierte ihr Gesicht. „Was ist los?"

„War der Name dieses Käufers zufällig Tobias Burton?"

„Genau", sagte Jonathan. „Du kennst ihn?"

„Sagen wir einfach, er ist eine Person von Interesse in einer Mordermittlung."

Jonathan verzog das Gesicht. „O nein, wenn ich das gewusst hätte ..."

„Das konntest du nicht wissen, und außerdem, was hätte es für einen Unterschied gemacht?"

„Du hast recht. Ich war einfach so glücklich, dass ich den Verkauf gemacht habe. Es ist eine Menge Geld."

„Dann herzlichen Glückwunsch", sagte Bridget und hob ihr Glas.

„Cheers!"

Während Jonathan weiter aufgeregt über den Verkauf sprach, die verkauften Gemälde beschrieb und die Möglichkeiten, die sich dem jungen Künstler dadurch eröffneten, dachte Bridget über die Neuigkeiten nach. Tobias Burton schien sehr zuversichtlich zu sein, was seine Pläne für das Herrenhaus anging. Das konnte er auch. Wer sollte ihn jetzt noch aufhalten, wo Harriet Stevenson aus dem Weg war?

★

Nachdem sie über Port Meadow gelaufen war, um den Kopf freizubekommen, dann geduscht und sich eine Tasse Matcha-Grüntee gemacht hatte, um sich besser konzentrieren zu können, macht es sich Ffion mit ihrem Laptop und ihren Büchern für einen langen Lernabend gemütlich.

In den letzten Monaten hatte sie ihre gesamte Freizeit mit Büchern verbracht. In nur acht Tagen stand die Prüfung für ihre Beförderung zum Detective Sergeant an, und sie war fest entschlossen, in Topform zu sein. Mehr noch, sie hatte sich zum Ziel gesetzt, die höchstmögliche

Punktzahl zu erreichen.

Sie schlug ihr Exemplar von *Blackstones Polizeihandbuch, Band 1,* auf und blätterte zu dem Abschnitt mit dem typisch langatmigen Titel *Sonstige Straftaten gegen die Person und Straftaten im Zusammenhang mit Freiheitsberaubung,* um dort weiterzumachen, wo sie am Abend zuvor aufgehört hatte. Aber heute Abend wollten die Worte auf der Seite keinen Sinn ergeben.

Vielleicht würden ein paar Momente der Meditation helfen, ihren Geist zu beruhigen. Sie schloss die Augen und versuchte, sich auf ihre Atmung zu konzentrieren, während sie ihren Gedanken freien Lauf ließ.

Sich selbst überlassen, kreisten ihre Gedanken sofort um den neuen Fall in Hambledon, genauer gesagt um die Teambesprechung am Morgen. Als Jake über das Läuten gesprochen und „meine Freundin Amy" gesagt hatte, wobei er ihren Namen beiläufig fallen ließ, hatte sie ein Gefühl verspürt, auf das sie nicht stolz war.

Eifersucht.

Es war ein hässliches Gefühl, das nicht zu ihr passte, aber dennoch war es da. Schließlich war sie auch nur ein Mensch, auch wenn sie manchmal die Gesellschaft von Computern der von echten Menschen vorzog.

Sie hatte Jakes neue Freundin nie kennengelernt, aber als er Amy so leidenschaftlich verteidigt hatte, nachdem Andy sie als Verdächtige ins Spiel gebracht hatte, und als Ryan eine plumpe sexuelle Anspielung fallen gelassen hatte, war Ffions übliche Gelassenheit bis ins Mark erschüttert worden. Niemand hatte ihre Reaktion bemerkt, weil alle so auf Jakes Beschreibung des Glockenturms konzentriert gewesen waren. Aber es hatte ihr einen Moment echten Schmerzes bereitet.

Sie und Jake waren für kurze Zeit ein Paar gewesen, aber das hatte ein unschönes Ende genommen, als seine Ex-Freundin Brittany während einer ihrer Mordermittlungen am Tatort aufgetaucht war. Brittany hatte sich ihren Weg zurück in Jakes Leben gebahnt, und Ffion war in einem Anfall selbstgerechter Empörung davongestürmt. Trotz Jakes überschwänglicher Entschuldigung hatte sie sich geweigert, ihm zu verzeihen. Jetzt fragte sie sich immer häufiger, ob sie zu hart mit ihm ins Gericht gegangen war.

Eine Zeit lang hatte sie ihr Glück in einer neuen Freundin gefunden, Marion, einer jungen Forschungsstipendiatin an der Universität. Marion war sinnlich, französisch und lebenslustig und genau das, was sie gebraucht hatte, um über die Trennung von Jake hinwegzukommen. Und als Marion eine Vollzeitstelle als Dozentin in Edinburgh angeboten worden war, hatte sie Ffion angefleht, Oxford zu verlassen und mit ihr zu gehen. Aber Ffion hatte sich entschieden, in Oxford zu bleiben, und die Beziehung zu Marion gehörte nun der Vergangenheit an.

Mehr zu bedauern. Und vielleicht ein weiterer Fehler.

Als sie sich geweigert hatte, mit Marion zu gehen, hatte Ffion sich eingeredet, dass sie wegen ihrer Karriere in Oxford geblieben war, aber hatte sie sich etwas vorgemacht? War Jake der wahre Grund, warum sie geblieben war? Aber Jake war nun nicht mehr verfügbar, und Ffion war wieder allein.

Ihr Verstand wirbelte weiter und verhöhnte sie mit negativen Gedanken, aber es gab nur einen Weg, damit umzugehen. Was auch immer sie falsch gemacht hatte, ihre Taten gehörten endgültig der Vergangenheit an, und es gab keinen Platz für Reue. Das Einzige, was sie jetzt tun konnte, war, sich auf die bevorstehende Prüfung zu konzentrieren.

Verschiedene Straftaten gegen die Person und Straftaten im Zusammenhang mit Freiheitsberaubung erforderten ihre Aufmerksamkeit. Sie trank einen Schluck Tee und begann, das Kapitel durchzuarbeiten und sich dabei Notizen zu machen.

KAPITEL 12

Tobias Burton gibt zu, zur Tatzeit auf dem Friedhof gewesen zu sein", sagte Bridget zu ihrem Team, „aber er bestreitet, nach der Beisetzung noch einmal in die Kirche gegangen zu sein."

Sie hatte alle zu einer Besprechung am frühen Freitagmorgen zusammengetrommelt. Da nur noch ein Tag bis zum Wochenende blieb, hoffte sie auf greifbare Fortschritte.

„Was hat er auf dem Friedhof gemacht?", fragte Ryan. „Wenn das keine dumme Frage ist."

„Er hat angeblich ein paar Minuten in stillem Gedenken verbracht, nachdem er seinen Vater beerdigt hatte", sagte Bridget, „zumindest behauptet er das." Trotz Tobias Burtons Schilderung der schwierigen Beziehung zu seinem Vater und seines Wunsches, sich von einem Mann zu verabschieden, der seine Gefühle nur schwer ausdrücken konnte, erschien Tobias ihr nicht wie jemand, der viel Zeit in stiller Andacht verbrachte. Er zeigte deutliche Züge einer Alpha-Persönlichkeit, jemand, der von einer Sache zur nächsten eilte, immer beschäftigt, immer erfolgreich. In gewisser Weise erinnerte er Bridget an Vanessa.

„Seine Verwalterin behauptet, sie habe ihn genau das tun sehen, was er angegeben hat, aber mir wäre wohler, wenn wir einen unabhängigen Zeugen hätten, der das bestätigt. Lindsey Symonds arbeitet offensichtlich sehr eng mit Tobias Burton an den Plänen für das neue Hotel zusammen. Es wäre nicht in ihrem Interesse, wenn ihr Chef unter Mordverdacht stünde."

„Sie möchten, dass wir ein wenig graben", sagte Ryan, „Wortspiel nicht beabsichtigt – und sehen, ob wir ihr Alibi widerlegen können?"

„Ja, bitte", sagte Bridget. „Oder einen zweiten Zeugen finden, der es bestätigt. Wie sind Sie und Jake gestern bei der Befragung im Dorf vorangekommen?"

„Wir haben mit Dutzenden von Leuten gesprochen", sagte Jake. „Das Hauptthema, das immer wieder aufkam, war die Spaltung des Dorfes in Bezug auf den geplanten Umbau des Herrenhauses. Im Großen und Ganzen sind die Jüngeren dafür, es in ein Hotel zu verwandeln, und die Älteren sind dagegen. Alle lobten den alten Gutsherrn und alles, was er für das Dorf getan hatte. Der allgemeine Tenor war, dass der neue Gutsherr nur auf Geld aus ist und alle alten Traditionen aufgeben will. Die meisten hielten Harriet Stevensons Widerstand gegen seine Pläne für gerechtfertigt."

„Außer dem alten Kerl, den wir im Pub getroffen haben", sagte Ryan. „Der Typ mit dem Seidenschal ... Maurice Fairweather."

„Der?", sagte Jake verächtlich. „Der war reine Zeitverschwendung. Er wollte nur darüber reden, was vor Hunderten von Jahren im Dorf passiert ist."

„Aber alle waren sich einig", fuhr Ryan fort, „dass Tobias Burton mit seinen Plänen für das Herrenhaus einen echten Kampf hätte führen müssen, wenn die Messnerin noch am Leben gewesen wäre."

„Im Moment bleibt er also der einzige Verdächtige mit einem klaren Motiv", sagte Bridget. „Seine Bewegungen nachzuvollziehen, muss oberste Priorität haben."

„Was ist mit den anderen, die bei der Beerdigung waren?", fragte Ffion. „Haben sie ein Alibi?"

Jake sah in seinen Notizen nach. „Mrs. Burton und ihre beiden Kinder machten sich unmittelbar danach auf den Weg zum Eight Bells. Wir haben zahlreiche Zeugen, die das bestätigen können. Aber ich glaube nicht, dass wir die Bewegungen der anderen genau nachvollziehen können. Also des Pfarrers, der Haushälterin, der Krankenschwester und der Verwalterin."

„Und natürlich des Küsters", sagte Ryan. „Was, wie ich herausgefunden habe, ein vornehmes Wort für Totengräber ist."

„Kann der Küster bestätigen, wo sich die Trauernden nach der Beisetzung aufgehalten haben?"

„Er war anscheinend zu sehr mit Graben beschäftigt. Der Mann nimmt seinen Job ernst."

Bridget richtete ihre nächste Frage an Andy. „Haben Sie und Harry etwas herausgefunden, das wir über Tobias Burton wissen sollten?"

Andy studierte seine Notizen. „Er ist ein Immobilienentwickler, der sich auf exklusive Hotels der gehobenen Klasse spezialisiert hat, hauptsächlich Umbauten alter Anwesen, also passt der Umbau von Hambledon Manor perfekt in sein Portfolio. Sein Unternehmen genießt hohes Ansehen, obwohl er vor ein paar Jahren in Schwierigkeiten geraten ist."

„Fahren Sie fort", sagte Bridget, froh, endlich ein Informationshäppchen über den jungen Gutsherrn zu bekommen.

„Ein ehemaliger Geschäftspartner erhob Vorwürfe wegen eines dubiosen Geschäfts. Der Fall sollte vor Gericht gebracht werden, aber in letzter Minute stimmte Mr. Burton einer außergerichtlichen Einigung zu und der Fall wurde fallen gelassen."

Bridget verdaute diese letzte Information. War damit etwas bewiesen? Streitigkeiten zwischen ehemaligen Geschäftspartnern waren nicht ungewöhnlich und bedeuteten nicht unbedingt, dass Tobias etwas Unrechtes getan hatte. Es legte auch nicht nahe, dass er so weit gehen würde, einen Mord zu begehen, um seine geschäftlichen Ziele zu erreichen. Es schien, als hätten sie nach zwei Tagen Ermittlungen noch nicht viel in der Hand.

Andy blätterte weiter in seinen Notizen. „Wir haben einen ersten Bericht von der Spurensicherung, Ma'am. Wie zu erwarten war, wurden am Tatort eine Menge Fingerabdrücke gefunden. Im Grunde war das ganze Dorf an diesem Tag in der Kirche, sodass überall Abdrücke zu finden waren. Ein paar interessante Gegenstände wurden sichergestellt – zwei Lesebrillen, ein Handy und zwei zusammengefaltete Regenschirme. Die Eigentümer der verschiedenen Gegenstände wurden ermittelt, aber vorerst halten wir alles als Beweismaterial zurück."

„Was ist mit der Mordwaffe?"

„Bisher leider keine Spur. Aber wir haben einen Bericht über die Fußabdrücke, die am Tatort gefunden wurden. Vik hatte recht, als er sagte, dass die Abdrücke von einem Schuh mit glatter Ledersohle stammen. Die Forensik hat bestätigt, dass es sich um einen Herrenschuh der Größe 44 handelt."

„Okay", sagte Bridget. „Ich danke Ihnen allen für Ihre bisherige Arbeit, aber wir haben heute noch eine Menge zu tun. Unsere oberste Priorität muss es sein, die Bewegungen all derer zu überprüfen, die bei der Beisetzung waren. Sie bleiben unsere Hauptverdächtigen, es sei denn, wir können jemanden identifizieren, der sich zum Zeitpunkt des Mordes in der Nähe der Kirche aufgehalten hat. Jake, Ryan, gehen Sie zurück ins Dorf und machen Sie dort weiter, wo Sie aufgehört haben. Andy, Ffion und Harry, ich möchte, dass Sie die Zeugenaussagen sichten. Suchen Sie nach Widersprüchen oder Bestätigungen zu dem, was Tobias Burton und Lindsey Symonds uns gestern erzählt haben. Versuchen Sie herauszufinden, ob jemand anderes die Gelegenheit gehabt haben könnte. Alle wissen, was zu tun ist?"

„Ja, Ma'am", antwortete das Team im Chor.

Gut, dachte Bridget, die wünschte, dasselbe von sich

behaupten zu können. Sie brauchte nicht lange, um herauszufinden, was ihr nächster Schritt sein würde. Chief Superintendent Grayson winkte ihr aus seinem Büro hinter der großen Glaswand zu.

★

„Ich kannte Henry Burton schon sehr lange", sagte Grayson und drehte seinen Füllfederhalter müßig zwischen Daumen und Zeigefinger.

„Sir?" Der Chief Super schien wirklich jeden zu kennen, der in einer Gemeinschaft Einfluss und Ansehen hatte. Bridget war bereit zu wetten, dass sich sein persönliches Adressbuch wie das *Who's Who* von Oxfordshire las. Viele der Leute, mit denen er Umgang pflegte, schienen wie er begeisterte Golfer zu sein, aber seine sozialen Kreise reichten weit darüber hinaus.

„Ich habe ihn im Rotary Club kennengelernt", sagte Grayson. „Ein wirklich anständiger Kerl. Großzügig bis zum Gehtnichtmehr. Aber soweit ich weiß, war er schon seit einiger Zeit krank. Eine absolute Tragödie, dass dieser Mord am Tag seiner Beerdigung geschah."

„Durchaus", sagte Bridget. „Obwohl die beiden Ereignisse vielleicht nicht ganz unabhängig voneinander sind."

Grayson wirkte irritiert. „Wie das?"

„Henrys Sohn, Tobias Burton, ist der alleinige Erbe des Anwesens. Er hat ehrgeizige Pläne, Hambledon Manor in ein Luxushotel zu verwandeln. Das Mordopfer Harriet Stevenson war jedoch strikt gegen diese Idee und bereitete eine Kampagne dagegen vor. Jetzt, wo sie aus dem Weg ist, steht seinen Plänen nichts mehr im Wege."

„Hmm, verstehe." Grayson klang nachdenklich. „Haben Sie, abgesehen vom Motiv, irgendwelche Beweise, die darauf hindeuten, dass Tobias Burton sie getötet haben könnte? Oder sie töten ließ?"

„Im Moment nicht", sagte Bridget. „Wir stellen weitere Nachforschungen an."

„Nun, behalten Sie ihn im Auge", sagte Grayson. „Ich bin Tobias ein- oder zweimal in Begleitung seines Vaters begegnet, und ich kann Ihnen sagen, dass er nicht aus demselben Holz geschnitzt ist wie der alte Mann."

„Diesen Eindruck hatte ich auch, Sir."

Grayson hatte die Angewohnheit, sich in Bridgets Ermittlungen einzumischen, und sie wartete ab, ob er noch weitere Beiträge oder Forderungen vorzubringen hatte, aber er schien alles gesagt zu haben, was er sagen wollte. Vielleicht begann er endlich, ihrem Urteil zu vertrauen.

„Ich halte Sie über alle Entwicklungen auf dem Laufenden, Sir", sagte sie und verließ mit seinen weisen Worten im Ohr sein Büro.

★

„DI Hart, wie schön, Sie zu sehen."

„Gleichfalls, Roy. Alles in Ordnung, hoffe ich?"

„Nichts, worüber ich mich besonders beschweren könnte."

Als Bridget Graysons Büro verließ, hatte sie einen Anruf von Dr. Roy Andrews erhalten, der ihr mitteilte, dass er die Obduktion von Harriet Stevenson vorgezogen hatte und sie einlud, sofort zu ihm ins Krankenhaus zu kommen. Da sie nichts Dringenderes zu tun hatte, hatte sie zugesagt, trotz ihrer generellen Abneigung gegen Blut und Eingeweide und insbesondere gegen Autopsien. Als Detective konnte sie es sich jedoch nicht leisten, dass ihre persönlichen Vorlieben und Abneigungen die Ermittlungen behinderten. Außerdem genoss sie es, Zeit in Roys Gesellschaft zu verbringen. Trotz der stets pessimistischen Stimmung des leitenden Pathologen hatte seine düstere Lebenseinstellung immer etwas Tröstliches, was durch die unpassende Wahl bunter Fliegen noch verstärkt wurde. Heute lugte ein besonders schönes orangefarbenes Paisleymuster unter seinem weißen Arztkittel hervor.

Und doch wirkte Roy heute irgendwie anders. Bridget

war sich nicht sicher, aber sein Gesichtsausdruck schien so etwas wie Freude zu verraten.

„Sie sehen glücklich aus", sagte sie.

„Glücklich?" Roys Stirn legte sich in tiefe Falten. „Ich hoffe nicht. Glück ist eine Illusion, die aus einem Mangel an Selbstreflexion entsteht. Aber man könnte sagen, dass ich eine kurze Phase der Zufriedenheit erlebe, bevor neues Unglück über mich hereinbricht."

„Das freut mich", sagte Bridget. „Gibt es einen besonderen Grund für diese Zufriedenheit?"

„Wer kann das schon sagen?", erwiderte Roy, nahm seine Drahtbrille ab und schielte auf sein Notizbuch. „Ein Grund würde bedeuten, dass das Leben einen Sinn hat, und ich denke, wir beide sind uns einig, dass das nicht der Fall ist."

„Er fährt in den Urlaub", sagte Julie, Roys Assistentin, die mit einem Tablett voller Pinzetten, Sägen und Nadeln hereinkam.

„Irgendwohin, wo es schön ist?", fragte Bridget.

„Westliche Inseln von Schottland", sagte Roy mit einem Brummen. „Wir hoffen auf Regen."

Bridgets Interesse wuchs. „Wir?", erkundigte sie sich neugierig.

„Habe ich ‚wir' gesagt? Ein Versprecher."

Dr. Sarah Walker, formte Julie lautlos mit den Lippen hinter seinem Rücken und bestätigte damit Bridgets Verdacht.

Die Autopsie selbst brachte keine weiteren interessanten Enthüllungen. Roy bestätigte lediglich das, was Bridget bereits wusste – dass Harriet Stevenson an stumpfer Gewalteinwirkung gestorben war.

„Ein sehr heftiger Schlag auf den Kopf", schloss er. „Es wurde beträchtliche Kraft aufgewendet. Ich denke, wir können sagen, dass derjenige, der das getan hat, die Absicht hatte, einen tödlichen Schlag zu versetzen."

„Und was für eine Waffe wurde benutzt?", fragte Bridget.

„Eine schwere, offensichtlich. Aber relativ kompakt.

Vielleicht eine Metallstange oder ein Hammer."

„Danke, Roy", sagte sie, als sie die Pathologie verließ. „Und versuchen Sie, Ihren Urlaub mit Sarah zu genießen."

★

Shaun Daniels klopfte an die Tür des Büros der Verwalterin.

„Herein."

Herein, tatsächlich! Als wäre die Frau eine Art Lehnsherrin, vor der er katzbuckeln müsste. Lindsey Symonds war genauso eine Angestellte des Anwesens wie er. Sie hatte kein Recht, sich aufzuspielen und sich zu zieren. Früher, als der alte Gutsherr noch das Sagen gehabt hatte, war das anders gewesen. Henry Burton hätte niemals zugelassen, dass seine Verwalterin das Personal wie Dreck behandelte. Ein paar Mal hatte sich Shaun im Eight Bells über den alten Gutsherrn beklagt, nachdem er ein paar Drinks intus hatte, aber im Grunde war der alte Mann gar kein so schlechter Chef gewesen. Ganz anders der neue Gutsherr, der sich um niemanden scherte. Seit er das Ruder übernommen hatte, ließ er Lindsey Symonds freie Hand, Shaun so zu behandeln, wie es ihr gefiel.

Sie hatte ihn einbestellt – das war das einzig passende Wort dafür –, zu einem Treffen am frühen Morgen. Er fragte sich, ob Tobias Burton auch da sein würde, um mit ihm über die Zukunft von Haus und Garten zu sprechen, aber Lindsey saß allein an ihrem Schreibtisch. Bis jetzt hatte sich der neue Gutsherr nicht herabgelassen, ein Wort mit ihm, dem einfachen Gärtner, zu wechseln.

„Sie wollten mich sprechen?" Was immer es war, er hoffte, sie würde sich kurz fassen. Er hatte keine Zeit für Besprechungen. Um diese Jahreszeit gab es im Garten immer so viel zu tun. Wenn man das Gras nicht alle paar Tage mähte, geriet es schnell außer Kontrolle. Dann gab es Hecken zu stutzen, Beetpflanzen zu setzen und das Gemüsebeet zu hacken. Die Stangenbohnen waren dank seiner Pflege und Aufmerksamkeit auf dem besten Weg, dieses Jahr eine Rekordernte einzufahren, und die Tomaten im Gewächshaus begannen bereits zu reifen.

„Ja, kommen Sie rein." Sie schaute auf seine Füße, als er eintrat, als hätte sie Angst, er könnte eine Schlammspur auf dem Teppich hinterlassen. Tatsächlich hatte er seine Stiefel an der Hintertür ausgezogen und trug nur Socken. Doch als er ihren verächtlichen Gesichtsausdruck sah, bereute er es. Ohne seine Stiefel fühlte er sich verwundbar, wie ein Schuljunge vor der Rektorin.

Lindsey Symonds verschränkte die Hände. „Danke, dass Sie gekommen sind, Shaun."

„Also", sagte er. „Worum geht's?"

Er fühlte sich nie wohl, wenn er ins große Haus gerufen wurde. Manchmal schlich er sich durch die Hintertür in die Küche, um seine Mutter zu sehen, wenn sonst niemand in der Nähe war, aber in seinem kleinen Cottage oder im Garten fühlte er sich weitaus wohler. Früher hatte er mit Tobias im Herrenhaus gewohnt, aber das war schon viele Jahre her. Er war fünf Jahre älter als Tobias und hatte mit ihm gespielt, als er noch klein war. Aber Tobias hatte schon früh angefangen, sich wie der Herr des Hauses aufzuführen, Shaun herumzukommandieren und ihm klarzumachen, dass er kein Herr, sondern nur der Sohn der Haushälterin war. Shaun hatte schnell gelernt, dass es besser war, draußen zu spielen, allein.

„Mr. Burton hat mich gebeten, Ihnen mitzuteilen, dass Ihre Dienste als Gärtner zum Ende des Monats nicht mehr benötigt werden." Lindsey schob ihm einen weißen Umschlag über den Schreibtisch zu. „In diesem Schreiben ist alles festgehalten. Ich denke, Sie werden feststellen, dass Mr. Burton bei der Abfindung mehr als großzügig war. Sie können sicher sein, dass er Ihnen ein ausgezeichnetes Arbeitszeugnis ausstellen wird, falls Sie eines benötigen. Mr. Burton möchte, dass Sie das Cottage in vier Wochen räumen. Haben Sie noch Fragen?"

Shaun war sprachlos. Was immer er erwartet hatte, das war es nicht. Was in aller Welt hatte sich Tobias Burton dabei gedacht? Der Garten würde in kürzester Zeit verwahrlosen, wenn man ihn nicht pflegte. Nach einem Moment fand er seine Stimme wieder.

„Was ist der Grund? Ich war mein ganzes Leben lang der Gärtner hier. Der alte Gutsherr hat sich nie über meine Arbeit beschwert."

Die Verwalterin hielt seinem Blick stand, aber er glaubte, eine leichte Röte auf ihren Wangen zu erkennen.

„Shaun, niemand bestreitet die hervorragende Arbeit, die Sie in der Vergangenheit geleistet haben. Aber die Zeiten ändern sich. Mr. Burton hat neue Pläne für das Haus und das Grundstück."

„Ich weiß, dass er das Haus in ein Hotel verwandeln will", protestierte Shaun. „Aber der Garten muss trotzdem gepflegt werden. Ich wage zu behaupten, dass das noch wichtiger wird, wenn erst einmal zahlende Gäste hier übernachten."

Lindsey Symonds seufzte entnervt. „Mr. Burton hat sich entschieden, eine Firma für Landschaftsgestaltung zu engagieren, die den Garten komplett neu gestaltet. Sie werden auch für die künftige Pflege verantwortlich sein." Sie hielt ihm den Umschlag hin. „Wenn es Ihnen nichts ausmacht, ich muss mich jetzt anderen Aufgaben widmen."

Er starrte sie ungläubig an, entriss ihr den Umschlag, stürmte aus dem Büro und knallte die Tür hinter sich zu.

Im Flur hielt er inne, um zu Atem zu kommen, und konnte nicht so recht glauben, was gerade geschehen war. Er riss den Umschlag auf und zog das gefaltete Blatt Papier heraus. Da stand es schwarz auf weiß. Die Kündigung seines Arbeitsvertrags. Aber hatte er überhaupt einen Vertrag? Eine ordnungsgemäße Anstellung? Er war sein ganzes Leben lang hier gewesen – jetzt wurde ihm bewusst, wie sehr er Hambledon Manor als sein Zuhause betrachtete –, und Henry Burton hatte sein Arbeitsverhältnis nie formalisiert. Aber jetzt warf Tobias Burton ihn auf den Müll. Und der Mann hatte nicht einmal den Anstand, es ihm ins Gesicht zu sagen.

Shaun schossen die Gedanken durch den Kopf. Welche Rechte hatte er? Konnte er sich weigern zu gehen? Tobias Burton verklagen? In solchen Dingen hatte er keine Erfahrung. Nun, das stimmte nicht ganz. Er hatte sich einmal vor dem Amtsgericht in Oxford wiedergefunden, weil er die Sonntagskollekte der Kirche gestohlen hatte, und das war nicht gut für ihn ausgegangen. Er traute Autoritätspersonen nicht. Hatte er nie. Und sie ihm auch nicht.

Unsanft stopfte er den Brief in seine Gesäßtasche und war schon auf dem Weg nach draußen, um eine zu rauchen, als ihm eine Idee kam.

Die Tür zur Bibliothek stand einen Spalt offen.

Leise überquerte er auf Strümpfen das Parkett und schlüpfte hinein.

Vom Boden bis zur Decke reihten sich die Bücher in den Regalen. Als Junge hatte er seiner Mutter helfen dürfen, sie mit dem Staubwedel zu reinigen. Und eines Tages hatte Henry Burton ihm etwas Besonderes gezeigt.

Der Geruch von Staub und Politur in der Bibliothek und die warmen Sonnenstrahlen, die über den Holzfußboden glitten, brachten diese Erinnerung jetzt lebhaft zurück.

„Was sagst du dazu, Shaun?", hatte ihn der alte Gutsherr mit einem schelmischen Augenzwinkern gefragt.

Vorsichtig hatte er nach dem Buch gegriffen, nicht sicher, ob er es berühren durfte.

„Nur zu", hatte der alte Gutsherr aufmunternd gesagt. „Es wird dir nichts tun. Ich weiß, dass du es gut behandeln wirst."

Er hatte es in die Hand genommen und Henry Burton aufmerksam zugehört. Der alte Gutsherr war immer voller Geschichten gewesen.

Shaun erinnerte sich genau, wo das Bücherregal stand. Das vierte Regal von links, gegenüber dem Kamin. Jetzt ging er dorthin und suchte in den Regalen nach dem Werk, das Henry Burton ihm gezeigt hatte. Es war ein kleines Buch, in braunes Leder gebunden, rissig und verblichen.

Sein Blick fiel auf einen dünnen Band, der zwischen zwei dickeren eingeklemmt war. Er zog ihn aus dem Schlitz, öffnete den knarrenden Einband und hielt ihn wieder so, wie er es vor all den Jahren getan hatte. Ja, das war er.

Die Titelseite war vom Zahn der Zeit gezeichnet, und ein starker Geruch nach modrigem Papier stieg ihm in die Nase. Er erkannte den seltsamen Titel wieder – als Junge hatte er darüber gelacht. In altertümlicher Schrift und mit gelegentlich merkwürdiger Ausdrucksweise stand da:

TINTINNALOGIA:
ODER,
DIE KUNST
DES
GLOCKENLÄUTENS.
Darin
sind einfache und klare
Regeln für das Läuten
aller Arten von *einfachen Wechseln*;
zusammen mit
Richtlinien für das Stimmen und
Läuten aller *Kreuzgeläute*; mit
einer vollständigen Erklärung des Mysteriums
und der Grundlagen jedes Geläuts.
Ebenso
Anweisungen zum *Aufhängen von Glocken*,
mit allem, was dazu gehört.
Von einem Liebhaber dieser KUNST.

Die Jahreszahl am unteren Seitenrand lautete 1668.

Der alte Gutsherr hatte ihm erklärt, dass dies ein sehr seltenes und wertvolles Buch sei. Eine Erstausgabe, die der alten Kunst des Glockenläutens gewidmet war. Shaun war kein Glockenläuter. Er wusste nicht, was mit *einfachen Wechseln* oder *Kreuzgeläuten* gemeint war, und es war ihm auch egal. Was er wusste, war, dass dieses Buch ein Vermögen wert war.

Seine Mutter hatte ihm erzählt, dass heute Morgen ein Team der Bodleian Library kommen würde, um die Bücher abzuholen und wegzubringen. Wenn er etwas unternehmen wollte, war das seine einzige Chance. Die Bibliothekare würden ein kleines Buch unter so vielen nicht vermissen. Niemand würde merken, dass es weg war. Und so, wie er gerade behandelt worden war, verspürte er keinerlei Skrupel, etwas mitzunehmen, das niemand vermissen würde.

Er steckte das Buch in seine Jacke und ging nach draußen.

★

Zurück an ihrem Schreibtisch wollte Bridget gerade Chloe anrufen, um sich zu vergewissern, dass sie rechtzeitig für ihre Prüfung am Nachmittag aufgestanden war, als ihr Telefon klingelte.

Da sie die Nummer nicht kannte, nahm sie den Anruf entgegen. „Hallo, hier ist Detective Inspector Bridget Hart."

„Oh, Inspector, ich habe Sie erwischt. Gut." Die Stimme, eine Frauenstimme, klang atemlos, etwas nervös und irgendwie vertraut.

„Wer ist am Apparat, bitte?"

„Ja, entschuldigen Sie, natürlich, hier ist Rosemary. Rosemary Carver, die Krankenschwester von Hambledon Manor. Wir sind uns gestern im Flur begegnet, als ich gerade gehen wollte. Sie haben mir Ihre Karte gegeben und gesagt, ich soll anrufen, wenn mir noch etwas einfällt."

„Ja, ich erinnere mich. Haben Sie neue Informationen für mich?" Bridget zog einen Notizblock zu sich heran und nahm einen Stift zur Hand.

„Ich weiß nicht, ob es wichtig ist. Es könnte etwas sein oder auch nicht. Aber ich dachte, ich sollte es Ihnen zur Sicherheit mitteilen."

Der Stift in Bridgets Hand schwebte über dem Papier. „Bitte fahren Sie fort, Mrs. Carver."

„Es ist nur so, dass ich Mr. Burton gesehen habe ...
den Sohn, meine ich." Sie räusperte sich. „Natürlich
meine ich den Sohn, sein armer Vater lag da ja schon zwei
Meter unter der Erde ..." Die Frau war eindeutig sehr
nervös.

„Lassen Sie sich Zeit", sagte Bridget. „Sie haben
Tobias Burton gesehen. Wann war das?"

„Nach der Beerdigung."

„Ja? Und was hat er gemacht?"

„Er ist aus der Kirche gerannt." Die Worte kamen
hastig heraus.

Bridget hielt ihre Stimme so ruhig und gleichmäßig wie
möglich, aber die Aufregung schoss ihr durch die Adern.
„Wann war das genau?"

„Nicht lange nach dem Ende der Beisetzung. Etwa
zehn Minuten danach."

„Sie haben ihn aus der Kirche laufen sehen", sagte
Bridget. „Wo waren Sie zu der Zeit?"

„Ich war auf dem Kirchhof. Simon – also mein Mann –
hatte mir eine Nachricht auf meinem Handy hinterlassen,
und ich habe ihn zurückgerufen, um zu hören, wie es ihm
geht. Er ist krank, wissen Sie. Also habe ich mich in eine
ruhige Ecke im Schatten einer der großen Eiben gestellt,
um mit ihm zu telefonieren. Jedenfalls, als ich dort war,
sah ich Tobias Burton aus der Kirche stürmen, als hätte er
einen Geist gesehen."

„Können Sie genau beschreiben, wie er ausgesehen
hat?"

„Blass. Abgespannt. Verängstigt. Er hatte es sehr eilig,
wegzukommen, das kann ich Ihnen sagen."

„Haben Sie gesehen, wie er in die Kirche gegangen
ist?"

„Nein. Nur, wie er wieder herauskam. Ich habe nicht
herumgeschnüffelt, verstehen Sie?", fügte sie schnell
hinzu. „Ich habe nur zufällig in die Richtung geschaut, und
da war er. Er sah aus, als müsste er sich übergeben. Ich
dachte, er bräuchte vielleicht Hilfe, aber als ich mit Simon
fertig war, war Mr. Burton schon weg."

„Mrs. Carver, darf ich fragen, warum Sie mir das nicht gesagt haben, als ich das letzte Mal mit Ihnen gesprochen habe? Damals sagten Sie mir, Sie hätten nichts Verdächtiges bemerkt."

Schweigen.

„Mrs. Carver?"

„Bekomme ich deswegen Ärger?", fragte die Krankenschwester. „Ich habe mich gefragt, ob es richtig war, Sie anzurufen."

„Nein, Mrs. Carver", versicherte Bridget ihr. „Sie bekommen keinen Ärger. Sie haben das Richtige getan. Ich möchte nur wissen, warum Sie Ihre Meinung geändert haben."

„Nun, die Wahrheit ist, ich hatte Angst."

„Angst wovor?"

„Vor Mr. Burton. Dieser Mann hat ein furchtbares Temperament, wenn er sich über etwas aufregt. Ich hoffe, Sie halten mich nicht für verrückt, aber ich habe mich nicht sicher gefühlt, etwas zu sagen, als ich im Herrenhaus war."

„Sie brauchen keine Angst mehr zu haben, Mrs. Carver", sagte Bridget. Sie bedankte sich bei der Krankenschwester für die Informationen und veranlasste, dass DC Harry Johns vorbeikam, um eine schriftliche Aussage aufzunehmen.

Als Harry das Büro verließ, kam Ffion mit triumphierender Miene auf sie zu. „Ma'am? Ich habe gerade eine Zeugenaussage gefunden, die das Alibi der Verwalterin für Tobias Burton widerlegt. June Parker, die den Dorfladen betreibt, sagte aus, sie habe zu der Zeit mit Lindsey Symonds im Pub gesprochen, zu der Ms. Symonds behauptet, Tobias Burton bei einem Spaziergang auf dem Friedhof gesehen zu haben."

„Ausgezeichnete Arbeit", sagte Bridget. Die Ermittlungen nahmen nun rasch Fahrt auf, und das Netz um Tobias Burton zog sich immer enger zusammen. Es war an der Zeit, den jungen Gutsherrn zum Verhör zu holen.

KAPITEL 13

Jake sah auf die Uhr. Ein weiterer Vormittag, an dem er Zeugen befragt und ihre Aussagen aufgenommen hatte, war ohne erkennbare Fortschritte vergangen. Es sah so aus, als würde es ein weiterer erfolgloser Tag werden. Aber so war Polizeiarbeit nun einmal oft. Langsames, mühsames Sammeln von Beweisen, bis sich ein Muster herauskristallisierte oder eine kleine Unstimmigkeit zu einer neuen Spur führte. Es war nicht wie in den Krimis, die Amy und ihre Mutter gerne lasen – voller Verfolgungsjagden und plötzlicher Durchbrüche.

„Zeit für ein Mittagessen im Pub, schätze ich", sagte Ryan. „Ich weiß nicht, wie es dir geht, aber ich könnte glatt noch einen dieser Bacon-Cheeseburger vertragen."

„Denkst du denn an nichts anderes als an deinen Magen?"

„Das ist die Maslowsche Bedürfnispyramide", sagte Ryan. „Wir müssen erst unsere Grundbedürfnisse befriedigen, bevor wir uns höheren Dingen widmen können. Ein Burger ist der Weg zur Selbstverwirklichung."

„Du redest ganz schön viel Blödsinn", sagte Jake. „Und woher wusstest du die Antwort auf das Kreuzworträtsel, das Maurice Fairweather uns im Pub gestellt hat?"

„Ich bin ein großer Fan von Kreuzworträtseln. Sie halten den Geist wach, und es gibt nichts Besseres, um bei einer nächtlichen Überwachung wach zu bleiben. Außerdem war es ein einfaches Rätsel."

„Du musst es mir erklären. Ich habe keine Ahnung, wie diese kryptischen Hinweise funktionieren."

„*Likelihood of person catching criminal.* Wahrscheinlichkeit, einen Verbrecher zu fangen?", sagte Ryan. „Das ist ein Anagramm. ‚Wahrscheinlichkeit' ist das Schlüsselwort. ‚Verbrecher' ist der Hinweis im Anagramm. ‚*Person catching*' ist das Anagramm selbst. *Sporting chance* – ganz einfach."

Sie überquerten gerade den Dorfanger in Richtung des Pubs, als Jakes Telefon klingelte. „Ma'am?" Mit hochgezogenen Augenbrauen hörte er zu, wie Bridget ihn über die neuesten Entwicklungen informierte.

„Und?", fragte Ryan, als er das Gespräch beendet hatte. „Lass mich nicht zappeln."

„Das war der Boss."

„Das habe ich mir schon gedacht."

„Sie möchte, dass wir Tobias Burton zur Befragung auf die Wache bringen. Es gibt neue Informationen über seine Bewegungen zum Zeitpunkt des Mordes. Sie schickt einen Streifenwagen, um ihn abzuholen."

„Wie lange wird der wohl brauchen, bis er hier ist?"

„Etwa zehn Minuten. Er kommt aus Abingdon."

„Ich schätze, der Burger muss dann wohl warten."

Das Gelände des Herrenhauses wirkte wie ausgestorben. Jake drückte auf den Knopf am Eingang und wartete, bis sich die Tore öffneten, bevor er hindurchtrat. Er bewunderte die riesigen Buchsbäume, die zu beiden Seiten des Kieswegs wuchsen, und fragte sich, wie lange es dauerte, bis so etwas wuchs, ganz zu schweigen von der Arbeit, um es in eine so komplizierte Form zu bringen. Er dachte an den kleinen Hinterhof seiner Eltern in Leeds, in dem Reihenhaus, in dem er aufgewachsen war, und an die kleine Sammlung von Topfpflanzen, die seine Mutter pflegte. „Beeindruckend", sagte er zu Ryan.

„Ich habe schon schäbigere Häuser gesehen", stimmte Ryan zu, während sie das imposante alte Gebäude mit seinen vielen Giebeln, bleiverglasten Fenstern, hohen Schornsteinen und seiner allgemeinen Eleganz auf sich wirken ließen.

Sie läuteten an der Tür und wurden von einer Frau in einen holzgetäfelten Flur geführt, die sagte, sie würde Mr. Burton holen.

„Dieses Haus ist riesig", sagte Jake, sah sich um und verglich das Herrenhaus mit seiner Einzimmerwohnung in der Cowley Road. Das Beste an seiner Wohnung war, dass sie zwischen einem indischen Restaurant und einem chinesischen Imbiss lag, sodass er für ein leckeres Essen nie weit gehen musste. Er fragte sich, wie leicht es wohl wäre, sich einen Imbiss nach Hambledon-on-Thames liefern zu lassen.

Auf der Galerie im Obergeschoss erschien ein Mann in Chinohosen, Hemd mit Button-down-Kragen und Leinenjacke. Anhand des Fotos, das in Kidlington am Whiteboard im Einsatzraum hing, war er eindeutig zu erkennen. Tobias Burton kam zügig die Treppe herunter und schien über das Eindringen in sein Haus verärgert zu sein. „Ja? Was kann ich für Sie tun?"

„Mr. Tobias Burton?"

„Sind Sie wegen der Bücher hier?"

„Nein, Sir." Jake hielt seinen Dienstausweis hoch. „Detective Sergeant Jake Derwent. Und das ist mein Kollege DS Ryan Hooper. Wir möchten Sie bitten, uns aufs Revier zu begleiten, um einige Fragen zum Mord an Harriet Stevenson zu beantworten."

„Das muss ein Irrtum sein", sagte Tobias. „Ich habe gestern mit Ihrer Chefin gesprochen und ihr alles gesagt, was ich weiß."

„Es sind neue Informationen aufgetaucht", sagte Ryan.

„Was zum Beispiel?"

„Sir, es wäre in Ihrem besten Interesse, jetzt mit uns zu kommen."

„Und wenn ich mich weigere?"

Jake schaltete sich ein. „Angesichts der Art der neuen Informationen hätten wir das Recht, Sie festzunehmen, wenn Sie sich weigern zu kooperieren."

„Dann bleibt mir wohl keine andere Wahl", sagte Tobias. „Aber ich bestehe darauf, zuerst meinen Anwalt anzurufen."

„Das ist in Ordnung", sagte Jake. Dann fiel ihm etwas ein. „Die Schuhe, die Sie bei der Beerdigung Ihres Vaters getragen haben. Könnten Sie die bitte holen?"

„Was?"

„Ihre Schuhe, wenn es Ihnen nichts ausmacht, Sir", sagte Jake. Draußen kündigte das Knirschen von Reifen auf dem Kies die Ankunft des Streifenwagens an.

Tobias Burton warf Jake einen finsteren Blick zu, bevor er die Treppe wieder hinaufstapfte. Er kam mit einem Paar schwarzer, polierter Brogues zurück.

„Danke", sagte Jake. Als er die Schuhe in eine Asservatentüte steckte, warf er einen Blick auf die Sohlen und tauschte einen vielsagenden Blick mit Ryan.

Die Sohle des rechten Schuhs hatte einen unverkennbaren rostbraunen Fleck. Tobias Burton war so unvorsichtig gewesen, in Blut zu treten. Mehr noch, er hatte es nicht einmal bemerkt.

*

Tobias Burton saß kerzengerade in seinem Stuhl, als wäre er entschlossen, nicht auf die Fragen einzugehen, die Bridget ihm stellen könnte. Sie musste zugeben, dass er einen unerschütterlichen Eindruck machte, überzeugt von seiner Unschuld und bereit, jeden Vorwurf zurückzuweisen, den sie gegen ihn erheben könnte. Aber die Beweise logen nicht, und Bridget hielt es für sehr unwahrscheinlich, dass zwei unabhängige Zeugen über das, was sie gesehen hatten, ebenfalls gelogen hatten. Tobias Burton hatte vielleicht gerade seinen Vater verloren, aber Bridget hatte nicht die Absicht, ihm die

Sache leicht zu machen.

Seinen Anwalt kannte sie bereits, da sie ihm vor genau einem Jahr in einem anderen Fall begegnet war, als er einen jungen Tutor aus Christ Church vertreten hatte. Mr. Raworth war Partner in einer Kanzlei in Oxford, deren Wurzeln Generationen zurückreichten. Gepflegt und korrekt in seinem üblichen dreiteiligen Anzug, die Seidenkrawatte mit einer silbernen Nadel befestigt, saß Raworth mit seinem Ledernotizbuch und einem Füllfederhalter mit Goldfeder bereit. Er begrüßte Bridget und Jake mit einem Nicken und einem höflichen Händedruck, sein professionelles Auftreten ließ alle früheren Animositäten vergessen.

„Mr. Burton", begann Bridget, nachdem Jake ihm die Belehrung vorgelesen hatte, „als ich gestern mit Ihnen sprach, sagten Sie mir, dass Sie der Beisetzung der sterblichen Überreste Ihres Vaters im Familiengrab in der Kirche St. Michael and All Angels beigewohnt haben, und dass die Zeremonie um zehn nach eins endete. Ist das richtig?"

Burtons Antwort war knapp und präzise, und er wandte den Blick keine Sekunde von Bridget ab. „Ja."

„Sie sagten auch, dass Sie unmittelbar nach der Beisetzung Ihres Vaters einige Zeit allein auf dem Friedhof verbrachten."

„Ja, das stimmt. Das habe ich."

„Unter den Anwesenden bei der Beerdigung waren auch Ihre Verwalterin, Ms. Lindsey Symonds, und die Krankenschwester, die Ihren Vater in seinen letzten Wochen gepflegt hat, Mrs. Rosemary Carver."

„Korrekt."

„Auf ausdrückliche Nachfrage haben Sie bestritten, nach der Beisetzung in die Kirche zurückgekehrt zu sein."

„Das habe ich", sagte Tobias. „Wenn Sie sich erinnern, hat Ms. Symonds für mich gebürgt und bestätigt, dass das, was ich Ihnen gesagt habe, wahr ist."

„Das hat sie", sagte Bridget freundlich. „Es scheint jedoch, als hätte Ms. Symonds nicht die Wahrheit gesagt, als sie uns das erzählte. Ein verlässlicher Zeuge hat ausgesagt, dass Ms. Symonds im Eight Bells war, und zwar zu dem Zeitpunkt, an dem sie Sie angeblich auf dem Friedhof gesehen hat."

Mr. Raworth machte einen Eintrag in sein Notizbuch. „Wie Sie wissen, Inspector Hart, kann mein Mandant nicht für das verantwortlich gemacht werden, was andere behauptet haben. Er muss auch nicht beweisen, dass er dort war, wo er behauptet, gewesen zu sein. Die Beweislast liegt bei Ihnen."

„In der Tat", sagte Bridget. „Deshalb möchte ich gerne eine zweite Zeugenaussage vorbringen. Jake?"

Ihr Sergeant blickte auf seine Notizen. „Ein zweiter Zeuge hat ausgesagt, dass er gesehen hat, wie Mr. Burton etwa zehn Minuten nach Ende der Beisetzung die Kirche verlassen hat. Der Zeuge gab an, Mr. Burton sei aus der Kirche gerannt, ,als hätte er einen Geist gesehen'. Er sagte weiter, dass er ,es offenbar sehr eilig hatte, wegzukommen'."

Die Aussage der Krankenschwester hatte die von Bridget erhoffte Wirkung.

Raworth wirkte verlegen. „Darf ich einen Moment mit meinem Mandanten allein sprechen?"

„Nein", sagte Bridget. „Ich würde gerne hören, was er dazu zu sagen hat. Waren Sie es, der aus der Kirche gerannt kam, Mr. Burton?"

Tobias Burton warf ihr einen gequälten Blick zu, als hätte Bridget einen peinlichen *Fauxpas* begangen. „Kein Kommentar."

„Darf ich Sie daran erinnern, dass Sie belehrt wurden", sagte Bridget, „und dass es Ihrer Verteidigung schaden kann, wenn Sie bei der Befragung etwas verschweigen, auf das Sie sich später vor Gericht berufen. Ich rate Ihnen, sich genau zu überlegen, ob Sie die Frage beantworten möchten."

Es folgte ein geflüstertes Gespräch zwischen Anwalt und Mandant.

„Gibt es weitere Beweise, die Sie offenlegen wollen?",

fragte Raworth.

Bridget nickte Jake zu, der ein Foto von Tobias' Schuhen hervorholte. „Dieses Paar Schuhe, das uns heute Morgen von Mr. Burton übergeben wurde, wird derzeit von der Forensik untersucht."

„Können Sie bestätigen, dass dies Ihre Schuhe sind", fragte Bridget, „und dass Sie sie bei der Beerdigung Ihres Vaters getragen haben?"

„Ja, das sind sie, und ich habe sie getragen."

„Dann kann ich Ihnen mitteilen, dass eine erste Untersuchung Blutspuren an den Sohlen ergeben hat und dass die Schuhgröße – Größe 44 – mit den blutigen Fußabdrücken am Tatort übereinstimmt. Wir warten noch auf die Bestätigung, dass es sich bei dem Blut um das von Miss Harriet Stevenson handelt."

Es folgte weiteres Getuschel zwischen Tobias und seinem Anwalt.

„Also gut, das reicht", sagte Tobias schließlich und legte die Hände flach auf den Tisch. „Es war so."

Bridget machte sich auf ein Geständnis gefasst, doch ihr Verdächtiger schien nicht bereit, so leicht nachzugeben. „Ich bin noch einmal in die Kirche gegangen", sagte er, „aber nur für eine Minute. Und ich weise die Behauptung, ich sei hinausgerannt, entschieden zurück. Ich bin vielleicht zügig gegangen, aber ich wurde beim Leichenschmaus erwartet. Ich wollte die Leute nicht warten lassen."

Es war ein kleines Geständnis, aber immerhin hatte er etwas zugegeben.

„Warum sind Sie wieder in die Kirche gegangen, Mr. Burton?"

„Ich hatte gerade meinen Vater beerdigt – und ich kann Ihnen sagen, dass ein Mann so etwas nicht auf die leichte Schulter nimmt – und wollte das Grab meiner Vorfahren besuchen."

Bridget erinnerte sich an die Bildnisse von Sir Edmund und Lady Ellen Burton, die sie in der Kirche in der Nähe der Stelle gesehen hatte, an der die Leiche von Harriet

Stevenson entdeckt worden war.

„Meinen Sie das Grab im nördlichen Querschiff?"

„Ja, ich weiß nicht genau, warum ich es getan habe, aber ich nehme an, dass mich die Beerdigung nachdenklich gestimmt hat."

„Und als Sie hineingingen, sind Sie da Harriet Stevenson begegnet?"

Ein Kopfschütteln.

„Könnten Sie Ihre Antwort bitte für die Aufnahme laut aussprechen?"

„Nein! Sie war bereits tot! Oder zumindest nahm ich an, dass sie tot war. Überall war Blut. Ich näherte mich der Leiche, aber es gab kein Lebenszeichen, also ging ich sofort wieder. Ich nehme an, dass mein Schuh versehentlich mit ihrem Blut in Berührung gekommen sein muss."

„Warum sind Sie gegangen?", fragte Jake. „Warum haben Sie nicht um Hilfe gerufen?"

„Es gab nichts, was ich für sie hätte tun können. Und ich wusste, dass die Leute sofort voreilige Schlüsse ziehen würden, wenn sie wüssten, dass ich die Leiche gefunden habe."

„Welche zum Beispiel?", fragte Bridget.

„Dass ich sie ermordet habe."

Einen Moment lang herrschte Stille in dem durch die Sommerhitze stickigen Verhörraum.

Der Anwalt ergriff als Erster das Wort. „Zusammenfassend kann man sagen, dass mein Mandant es versäumt hat, ein Verbrechen anzuzeigen. Ein moralisches Versagen vielleicht, aber kein Verbrechen an sich, und unter den gegebenen Umständen durchaus verständlich. Ihre Beweise, dass er sich eines Gesetzesverstoßes schuldig gemacht hat, sind nur Indizien, und ich fordere Sie auf, diese Vernehmung zu beenden."

„Ich möchte Sie daran erinnern", sagte Bridget, „dass Miss Stevensons Widerstand gegen Mr. Burtons Pläne, das Herrenhaus in ein Hotel umzuwandeln, ihm ein klares

Mordmotiv liefert. Er hatte Motiv und Gelegenheit und hat bei der Befragung nachweislich gelogen."

Raworth schüttelte den Kopf. „Im Gegenteil, Inspector, mein Mandant hat bisher keine derartigen Sanierungspläne vorgelegt, wie er immer wieder betont hat. Und selbst wenn, gibt es ein formelles Verfahren zur Erlangung der Baugenehmigung. Die Vorstellung, dass Miss Stevensons Widerstand ihm ein Mordmotiv geliefert haben könnte, ist absurd."

Er fixierte Bridget mit einem entrüsteten Blick. „Und dürfte ich fragen, ob am Tatort eine Mordwaffe sichergestellt wurde?"

„Nein", gab Bridget zu.

„Dann wurde mein Mandant dabei gesehen, wie er die Kirche mit einer solchen Waffe verließ?"

„Der Zeuge war sich in diesem Punkt nicht sicher."

„Dachte ich mir", sagte Raworth, schraubte die Kappe seines Füllfederhalters wieder zu und erhob sich von seinem Platz. „Ich denke, wir sind hier fertig."

KAPITEL 14

Reverend Martin Armistead überquerte langsam den Kirchhof, den Kopf in Gedanken gesenkt. Er hatte seine Frau beim Rosenschneiden zurückgelassen und war zuversichtlich, dass sie trotz der scharfen Klingen der Gartenschere bei dieser Aufgabe sicher war.

Emma war ruhiger, wenn sie sich draußen in der Natur aufhielt, sich um die Blumen kümmerte oder einfach auf dem Rasen saß, das Gesicht der Sonne zugewandt, und den Bienen zusah, wie sie von Rose zu Bartfaden zu Sterndolde flogen. Der Garten des Pfarrhauses war ein Segen, für den er immer wieder dankbar war.

Seit vielen Jahren hatte er es sich zur Gewohnheit gemacht, Dankbarkeit zu üben und jeden Tag die kleinen Dinge zu suchen, die ihm Freude bereiteten. Wenn man sich bewusst darum bemühte, solche Segnungen aufzulisten, war es erstaunlich, wie schnell die Liste wuchs. Ein gemurmeltes „Danke" von einem Gemeindemitglied, ein kühler Windhauch an einem heißen und schwülen Tag, ein flüchtiges Lächeln auf Emmas Gesicht. Das Leben konnte eine Schatzkammer der Freude sein, wenn man sich nur ein wenig Mühe gab, sie zu erkennen.

Und doch hatten ihn die Ereignisse der Woche in einen Zustand tiefer Beunruhigung versetzt, der an Verzweiflung grenzte.

Als er und Emma das Angebot erhielten, aus der Großstadt in eine kleine ländliche Gemeinde in South Oxfordshire zu ziehen, hatte er die Gelegenheit beim Schopf gepackt. Ein Neuanfang war genau das, was sie brauchten. Ein einfacheres, ruhigeres Leben in einer freundlichen, eng verbundenen Gemeinde. Gut, wenn er ganz ehrlich zu sich selbst war, was er immer nach Kräften versuchte, in einer sichereren, eher *bürgerlichen* Gemeinde, weit weg von den sozialen Problemen der raueren Viertel Birminghams. Er hatte sich vorgestellt, dass Emma sich mit anderen Frauen im Dorf anfreunden, einem Buchklub beitreten, bei der Organisation des Dorffestes helfen und in der Sonntagsschule unterrichten würde. Für sich selbst hatte er auf eine kleine, aber treue Gemeinde gehofft, wahrscheinlich überwiegend ältere Damen. Er hatte eine Predigt vorbereitet – relevant, aber nicht zu anspruchsvoll – und sich auf Einladungen zum Tee mit der Messnerin oder vielleicht sogar mit dem Gutsherrn gefreut. Denn Hambledon war die Art von Dorf, die – außergewöhnlich in der modernen Zeit – immer noch ein Herrenhaus besaß, dessen Bewohner seine Vorfahren bis in die Tudorzeit und darüber hinaus zurückverfolgen konnte.

Welch ein Kontrast zu der sozialen Not und dem menschlichen Elend, mit denen er in seiner vorherigen Gemeinde konfrontiert gewesen war, in die Gott ihn berufen hatte.

Aber ihre Probleme hatten sich nicht in Luft aufgelöst. Obwohl Emma anfangs ruhiger und äußerlich glücklicher in ihrer neuen Umgebung war, verfiel sie bald in eine Lethargie, aus der sie nicht zu erwecken war. Sie hatte im Dorf keine Freunde gefunden – sie hatte sich nicht einmal darum bemüht, trotz seiner sanften Ermutigung und der vielen Gelegenheiten, die sich ihr als Pfarrersfrau in einem kleinen Dorf boten – und die Vorstellung, sie könnte Spaß daran finden, die Tombola beim Dorffest zu organisieren, erschien ihm nun wie ein kindischer Wunschtraum.

Was ihn selbst betraf, so war er, weit davon entfernt, eine folgsame und freundliche Gemeinde zu finden, auf Harriet Stevenson gestoßen. Seine ehemalige Messnerin hatte einen eisernen Willen und stellte so viele Forderungen an ihn, dass er die Treffen mit ihr zunehmend fürchtete.

Und ihre Wirkung auf Emma war verheerend gewesen und hatte ihren ohnehin labilen Geisteszustand noch verschlimmert.

Nach Harriets Tod hatte er eine große Erleichterung verspürt, die fast sofort von einem beklemmenden Gefühl der Angst abgelöst wurde. Das Gebet brachte keinen Trost. Gott weigerte sich entschieden, seine Bitten zu erhören.

Er stieß die Kirchentür auf und betrat den nördlichen Vorraum.

Es war das erste Mal seit dem Mord, dass die Polizei ihm erlaubt hatte, die Kirche wieder zu betreten, und er blieb einen Moment am Taufbecken stehen und legte seine Hand auf das raue Mauerwerk.

Er hatte erwartet, dass sich die Kirche nach den Geschehnissen irgendwie anders anfühlen würde, als ob ein Echo der Gewalt, die hier stattgefunden hatte, noch in der Luft oder im Gemäuer des Gebäudes zu spüren sein könnte.

Doch stattdessen überwältigte ihn der Eindruck der unendlichen Unveränderlichkeit dieses Ortes. Die Steinmauern, die massiven Säulen, die Buntglasfenster, das gewölbte Dach, das das Himmelsgewölbe widerspiegelte; all das hatte die Zeit überdauert. Wenn diese Steine sprechen könnten, welche Geschichten würden sie erzählen? Sie waren Zeugen religiöser Verfolgung, des Bürgerkriegs, zweier Weltkriege und nun eines kaltblütigen Mordes.

Aber sie gaben nichts preis.

Er durchquerte das Kirchenschiff zur Südwand der

Kirche und ging zügig den Mittelgang hinunter, seine Schritte hallten und folgten ihm wie ein Geist. Er widerstand dem Drang, hinter sich zu sehen, ob er verfolgt wurde, und wandte seinen Blick bewusst vom nördlichen Querschiff ab. War der Boden dort noch fleckig? Er wollte es nicht wissen.

Vom Altarraum aus stieg er ein paar Steinstufen hinunter und öffnete die Holztür zur Sakristei, einem kleinen, überfüllten Raum, in dem sich ein Schrank zum Aufhängen der Soutanen, Regale mit Gesangbüchern, alte Ausgaben des Book of Common Prayer und Schränke mit Protokollen von Kirchenratssitzungen aus den 1970er-Jahren befanden. Hier bereitete er sich jeden Sonntagmorgen auf den Gottesdienst vor. Jetzt, da die Polizei ihre Arbeit im Gebäude beendet hatte, war er hierhergekommen, um den Ersatzschlüssel zurückzubringen.

Ein kleiner Holzschrank an einer Wand enthielt eine Reihe von Haken, an denen die Schlüssel für die Nord- und Südtür der Kirche, den Glockenturm, die Orgelsakristei und die Krypta hingen. Als er den Schrank öffnete, stellte er fest, dass der Schlüssel zur Krypta fehlte.

Er blieb stehen und starrte auf den leeren Haken.

Warum fehlte der Schlüssel zur Krypta? Er war sich sicher, dass er noch da gewesen war, als er das letzte Mal nachgesehen hatte. Kaum jemand ging jemals in die Krypta hinab. Es war ein kalter, dunkler Ort, und als er selbst dort unten gewesen war, war er sehr froh gewesen, wieder nach oben zu kommen.

Er überlegte, was er tun sollte. Es wäre einfach, eine Kopie von seinem eigenen Schlüssel im Pfarrhaus anfertigen zu lassen. Aber sein Instinkt sagte ihm, dass er einen fehlenden Schlüssel nicht einfach ignorieren konnte. Er musste jemandem sagen, was er gefunden hatte.

Er zückte sein Telefon und wählte.

★

Die Bibliothek von Hambledon Manor war viel umfangreicher, als Amy sich vorgestellt hatte. Der große Raum mit den verglasten Bücherregalen an den Wänden, den ledernen Lesesesseln und dem antiken Globus auf einem hölzernen Ständer entsprach genau Amys Vorstellung von einem Paradies. Sie würde den Großteil des Tages hier verbringen, um das Ausräumen der Regale und das Einpacken der Bücher in Kisten zu beaufsichtigen und dafür zu sorgen, dass alles ordnungsgemäß beschriftet war, damit man es später wiederfinden konnte.

Voller Vorfreude hatte sie sich an diesem Morgen mit den Umzugshelfern vom Bodleian vor dem Herrenhaus getroffen. Es war das erste Mal, dass sie das Haus von innen sah, obwohl sie die Außenanlagen von all den Sommerfesten, die sie im Laufe der Jahre besucht hatte, kannte. Die Haushälterin, Miss Daniels, hatte sie in die Bibliothek geführt und angeboten, Tee zu bringen.

Amy war hocherfreut, dass der Bibliothekar ihr diese Aufgabe anvertraut hatte, und sie hatte den ganzen Vormittag damit verbracht, in die Welt der Bücher einzutauchen. Sie hatte das kribbelnde Gefühl erlebt, Erstausgaben von Werken wie Mary Wollstonecrafts *Verteidigung der Rechte der Frau* von 1792, Mary Shelleys *Frankenstein* von 1818 und Charles Darwins *Über die Entstehung der Arten* von 1859 in ihren behandschuhten Händen zu halten. Natürlich enthielt die Bibliothek auch andere Klassiker wie die vollständigen Werke von William Shakespeare, Jane Austen und Charles Dickens. Eine Katalogisierung der Sammlung käme der Erstellung eines Verzeichnisses der größten Werke der englischen Literatur gleich.

Es gab auch einige Überraschungen, die sich unter den bekannteren Werken verbargen. Sie hatte eine Abteilung gefunden, die ganz dem Glockenläuten gewidmet war, und zu ihrem Erstaunen ein Exemplar von Charles Troytes *Wechselläuten: eine Einführung in die Grundlagen des Glockenläutens* aus dem Jahr 1869 entdeckt.

Aber so aufregend sie auch waren, es waren nicht die

ledergebundenen Erstausgaben, die Amy am meisten begeisterten. Der Aufenthalt im Herrenhaus würde ihr die Möglichkeit geben, echte Ermittlungsarbeit zu leisten. Unter dem Deckmantel höflicher Konversation hoffte sie, ein paar diskrete Nachforschungen über den Mord an Harriet Stevenson anzustellen und etwas herauszufinden, das sie an Jake weitergeben konnte.

Als sie die leeren Tassen in die Küche zurückbrachte, hatte sie endlich einen Vorwand, sich ein wenig im Haus umzusehen und die Haushälterin in ein Gespräch zu verwickeln. Sie fand Josephine Daniels an der Belfaster Spüle beim Abwasch, den Blick auf den Gemüsegarten gerichtet.

„Ich helfe Ihnen beim Abtrocknen", sagte Amy und griff nach einem Geschirrtuch.

„Das ist wirklich nicht nötig", sagte Josephine.

„Schon gut. Die Männer wissen, was sie tun. Sie werden mich für zehn Minuten nicht vermissen." Sie nahm einen Teller in die Hand und begann, ihn kräftig zu reiben, um jeden weiteren Versuch abzuwehren, sie vom Helfen abzubringen. „Wissen Sie, was mit dem diesjährigen Sommerfest passiert?", erkundigte sie sich beiläufig. Sie hoffte zwar, dass der neue Gutsherr die alte Tradition aufrechterhalten würde, hatte aber ohnehin kein großes Interesse am Sommerfest, sondern hatte sich bereits entschlossen, ihr eigentliches Thema aus einem indirekten Winkel anzugehen. Sie wollte keinesfalls zu offensichtlich wirken, wenn sie etwas Wichtiges herausfinden wollte, das der Polizei möglicherweise bei ihrer direkten Befragung entgangen war.

„Ich weiß es nicht", sagte Josephine, die Hände im Spülwasser. „Das hängt vom neuen Gutsherrn ab, aber er hat mir nichts davon gesagt."

„Ich dachte nur, nach dem Mord und allem, dass es vielleicht abgesagt wird?" Amy stellte den Teller auf den Tisch und nahm sich einen neuen.

„Ich bezweifle, dass es für Mr. Burton Priorität hat", sagte Josephine. „Er hat andere Dinge im Kopf. Am besten fragen Sie Bill Harris. Ich habe gehört, dass er jetzt kommissarischer Vorsitzender des Gemeinderats ist."

„Ja, natürlich. Haben Sie etwas über den Stand der Ermittlungen gehört? Gibt es irgendwelche Neuigkeiten?"

„Nicht, dass ich wüsste."

Das erwies sich als schwieriger, als Amy gehofft hatte. Sie kannte Josephine Daniels nicht sonderlich gut. Vielleicht war sie nicht der geschwätzige Typ. Aber im Pub und im Dorfladen war der Mord das einzige Gesprächsthema. Sie konnte nicht verstehen, warum Miss Daniels nicht genauso erpicht darauf war, darüber zu sprechen.

Sie beschloss, die Sache direkter anzugehen. „Ich nehme an, die Polizei war sehr daran interessiert, mit Mr. Burton darüber zu sprechen, was passiert ist."

„Wie kommen Sie zu dieser Annahme?"

„Nun, ist es nicht ein offenes Geheimnis, dass Harriet Stevenson entschlossen war, seine Pläne für das Haus zu stoppen?"

Josephine stellte die letzte Tasse auf das Abtropfbrett und zog den Stöpsel aus der Spüle. Mit einem lauten Gluckern lief das Wasser ab. „Mr. Burtons Pläne für das Haus gehen mich nichts an, zumal ich beschlossen habe, Ende des Monats in Rente zu gehen."

„Oh, tatsächlich?", sagte Amy. „Ich wusste gar nicht, dass Sie schon so alt sind. Ich hoffe, das klingt nicht unhöflich." Die Worte waren keine bloße Schmeichelei; Miss Daniels sah wirklich nicht alt genug aus, um in den Ruhestand zu gehen.

Ihre Bemerkung entlockte der Haushälterin ein schwaches Lächeln. „Nächsten März werde ich achtundsechzig und ich habe in diesem Haus gearbeitet, seit ich ein junges Mädchen war. Ich denke, ich habe es mir verdient, es endlich ruhiger angehen zu lassen."

„Oh, natürlich", sagte Amy. „Absolut."

Josephine trocknete sich die Hände an einem sauberen Geschirrtuch ab. „Ich nehme an, dass einige Leute im Dorf Mr. Burtons Pläne für das Anwesen nicht gutheißen,

aber das ist kaum ein Grund, einen von ihnen zu töten."
Sie hielt Amys Blick mit ihrem eigenen, unerschütterlichen
Blick fest.

„Oh, nein, natürlich nicht", sagte Amy hastig. „Das
habe ich überhaupt nicht gemeint."

„Oder meinen Sie, man hätte meinen Sohn befragen
sollen?"

„Ihren Sohn?", fragte Amy. „Sie meinen Shaun, den
Gärtner?" Sie kannte Shaun Daniels, weil er Stammgast
im Pub war. Er war ein attraktiver Mann, auf eine düster-
melancholische Art, aber sie hatte immer Abstand zu ihm
gehalten. In seinen Adern floss ein hitziges Temperament,
und nach ein paar Bieren konnte er ziemlich
furchteinflößend wirken. „Warum sollten sie ihn
verdächtigen, etwas damit zu tun zu haben?"

„Nur so." Zu ihrer Erleichterung schien Josephine Amy
ihre eher unbeholfenen Nachforschungen nicht übel zu
nehmen. „Wie kommen Sie in der Bibliothek voran?",
fragte sie in einem freundlicheren Ton.

„Gut, danke. Obwohl mich tatsächlich eine Sache
irritiert hat."

„Ach ja?"

„In einem der Regale scheint ein Buch zu fehlen."

Josephine wirkte überrascht. „Tatsächlich? Wie
kommen Sie denn darauf?"

„Ich kann es natürlich nicht mit Sicherheit sagen, weil
es keinen Katalog für die Sammlung gibt – es wird meine
Aufgabe sein, einen zu erstellen –, aber da ist definitiv eine
kleine Lücke in einem der Regale. Vielleicht hätte ich sie
gar nicht bemerkt, aber die anderen Bücher sind so dicht
gedrängt, dass mir die Lücke seltsam vorkam. Es steht in
der Abteilung über Glockenläuten."

„Seit Monaten hat niemand mehr die Bibliothek
benutzt", sagte Josephine. „Ich bin sicher, dass nichts
fehlt. Das wäre mir beim Putzen aufgefallen."

„Wahrscheinlich haben Sie recht." Amy hängte das
Geschirrtuch wieder dort auf, wo sie es gefunden hatte. Ihr
Versuch, Miss Daniels Informationen zu entlocken, war

ein völliger Reinfall gewesen, aber wenigstens schien sie sich nicht mit der Haushälterin überworfen zu haben. Sie schenkte Josephine ein kurzes Abschiedslächeln. „Ich mache mich besser wieder an die Arbeit."

★

Reverend Martin Armistead wirkte noch nervöser als am Tag des Mordes, als Bridget ihm zum ersten Mal begegnet war. Er wartete unter dem Lychgate auf sie, die Hände in den Taschen seiner Jeans, die Schultern gebeugt, den Blick über den Dorfanger schweifend, die Vorderzähne in die Unterlippe gepresst. Unrasiert, das Hemd leicht zerknittert, wirkte er nicht wie ein Mann, der Vertrauen erwecken oder seiner Gemeinde Seelsorge und geistliche Führung bieten konnte. Eher sah er aus, als bräuchte er einen starken Drink und einen langen Urlaub. Nur der Priesterkragen um seinen Hals wies ihn als Geistlichen aus. Er begrüßte Bridget mit einem nervösen Lächeln.

„Sie sagten am Telefon, dass einer der Kirchenschlüssel fehlt", sagte sie, während sie ihn zur Nordtür der Kirche begleitete.

„Der Schlüssel zur Krypta. Ich kann mir nicht vorstellen, wer ihn genommen haben könnte. Ich bin sicher, dass er am Morgen der Beerdigung noch da war. Natürlich könnte es eine einfache Erklärung geben, und ich entschuldige mich im Voraus, wenn ich Sie umsonst hergebeten habe, aber ich dachte ..."

Bridget winkte ab. „Es war richtig, mich anzurufen. Wenn ein Verbrechen wie dieses passiert ist, müssen wir allem Ungewöhnlichen nachgehen. Das könnte sich als wichtig erweisen."

Ihre beruhigenden Worte schienen ihn ein wenig zu entspannen, und er stieß einen langen Seufzer aus. „Es waren ein paar harte Tage. Ich fange an, mir die seltsamsten Dinge einzubilden. Ich gebe gern zu, dass ich ziemlich angespannt war, als ich zum ersten Mal seit ... seit dem Mord wieder die Kirche betreten habe."

„Das kann ich mir vorstellen", sagte Bridget. „Wissen Sie, es gibt Leute, die nach einem traumatischen Erlebnis wie diesem eine Beratung anbieten. Ich kann Sie mit jemandem in Kontakt bringen, wenn Sie möchten."

Er lachte. „Ah, ich bin sehr vertraut mit Beratern, glauben Sie mir."

„Da bin ich mir sicher. Aber trotzdem …"

Er schenkte ihr ein wohlwollendes Lächeln. „Glauben Sie mir, wenn ich Hilfe brauche, weiß ich, an wen ich mich wenden kann."

„Können Sie mir zeigen, wo der Schlüssel normalerweise aufbewahrt wird?", fragte sie, als sie die Kirche betraten.

„Natürlich." Er führte sie in einen kleinen Raum an der Südseite, direkt vor dem Altar. Es war das erste Mal, dass Bridget sich so weit in die Kirche vorwagte. Als sie das letzte Mal hier gewesen war, hatte es von Viks weiß gekleidetem SOCO-Team nur so gewimmelt, und sie hatte versucht, ihnen aus dem Weg zu gehen. Jetzt blieb sie stehen und betrachtete die Details des schönen alten Altarraums.

„Das ist der älteste Teil der Kirche", sagte der Pfarrer. „Er stammt aus dem elften Jahrhundert. Früher stand hier eine ältere angelsächsische Kirche, aber das heutige Gebäude ist normannischen Ursprungs." Er deutete den Weg zurück, den sie gekommen waren. „Das Kirchenschiff wurde im zwölften Jahrhundert erbaut, das nördliche und das südliche Querschiff wurden im frühen fünfzehnten Jahrhundert von den Mönchen von Abingdon hinzugefügt. Der Glockenturm wurde im darauffolgenden Jahrhundert errichtet, und die Viktorianer setzten die Glasmalereien im Ostfenster ein." Er drehte sich um und zeigte auf das prächtige Bild, das zentral über dem Altar prangte. Das farbige Glas zeigte den Erzengel Michael, wie er Satan in Gestalt eines grünen Teufels bezwang.

„Es gibt einen Schrank in der Sakristei", fuhr er fort. „Der Schlüssel ist immer dort. Niemand geht jemals in die Krypta, verstehen Sie? Es gibt auch keinen Grund dafür."

Sie folgte ihm in die Sakristei, wo er die Tür zu einem kleinen Holzschrank an der Wand öffnete. Darin befanden sich zwei Reihen von Haken mit Schlüsseln. Jeder Haken war mit einem kleinen handgeschriebenen Schild versehen, das mit Klebeband an der Rückseite des Schranks befestigt war: *Nordtür, Südtür, Glockenturm, Orgelsakristei, Krypta*. Der Haken mit der Aufschrift *Krypta* war leer.

„Ist dieser Schrank normalerweise verschlossen?", fragte Bridget.

„Nein, er hat kein Schloss", sagte Armistead verlegen. „Im Nachhinein betrachtet war das wohl ein Versäumnis."

„Was ist mit der Sakristei? Ist sie abgeschlossen, wenn Sie nicht hier sind?"

Er schüttelte resigniert den Kopf. „Normalerweise mache ich mir nicht die Mühe, sie abzuschließen. Wenn die Kirche selbst verschlossen ist, erscheint es mir nicht notwendig, auch diesen Raum abzuschließen. Hambledon ist so ein sicheres Dorf. Zumindest fühlte es sich so an, bis … Ich meine, ich weiß, dass es vor ein paar Jahren diesen Vorfall mit dem Diebstahl von Blei vom Dach gab, aber die Diebe brauchten keinen Schlüssel, um da hinaufzukommen."

„Also könnte theoretisch jeder hier reinkommen und sich den Schlüssel zur Krypta nehmen?"

„Nun, theoretisch ja, aber die meisten Leute kommen nie in die Sakristei."

„Wer kommt hier rein? Wer weiß von dem Schlüsselschrank?"

„Nun, da ist Eric Fletcher, der Organist, Bill Harris, der Glockenmeister – eigentlich alle Glockenläuter, wenn ich es recht bedenke. Und dann natürlich Harriet Stevenson. Und, ich nehme an …" Er zögerte.

„Ja?"

„Ich wollte sagen Emma, meine Frau, aber ich kann mich nicht erinnern, wann sie das letzte Mal in der Sakristei war. Dazu hatte sie einfach keinen Grund. Wahrscheinlich hat sie den Schlüsselschrank längst vergessen, falls sie ihn überhaupt je bemerkt hat. Ich kann mir beim besten Willen nicht vorstellen, warum Emma Zugang zur Krypta haben wollte. Vergessen Sie, dass ich sie erwähnt habe. Sie ist hier irrelevant."

Jeder ist potenziell relevant, dachte Bridget, *auch Sie.*

„Sie sagten, der Schlüssel zur Krypta war am Morgen der Beerdigung hier?"

Armistead betrachtete den leeren Haken. „Nun, ich denke schon. Ich bin sicher, dass er am Sonntagmorgen noch da war."

„Und was ist mit Mittwoch? Dem Tag der Beerdigung?" *Und des Mordes.*

Er zögerte. „Ich würde gerne sagen, dass er da war, aber ich kann es nicht mit hundertprozentiger Sicherheit sagen. Sie könnten Bill Harris fragen. Er kam an jenem Morgen, um den Schlüssel zum Glockenturm zu holen. Wir legen Wert darauf, den Glockenturm verschlossen zu halten. Wir wollen nicht, dass Unbefugte dort herumlaufen, auf der Wendeltreppe stürzen oder die Glocken beschädigen."

„Sie sagten mir am Telefon, dass Sie glaubten, einen Satz Ersatzschlüssel im Pfarrhaus zu haben. Haben Sie ihn gefunden?"

„Ja." Er zog einen Schlüsselbund aus der Tasche.

„Und ein Schlüssel zur Krypta ist auch dabei?"

Triumphierend zeigte er auf einen alten Eisenschlüssel.

„Dann sollten wir einen Blick in die Krypta werfen, nicht wahr?"

Er führte sie zu einer kleinen gewölbten Tür im südlichen Querschiff und nach einigen Versuchen gelang es ihm, das Schloss zu öffnen. Eine steile, schmale Steintreppe führte nach unten.

„Ich gehe besser vor", sagte er, zückte sein Handy und schaltete die Taschenlampe ein. „Die Stufen sind sehr uneben und es gibt kein Licht. Hier kommt nie jemand runter."

Bridget folgte ihm in die Finsternis, sein Körper eine dunkle Silhouette im Schein der Taschenlampe. Nur ein schwacher, weißer Schimmer flackerte über die Steinstufen und Wände. Die Temperatur sank rapide, als sie in das dunkle, kühle Gewölbe hinabstiegen, in das niemals Sonnenlicht drang. Bridget fröstelte.

Der Abstieg in die Dunkelheit dauerte nicht lange. Bald spürte sie wieder ebenen Boden unter den Füßen, und ein feuchter, erdiger Geruch stieg ihr in die Nase. Sie schaltete ihre eigene Taschenlampe ein und ließ das Licht umherschweifen, um sich ein Bild von dem Raum zu machen, den sie betreten hatte.

Die Krypta war groß, und die hinteren Wände verschwanden in der Dunkelheit, sodass sie die Ausmaße des Raumes nicht genau abschätzen konnte. Dicke Steinsäulen stützten die gewölbte Decke, von der lange Spinnweben wie Halloween-Dekorationen herabhingen. Sie spürte, wie eine ihr Gesicht streifte, trat schnell einen Schritt zurück und wischte sie weg. Da sie sich nicht zu weit von der Treppe entfernen wollte, schwenkte sie ihr Handy hin und her, bis das schwache Licht eine Reihe von Steinblöcken in der Mitte des Raumes erfasste.

„Was ist das?", fragte sie und richtete das Licht darauf.

„Särge", flüsterte Martin. „Sie sind Hunderte von Jahren alt."

„Und sind sie …"

„Ja, ich glaube, hier sind mehrere Leichen begraben."

Bridget bewegte das Licht um die steinernen Formen, große Schatten hoben und senkten sich. Ein mattes Glitzern zwischen den beiden nächstgelegenen Sarkophagen fiel ihr ins Auge. Sie trat ein Stück vor und ging in die Hocke, um es zu untersuchen. In dem Spalt zwischen den Särgen steckte ein großer Kerzenleuchter aus Messing. Er war etwa fünfundvierzig Zentimeter lang, hatte einen massiven, abgestuften Fuß und einen dunklen Fleck, der im kalten Licht des Handys wie Rost aussah.

„Ich glaube, wir haben die Mordwaffe gefunden", sagte sie.

KAPITEL 15

Amy folgte Bill Harris die steile, gewundene Treppe zum Glockenturm hinauf. Es war acht Uhr am Samstagmorgen, und sie waren gekommen, um die Glocken für die Hochzeit von Jamie Reade und Kayleigh Simpson vorzubereiten. Die Kirche war wegen der polizeilichen Ermittlungen gesperrt gewesen, und so hatten sie nach Henry Burtons Beerdigung noch keine Gelegenheit gehabt, die Dämpfer zu entfernen. Eine Zeit lang hatte es so ausgesehen, als müsste die Hochzeit verschoben werden, aber zur Erleichterung aller hatte man endlich grünes Licht gegeben.

Im Glockenraum waren die acht Glockenseile ordentlich an den Wänden befestigt, außer Reichweite, und ihre oberen Enden verschwanden durch Löcher in der Decke. Amy hatte einen ihrer Glockenläuterkameraden aus Oxford rekrutiert, um Jamies Platz an Glocke Nummer fünf einzunehmen. Es war kaum zu erwarten, dass der Bräutigam bei seiner eigenen Hochzeit die Glocken läuten würde.

„Ich werde langsam zu alt dafür", sagte Bill und betrachtete die hölzerne Leiter, die zur nächsten Ebene des

Turms führte.

„Unsinn", sagte Amy. „Du bist fit wie ein Turnschuh." Doch bei näherem Hinsehen wirkte Bill tatsächlich müde und nicht mehr ganz so rüstig wie sonst. Der Mord hatte alle mitgenommen, und neben seinen anderen Aufgaben war Bill nun auch noch kommissarischer Vorsitzender des Gemeinderats, obwohl er darauf wahrscheinlich gut hätte verzichten können.

„Ich schaffe das schon allein", sagte Amy, „wenn du lieber hier bleiben willst."

„Nein, nein, es geht schon", sagte Bill und schüttelte die Müdigkeit ab. „Nach dir."

Mit festem Griff und sicherem Tritt kletterte Amy schnell die Sprossen hinauf, die zum Glockenstuhl führten. Sie war nie ein großer Fan von Schulsport gewesen, aber wenn es um Glockentürme ging, besaß sie eine natürliche Gewandtheit und keinerlei Höhenangst, was ihr hier zugutekam.

Auf der nächsten Ebene kamen die Glockenseile aus Löchern im Boden und verschwanden wieder durch entsprechende Öffnungen in der Decke. An der Westwand des Raumes befand sich ein Kasten, in dem das Uhrwerk untergebracht war. Noch eine Leiter hinauf und durch eine Falltür, und sie befand sich in der Glockenstube selbst, Bill dicht hinter ihr, trotz seines Protests, für diesen Job zu alt zu sein.

Die Aussicht von hier oben war atemberaubend. Durch die Schlitze des nach Süden ausgerichteten Fensters konnte sie das Herrenhaus und den Uferweg sehen, auf dem sie neulich Abend Arm in Arm mit Jake spazieren gegangen war. Wie ein maßstabsgetreues Modell lag das Dorf vor ihr. Jenseits des Dorfes erstreckten sich meilenweit offene Felder bis zum Ridgeway, dem alten Pfad, der England von Osten nach Westen durchquerte. Im Norden lag Abingdon und dahinter Oxford und die Bodleian Library, in der sie arbeitete.

Aber was Amy am Glockenturm am meisten gefiel, war die Nähe zu den riesigen Glocken, von denen die größte fast eine halbe Tonne wog, und die Möglichkeit, die glatte, kalte Bronze zu berühren, die in der Londoner Whitechapel Foundry in Perfektion gegossen worden war. Die acht Glocken mit ihren Rädern und Flaschenzügen befanden sich in einem quadratischen Metallrahmen, seit der ursprüngliche Holzrahmen während der Renovierung zur Jahrtausendwende durch Whites of Appleton ersetzt worden war. Die Glocken waren seit Jahrhunderten hier und es gab keinen Grund anzunehmen, dass sie nicht auch in Hunderten von Jahren noch läuten würden. Sie waren wie alte Freunde, jede mit ihrer eigenen Persönlichkeit. Jetzt warteten sie, reglos und stumm, aber schon bald würden sie feierlich erklingen.

Um an jede Glocke heranzukommen, musste man auf eine kleine Trittleiter steigen, die zu diesem Zweck in der Glockenstube aufbewahrt wurde. Diese Aufgabe übernahm Amy gerne. Sie holte die Leiter und stellte sie neben die Diskantglocke. Dann kletterte sie hinauf, wickelte den ledernen Dämpfer ab, der den Klöppel halb umschloss, und reichte ihn Bill.

Mit der Hand fuhr sie über die in die Glocke eingeprägte Inschrift. Sie hatte sich oft über diese geheimnisvollen Zeichen gewundert. Die gotische Schrift war nicht leicht zu entziffern und schien keinen rechten Sinn zu ergeben. Jetzt fragte sie Bill danach.

„Ah, ja", sagte Bill. „Jede Glocke hat ihre eigene Inschrift. Wenn man sie alle liest, vom Diskant bis zum Tenor, ergeben sie einen kurzen Reim."

„Wirklich?", sagte Amy.

„Lies sie, wenn du mir nicht glaubst", sagte Bill schmunzelnd. „Und dann kannst du versuchen herauszufinden, was sie bedeuten."

Amy beugte sich näher zur Glocke und fuhr mit dem Finger über die kunstvollen Inschriften. Einige Schreibweisen waren etwas altertümlich, aber es war nicht allzu schwer zu lesen, wenn man sich erst einmal an den Stil gewöhnt hatte.

Sei es allen nah und fern bekannt,

Neugierig tippte sie die Inschrift in die Notizen-App ihres Handys und schob die Leiter zur nächsten Glocke. Sie entfernte den Dämpfer und entzifferte rasch die Worte, die sich um die geschwungene Form der Glocke rankten.

Dass hier ein Geheimnis ruht, wohlgebannt.

„Jetzt bin ich gespannt", sagte sie zu Bill und grinste. „Ich liebe Geheimnisse."

Nachdem sie die Dämpfer von allen acht Glocken entfernt und die Inschriften auf ihrem Handy notiert hatte, hatte sie einen achtzeiligen Vers:

Sei es allen nah und fern bekannt,
Dass hier ein Geheimnis ruht, wohlgebannt.
Wo sterbliche Gebeine zur Ruhe gebracht,
Und blinde Würmer Eier legen in dunkler Nacht.
Gegen die Nordwand in des Winters kaltem Arm,
Wende Dich zu Eisen und Stein mit Bedacht.
Steige hinab in meine Kammer, kalt und finster,
Dort wird Dir Dein Lohn gewiss, ganz sicher.

„Was bedeutet das?", fragte sie.

Bill schüttelte den Kopf. „Ich wünschte, ich wüsste es. Maurice Fairweather hat die Theorie, dass es in dem Gedicht um einen vergrabenen Schatz geht, aber wenn es hier im Dorf einmal einen Schatz gegeben hat, dann ist er längst verschwunden."

Ein vergrabener Schatz!

Amys Gedanken überschlugen sich vor lauter Möglichkeiten.

Ein vergrabener Schatz, hier in Hambledon!

Sie konnte es kaum erwarten, Jake von ihrer Entdeckung zu erzählen. Eine Legende über einen vergrabenen Schatz war eindeutig ein klares Mordmotiv.

★

Shaun Daniels stieg direkt vor dem Crown Court in Oxford aus dem Bus und ging den Rest des Weges die St. Aldate's hinauf. Samstagseinkäufer und Touristen drängten sich auf den breiten Bürgersteigen, Doppeldeckerbusse verstopften die schmale Straße. Er kam nicht sehr oft in die Stadt und hatte vergessen, wie überfüllt sie sein konnte. Der Tom Tower, der in der hellen Juni-Sonne golden schimmerte, ragte stolz über dem Trubel der Straße auf, aber Shaun hatte keine Zeit für architektonische Raffinessen. Er war mit einem einzigen Ziel hergekommen, und sobald er es erreicht hatte, würde er den nächsten Bus zurück nach Abingdon und von dort nach Hambledon nehmen.

Den Laden, den er suchte, fand er schnell, da er ihn bereits im Internet recherchiert hatte. Ein kleiner, unabhängiger Buchhändler, der sich auf seltene und gebrauchte Bücher spezialisiert hatte. Bei seinen Nachforschungen hatte er nicht herausfinden können, wie viel *Tintinnalogia* wert sein könnte, aber da signierte Erstausgaben von *Harry Potter* für Zehntausende von Pfund verkauft wurden, ging er davon aus, dass etwas so Altes und Seltenes wohl noch viel mehr wert sein musste. Die Tatsache, dass er online keine anderen Exemplare gefunden hatte, musste bedeuten, dass es sich tatsächlich um ein extrem seltenes Exemplar handelte.

Jetzt bedauerte er, dass er nicht noch ein paar andere Bücher hatte mitgehen lassen, als er die Gelegenheit dazu gehabt hatte, aber jetzt war es zu spät. Am Tag zuvor war ein Lieferwagen zum Herrenhaus gekommen, und ein paar Männer in Overalls hatten den gesamten Inhalt der Bibliothek zur Bodleian gebracht, wo die Bücher wohl die nächsten hundert Jahre in einer dunklen Ecke verstauben und keinem von Nutzen sein würden, außer vielleicht ein paar Studenten und Professoren, die sich für die staubige Sammlung des alten Burton interessierten.

Er stieß die Tür des Ladens auf und eine Glocke

bimmelte über ihm. Drinnen herrschte eine ruhige, gelehrte Atmosphäre. Ein Oxford-Typ in senfgelben Kordhosen und Tweedjacke stöberte in einem Regal mit ledergebundenen Bänden. Er drehte sich zu Shaun um und musterte ihn über seine Brille hinweg. Shaun starrte zurück, und der Mann widmete sich wieder seinen Büchern. *Arrogantes Arschloch*. Nur weil Shaun Jeans, Turnschuhe und eine Jacke mit Reißverschluss trug, war er nicht weniger wert als Mister Tweedjacke.

Er marschierte zum Tresen, an dem ein schlanker, glatzköpfiger Mann in kariertem Hemd und dunkler Krawatte herumhantierte. Er begrüßte Shaun herablassend. „Kann ich Ihnen behilflich sein?"

„Ja", sagte Shaun. „Können Sie." Er zog das Exemplar von *Tintinnalogia* aus seiner Jacke. „Ich habe ein Buch zu verkaufen. Ein sehr altes", sagte er und legte es auf den Tresen.

Der Buchhändler holte eine randlose Lesebrille aus seiner Brusttasche, setzte sie sich vorsichtig auf die Nase und hob das Buch mit langen, schlanken Fingern hoch.

Shaun beobachtete ihn aufmerksam, um seine Reaktion abzuschätzen. Er war erfreut über das, was er sah. Der Buchhändler musste es gewohnt sein, mit seltenen und wertvollen Büchern umzugehen, doch seine Augen weiteten sich merklich, als er das Buch aufschlug und die erste Seite umblätterte. Sein Finger fuhr über den Titel des Buches, dann über das Erscheinungsjahr. 1668. Er blätterte eine Seite um, dann noch eine, den Blick fest auf die vergilbten Worte gerichtet. Shaun ließ es ihn in Ruhe betrachten. Je länger, desto besser der Preis, dachte er sich.

„Wie sind Sie in den Besitz dieses Buches gekommen?", fragte der Buchhändler schließlich, nachdem er sich eine ganze Weile in das Buch vertieft hatte.

„Es wurde mir vererbt", log Shaun. „In einem Testament. Ein alter Mann, für den ich gearbeitet habe, ist vor kurzem gestorben und hat es mir vermacht. Er hat mir mal erzählt, dass es eine Menge Geld wert ist."

Diese Geschichte hatte er sich bereits zurechtgelegt, bevor er am Morgen das Haus verließ. Eine Mischung aus Wahrheit und Lüge funktionierte immer besser als eine glatte Lüge. So war es auch mit den Geschichten, die er freitagabends im Eight Bells zum Besten gab. Wenn man ein paar Fakten einstreute, konnte niemand mehr sagen, wo die Wahrheit aufhörte und das Märchen anfing.

„Ich verstehe", sagte der Buchhändler.

„Ich hatte gehofft, Sie könnten mir einen Preis dafür nennen."

„Natürlich kann ich das", sagte der Buchhändler. „Aber das ist ein äußerst seltenes und wertvolles Buch. Ich habe noch nie ein solches Exemplar gesehen und müsste daher erst einige Nachforschungen anstellen und mich mit Kollegen in London beraten, bevor ich einen endgültigen Preis festlegen kann. Wenn Sie es mir ein paar Tage überlassen, könnte ich Ihnen einen genauen Preis nennen."

„Bei Ihnen lassen?" Shaun wurde sofort misstrauisch. Wollte man ihn etwa hereinlegen? Er streckte die Hand aus, und für einen angespannten Moment standen sich die beiden Männer über den Tresen hinweg gegenüber, beide Hände fest auf das Buch gepresst, und sahen sich direkt in die Augen. Die Iris des Buchhändlers war blassblau und wässrig, fast grau. Der Mann war dünn und schmächtig. Er würde Shaun niemals davon abhalten können, das Buch wieder an sich zu reißen und den Laden zu verlassen. Aber welchen Sinn hätte das? Er brauchte das Geld.

„Ich will eine Quittung", sagte er. „Eine ordentliche, wohlgemerkt. Keine faulen Tricks."

„Natürlich", sagte der Buchhändler. „Ich kann Ihnen versichern, dass alles mit rechten Dingen zugeht. Ich bin ein sehr angesehener Käufer und Verkäufer seltener Werke."

Shaun entspannte sich ein wenig bei den beruhigenden Worten des Mannes und ließ das Buch los. „Also gut. Aber nicht länger als zwei Tage."

Der Buchhändler stellte ihm eine Quittung aus, auf der er sorgfältig den Titel, den Autor, den Verlag und das Erscheinungsdatum des Buches notierte. Shaun überprüfte alles gründlich, bevor er sie einsteckte.

„Ich bin am Montag wieder da", sagte er in einem Ton, der gleichzeitig höflich und unterschwellig bedrohlich klingen sollte.

„Ich freue mich, Sie dann wiederzusehen", sagte der Buchhändler mit einem schüchternen Lächeln.

Shaun verließ den Laden und warf dem Mann in Cordhose und Tweedjacke einen letzten finsteren Blick zu.

KAPITEL 16

Jake saß im hinteren Teil der Kirche, umklammerte die Gottesdienstordnung und versuchte, sich nicht allzu fehl am Platz zu fühlen. Er war als Amys „bessere Hälfte" hier, aber wie üblich war sie oben im Glockenturm und bereitete sich darauf vor, die Glocken zu läuten. Obwohl er einige Gesichter in der Gemeinde erkannte, gab es niemanden, den er gut genug kannte, um sich zu ihm zu setzen.

Das Faltblatt in seinen Händen war auf weißem Marmorpapier gedruckt und mit silbernen Herzen und Glocken verziert. *Gottesdienstordnung für die Hochzeit von Kayleigh Simpson und Jamie Reade.* Zwei Namen, die er bis vor zwei Monaten noch nie gehört hatte. Er lächelte und dachte daran, wie sehr sich sein Leben verändert hatte. Hätte Ryan ihn nicht überredet, es mit Online-Dating zu versuchen, wäre er Amy nie begegnet. Beinahe hätte er nach zwei katastrophalen Dates das Handtuch geworfen – eines mit einer verzweifelten älteren Frau und eines mit einer Frau, die sich als verheiratet herausgestellt hatte und deren brutalen Ehemann Jake in Handschellen hatte legen müssen, nachdem er in die Weinbar gestürmt war, um seine untreue Frau zur Rede zu stellen. Er schauderte bei der Erinnerung an diese peinlichen Erlebnisse. Aber dann, unglaublich, war Amy wie ein frischer Wind in sein Leben getreten. Jetzt war er hier, als Gast auf der Hochzeit zweier ihrer Freunde. Er erkannte sich kaum wieder.

Es war ein merkwürdiges Gefühl, wegen einer Hochzeit in dieser Kirche zu sein. Das letzte Mal, als er in St. Michael and All Angels gewesen war, hatte er über einer Leiche gestanden, die in einer Blutlache lag. Jetzt war die Kirche mit atemberaubenden Blumenarrangements in Rot, Rosa und Weiß geschmückt und die Stimmung war fröhlich. Die Menschen winkten ihren Freunden lächelnd zu und riefen Grüße, Frauen in farbenfrohen Sommerkleidern fächelten sich in der Sommerhitze mit ihren Gottesdienstordnungen Luft zu, der Organist spielte im Hintergrund etwas Sanftes und Entspannendes.

Aber das Verbrechen war noch nicht aufgeklärt, und Jake wusste, dass der Mörder heute unter den Gästen sein konnte. Er sah sich um, konnte aber an den glücklichen Gesichtern ablesen, dass außer ihm niemand an Mord dachte. Zumindest nicht heute. Dennoch konnte er nicht umhin, zum Grab von Sir Edmund und Lady Ellen Burton im nördlichen Querschiff zu blicken. Er stellte sich vor, wie Harriet Stevensons Leiche am Fuße des Grabmals lag und ihr Blut über den Boden floss. Er hoffte, dass Viks Team gründlich sauber gemacht hatte, sonst würden die Freunde und Verwandten der Braut, die auf dieser Seite der Kirche saßen, eine unangenehme Erinnerung daran haben, was sich hier nur Tage zuvor ereignet hatte. Jake saß auf der Südseite des Kirchenschiffs, da er glaubte, Jamie besser zu kennen als Kayleigh. Er rutschte auf der Kirchenbank ein Stück zur Seite, um ein paar Frauen Platz zu machen, deren Partner ebenfalls im Glockenturm waren. Sie lächelten und begrüßten ihn, erkannten ihn als einen der ihren. Genau das war er jetzt: ein Glockenläuter-Groupie.

Der Bräutigam, der in einem grauen Frack und einer weinroten Weste mit einer weißen Rose am Revers prächtig aussah, betrat die Kirche und geleitete eine Frau mittleren Alters in einem wallenden fliederfarbenen Kleid und einem großen Hut – vermutlich die Mutter der Braut – zu ihrem Platz in der vordersten Kirchenbank an der Nordseite der Kirche. Jakes Gedanken wanderten unweigerlich zu seinen eigenen Eltern, die in Leeds lebten. Er hatte sie seit Weihnachten nicht mehr gesehen, als er kurz davor gewesen war, sich um eine Stelle in Halifax zu bewerben. Glücklicherweise hatte er sich entschieden, in Oxford zu bleiben.

Seine Mutter drängte ihn seit Wochen, Amy „in den Norden" zu bringen, damit sie sie kennenlernen konnten. Er wollte Amy seinen Eltern vorstellen – er war sich sicher, dass sie sie mögen würden – ,warum hatte er es also noch nicht getan? Es stimmte, er konnte sich nicht mitten in einer Mordermittlung von der Arbeit freinehmen, aber es ging um mehr als das. Seine Mutter wünschte sich nichts sehnlicher, als dass er die richtige Frau fand – und ihr viele Enkelkinder schenkte. Und war das nicht genau das Problem? Jake war glücklich, so wie es war. Er verstand sich großartig mit Amy, aber sesshaft zu werden und zu heiraten war ein ganz anderer Schritt. Wo würden sie überhaupt wohnen? Amy lebte noch zu Hause bei ihren Eltern, und seine Wohnung über dem Waschsalon war kaum für ein Eheleben geeignet. Und Oxford war so teuer. Eine leise Stimme in ihm sagte, dass er nach Ausreden suchte, aber er schob sie beiseite. Heiraten war ein großer Schritt, und er musste absolut sicher sein, dass er das Richtige tat. Ihm war schon einmal das Herz gebrochen worden, und er wollte nicht noch einmal verletzt werden.

Er wurde aus seinen Grübeleien gerissen, als sich die Stimmung im Raum plötzlich änderte. Das Stimmengewirr verstummte und der Organist schlug einen lauteren, entschlosseneren Ton an. *Der Einzug der Königin von Saba von Georg Friedrich Händel*, verriet ihm die Gottesdienstordnung. Wie auf dem Plan angegeben, erhoben sich die Gäste und drehten sich um, um zu sehen, wie Kayleigh Simpson, die elegant in einem schlichten Seidenkleid am Arm ihres stolzen Vaters den Gang hinunterschritt, gefolgt von einem halben Dutzend Brautjungfern in pfirsichfarbenen Seidenkleidern, im Alter von Mitte zwanzig bis etwa fünf Jahren. Jake schluckte und fragte sich, wie Jamie sich wohl fühlen mochte, wenn er eine so imposante Abordnung auf sich zukommen sah. Keine Frage – Heiraten war definitiv keine Angelegenheit, die man auf die leichte Schulter nehmen durfte.

Reverend Martin Armistead leitete den Gottesdienst und hieß alle zu diesem freudigen Anlass in St. Michael and All Angels willkommen. In Jakes Ohren klang der Pfarrer allerdings nicht besonders fröhlich. Seine Stimme wirkte angestrengt und Jake hatte den Eindruck, dass er sich zu sehr bemühte, heiter zu klingen. Es gab einen peinlichen Moment, als der Pfarrer fragte, ob jemand der Anwesenden einen Grund wüsste, warum diese beiden nicht rechtmäßig heiraten sollten, und ein Kleinkind genau diesen Moment wählte, um etwas Unverständliches zu rufen. Doch die Anspannung löste sich schnell in allgemeines Gelächter auf, und von da an verlief der Gottesdienst ohne Zwischenfälle. Der Gesang war auf der Seite der Braut deutlich kräftiger und klangvoller, dank einer Gruppe von Sopranistinnen, Altistinnen, Tenören und Bässen eines Chors aus Oxford, in dem Kayleigh mitsang. Die Sänger machten die mangelnden musikalischen Fähigkeiten auf der Seite des Bräutigams mehr als wett. Jake selbst summte die Hymnen mit und tat sein Bestes, um den richtigen Ton zu treffen.

Eine halbe Stunde später schritt das glückliche Paar Arm in Arm den Gang hinunter, während – so stand es in der Gottesdienstordnung – die fröhliche *Hornpipe aus Händels Wassermusik* erklang, und wie aufs Stichwort begannen die Glocken zu läuten, beginnend mit dem Diskant und absteigend bis zum Tenor, bevor sie ein kompliziertes Muster schlugen, dem Jake nicht folgen konnte. Amy würde es ihm sicher später erklären. Er war froh, endlich aus der Kirche herauszukommen, und suchte sich eine Bank in einer ruhigen Ecke des Kirchhofs, wo er sich in die frühe Nachmittagssonne setzte und zufrieden

den Glocken lauschte.

★

Bridget fluchte, als sie sich abmühte, den Reißverschluss des Kleides, das sie anprobierte, zu schließen, was ihr erneut misslang. Früher hatte sie problemlos in eine Größe 44 gepasst, warum also jetzt nicht mehr? Es konnte unmöglich sein, dass sie eine ganze Kleidergröße zugelegt hatte, zumal sie in Vorbereitung auf Bens und Tamsins Hochzeit so genau auf die Kalorien geachtet hatte. Und warum gingen Designer immer davon aus, dass fülligere Frauen auch überdurchschnittlich groß waren? Selbst wenn sie sich in dieses Kleid hätte zwängen können, wäre sie ständig über den Saum gestolpert. Gab es in ganz Oxford nichts für eine Frau ihrer Größe, die kleiner als 1,60 m war? Sie hatte aufgehört zu zählen, wie viele Kleider sie an diesem Morgen anprobiert hatte, und war der Verzweiflung nahe. Schließlich gab sie ihre Bemühungen auf, zog das Kleid aus und ließ den fließenden Stoff um ihre Knöchel zu Boden fallen.

„Wie läuft's da drin?" Auf der anderen Seite des Vorhangs der Umkleidekabine blieb die Verkäuferin trotz der zunehmend offensichtlichen Aussichtslosigkeit ihrer Aufgabe hoffnungsvoll. Sie gab sich wirklich Mühe und Bridget war dankbar, dass wenigstens eine von ihnen noch daran glaubte, dass das perfekte Kleid irgendwo da draußen war. „Kann ich Ihnen noch etwas bringen?"

Ein Stück Schokoladentorte und ein großes Glas Wein, dachte Bridget niedergeschlagen. Die Diäten hatten nichts gebracht, und sie war geneigt zu glauben, dass der vermeintliche Zusammenhang zwischen Kalorienzufuhr und Körpergewicht nichts weiter als ein grausamer Schwindel war, um verzweifelten Frauen Schlankheitsmittel anzudrehen.

„Ich glaube, keines davon ist das Richtige", sagte sie und schob den Vorhang beiseite, um der Verkäuferin die große Auswahl an Kleidern zurückzugeben, die allesamt getestet und als unpassend befunden worden waren.

„Vielleicht etwas mehr ...", begann die Verkäuferin, aber auch ihr schienen nun die Ideen auszugehen.

„Ich glaube, ich belasse es erst einmal dabei", sagte Bridget. „Bis zur Hochzeit ist es ja noch eine Woche hin."

Sie verließ den Laden mit leeren Händen und einem wachsenden Gefühl des drohenden Unheils. Es war natürlich ihre eigene Schuld. Chloe hatte sie seit Wochen wegen des Kleides gedrängt, und doch hatte sie es bis zur letzten Minute aufgeschoben.

„Ich bin viel zu beschäftigt bei der Arbeit", hatte Bridget immer geantwortet. Aber sie wussten beide, dass das nicht der wahre Grund war. Sie hatte einfach so tun wollen, als würde die Hochzeit nicht stattfinden. Nun schien ihr Plan katastrophal nach hinten losgegangen zu sein. Sie würde zur Feier kommen in ... ja, in was eigentlich? Sie hatte keine Ahnung. Die Demütigung war garantiert.

Jonathan hatte ihr gesagt, sie solle sich keine Sorgen machen, es sei nicht so wichtig. Aber was wussten Männer schon? Hochzeiten waren für sie einfach – sie mussten nur ihre Anzüge reinigen lassen und ihre Schuhe polieren.

Oh, mein Gott, Schuhe!

Das war das Nächste – Accessoires. Es genügte nicht, ein Kleid zu kaufen, vorausgesetzt, sie würde jemals eines finden, das nicht zu eng, zu lang oder zu tief ausgeschnitten war. Sie brauchte auch die passenden Accessoires: Schuhe (und Bridget hatte die Kunst, auf hohen Absätzen richtig zu laufen, nie gemeistert), eine Clutch (gut für Zeiten, in denen Frauen nur Lippenstift und Puder bei sich trugen, aber völlig unpraktisch für moderne Frauen mit Handy, Autoschlüssel und einer Brieftasche voller Kreditkarten), und dann war da noch die Frage nach einem Hut.

Bridgets hilfsbereite Verkäuferin hatte sie mit einer verwirrenden Fülle von Ratschlägen zu diesem Thema versorgt. Eine Kopfbedeckung schien für eine moderne Hochzeit auf jeden Fall angebracht, vor allem für eine vornehme Hochzeit wie der von Ben und Tamsin, und ein Hut sei perfekt für eine reifere Frau. Bridget hatte die Verkäuferin daraufhin mit einem strengen Blick bedacht, und sie hatte hastig hinzugefügt, dass für eine jüngere Frau ein Fascinator eine gute Wahl wäre. Bridget hatte sich überreden lassen, ein oder zwei dieser lächerlichen Dinger anzuprobieren, bevor sie es aufgab. Sie erinnerten sie an die Fühler von Insekten.

Aber ein Hut war das geringste ihrer Probleme. Während sie versuchte, die missglückte Shopping-Tour zu verdrängen, drängten sich sofort ihre anderen Sorgen in den Vordergrund.

Chloe, die eigentlich für ihre letzten Prüfungen hätte lernen sollen, hatte stattdessen beschlossen, sich den Tag freizunehmen und ihn mit Alfie zu verbringen. „Es ist Wochenende, Mum! Eine Pause wird mir guttun. Alfies Mutter sagt das auch."

Bridget war der Meinung, dass ein bisschen Last-Minute-Büffeln noch niemandem geschadet hatte – sie selbst hatte es gebraucht, um in Oxford durchzukommen – , und dass es den Unterschied zwischen einer mittelmäßigen und einer Spitzen-Note ausmachen konnte. Aber wenn Alfies Mutter auf Chloes Seite war, dann schien der Streit von Anfang an unfair. Schließlich einigten sie sich auf den Kompromiss, dass Chloe am Samstag frei haben, aber am Sonntag lernen sollte.

Doch es war der gestrige Fund in der Krypta von St. Michael and All Angels, der sie wirklich ablenkte. Sie hatte Vik sofort nach dem Fund angerufen, und er hatte das SOCO-Team zurück zur Kirche geschickt, um die Mordwaffe zu sichern und die Krypta nach weiteren Spuren zu durchsuchen. Anscheinend hatte das Team die Krypta bei der ersten Untersuchung nicht miteinbezogen, da kein Schlüssel zu finden war und die unterirdische Kammer für die Ermittlungen nicht relevant erschien. Bridget wartete nun darauf, dass die Forensik bestätigte, dass Harriet Stevenson mit dem Kerzenständer erschlagen worden war. Der Messingleuchter war sicherlich schwer genug für einen tödlichen Schlag, und das getrocknete Blut an seinem Sockel ließ kaum Zweifel zu.

Im nördlichen Querschiff mit dem Kerzenleuchter.

Es klang wie ein Hinweis in einem Krimi. Aber wer hatte den Leuchter geschwungen? Jemand, der wusste, wo der Schlüssel zur Krypta zu finden war. Doch das konnte einer von vielen sein, nicht nur die Namen, die Martin Armistead ihr genannt hatte. Die Sakristei und der Schrank waren nicht verschlossen gewesen, so dass theoretisch jeder den Schlüssel hätte nehmen können. Sicherheit hatte in der Kirche offensichtlich keine hohe Priorität gehabt. Vielleicht würde sich das jetzt ändern.

Bridget hatte Bill Harris, den Glockenmeister, befragt, und er hatte bestätigt, dass der Schlüssel zur Krypta an seinem Haken gehangen hatte, als er am Morgen der Beerdigung gekommen war, um den Schlüssel für den Glockenturm abzuholen. Das musste also bedeuten, dass er unmittelbar vor oder kurz nach der Beerdigung entwendet worden war. Wenn vorher, implizierte das Vorsatz. Wenn danach, dann könnte der Täter in Panik geraten und die Mordwaffe in die Krypta geworfen haben, bevor er vom Tatort floh.

Genau so, wie Tobias Burton gesehen worden war – wie er mit Blut an den Schuhen aus der Kirche rannte.

Sie überprüfte ihr Telefon in der vergeblichen Hoffnung, dass Vik oder jemand aus dem forensischen Labor versucht haben könnte, sie zu erreichen. Sie hatte darum gebeten, sofort über Neuigkeiten zum Kerzenhalter informiert zu werden. Aber es gab nichts, zumindest nichts von der Arbeit. Vanessa hatte eine Nachricht geschickt, um sich zu vergewissern, dass Bridget wie üblich zum Sonntagsessen kommen würde. Es war verlockend, abzusagen und die Arbeitsbelastung oder die Notwendigkeit, Chloe beim Lernen zu beaufsichtigen, als Ausrede zu benutzen, aber sie versuchte, eine bessere Schwester zu sein und Vanessas Bemühungen, ihre alternden Eltern in einem Altersheim unterzubringen, mehr zu unterstützen. Sie schickte eine kurze Bestätigung und ging dann, erschöpft von ihrem Vormittag – Einkaufen war viel anstrengender, wenn man nichts kaufte – in ihr Lieblingscafé in der Turl Street, um sich mit einem Cappuccino und einem Schokoladenbrownie zu stärken.

Zum Teufel mit der Diät und zum Teufel mit dem Hochzeitsoutfit.

★

Jake balancierte zwei Pints Old Speckled Hen zum anderen Ende des Biergartens, wo Amy auf einer der Picknickbänke mit Blick auf den Fluss auf ihn wartete. Es war ein ruhiges Plätzchen, oder zumindest so ruhig, wie es an diesem Abend in der Nähe des Eight Bells nur sein konnte, angesichts des Geschreis und Quietschens kleiner Kinder, die über den Rasen rannten, und des Lachens ihrer Eltern und der anderen Hochzeitsgäste. Der Tag war unterhaltsam gewesen, aber er freute sich darauf, endlich ein wenig Zeit allein mit Amy zu verbringen, denn obwohl sie zusammen auf der Hochzeit waren, hatten sie den ganzen Tag kaum Zeit für sich gehabt.

Die Glocken von St. Michael and All Angels hatten geläutet, während die Hochzeitsfotos geschossen worden waren, zuerst auf dem Kirchhof und dann auf dem Dorfanger. Jake war zufrieden damit gewesen, auf dem Kirchhof zu bleiben und dem Glockengeläut zu lauschen, das er jetzt eher als angenehmen Klang denn als Kakophonie empfand. Er hatte besonders auf die höchste Glocke geachtet, da er wusste, dass Amy ihren gewohnten Platz an der Diskantglocke eingenommen hatte. Er hatte versucht, sich einen Reim auf das Muster der Wechsel zu machen, aber obwohl er jetzt den Unterschied zwischen der „Eröffnungsrunde" – bei der die Glocken in absteigender Reihenfolge der Tonleiter vom Diskant bis zum Tenor geläutet wurden – und den darauf folgenden „Reihen", in denen jede der acht Glocken einmal, aber jedes Mal in einer anderen Reihenfolge erklang, erkennen

konnte, konnte er immer noch nicht genau sagen, welche
Wechsel verwendet wurden, um die daraus resultierenden
Variationen zu erzeugen. Zweifellos würde Amy ihm später
erklären, ob es sich um ein „Primrose Surprise Major"
oder ein „Avon Delight Maximus" oder etwas noch
Komplizierteres handelte.

Die Hochzeitsfotos dauerten eine Ewigkeit, da der
Fotograf offenbar jeden Gast in allen denkbaren
Konstellationen festhalten wollte: Braut und Bräutigam,
Braut und Brautjungfer, Bräutigam und Trauzeuge, Braut
und Familie, Bräutigam und Schwiegermutter und so
weiter und so fort. Jamies Lächeln blieb jedoch konstant,
und Jake war erleichtert, dass er bei diesem komplizierten
und langwierigen Ritual der Eheschließung nur zuschauen
und nicht mitmachen musste.

Als die Glockenläuter schließlich auftauchten,
applaudierten alle. Und dann ging es zu Fuß weiter zum
Pub, wo die Hochzeitsfeier in einem Festzelt auf dem
Rasen stattfand. Der Nachmittag verging mit Drinks,
Essen und Reden, und am Ende hatte Jake das Gefühl, mit
mehr Menschen gesprochen zu haben als bei der
Zeugenbefragung im Dorf nach dem Mord. Auf jeden Fall
waren die Gespräche diesmal wesentlich angenehmer
gewesen.

Jetzt freute er sich darauf, Amy eine Weile für sich
allein zu haben, und überlegte, ob er vielleicht sogar den
Mut aufbringen könnte, sie einzuladen, seine Eltern im
Norden zu besuchen.

„Cheers." Amy trank einen Schluck von ihrem Bier,
dann wischte sie über ihr Handy, um es zu entsperren.
„Sieh dir das an. Ich habe den ganzen Tag darauf gewartet,
es dir zu zeigen."

Er hatte erwartet, dass sie ihm Fotos von der Hochzeit
zeigen würde, aber als sie ihm das Telefon reichte, sah er
etwas, das wie ein Gedicht aussah. „Was ist das?"

„Lies es." Er konnte sehen, dass sie aufgeregt war.

Er las es laut vor und stolperte über ein oder zwei der
seltsamen Wörter. „Ist das Shakespeare oder so?" Seit er

nach Oxford gekommen war, hatte Jake sich daran gewöhnt, dass Sonette von Shakespeare mitten in Mordermittlungen auftauchten. Aber dies war wohl kaum ein Sonett über die Liebe. Die Anspielungen auf „sterbliche Gebeine", „blinde Würmer" und „meine Kammer kalt und finster" waren, gelinde gesagt, unheimlich.

„Nicht Shakespeare", sagte Amy, „aber du bist im richtigen Jahrhundert. Diese Zeilen sind die Inschriften auf den Glocken von St. Michael and All Angels. Eine Zeile auf jeder Glocke, vom Diskant bis zum Tenor. Wenn man sie zusammensetzt, erhält man diesen achtzeiligen Vers."

Jake kratzte sich an der Nase. „Und was bedeutet das?", fragte er. „Da steht, ,Dass hier ein Geheimnis ruht'. Welches Geheimnis? Und was ist dieser ,Lohn', von dem da die Rede ist?"

„Nun", sagte Amy und nahm ihr Handy zurück, „es ist ein Geheimnis! Aber manche Leute glauben, dass es um einen vergrabenen Schatz geht. Warte, ich schicke es dir." Sie tippte auf ihr Telefon und drückte auf Senden.

Jakes Handy piepte, um den Empfang der Nachricht zu bestätigen, aber er machte keine Anstalten, sie zu lesen. Erst Shakespeare, jetzt ein verborgener Schatz. Selbst für Oxford-Verhältnisse war das ziemlich verrückt. Wider besseres Wissen fragte er: „Und wo ist dieser Schatz vergraben? Und wer hat ihn vergraben?"

„Na, das ist doch das Rätsel!" Amy grinste ihn an. „Aber meinst du nicht, das könnte der Grund gewesen sein, warum Harriet Stevenson ermordet wurde?"

„Jetzt hast du mich ganz verloren."

„Sieh mal", sagte Amy, „wenn wirklich ein Schatz im Dorf versteckt ist, vielleicht sogar in der Kirche selbst, ist es dann nicht möglich, dass jemand seinen Standort entdeckt hat? Oder vielleicht war es Harriet, die herausgefunden hat, wo er ist, und deshalb umgebracht wurde."

„Ich verstehe die Logik immer noch nicht."

„Ich verstehe es selbst noch nicht ganz", sagte Amy

genervt. „Aber ich hatte gehofft, du könntest mehr herausfinden. Du bist doch schließlich Polizist."

Es war das erste Mal, dass sie sich beinahe in die Haare bekamen, und Jake war bestürzt, dass sie sich wegen so etwas Lächerlichem zu streiten schienen. Er bemühte sich, einen Weg zu finden, den Streit zu schlichten, doch seine Gedanken wurden durch lautes Geschrei vom anderen Ende des Rasens unterbrochen.

Amy schaute besorgt in Richtung des Pubs. „Das ist Dads Stimme. Was ist da los?"

Jake sprang auf, erleichtert über die Unterbrechung. „Ich gehe nachsehen. Du bleibst hier."

Er rannte hinein und fand Robert Bagot in einer Auseinandersetzung mit Shaun Daniels, dem Gärtner des Herrenhauses. Nach einer kurzen Einschätzung der Situation stellte er fest, dass dieser viel zu viel getrunken hatte und Robert versuchte, ihn aus dem Pub zu werfen – ohne großen Erfolg.

„Ich habe jedes Recht, hier zu sein", brüllte Shaun lallend. „Dies ist ein öffentlicher Pub und ich verlange noch einen Drink."

„Du hattest schon mehr als genug, Shaun", sagte Robert.

Shaun schwankte gefährlich. „Das entscheide ich! Nicht du. Nicht irgendjemand! Die Leute haben mein ganzes Leben lang über mich geurteilt. Bastard nennen sie mich, weil mein Vater abgehauen ist. Aber ich werde es ihnen zeigen!" Er drehte sich zu den anderen im Pub um, die alle zusahen. „Ich bin so gut wie jeder von euch!"

„Hey", sagte Jake und mischte sich in den Streit ein. „Beruhige dich, Kumpel."

Shaun drehte sich in seine Richtung. „Beruhigen? Wer bist du, dass du mir sagen kannst, was ich tun soll? Ich tue, was ich verdammt noch mal will! Und was ich will, ist noch ein Drink!" Er knallte sein leeres Glas auf den Tresen.

„Ich denke, es ist an der Zeit, dass du für heute Schluss machst."

Shaun stolperte nach vorne und schwenkte das

Bierglas. „Ich hab dir gesagt, ich mach, was ich will." Er stieß Jake mit einem dicken Finger in die Brust. „Du hast keine Ahnung, wie es ist, in so 'nem Kaff aufzuwachsen." Er breitete die Arme aus. „Du kannst hier nichts tun, ohne dass jemand seine Nase in deine Angelegenheiten steckt. Aber ich hab die Schnauze voll davon, das kann ich dir sagen. Von jetzt an wird alles anders. Bald werde ich reich sein! So reich wie ihr alle, und dann kann ich tun, was ich verdammt noch mal will!"

Er taumelte zur Seite und stieß gegen einen Tisch, dass die Gläser nur so flogen. Eine Frau sprang schreiend auf, ihr weißes Kleid war voller Rotwein.

„Das reicht", sagte Jake. „Stell das Glas weg und lass mich dich nach Hause bringen."

„Nimm deine Hände von mir!", schrie Shaun. Er schleuderte das leere Bierglas gegen die Theke, wo es gegen eine Reihe von Gläsern prallte und Sue Bagot vor Schreck aufschreien ließ.

„Gut, das war's", sagte Jake. Er packte Shauns Arme hinter dem Rücken und legte ihm ein Paar Handschellen an, die er praktischerweise vergessen hatte, aus seiner Anzugtasche zu nehmen. „Shaun Daniels, ich verhafte dich wegen Trunkenheit und Störung der öffentlichen Ordnung. Mal sehen, wie es dir gefällt, eine Nacht in den Zellen der Polizeiwache von Abingdon zu verbringen."

KAPITEL 17

Lieber Herr und Vater der Menschheit,
Vergib uns unsere törichten Wege;
Gib uns unseren gesunden Geist zurück;
Lass uns in reinerem Leben deinen Dienst finden,
In tiefer Ehrfurcht, Lobpreis,
In tiefer Ehrfurcht, Lobpreis.

Während die Stimmen der Gemeinde anschwollen und das Dach der Kirche erfüllten, blickte Reverend Martin Armistead in die Gesichter seiner Herde und fragte sich nicht zum ersten Mal, ob er mit gutem Gewissen als Pfarrer von St. Michael and All Angels weitermachen konnte oder ob es vielleicht an der Zeit war, zurückzutreten.

Der Druck, weiterzumachen, den Schein zu wahren und so zu tun, als sei alles in Ordnung, während im Inneren ein quälender Aufruhr herrschte, wurde unerträglich.

Während er die vertrauten Worte der Hymne vor sich hinmurmelte, ließ er in Gedanken das Gespräch mit seiner Frau vom Vorabend Revue passieren. Ein Gespräch, das ihn zutiefst erschüttert und ihm eine weitere schlaflose Nacht beschert hatte.

Er hatte geglaubt, oder sich zumindest eingeredet, dass sie in den letzten Tagen ein wenig mehr sie selbst zu sein schien. Ihre Wangen hatten einen rosigen Schimmer bekommen, was er als neue Lebenskraft interpretiert hatte. Und sie hatte mehr Zeit im Freien verbracht, um die warme Sonne zu genießen, anstatt in ihrem Zimmer zu sitzen, die Vorhänge zugezogen, das Gesicht blass und eingefallen.

Und dann war es passiert. Bei einem einfachen Teller Spaghetti und einem Glas Wein hatte Emma in aller Gelassenheit erklärt, sie sei froh, dass Harriet Stevenson tot sei. Dass der Mord an dieser Frau ihr sogar viel Trost gespendet habe.

„Das meinst du doch nicht ernst", hatte er daraufhin gesagt.

„Doch", erwiderte sie und hob ihr Weinglas. „Ich habe sie gehasst."

Für einen Moment dachte er, sie würde einen Toast auf den Mörder der Messnerin ausbringen, aber sie trank ruhig einen Schluck von ihrem Wein und aß weiter, als hätte sie nichts Ungewöhnliches gesagt.

Martin hatte zunächst nicht gewusst, was er von dieser Äußerung halten sollte, und wusste es immer noch nicht. Jetzt klangen die Worte der Hymne für ihn hohl. *Gib uns unseren gesunden Geist zurück.* Tatsache war, dass Emma nicht bei klarem Verstand war, und das schon lange nicht mehr.

Er klammerte sich an den Rand der Kanzel, um sich abzustützen, während seine Gedanken zu den schrecklichen Ereignissen in Birmingham zurückkehrten. Zuerst die Freude, als sie erfuhren, dass sie ihr erstes Kind erwarteten, dann – vier Monate später – das Trauma, es zu verlieren: das Blut, die Panik auf der Fahrt ins Krankenhaus, das quälende Warten, während Emma sich einer Notoperation unterzog, und dann die folgenden Monate der Depression, so schwarz wie nichts, was er je erlebt hatte.

Der gnädige Ruf des Herrn …

Er hatte in dieser Zeit inbrünstig gebetet, aber die Stunden, die er auf den Knien verbracht hatte, hatten nichts bewirkt. Keine Erleichterung, kein Trost, keine Gnade. Stattdessen war Emma bei einem Selbstmordversuch fast gestorben.

Das war der Tropfen, der das Fass zum Überlaufen brachte.

Er hatte um eine Versetzung in eine ruhigere Gemeinde gebeten, die ihm auch gewährt wurde, einen Ort, an dem Emma fernab vom Stress der Großstadt allmählich genesen konnte.

O Sabbatruhe bei Galiläa!
O Ruhe der Hügel oben …

Aber das Leben in Hambledon hatte Emma nicht wie erhofft geholfen. Sie hatte sich bestenfalls weiter zurückgezogen. Ihre Depressionen hielten an und waren so beängstigend wie eh und je. Und wenn sie dann noch so schreckliche Dinge sagte wie am Tag zuvor, wurde seine Sorge nur noch größer. Sie war einfach nicht mehr die Emma, die er kannte. Früher war sie ein so freundlicher Mensch gewesen.

Sie kamen zur letzten Strophe des Kirchenliedes. Es war eines von Harriet Stevensons Lieblingsliedern gewesen, deshalb hatte er es heute ausgewählt. Als er zu der Kirchenbank blickte, auf der sie immer gesessen hatte, erwartete er eigentlich, sie dort zu sehen, wie sie voller Inbrunst sang. Aber natürlich war die Kirchenbank leer.

Atme durch die Hitze unserer Sehnsucht
Deine Kühle und Dein Balsam;
Lass den Verstand schweigen, lass das Fleisch weichen;
Sprich durch das Erdbeben, den Wind und das Feuer,

O leise kleine Stimme des Friedens,
O leise kleine Stimme des Friedens!

Wenn er doch nur diese *leise kleine Stimme des Friedens* wiederfinden könnte. Aber er fürchtete, sie für immer verloren zu haben.

★

Nachdem Bridget Chloe in ihre Prüfungsvorbereitungen für Englische Literatur vertieft und mit einer Tiefkühlpizza im Ofen zurückgelassen hatte, fuhr sie zum Sonntagsessen zu ihrer Schwester in die Charlbury Avenue. Es war der einzige Tag in der Woche, an dem sie garantiert eine hausgemachte Mahlzeit mit den besten Zutaten bekam, anstelle der Mikrowellenkost, die sonst ihre Hauptnahrung ausmachte.

Sie fühlte sich schuldig, Chloe allein zu Hause zu lassen, während sie zum Mittagessen ging, aber das war die Abmachung, die sie getroffen hatten – im Gegenzug für einen freien Samstag würde Chloe den ganzen Sonntag arbeiten. „Aber du denkst daran, etwas zu essen, oder?", hatte Bridget gefragt.

„Ja, natürlich, Mum. Ich komme schon zurecht. Mach dir keine Sorgen."

„Und du wirst nicht die ganze Zeit mit Alfie oder Olivia chatten?"

„Nein, versprochen."

Jonathan war an diesem Wochenende mit den Vorbereitungen für eine neue Ausstellung beschäftigt, also fuhr Bridget allein zu ihrer Schwester. Sie parkte ihren Mini in der Einfahrt hinter Vanessas Range Rover und klingelte an der Tür des großen Einfamilienhauses. Der Garten sah fantastisch aus, die Beete blühten so üppig, dass es fast wie eine Ausstellung der Chelsea Flower Show aussah. Bridget konnte über die Leistung ihrer Schwester nur staunen. Es half natürlich, dass Vanessas Ehemann James ein erfolgreiches Unternehmen führte, so dass

Vanessa sich um die Erziehung ihrer beiden Kinder Florence und Toby kümmern konnte. Aber auch so arbeitete sie offensichtlich sehr hart, um Haus und Garten so perfekt zu halten. Bridget konnte sich kaum vorstellen, ihr eigenes Leben in solch makelloser Ordnung zu führen. Vielleicht, wenn sie sich zur Ruhe setzte.

„Bridget", sagte Vanessa überrascht, als sie die Tür öffnete und die Einfahrt absuchte. „Bist du heute allein?"

Aus der Küche kam ein unglaublicher Duft nach Rinderbraten, der Bridgets Magen knurren ließ. „Ja", sagte sie. „Jonathan hat in der Galerie zu tun, und Chloe lernt für ihre Englisch-Prüfung."

Rufus, der Goldene Labrador der Familie, stürmte den Flur entlang und drückte seine Nase gegen Bridgets Beine. Sie tätschelte ihm den Kopf. Ein Hund war auch so etwas, für das sie keine Zeit hatte. Vielleicht wäre das auch etwas für den Ruhestand, aber im Moment kam kein Haustier in Frage, es sei denn, es konnte sich den ganzen Tag selbst füttern und unterhalten.

„Wie laufen die Prüfungen?", fragte Vanessa, während sie Bridget in die Küche führte.

„Nur noch eine. Ich bin so froh, wenn sie vorbei sind. Es war so stressig. Ich mache mir die ganze Zeit Sorgen, ob sie genug lernt."

„Bestimmt läuft es gut", sagte Vanessa gelassen, während sie nach dem Gemüse sah und die Soße umrührte. Vanessa konnte bemerkenswert cool sein, wenn es um Dinge ging, die sie nicht direkt betrafen. Vielleicht war das die Kehrseite ihrer zwanghaften Kontrolle über alles, was sie als ihre Domäne betrachtete. „Chloe ist ein kluges Mädchen. Weißt du, James und ich machen uns schon Gedanken darüber, auf welche Schule Florence und Toby gehen sollen, wenn sie dreizehn sind."

„Aber sie sind doch erst neun und sieben", sagte Bridget. Sie hoffte nicht, dass Vanessa die nächsten vier bis sechs Jahre damit verbringen würde, sich den Kopf über die Wahl der weiterführenden Schule zu zerbrechen, wie sie es mit so vielen anderen Dingen tat. Beide Kinder besuchten derzeit die renommierte Dragon School in Oxford, eine private Vorbereitungsschule mit hervorragenden außerschulischen Angeboten. Eine Privatschule war für Bridget unerschwinglich, aber Chloe hatte sich in der örtlichen Gesamtschule immer wohl gefühlt.

„Kannst du das für mich tragen?", fragte Vanessa und reichte ihr eine Terrine mit Kartoffeln.

Bridget half, das Essen ins Esszimmer zu bringen, wo die Kinder unter der Aufsicht ihres Vaters pflichtbewusst den Tisch deckten.

„Ein Glas Rotwein?", fragte James und hielt eine Weinflasche hoch.

„Für mich nur ein kleines, bitte", sagte Bridget.

„Also", sagte Vanessa, als alle Platz genommen hatten und die Teller mit saftigem Roastbeef, knusprigen Bratkartoffeln, gedünstetem Brokkoli und Karotten und einer dicken, braunen Soße aus dem Fleischsaft gefüllt waren, „wie war dein Einkauf gestern? Ich will wissen, was du alles gekauft hast."

Bridget stöhnte auf. Es war ein Fehler gewesen, Vanessa von ihren Einkaufsplänen zu erzählen. Mit ihren 1,75 m und Größe 38 fiel es Vanessa immer leicht, Kleidung zu kaufen, die ihre Figur zur Geltung brachte. Sie konnte nie verstehen, warum Bridget das nicht genauso leichtfiel.

„Am Ende habe ich gar nichts gekauft. Nichts hat gepasst", sagte Bridget und schob sich eine Bratkartoffel in den Mund.

„Ach, Bridget! Du bist ein hoffnungsloser Fall! Ich wusste, ich hätte mitkommen sollen. Ich sage dir was, ich lasse morgen alles stehen und liegen und komme mit dir. Zusammen schaffen wir das schon."

„Nein", sagte Bridget, die keine Lust hatte, von ihrer Schwester „ausstaffiert" zu werden. „Ich habe im Moment viel zu viel auf der Arbeit zu tun."

„Nun, du wirst dir bald Zeit nehmen müssen. Die Hochzeit ist in weniger als einer Woche. Und du willst doch sicher vor Bens neuer Frau gut aussehen, oder?"

„Danke, dass du mich daran erinnerst", sagte Bridget mürrisch.

„Möchte noch jemand Karotten?", unterbrach James die peinliche Stille, die sich am Tisch ausgebreitet hatte.

Erst später, beim Kaffee, als Florence und Toby ins Wohnzimmer verschwunden waren, um zu puzzeln, begann Vanessa mit ihrer vorbereiteten Rede, die sie sich offensichtlich für den passenden Moment aufgehoben hatte. Sie holte eine Hochglanzbroschüre und schob sie in Bridgets Richtung. Das Bild auf der Titelseite zeigte ein weißhaariges Paar, das sich in einer Grünanlage mit einer Reihe weißer Häuser im Hintergrund selig anlächelte.

„Ich habe Mum und Dad endlich überredet, sich das Altersheim in Witney anzuschauen", sagte Vanessa, „aber man hätte meinen können, ich wollte sie in ein Gefangenenlager schicken, so wenig begeistert waren sie."

„Was hat ihnen denn nicht gefallen?", fragte Bridget.

„Keine Ahnung", sagte Vanessa ratlos. „Ich meine, sieh dir nur die Broschüre an. Es gibt ein Spa, eine Bibliothek, ein Restaurant und ein Café. Sie bieten Kunst- und Bastelkurse, Vorträge, Musik, Krocket und Bowling an. Sie organisieren Ausflüge zum örtlichen Gartencenter und zu Sehenswürdigkeiten. Und Mum und Dad wären gut versorgt. Es ist ideal."

„Vielleicht ist es einfach zu anders als das, was sie gewohnt sind", sagte Bridget und blätterte in der Broschüre. Das Angebot an Aktivitäten war schon beim Lesen ziemlich ermüdend.

„Ich weiß nicht, wie oft ich ihnen schon gesagt habe, dass sie ihr Haus verkaufen müssen", sagte Vanessa und ignorierte Bridgets Kommentar. „Jetzt wäre der perfekte Zeitpunkt. Sie sollten nicht bis zum Winter warten, wenn das Wetter schlecht ist. An der Küste weht doch immer ein starker Wind."

„Was erwartest du von mir?", fragte Bridget mit einem flauen Gefühl im Magen. Sie konnte die Antwort bereits erahnen.

„Ich möchte, dass du mich unterstützt", sagte Vanessa, „und zwar diesmal richtig. So, als würdest du es ernst meinen. Du musst mit ihnen sprechen und sie zur Vernunft bringen. Sie werden sich nicht mehr wehren können, wenn wir als geschlossene Front auftreten."

Eine geschlossene Front. Vanessa ließ es so klingen, als würden sie sich für eine Schlacht rüsten. Vielleicht taten sie das auch. Ihre Eltern konnten manchmal starrköpfig sein – und damit waren sie bestimmt nicht die Einzigen in der Familie. Bridgets Standardausrede, sie sei zu beschäftigt mit ihrer Arbeit – was fast immer der Wahrheit entsprach –, würde Vanessa ihr nicht mehr lange durchgehen lassen.

Aber vielleicht gab es eine andere Lösung. „Ich glaube, das Problem ist, dass Mum und Dad ihre Unabhängigkeit nicht aufgeben wollen", sagte sie.

Vanessa zog beleidigt die Augenbrauen hoch. „Aber das müssten sie doch gar nicht. Sie hätten weiterhin ihre Freiheit. Es würde nur alles für sie erledigt werden … Kochen, Putzen, Gartenarbeit …"

„Genau", sagte Bridget. „Dad liebt seinen Garten, und Mum ist sehr stolz auf ihr Haus. Sie wollen nicht ständig umsorgt werden."

„Das ist doch albern. Sie könnten so viel mehr vom Leben haben."

„Ich mache dir einen Vorschlag", sagte Bridget und eine Idee nahm langsam Gestalt an, während sie sprach, „wie wäre es, wenn sie zu dir ziehen würden?"

„Zu mir?"

„Zu dir und James, meine ich. Euer Haus ist doch groß genug, oder?"

„Ich denke schon."

James nickte zustimmend. „Wir könnten die Gästesuite für sie freimachen und hätten immer noch ein Gästezimmer, falls noch jemand übernachten möchte. Nicht wahr, Vanessa?"

„Hmm …"

„Und", schloss Bridget, die die Möglichkeit eines

Triumphes witterte, „du könntest ein Auge auf sie haben, während sie sich trotzdem selbst versorgen können, so viel sie wollen."

Bridget konnte erkennen, dass Vanessa den Vorschlag ernsthaft in Erwägung zog. „Weißt du, Bridget, das ist keine *schlechte* Idee. Sie ist auf jeden Fall besser als dein Vorschlag, *nichts* zu tun. Ich werde es ihnen vorschlagen und sehen, was sie dazu sagen."

Bridget bemerkte James' Blick und glaubte, einen Anflug von Erleichterung darüber zu erkennen, dass die beiden Schwestern sich offenbar auf etwas geeinigt hatten. „Dann ist es also beschlossen", sagte er fröhlich. „Noch jemand Kaffee?"

KAPITEL 18

Montagmorgen, und Bridget war froh, wieder bei der Arbeit zu sein. Wochenenden sollten eigentlich der Entspannung dienen, aber ihres hatte sie erschöpft. Sie hatte es nicht geschafft, ein Kleid für die bevorstehende Hochzeit zu kaufen, hatte mit ihrer Tochter wegen der Prüfungsvorbereitungen gestritten und mit Vanessa wegen ihrer Eltern. Sie hatte sich danach gesehnt, von Jonathan getröstet zu werden, aber der war das ganze Wochenende beschäftigt gewesen und hatte nur am Sonntagabend kurz vorbeigeschaut.

Jetzt, zurück bei der Arbeit, musste sie sich nur noch darum sorgen, ob es Fortschritte bei den Ermittlungen gab. Sie wartete immer noch darauf, dass sich die Forensik wegen des Kerzenhalters meldete.

„Hat jemand etwas zu berichten?", fragte sie bei der morgendlichen Teambesprechung.

„Es ist vielleicht nicht relevant", sagte Jake, „aber ich war am Samstag in Hambledon auf der Hochzeit von Jamie Reade und Kayleigh Simpson."

„Fahren Sie fort", sagte sie.

„Nun", sagte Jake, „am Abend habe ich Shaun Daniels,

den Gärtner des Herrenhauses, wegen Trunkenheit und Ruhestörung verhaftet. Er war im Pub und brüllte herum, dass alle sein ganzes Leben lang auf ihn herabgeschaut hätten, aber jetzt würde er reich werden. Um ehrlich zu sein, es ergab nicht viel Sinn."

„Was ist mit ihm passiert?"

„Er wurde nach einer Nacht in den Zellen von Abingdon entlassen."

„Witzig, dass du Shaun Daniels erwähnst", sagte Andy, „denn am Samstagmorgen ging bei der Polizeiwache St. Aldate's eine Meldung über ein möglicherweise gestohlenes Buch im Zusammenhang mit ihm ein."

„Ein gestohlenes Buch?", fragte Bridget verblüfft.

Andy blätterte in seinem Notizbuch. „Ich habe die Zeugenaussagen mit der Polizeidatenbank abgeglichen, um herauszufinden, ob eine der Personen, mit denen wir gesprochen haben, vorbestraft ist. Shauns Name tauchte in Verbindung mit einem Diebstahl aus dem Jahr 1993 auf."

„Das ist schon ein paar Jahre her", sagte Ryan. „Was hat er geklaut?"

„Die Sonntagskollekte der Kirche. Vor vier Jahren wurde er erneut verhaftet, weil er verdächtigt wurde, Blei vom Kirchendach gestohlen zu haben, wurde aber aus Mangel an Beweisen ohne Anklage freigelassen. Interessanterweise war die Zeugin, die ihn des Diebstahls beschuldigte, keine andere als Harriet Stevenson."

„Das ist wirklich interessant", sagte Bridget. „Und was ist mit dem gestohlenen Buch?"

„Nun", sagte Andy, „es scheint, dass Shaun am Samstagmorgen in Oxford war und versucht hat, ein äußerst seltenes und wertvolles Buch an einen Antiquar zu verkaufen. Anscheinend ist dieses Buch so selten, dass weltweit nur drei Exemplare der Erstausgabe bekannt sind. Nun, wenn sich dieses Exemplar als echt herausstellt, sind es vier. Jedenfalls wurde der Buchhändler sofort misstrauisch und verständigte die Polizei."

„Wie heißt das Buch?", fragte Bridget.

„Es hat einen seltsamen Namen." Andy runzelte die Stirn, während er versuchte, ihn auszusprechen. „*Tin ... Tin ...*"

„*Tim und Struppi*?", schlug Ryan augenzwinkernd vor.

„*Tintinnalogia*", spuckte Andy es schließlich aus.

Bridget zuckte mit den Schultern. „Das habe ich noch nie gehört. Was ist das?"

Zu ihrer Überraschung antwortete Jake. „Es ist ein berühmtes Buch über das Glockenläuten." Er wandte sich an Ryan. „Dieser Historiker im Pub, Maurice Fairweather, hat es erwähnt."

„Aber wie um alles in der Welt konnte Shaun Daniels ein so seltenes Buch in die Hände bekommen haben?", fragte Bridget.

„Maurice erzählte uns, dass Henry Burtons Großvater Francis ein leidenschaftlicher Glockenläuter und Sammler von Büchern über das Thema war. Vielleicht hat Shaun es also aus der Bibliothek des Herrenhauses gestohlen. Wenn ich so darüber nachdenke, hat Amy etwas von einem fehlenden Buch erwähnt."

„Deshalb hat Shaun also damit geprahlt, dass er reich werden würde", sagte Ryan. „Er muss glauben, dass er mit dem Buch ein Vermögen machen wird."

„In Ordnung", sagte Bridget. „Ich denke, wir sind uns alle einig, dass dies ein neues Licht auf den Fall wirft. Shaun Daniels scheint ein vorbestrafter Gewohnheitskrimineller zu sein. Der Diebstahl der Sonntagskollekte war kein großes Verbrechen, aber dieses Buch scheint äußerst wertvoll zu sein, und die Sache mit dem Diebstahl des Bleis vom Kirchendach klingt auch relevant. Ich weiß, dass Harriet Stevenson über den Zustand des Daches besorgt war. Wenn sie vermutete, dass Shaun dafür verantwortlich war, dann ..." Sie ließ ihre Spekulation im Raum stehen.

„Wollen Sie ihn zum Verhör herholen, Ma'am?", fragte Ffion und sah aus, als wolle sie ihren Teil dazu beitragen.

„Auf jeden Fall." Aber nach allem, was sie jetzt über den mürrischen Gärtner wusste, hatte Bridget das Gefühl, dass sie ein bisschen Verstärkung gebrauchen konnte. „Jake, da Sie mit Mr. Daniels vertraut sind, würden Sie mich vielleicht begleiten?"

★

Als Bridget und Jake an diesem Morgen in Hambledon Manor ankamen, kümmerte sich kein Gärtner um die Buchshecken. Stattdessen war der Garten wie ausgestorben.

„Versuchen wir es in seiner Hütte", sagte Bridget. „Unten beim Bootshaus."

Sie klopfte an die Tür und wartete, aber es kam keine Antwort.

Sie wollte schon aufgeben und sich auf der Rückseite des Hauses umsehen, als sich die Tür knarrend öffnete und Shaun Daniels' Gesicht erschien, unrasiert und mit blutunterlaufenen Augen. Er trug ein ausgeleiertes T-Shirt und eine weite Jogginghose, die Füße waren nackt. Als er Jake sah, funkelte er ihn böse an.

„Was wollen Sie denn jetzt schon wieder? Das ist Schikane."

„Dürfen wir reinkommen, Mr. Daniels?", fragte Bridget.

Er warf einen verärgerten Blick in Jakes Richtung, und Bridget dachte, er würde sich weigern, aber dann schien der Zorn von ihm abzufallen und er trat von der Tür zurück. Sie folgte ihm ins Innere.

Der Eingang führte direkt in ein kleines Wohnzimmer mit Steinboden und Wänden aus rissigem und feucht aussehendem Putz. Shaun hatte nicht gelogen, als er sagte, das Haus sei kalt und feucht. Es schien keine Heizung zu geben, außer dem offenen Kamin, der mit Holzscheiten gefüllt war. Die schmutzigen Fenster waren klein und ließen nur wenig Licht herein.

Der Ort war eine Müllhalde, mit leeren Pizzakartons und Bierdosen auf dem Boden, den Stühlen und dem Beistelltisch. Shaun nahm auf einem alten, braunen Sofa vor dem Fernseher Platz, stellte den Ton ab, schaltete ihn aber er nicht aus und bot Jake und Bridget auch keinen Sitzplatz an.

Bridget sah sich um, aber jede verfügbare Fläche war mit Unrat bedeckt. Sie hockte sich auf die Kante eines Sessels, während Jake stehen blieb.

„Heute keine Arbeit, Mr. Daniels?", erkundigte sie sich. Es war bereits zehn Uhr morgens, und sie stellte sich vor, dass ein Gärtner früh mit der Arbeit begann, um das Tageslicht optimal zu nutzen.

Frischer Zorn legte sich auf sein Gesicht. „Ich wurde gefeuert. Ist das zu fassen? Man hat mich aus meinem Job und meinem Zuhause geworfen, nach all den Jahren treuer Dienste."

Das war neu für Bridget. Aber vielleicht erklärte es, warum er sich neulich Abend so betrunken hatte. „Tut mir leid, das zu hören", sagte sie.

„Ach ja? Wirklich? Tatsache ist, dass niemand sich einen Dreck darum schert, was mit mir passiert. Das hat es noch nie." Er nahm die Fernbedienung und schaltete den Fernseher aus. „Also, warum sind Sie gekommen? Ist es wegen Samstagabend? Hören Sie, ich wollte niemandem etwas Böses, ich hatte nur ein bisschen zu viel getrunken, das ist alles."

„Wir sind nicht wegen Samstagabend hier", sagte Jake.

Shauns blutunterlaufene Augen weiteten sich. „Warum dann?"

„Wir möchten mit Ihnen über ein Buch sprechen, das Sie" – Bridget zögerte kurz bei der Wortwahl – „kürzlich *erworben* haben und am Samstagmorgen einem Buchhändler in Oxford angeboten haben."

Shaun schien durch ihre Worte aufgeschreckt. Sofort war er wachsamer und beugte sich vor, die Hände auf die Knie gestützt. „Was ist mit dem Buch?"

„Wir haben eine Meldung erhalten, dass es sich bei dem fraglichen Buch um Diebesgut handeln könnte. Können Sie uns erklären, wie Sie in den Besitz des Buches gelangt sind?"

Shaun verzog bestürzt das Gesicht. „Hat Ihnen dieser verdammte Buchhändler gesagt, dass es gestohlen wurde? Dieser hinterlistige Bastard. Ich wusste, dass man ihm nicht trauen kann."

„Sie bestreiten also nicht, dass Sie das Buch verkaufen wollten?"

„Überhaupt nicht! Ich habe sogar eine Quittung. Ich habe sie hier irgendwo." Er begann, in seinen Taschen herumzuwühlen.

„Sie brauchen uns die Quittung nicht zu zeigen", sagte Bridget. „Dass Sie das Buch zum Verkauf angeboten haben, scheint unstrittig zu sein. Was uns interessiert, ist, wie Sie in den Besitz eines so seltenen und wertvollen Gegenstandes gekommen sind."

Er nickte. „Es ist also wertvoll, ja? Wie viel?"

„Das weiß ich nicht", sagte Bridget. „Erzählen Sie mir, was Sie über das Buch wissen."

Er warf ihr einen berechnenden Blick zu, als würde er abwägen, wie viel er ihr sagen konnte, ohne sich selbst zu belasten. „Es gehörte dem alten Gutsherrn", sagte er schließlich.

„Und wie kam es in Ihren Besitz?"

„Er hat es mir gegeben."

„Wann?"

„Bevor er starb."

„Könnten Sie etwas genauer sein?"

„Vor ein paar Monaten, vielleicht sechs."

„Und warum hat er es Ihnen gegeben?"

„Vielleicht, weil er mich mochte", sagte Shaun. „Er war ein anständiger Kerl, der alte Gutsherr, nicht wie sein Sohn." Seine Augen verfinsterten sich. „Schmeißt mich aus meinem eigenen Haus. Nach all den Jahren. Ist das zu fassen? Jetzt habe ich keine Arbeit mehr. Wie soll ich die Miete für eine neue Bleibe bezahlen?"

„Können Sie beweisen, dass Henry Burton Ihnen das Buch gegeben hat?", fragte Jake.

Ein rebellischer Ausdruck huschte über das Gesicht des Gärtners. „Können Sie beweisen, dass er es nicht getan hat?"

„Mr. Daniels", sagte Bridget, „wir wissen, dass Sie wegen Diebstahls vorbestraft sind."

„Das ist Jahre her", protestierte er. „Damals war ich noch ein junger Kerl. Ich habe meine Lektion gelernt und das alles hinter mir gelassen."

„Harriet Stevenson war da anderer Meinung", sagte Jake. „Sie hat Sie beschuldigt, Blei vom Kirchendach gestohlen zu haben."

„Diese alte Ziege hatte es immer auf mich abgesehen. Wenn auch nur ein Schokoriegel aus dem Dorfladen fehlte, war sie überzeugt, ich hätte ihn gestohlen."

„Sie streiten also ab, etwas mit der Entwendung des Bleis von der Kirche zu tun zu haben?"

„Natürlich streite ich das ab!"

„Und Sie bestreiten, das Buch gestohlen zu haben?"

„Ja, das tue ich."

Bridget versuchte einen anderen Ansatz. „Ist Ihnen bekannt, dass Henry Burton seine gesamte Büchersammlung der Bodleian Library vermacht hat?"

„Ja", sagte Shaun mürrisch. „Ich habe gesehen, wie neulich der Lieferwagen kam und sie alle mitgenommen hat."

„Und haben Sie ein besonderes Interesse am Glockenläuten?"

„Glockenläuten? Nein!"

„Warum sollte er Ihnen dann das vielleicht wertvollste Buch seiner ganzen Sammlung schenken, ohne es in seinem Testament zu erwähnen?"

Der Gärtner schien keine gute Erklärung zu haben. „Er ist tot und begraben, also können Sie ihn nicht mehr fragen."

„Wusste sonst noch jemand von dem Geschenk? Ihre Mutter vielleicht?"

„Das weiß ich nicht. Sie müssten sie fragen."

„Keine Sorge, das werden wir. Aber sagen Sie mir eines, hat Harriet Stevenson herausgefunden, dass Sie *Tintinnalogia* gestohlen haben, und haben Sie sie deshalb umgebracht?"

Jetzt schien ein Ausdruck des Entsetzens über ihn zu kommen. „Nein!", platzte er heraus. „Sie war schon tot, als ich das Buch nahm!"

Bridget ließ das Schweigen, das auf diese Erklärung folgte, den Raum füllen. Shaun wirkte fassungslos, als ihm klar wurde, was er gerade zugegeben hatte. Er vergrub sein Gesicht in den Händen.

„Sie geben also zu, das Buch genommen zu haben", sagte Bridget.

Shaun ließ sich niedergeschlagen auf das Sofa sinken. „Was macht das schon? Der Rest der Sammlung ist an die Bodleian Library gegangen. Haben die nicht genug Bücher? Ein kleines Buch über Glockenläuten werden die schon nicht vermissen."

„Sie dachten also, Sie könnten sich einfach bedienen", sagte Jake. „An etwas, das Ihnen nicht gehört."

Shaun schüttelte kläglich den Kopf. „Ich hatte keine Wahl. Ich hatte meinen Job verloren, mein Zuhause, ich hatte nichts mehr. Ich habe mein ganzes Leben hier gearbeitet, und dann kommt diese Schlampe von Verwalterin und sagt mir einfach, ich soll mich verpissen, als wäre ich ein Nichts. Tobias hat sich nicht einmal die Mühe gemacht, mir die Nachricht selbst zu überbringen. Das Geld aus dem Verkauf des Buches hätte mich von der Straße ferngehalten. Ich wollte nicht viel dafür, nur genug, um über die Runden und wieder auf die Beine zu kommen. Ich denke, das habe ich mir verdient, nach all der Arbeit, die ich in die Pflege dieses Gartens gesteckt habe. Was wird jetzt passieren?", fragte er verzweifelt.

Bridget konnte nicht umhin, einen Hauch von Mitleid für den unglücklichen Mann zu empfinden. „Was jetzt passieren wird, Shaun, ist, dass Sie wegen Diebstahls verhaftet und zum Verhör nach Kidlington gebracht werden. Zusammen mit der Anzeige wegen Trunkenheit und Ruhestörung vom Samstagabend sieht es leider nicht gut für Sie aus."

„Kann ich mich von meiner Mutter verabschieden,

bevor ich gehe?"

„In Ordnung." Bridget nickte Jake zu, der Shaun Daniels zum zweiten Mal innerhalb von drei Tagen Handschellen anlegte und einen Streifenwagen rief, um ihn abzuholen. Sie führten ihn zum Herrenhaus, wo Bridget an der Glocke läutete.

Als Josephine Daniels die Tür öffnete, stieß sie beim Anblick ihres Sohnes in Handschellen einen Schrei aus. „Was ist hier los?"

„Es tut mir leid, Mum."

Es war erschütternd, einen Mann von fünfzig Jahren in einem so erbärmlichen Zustand zu sehen. „Miss Daniels", sagte Bridget, „ich muss Ihnen leider mitteilen, dass Ihr Sohn wegen des Verdachts auf Diebstahl verhaftet wurde."

Die Haushälterin rang ihre mageren Hände. „Oh, Shaun! Was hast du getan?"

„Ich habe ein Buch mitgenommen, Mum. Es hat dem alten Gutsherrn gehört. Es tut mir leid."

Josephine Daniels wandte sich an Bridget. „Inspector", flehte sie, „ich weiß, dass Shaun nicht immer die richtigen Entscheidungen trifft, aber bitte seien Sie nicht zu hart mit ihm."

„Er ist ein erwachsener Mann", erwiderte Bridget. „Er sollte den Unterschied zwischen Richtig und Falsch kennen."

„Er hatte ein schweres Leben", sagte seine Mutter. „Es war nicht leicht für ihn."

Bridget blieb ruhig. „Der Richter wird das vielleicht berücksichtigen, aber was die Polizei angeht, wird er angeklagt und behandelt wie jeder andere in seiner Lage. Auf Wiedersehen, Miss Daniels."

Der Streifenwagen fuhr vor und Jake verfrachtete Shaun auf den Rücksitz.

Bridget atmete erleichtert auf.

„Er hat Ihr Mitleid nicht verdient, Ma'am", sagte Jake. „Er sollte dankbar sein, dass wir ihn nur wegen Diebstahls anklagen und nicht wegen Mordes."

„Glauben Sie, dass er Harriet Stevenson getötet haben

könnte?"

„Ich weiß es nicht", sagte Jake. „Aber er ist ein ziemlich zwielichtiger Typ und ich habe selbst gesehen, wie gewalttätig er sein kann."

KAPITEL 19

Es war später Vormittag, als Amy zum Bibliothekar gerufen wurde. Sie hatte gerade mit der Mammutaufgabe begonnen, die Bücher zu katalogisieren, die von Hambledon Manor an die Bodleian gebracht worden waren, und vermutete, dass Professor Danvers ein Update zu dem Projekt haben wollte. Als sie sein Büro betrat, war sie daher ziemlich überrascht, einen uniformierten Polizisten vorzufinden. Sofort waren ihre Gedanken wieder bei der Mordermittlung und bei Jake.

Die Besorgnis musste ihr ins Gesicht geschrieben gestanden haben, denn Danvers sagte: „Keine Sorge, Amy. Es sind gute Neuigkeiten."

„Sir?"

„Dieser Polizist kam gerade vorbei, um uns ein Buch zurückzugeben." Er reichte ihr ein kleines Buch.

Sie warf einen Blick auf den Titel und verspürte einen Anflug von Aufregung. „Wow", sagte sie, bevor sie sich zusammenreißen konnte. „Tut mir leid, es ist nur so, dass *Tintinnalogia* das erste Buch war, das je über die Kunst des Glockenläutens geschrieben wurde." Sie schlug es auf und konnte kaum glauben, was sie sah. „Aber das ist eine

Erstausgabe!"

„Ich dachte, Sie würden sich freuen", sagte Danvers. „Wenn sie nicht hier arbeitet", erklärte er dem Polizisten, „ist Miss Bagot eine eifrige Glockenläuterin."

„Verstehe, Sir", sagte der Polizist.

„Aber ich verstehe nicht", sagte Amy. „Von der Erstausgabe von *Tintinnalogia* sind nur drei Exemplare bekannt. Eines befindet sich im British Museum, eines in der Universitätsbibliothek von Cambridge und das dritte ist im Besitz des Central Council of Bellringers."

„Und jetzt wurde ein viertes Exemplar entdeckt, das uns hier in der Bodleian gehört", sagte Danvers mit einem nachsichtigen Lächeln.

Amy hätte nicht glücklicher sein können, wenn sie Shakespeares handgeschriebenes Manuskript von *Hamlet* mit all den Tintenklecksen und Streichungen des Dichters in den Händen gehalten hätte. Vorsichtig blätterte sie eine weitere Seite des betagten Buches um. Es war wirklich in einem bemerkenswerten Zustand. Sie strahlte Professor Danvers an. „Das sind wunderbare Neuigkeiten. Aber woher kommt es?"

Danvers deutete auf den Polizisten. „Möchten Sie das erklären?"

Der Polizist räusperte sich. „Wir haben Grund zu der Annahme, dass dieses Buch aus der Sammlung des verstorbenen Henry Burton von Hambledon Manor stammt. Es wurde gestohlen und einem Antiquar in der Stadt zum Kauf angeboten, der seine Bedeutung erkannte und uns informierte."

„Ich dachte mir doch, dass da ein Buch fehlt", sagte Amy. „Da war eine kleine Lücke in einem der Regale, was mir sehr merkwürdig vorkam, weil alle anderen Bücher so dicht beieinanderstanden."

„Eine Amateurdetektivin, wie ich sehe", sagte Danvers augenzwinkernd, „außerdem eine begeisterte Glockenläuterin und eine hervorragende Bibliothekarin in spe." Er war heute eindeutig bester Laune, kein Wunder, hatte er doch gerade ein Exemplar eines der seltensten

Bücher der Welt erhalten, das die Sammlung der Bibliothek ergänzen sollte. Die Bodleian mochte zwar mehr als zwölf Millionen Dokumente in ihrer Sammlung haben, aber als wahre Bücherliebhaberin wusste Amy den Wert eines kleinen Buches zu schätzen, das verloren gegangen und nun wiedergefunden worden war.

„Ich werde es der Sammlung hinzufügen", sagte sie und drückte das Buch fest an ihre Brust. „Danke!", sagte sie zu dem Polizisten.

„Gern geschehen, Ma'am."

Sie trug das Buch zu ihrem Schreibtisch und konnte nicht aufhören, vor Freude zu strahlen. Ihr Job in der Bibliothek bestand größtenteils aus Routinearbeit, die, wenn sie ehrlich war, ziemlich langweilig sein konnte, aber Momente wie dieser entschädigten sie für die eintönigen Stunden des Einsortierens und Katalogisierens von Büchern.

„Warum siehst du so glücklich aus?", fragte Evan, der in der Nähe an einem Computer tippte.

„Darum", sagte Amy, zeigte ihm das Buch und legte so viel Leidenschaft und Begeisterung in ihre Stimme, wie sie nur konnte.

„Was ist das?"

„Nur die Erstausgabe des ersten Buches, das je über die Kunst des Glockenläutens geschrieben wurde!"

„Oh, aha", sagte Evan und zeigte ein höfliches, aber kurzes Interesse, bevor er sich wieder seiner Arbeit zuwandte.

Manche Menschen, dachte Amy, als sie sich wieder hinsetzte. Die nächste Viertelstunde verbrachte sie damit, vorsichtig die Seiten von *Tintinnalogia* umzublättern und sich an dem altertümlichen Text mit seiner eigenartigen Schrift und Ausdrucksweise zu erfreuen. 1668 war es veröffentlicht worden. Ein Jahrhundert nach der Weihe der Glocken von St. Michael and All Angels.

Die Inschrift auf den Glocken war noch exzentrischer als der Text von *Tintinnalogia*. Sie hatte einen Großteil des Wochenendes damit verbracht, über die Bedeutung des achtzeiligen Verses nachzudenken, aber ihre Internetrecherchen hatten sich als wenig hilfreich erwiesen. Was war das Geheimnis? Und wie hing es mit dem Mord an Harriet Stevenson zusammen? Sie war enttäuscht von Jakes Widerwillen, die Sache ernst zu nehmen. Doch zurück bei der Arbeit kam ihr eine Idee.

In ihrer Mittagspause packte sie ihre Sandwiches aus und loggte sich in den Hauptkatalog der Bibliothek ein. Ein 2015 gestartetes Projekt ermöglichte es ihr, digitale Versionen von Tausenden der empfindlichsten Objekte der Bibliothek einzusehen, darunter Manuskripte, Drucke, Karten und Fotografien. Das älteste Stück aus der Zeit um 500 v. Chr. war das Fragment eines Briefes eines persischen Prinzen an seinen Verwalter, der in aramäischer Sprache auf Leder geschrieben war.

Amy war jedoch speziell an allem interessiert, was mit Hambledon im sechzehnten oder frühen siebzehnten Jahrhundert zu tun hatte. Sie beschränkte die Suche auf Manuskripte und Karten aus der Zeit von 1500 bis 1650 und gab die Stichworte ein: Oxford, Abingdon und Hambledon. Sofort erschienen die Ergebnisse.

Beim Scrollen fand sie einige kunstvoll gezeichnete Karten von Oxford, die die Stadt aus der Vogelperspektive zeigten und auf denen die wenigen Colleges, die es damals gab, in akribischer Detailtreue dargestellt waren. Die Stadt war damals viel kleiner gewesen, von Feldern umgeben und fast vollständig von der alten Stadtmauer umschlossen, an der sich die Häuser der Stadtbewohner drängten. Der grundlegende mittelalterliche Straßenplan war unverändert, und sie erkannte die zentrale Kreuzung von Carfax, die Kirche St. Mary the Virgin, die Kathedrale von Christ Church und die Bodleian's Divinity School. Die Stadt wurde jedoch von der Burg dominiert, die Mitte des sechzehnten Jahrhunderts noch den Wassergraben, die Ringmauern, die Türme und den Bergfried besaß – von denen die meisten inzwischen verschwunden oder zerstört waren.

Sie blätterte weiter durch die Ergebnisse. Die Blütezeit

von Abingdon, so stellte sie fest, lag größtenteils vor dem sechzehnten Jahrhundert, als die kathedralenähnliche Abtei zu den reichsten des Landes gehörte. Tatsächlich hatten die Mönche von Abingdon schon Bücher hergestellt und Studenten unterrichtet, lange bevor der erste Gelehrte nach Oxford kam. Doch als Henry VIII. 1545 die Abtei auflöste, stand Abingdon bereits im Schatten von Oxford. Was Hambledon betraf, so war das Dorf offenbar zu klein und unbedeutend, als dass sich ein mittelalterlicher Kartograph die Mühe gemacht hätte, eine Karte davon anzufertigen.

Und dann, gerade als sie die Suche aufgeben wollte – ihre Mittagspause war fast vorbei –, stieß sie auf eine Karte von Hambledon-on-Thames aus dem Jahr 1585. Sie klickte auf den Link und zoomte hinein, um sich ein genaueres Bild zu machen.

Obwohl die Karte ursprünglich im sechzehnten Jahrhundert von Hand gezeichnet worden war, wurde sie fast zweihundert Jahre später in Kupfer gestochen, und es war ein Abdruck dieses Stichs, den die Bodleian in ihrer Sammlung hatte. Amy betrachtete ihn fasziniert. Er sah aus wie etwas, das J.R.R. Tolkien gezeichnet haben könnte, um eine Szene aus *Der Herr der Ringe* zu illustrieren. Eine große Biegung der Themse umschloss das Dorf und machte es fast zu einer Insel. Die Kirche und das Herrenhaus waren detailgetreu gezeichnet, und einige andere Gebäude, einschließlich des Pubs – der damals eine Posthalterei gewesen war – wirkten wie kleine Modellhäuser. Die Stadt *Abbington*, wie sie der Kartograph so reizend nannte, lag im Norden, Dorchester im Osten.

„Ist das eine Karte von Ralph Agas?", fragte eine Stimme hinter ihr.

Amy zuckte zusammen. „Evan, ich wusste nicht, dass du da bist."

Evan beugte sich über ihre Schulter und warf einen Blick auf ihren Monitor. „Sieht nach seiner Arbeit aus. Ich erkenne seinen Stil. Unglaublich talentierter Zeichner. Sieh dir nur die Details an." Ihr Kollege begeisterte sich offensichtlich mehr für alte Landkarten als für Bücher über Glockenläuten.

„Das klingt, als wärst du ein Experte", sagte Amy und warf ihm einen fragenden Blick zu.

„Als ich in der Bibliothek angefangen habe, habe ich viel Zeit damit verbracht, diese Karten zu digitalisieren", sagte er und setzte sich wieder an seinen Schreibtisch. „Was interessiert dich?"

„Ach, nichts Bestimmtes", sagte Amy beiläufig. „Ich wollte nur sehen, wie mein Heimatdorf früher ausgesehen hat, das ist alles."

„Verstehe." Evan akzeptierte diese Erklärung mit einem Nicken und kehrte zu seiner Arbeit zurück. Aber Amys Herz klopfte vor Aufregung. Ihre Mittagspause war zu Ende und sie würde sich das Ganze bei Gelegenheit genauer ansehen müssen, aber sie hatte auf der Karte etwas entdeckt, das sie sehr interessierte. Sie klickte auf den Download-Button und gab ihre E-Mail-Adresse ein. Es würde ein paar Stunden dauern, bis die Datei bei ihr eintraf, aber bis zum Feierabend sollte sie verfügbar sein. Sie konnte es kaum erwarten. Sie nahm das nächste Buch vom Stapel und machte sich wieder daran, Henry Burtons Sammlung zu katalogisieren.

*

Als Bridget und Jake nach Kidlington zurückkehrten, kam Andy ihnen entgegen und schwenkte ein Blatt Papier. „Gute Nachrichten, Ma'am. Die Forensik hat uns endlich einen Bericht über den Kerzenständer geschickt."

„Wurde auch Zeit", sagte Bridget. „Haben sie Fingerabdrücke gefunden?"

„Leider nicht", sagte Andy. „Aber sie haben bestätigt, dass das getrocknete Blut mit dem von Harriet Stevenson übereinstimmt, und sie haben auch einen Seidenfaden gefunden, der am Stiel des Kerzenhalters klebte."

„Der Mörder hat also höchstwahrscheinlich ein Seidentuch oder etwas Ähnliches benutzt, um seine

Fingerabdrücke zu verbergen."

„Maurice Fairweather mag Seidenschals", sagte Ryan.

„Ich glaube, Sie haben ihn schon einmal erwähnt", sagte Bridget. „Wer war er doch gleich?"

„Er ist ein Lokalhistoriker", sagte Jake. „Ein älterer Herr. Ein bisschen exzentrisch. Ryan und ich haben ihn im Pub kennengelernt und mussten uns anhören, wie er über einen Mord schwadronierte, der sich im sechzehnten Jahrhundert in der Kirche ereignet haben soll. Aber ich glaube, Ryan hat ihn ein bisschen ins Herz geschlossen."

„Nun, in Geschichte kennt er sich auf jeden Fall aus", sagte Ryan, „von Kreuzworträtseln ganz zu schweigen. Aber er ist nicht nur der harmlose alte Kauz, der er zu sein scheint."

„Ach ja?", sagte Bridget.

„June Parker, die den Dorfladen und die Post betreibt und im Gemeinderat sitzt, behauptet, Maurice sei ein Unruhestifter."

„Inwiefern?"

„Nun, ich sage nicht, dass er durch die Straßen von Hambledon zieht und Chaos stiftet oder so etwas, aber er hat sich wiederholt mit Harriet Stevenson in ihrer Funktion als Vorsitzende des Gemeinderats angelegt."

„Haben Sie Einzelheiten?"

„Lassen Sie mich nachsehen." Ryan konsultierte sein Notizbuch, das erstaunlich gut organisiert zu sein schien. „Okay, anscheinend hat er es genossen, sie zu ärgern, und hat Anträge nur aus Prinzip abgelehnt, aber er hat seit Jahren eine Kampagne geführt, um eines der Gräber in der Kirche zu öffnen und nach einem vergrabenen Schatz zu suchen."

„Vergrabener Schatz", wiederholte Bridget. Jetzt hatte sie wirklich alles gehört. Die Fantasie der Leute ging eindeutig mit ihnen durch.

„Ich behaupte nicht, dass an der Geschichte mit dem Schatz etwas dran ist", sagte Ryan hastig. „Zweifellos ist es ein Haufen alter Märchen. Mein Punkt war nur, dass Fairweather und Stevenson in dieser Sache nicht einer

Meinung waren."

„Das reicht nicht, um ihn festzunehmen", sagte Bridget. „Selbst wenn er die Angewohnheit hat, Seidenschals zu tragen."

„Äh, Ma'am?" Jake sah verlegen aus, seine rosa Ohren waren ein verräterisches Zeichen.

„Was ist?"

„Diese Sache mit dem vergrabenen Schatz ..."

Bridget stöhnte. Hatten ihre Sergeants alle den Verstand verloren?

„Es ist nur so, dass Amy mir neulich etwas darüber erzählt hat."

„Was?"

Er reichte ihr sein Handy und zeigte ihr eine Nachricht. „Diese acht Zeilen sind in die Glocken von St. Michael and All Angels eingraviert. Amy war am Samstag oben im Glockenturm, um die Hochzeit vorzubereiten, und hat sie notiert. Der Legende nach soll diese Strophe auf einen Schatz hinweisen, der irgendwo im Dorf vergraben ist."

Bridget las die Worte laut vor.

Sei es allen nah und fern bekannt,
Dass hier ein Geheimnis ruht, wohlgebannt.
Wo sterbliche Gebeine zur Ruhe gebracht,
Und blinde Würmer Eier legen in dunkler Nacht.
Gegen die Nordwand in des Winters kaltem Arm,
Wende Dich zu Eisen und Stein mit Bedacht.
Steige hinab in meine Kammer, kalt und finster,
Dort wird Dir Dein Lohn gewiss, ganz sicher.

„Klingt wie ein Rätsel", sagte Harry.

„Eher wie eine Wegbeschreibung", meinte Ryan.

„Ich sage ja nicht, dass da wirklich etwas dran ist", sagte Jake. „Aber wenn Maurice Fairweather ein Grab öffnen wollte, muss er es ernst genommen haben. Und wenn Harriet Stevenson ihn daran gehindert hat ..."

„Maurice liebt es, Kreuzworträtsel zu lösen", sagte Ryan. „Und er ist ein Experte für die Geschichte des

Dorfes. Wenn Sie mich fragen, ist er genau der Typ, der solchen Dingen auf den Grund gehen will."

„Würde er jemanden töten, der ihm in die Quere kommt?", fragte Bridget.

Jake zuckte mit den Schultern. „Wer weiß? Menschen wie er können regelrecht besessen sein, wenn sie sich etwas in den Kopf gesetzt haben."

Bridget wog ihre Optionen ab. Bisher hatten ihre Ermittlungen sie nicht weit gebracht, zumindest waren alle Spuren ins Leere gelaufen. Mit dem Fund des Seidenfadens an der Mordwaffe und einem mutmaßlichen – wenn auch weit hergeholten – Motiv schien es sich zumindest zu lohnen, diesen Lokalhistoriker zu befragen.

„Wo finde ich Maurice Fairweather?", fragte sie.

Jake sah auf die Uhr. „Es ist Mittagszeit, also würde ich sagen, das Eight Bells in Hambledon ist eine gute Wahl. Soll ich den Wirt anrufen und mich erkundigen?"

„Bitte", sagte Bridget. Zumindest war das Essen im Pub allemal besser als das, was in der Kantine aufgetischt wurde.

KAPITEL 20

Montagmittag war im Eight Bells offensichtlich nicht die geschäftigste Zeit der Woche, und das kam Bridget sehr gelegen. Sie war gekommen, um sich in Ruhe mit dem Historiker zu unterhalten, mehr nicht. Sie bestellte am Tresen Kaffee für sich und Jake und bat ihn, sie Maurice Fairweather vorzustellen, der an einem Tisch neben dem Kamin saß, vor sich das Kreuzworträtsel der *Times*, einen leeren Teller und ein halb geleertes Bier. Wie Ryan und Jake beschrieben hatten, trug er einen Seidenschal – diesmal mit einem Paisley-Muster in Türkis-, Blau-, Violett- und Gelbtönen.

Als sie sich dem Tisch näherten, blickte er mit einem amüsierten Gesichtsausdruck auf. „Detective Sergeant Jake Derwent", sagte er und sah zuerst Jake an, bevor er seine Aufmerksamkeit auf Bridget richtete. „Und das muss Ihre Vorgesetzte sein. Detective Inspector Bridget Hart, wenn ich mich nicht irre." Er erhob sich und schüttelte ihr die Hand.

„Das stimmt", sagte Bridget. „Wie ich sehe, sind Sie gut informiert. Haben Sie etwas dagegen, wenn wir uns ein wenig unterhalten?"

„Keineswegs. Ich bin den Behörden bei der Suche nach der Wahrheit nur zu gern behilflich." Mit einem Lächeln, das seine vergilbten Zähne zeigte, bedeutete er ihnen, sich zu setzen.

„Danke, Mr. Fairweather", sagte Bridget. „Wir werden nicht mehr Zeit in Anspruch nehmen als unbedingt notwendig."

„Nehmen Sie so viel, wie Sie möchten", sagte Fairweather. „Sonst schlage ich sie nur mit dem Kreuzworträtsel tot."

„Ich habe gehört, Sie sind ein Experte für lokale Geschichte."

„Ich beschäftige mich ein wenig mit der Geschichte von Hambledon", sagte Fairweather. „In meinem Alter braucht ein Mann Interessen, um seinen Geist wach zu halten."

„Das ist eine Untertreibung", sagte Jake. „Sie haben ein Buch über die Geschichte des Dorfes geschrieben."

„Das ist Jahre her, mein Lieber", sagte Fairweather und winkte ab. „Es ist längst vergriffen, aber irgendwo in den Tiefen des Bodleian-Archivs verstaubt sicher noch ein Exemplar. Wussten Sie, dass sie dort von jedem Buch, das je veröffentlicht wurde, ein Exemplar aufbewahren? Sogar von meinem!" Die Vorstellung schien ihn sehr zu amüsieren.

„Sie sind also die richtige Person, um Fragen über das Dorf und seine Legenden zu stellen", sagte Bridget.

Er warf ihr einen scharfen Blick zu. „Legenden? Ich hoffe, Sie sind nicht auf der Suche nach dem Heiligen Gral, denn ich kann Ihnen versichern, dass Sie in dieser Hinsicht enttäuscht werden." Er kicherte vor sich hin und nahm einen Schluck von seinem Bier.

„Ich dachte eher an einen Schatz, der in der Kirche vergraben ist."

„Ach ja, der berühmte Schatz von Hambledon. Wer hat Ihnen davon erzählt?"

„Wir beschäftigen uns selbst mit Geschichte", sagte Bridget. „Wir wissen von der Inschrift auf den

Kirchenglocken. Und wir wissen auch von Ihrer Kampagne, ein Grab in der Kirche zu öffnen."

Maurice war beeindruckt. „Wie ich sehe, haben Sie Ihre Hausaufgaben gemacht, Inspector. Und ich dachte, moderne Polizeiarbeit besteht nur aus DNA-Analysen und Handydaten. So trocken und langweilig."

„Meine Aufgabe ist es, Fakten aufzudecken", sagte Bridget. „Und zu den Fakten in diesem Fall gehört, dass Sie mit Harriet Stevenson aneinandergeraten sind, weil Sie in der Kirche nach einem Schatz suchen wollten."

„Aneinandergeraten kann man das kaum nennen", sagte Maurice. „Nur gelebte lokale Demokratie. Jemand musste dieser Diktatorin die Stirn bieten, sonst hätte sie in jeder Angelegenheit, die dem Gemeinderat vorgelegt wurde, ihren Willen durchgesetzt."

„Laut einer Zeugenaussage", sagte Jake, „hatten Sie und Miss Stevenson einen besonders heftigen Streit wegen der sonntäglichen Öffnungszeiten im Eight Bells."

„Das hat Ihnen sicher June Parker erzählt", sagte Maurice. „Und jetzt denken Sie, ich hätte Harriet ermordet, weil wir bei Debatten auf verschiedenen Seiten standen? Ich glaube, Inspector, Sie verwechseln den Gemeinderat von Hambledon mit der Florentiner Republik und mich mit Niccolò Machiavelli."

Maurice lehnte sich in seinem Stuhl zurück und schien sehr zufrieden mit sich zu sein. Er nippte an seinem Bier und wartete auf Bridgets Reaktion.

„Erzählen Sie mir von der Inschrift auf den Glocken", sagte sie. Sie hatte beschlossen, dass sie am meisten aus Maurice Fairweather herausholen konnte, wenn sie ihn reden ließ, ohne ihn zu unterbrechen oder ihm zu widersprechen. Offensichtlich genoss er jede Gelegenheit, seine Meinung zu äußern.

„Nun, wo soll ich anfangen?", fragte er. „Wie viel wissen Sie über England im sechzehnten Jahrhundert?"

„Zufällig ziemlich viel", antwortete Bridget. „Ich habe Neuere Geschichte in Oxford studiert, und meine Tutorin, Dr. Irene Thomas, war eine Expertin für die Tudorzeit."

Sie hatte kürzlich das Vergnügen gehabt, Dr. Thomas in einem Fall zu konsultieren, in dem das Wissen ihrer Tutorin über elisabethanische Rachetragödien wertvolle Informationen geliefert hatte.

Maurice strahlte sie an. „In diesem Fall muss ich Ihnen nicht alles über die religiöse Verfolgung erzählen, die in dieser turbulenten Zeit unserer Geschichte stattgefunden hat."

„Es ist nicht nötig zu erklären, dass die Protestanten unter Mary verfolgt wurden und Elizabeth überzeugt war, dass hinter jeder Ecke eine katholische Verschwörung lauerte", sagte Bridget, „aber was hat das alles mit Hambledon zu tun?"

„Eine ganze Menge", sagte Maurice. „Sehen Sie, der damalige Gutsherr war ein gewisser Edmund Burton. Er war ein überzeugter Protestant und ein Anhänger der englischen Reformation. Er war auch ein ziemlich gewiefter politischer Schachspieler und schaffte es, die Regierungszeit von Mary zu überleben, indem er sich bedeckt hielt und seine Karten nicht auf den Tisch legte."

Je tiefer Fairweather in sein Thema eintauchte, desto weniger neigte er zur Ironie. Bridget vermutete, dass dies eine Art Schutzmechanismus war, vielleicht um eine angeborene Schüchternheit zu überspielen. Vielleicht hatte seine farbenfrohe Kleidung eine ähnliche Funktion.

„Edmund war ein reicher Mann, als er starb", fuhr Fairweather fort. „Er wurde von Elizabeth I. begünstigt und öffnete ihr sein Haus, wenn sie auf ihren berühmten Reisen durch das Land fuhr. Im Jahr 1570, sieben Jahre vor seinem Tod, bezahlte er die Installation der Glocken von St. Michael and All Angels."

„War er also für die Inschriften auf den Glocken verantwortlich?"

„Nein, sie wurden nach Edmunds Tod von seinem Sohn Thomas hinzugefügt, der behauptete, dies sei der letzte Wunsch seines Vaters gewesen. Es war, als hätte Edmund ein Rätsel hinterlassen, das künftige Generationen lösen sollten."

„Und was, glauben Sie, will uns dieses Rätsel sagen?"

Fairweather beugte sich über den Tisch, als wollte er gleich ein Geheimnis lüften, das die Stabilität des Königreichs gefährden könnte.

„Der Vers deutet stark darauf hin, dass etwas von beträchtlichem Wert mit Edmund begraben wurde, als er starb. Lassen Sie uns die Bedeutung der Zeilen betrachten. *Sei es allen nah und fern bekannt, Dass hier ein Geheimnis ruht, wohlgebannt.* Sie werden mir sicher zustimmen, dass dies eine klare Absichtserklärung ist. *Wo sterbliche Gebeine zur Ruhe gebracht, Und blinde Würmer Eier legen in dunkler Nacht.* Für mich ist das ein klarer Hinweis darauf, dass das ‚Geheimnis', was immer es auch sein mag, in einem Grab zu finden ist. *Gegen die Nordwand in des Winters kaltem Arm.* Jetzt müssen wir ein wenig spekulieren. Auf welche Wand bezieht sich das? Ich würde sagen, da wir nach einem Grab suchen, muss es sich um die Nordwand der Kirche St. Michael and All Angels handeln. Können Sie mir noch folgen?"

Trotz ihrer Skepsis war Bridget fasziniert von dem Rätsel und dem Enthusiasmus des Historikers. Sie nickte.

„Gut. Dann betrachten wir die nächste Zeile. *Wende Dich zu Eisen und Stein mit Bedacht.*" Maurice lächelte. „Sie waren jetzt oft genug in der Kirche, Inspector, um ihren Grundriss zu kennen. Stellen Sie sich vor, Sie stehen an der Nordwand. Wenn Sie sich umdrehen, wo würden Sie wohl auf Eisen stoßen?"

Bridget rief sich das Innere der Kirche in Erinnerung und stellte sich vor, wie sie mit dem Rücken zur Wand des nördlichen Querschiffs stand. Vor ihr war … „Das Grab von Lord Edmund und Lady Ellen Burton."

„Genau. Das Bildnis ist in Stein gehauen und in seinem Sockel ist ein Eisengitter eingelassen, das einen faszinierenden Blick auf die Steinplatte über dem eigentlichen Grabmal gewährt." Er lächelte. „Der Rest ist einfach. *Steige hinab in meine Kammer, kalt und finster, Dort wird Dir Dein Lohn gewiss, ganz sicher.*"

„Aber was für eine Belohnung?", fragte Jake.

„Nun, das ist der faszinierendste Teil des ganzen Rätsels, nicht wahr?"

„Und wenn ich Sie richtig verstehe", sagte Bridget, „würden Sie das Grab gerne öffnen, um herauszufinden, was dieses Rätsel ist."

„Würden Sie das nicht?", fragte Maurice. „Würde das nicht jeder?"

„Nicht Harriet Stevenson, wie es scheint."

Fairweather schnaubte spöttisch. „Nun, das sagt Ihnen alles, was Sie über diese Frau wissen müssen. Sie war eine Puritanerin, entschlossen, allen anderen den Spaß zu verderben."

„Was ist mit Martin Armistead, dem Pfarrer? Jede Ausgrabung in der Kirche muss doch sicher von ihm genehmigt werden. Was hatte er dazu zu sagen?"

Maurice seufzte verzweifelt. „Nicht viel. Er wollte sich nicht einmischen und war schon gar nicht bereit, Harriet Stevenson die Stirn zu bieten. Das kann ich ihm wohl nicht verübeln."

„Und was ist mit dem verstorbenen Henry Burton? Wie stand er dazu?"

„Henry war auch nicht begeistert", gab er zu. „Ich habe ihn ein paar Mal darauf angesprochen. Ich dachte wirklich, er wäre interessiert. Aber der alte Gutsherr konnte manchmal sehr konservativ sein. Das lag wohl an seiner Erziehung. Stellen Sie sich vor, Sie würden als Gutsherr aufwachsen und könnten Ihre Familie über fünfzehn Generationen zurückverfolgen! Wie dem auch sei, er bestand darauf, das Grab seiner Vorfahren nicht zu stören."

„Er und Harriet Stevenson waren sich in diesem Punkt also völlig einig."

„Oh, Henry Burton war oft auf Harriets Seite. Zum Teil wohl wegen ihrer gemeinsamen Vergangenheit."

„Wie bitte?", sagte Bridget. „Ich verstehe nicht. Welche gemeinsame Vergangenheit?"

„Das wissen Sie nicht?", sagte Fairweather. „Nun, ich nehme an, Sie konnten es nicht wissen. Es gibt nur noch wenige Leute im Dorf, die alt genug sind, um sich zu erinnern."

„Woran erinnern?"

„Dass Harriet Stevenson und Henry Burton verlobt waren."

Bridget sah Jake an, um zu prüfen, ob er das schon einmal gehört hatte, aber er schüttelte verblüfft den Kopf. „Sie waren verlobt?", wiederholte sie.

„Oh, nicht vor kurzem", sagte Maurice, als er ihren erstaunten Gesichtsausdruck sah. „Nein, das war in den Sechzigern. Das war '67 oder vielleicht '68. Die Ära der sexuellen Befreiung und der freien Liebe. Nicht, dass ich viel davon mitbekommen hätte."

„Aber sie haben nicht geheiratet?"

„Nein, Harriet hat die Verlobung wieder gelöst. Sie war fest entschlossen, eine akademische Laufbahn einzuschlagen, und so fortschrittlich Henry Burton auch war, eine eigene Karriere wäre für die Lady von Hambledon Manor einfach nicht akzeptabel gewesen, nicht einmal in den wilden Sechzigern."

Bridget brauchte einen Moment, um die neuen Informationen zu verarbeiten. „Fällt Ihnen ein Grund ein, warum Harriets Verlobung mit Henry Burton dazu geführt haben könnte, dass sie unmittelbar nach seiner Beerdigung erschlagen wurde?"

„Das", sagte Fairweather mit einem sarkastischen Lächeln, „müssen Sie selbst herausfinden. Ich werfe lediglich ein Häppchen Wahrheit in den Hexenkessel aus Verdacht und Spekulation, der im Einsatzraum in Kidlington brodelt." Der spöttische Fairweather war mit voller Wucht zurück.

Bridget überlegte einen Moment und fragte dann: „Wissen Sie, wo der Schlüssel zur Krypta normalerweise aufbewahrt wird?"

Maurice wirkte überrascht. „Zur Krypta? Ich nehme an, er wird in der Sakristei aufbewahrt. Warum fragen Sie?"

„Ist der Schlüssel jemals in Ihrem Besitz gewesen?"

„Nein. Ich war nur einmal in der Krypta, und das war vor vielen Jahren, als ich für mein Buch recherchierte."

„Der Schlüssel, der normalerweise in der Sakristei hängt, ist verschwunden. Wissen Sie etwas darüber?"

„Nein."

„Wann waren Sie zuletzt in der Sakristei?"

„Wahrscheinlich seit Jahren nicht mehr. Ein beengter, unaufgeräumter kleiner Raum. Haben Sie gesehen, wie es dort aussieht?" Er schnippte ein imaginäres Staubkorn von seiner Manschette.

Er war sicher ein anspruchsvoller Modefan. Hätte er die Messnerin getötet, hätte er darauf geachtet, keine belastenden Fingerabdrücke oder DNA-Spuren zu hinterlassen. Ihr Blick wanderte zum Seidenschal, der seinen mageren Hals bedeckte.

„Tragen Sie immer ein Halstuch?"

„Ganz bestimmt."

„Haben Sie auch am Tag von Henry Burtons Beerdigung eines getragen?"

„Ja. Ich trug das hier. Warum fragen Sie?" Sein Tonfall war plötzlich misstrauisch.

„Es würde uns bei unseren Ermittlungen helfen", sagte Bridget, „wenn Sie uns Ihren Schal für eine forensische Analyse zur Verfügung stellen könnten."

„Was? Jetzt?"

„Wenn es Ihnen nichts ausmacht."

Jake zog eine Asservatentüte hervor und hielt sie auf. Fairweather zögerte, aber schließlich löste er das Tuch von seinem Hals und steckte es in die Tüte. „Was immer nötig ist, um die Wahrheit ans Licht zu bringen, nehme ich an."

„Danke", sagte Bridget. Ohne den Schal sah Fairweather gebrechlicher und verletzlicher aus. Aber er war immer noch fit und stark genug, um einen Kerzenleuchter zu schwingen. Und war es möglich, dass er nach Jahren der Frustration bei der Verfolgung seiner Besessenheit die Gelegenheit ergriffen hatte, die einzige Person auszuschalten, die sich ihm in den Weg stellte?

„Und nun, wenn Sie mich entschuldigen" – er nickte

Bridget und Jake zu – „muss ich mich auf den Weg machen." Er leerte sein Bier, schnappte sich seine Zeitung und verließ mit energischen Schritten den Pub.

„Nun", sagte Bridget und sah ihm nach. „Ich bin in meinem Leben schon einigen Exzentrikern begegnet, aber Maurice Fairweather steht ganz oben auf der Liste."

„Ich bin froh, dass Sie das sagen, Ma'am", sagte Jake und schaute auf die Uhr, ein Hauch von Verzweiflung in seinen Augen. „Und jetzt, meinen Sie, wir könnten etwas zu essen bestellen, bevor die Küche schließt?"

„Gute Idee", sagte Bridget. Das Gespräch mit Maurice Fairweather hatte länger gedauert, als sie erwartet hatte, und sie konnte definitiv ein paar stärkende Kohlenhydrate vertragen.

★

Rosemary Carver stützte ihren Mann auf dem Heimweg von ihrem Stammlokal, dem Marsh Harrier, wo sie einen angenehmen Abend bei traditionellen Fish and Chips und einem Pint London Pride verbracht hatten. Es war schön gewesen, wieder einmal gemeinsam auszugehen, nach all der Zeit, die Rosemary in Hambledon verbracht und Simon sich selbst überlassen hatte. Sie wollte ihn nicht noch einmal allein lassen. Es war offensichtlich, dass er sie zu Hause brauchte. Ohne ihre Hilfe hätte er es nicht einmal bis zum Pub und wieder zurück geschafft.

Vor einiger Zeit hatte sie ihm einen Gehstock gekauft. Es war einer dieser ausziehbaren Stöcke, die man zusammenklappen konnte, wenn man sie nicht brauchte. Aber er hasste es, ihn in der Öffentlichkeit zu benutzen. Simon war ein stolzer Mann, der sich nicht eingestehen wollte, wie sehr er inzwischen auf sie angewiesen war. Er war erst achtundfünfzig und hatte vor seinem Unfall sein ganzes Leben lang gearbeitet. Das vergaß sie manchmal, wenn sie ihn jetzt so sah.

Es spielte keine Rolle. Rosemary war stark genug, um ihren Mann zu unterstützen. Durch ihre Arbeit als

Krankenschwester war sie kräftig geworden, half Patienten, sich im Bett aufzusetzen, hob sie in den Rollstuhl und wieder heraus. Simons Gewicht konnte sie mit Leichtigkeit tragen. Und vielleicht würde es auch nichts ausmachen, wenn er nie wieder arbeiten würde. Wenn alles nach Plan lief, konnte sie vielleicht sogar selbst in den Vorruhestand gehen.

Sie drehte den Schlüssel im Schloss und schob die Haustür auf. Simon hielt sich am Türrahmen fest und entlastete ihren Arm. „Ab hier schaffe ich es allein, Liebes", sagte er.

Sie wollte ihm gerade sagen, er solle es sich im Wohnzimmer bequem machen, während sie den Kessel für eine Tasse Tee aufsetzte, als sie auf der Fußmatte stehen blieb. Ein sechster Sinn, oder wie auch immer man es nennen wollte, ließ ihren Nacken kribbeln.

„Was ist denn los?", fragte Simon.

Sie rümpfte die Nase und schnupperte. „Was ist das für ein komischer Geruch?"

„Ich rieche gar nichts. Du hast das Gas nicht angelassen, oder?"

„Nein, es ist kein Gas, es ist etwas ..." Sie konnte es nicht einordnen, obwohl es ihr vage bekannt vorkam. „Ich weiß nicht, es riecht eher nach dem Aftershave eines Mannes."

Simon schüttelte den Kopf. „Ich bin sicher, es ist nichts."

Doch es war nicht nichts. Es war etwas.

Rosemary ließ ihren Blick durch den Flur schweifen. Die Tür zum Wohnzimmer stand einen Spalt offen. Hatte sie sie so gelassen, als sie ausgegangen waren? Möglich, aber normalerweise achtete sie darauf, die Türen wegen der Zugluft geschlossen zu halten – eine Angewohnheit, die sie sich in vielen Jahren der Pflege alter und gebrechlicher Menschen angeeignet hatte. Vorsichtig stieß sie die Tür auf.

„Oh, mein Gott!" Sie suchte Halt an der Wand, um sich abzustützen, und spürte, wie ihre Beine nachgaben.

Simon stand direkt hinter ihr, die Hand schützend auf ihrer Schulter. „Was zum Teufel …"

Das Wohnzimmer, das Rosemary erst am Vortag geputzt und aufgeräumt hatte, war völlig verwüstet. Die Türen der Einbauschränke zu beiden Seiten des Gaskamins standen offen und der Inhalt – Fotoalben, Briefe, Geburtstagskarten, medizinische Befunde, Unterlagen über Simons Invalidenrente – lag kreuz und quer auf dem Boden verstreut. Ein Stapel ungeöffneter Briefe – wahrscheinlich Rechnungen und Mahnungen –, den sie auf dem Couchtisch hatte liegen lassen, um ihn später zu sortieren, war aufgerissen und beiseite geworfen worden. Die Handvoll Taschenbücher – größtenteils Liebesromane und der eine oder andere Thriller –, die sie auf dem Regal neben dem Fernseher aufbewahrte, lagen mit aufgeschlagenen Seiten auf dem Boden, als hätte jemand darin geblättert.

Simon klappte seinen Gehstock auf. „Wenn der Bastard, der das getan hat, noch hier ist, dann werde ich …"

„Nein, Simon, nicht." Rosemary legte ihm beruhigend die Hand auf den Arm. In diesem Moment liebte sie ihren Mann für seinen Mut und seinen Trotz, aber sie wusste, dass er bei einer Konfrontation mit dem Einbrecher den Kürzeren ziehen würde.

Sie legte einen Finger an die Lippen und bedeutete ihm zu lauschen. Im Haus war es still. Irgendetwas sagte ihr, dass der Eindringling bereits gegangen war.

Sie ging voraus zurück in den Flur und weiter in die Küche. Dort das gleiche Bild. Schränke und Schubladen offen, die ordentlich gebügelten und gefalteten Geschirrtücher verstreut auf dem Boden. Kochbücher lagen achtlos herum. Die Hintertür stand offen, das Schloss war aufgebrochen. So war der Eindringling also hereingekommen. Schon seit Monaten hatte sie vorgehabt, einen Schlüsseldienst zu beauftragen, ein besseres Schloss einzubauen, aber das war eine dieser Aufgaben, zu denen sie einfach nie gekommen war.

Oben im Schlafzimmer waren Schubladen und Schränke geöffnet und durchwühlt worden. Ihre Schmuckschatulle, in der sie die wenigen Schmuckstände aufbewahrte, die sie von ihrer Mutter geerbt hatte, stand offen, aber zu ihrer Erleichterung war nichts entwendet worden.

Da wusste sie es mit Sicherheit.

„Ich rufe die Polizei", sagte Simon.

„Nein, warte, Liebling." Sie ließ sich aufs Bett sinken und fühlte sich plötzlich sehr müde. „Wer immer das getan hat, wollte uns nicht ausrauben. Er hat etwas gesucht. Etwas, das ihm gehört."

„Was?" Simon setzte sich neben sie aufs Bett, und sein Gewicht ließ die weiche Matratze nachgeben.

„Es ist alles meine Schuld", sagte sie. „Ich habe etwas Unrechtes getan."

„Was? Was könntest du getan haben, das zu so etwas führen könnte?"

Dann spürte sie, wie ihr die Tränen kamen. Sie war nicht der Typ, der schnell weinte. Das konnte sie sich in ihrem Job nicht leisten. Aber jetzt liefen ihr die Tränen über die Wangen und verschmierten die schwarze Wimperntusche. „Ich hätte nie zustimmen dürfen. Ich wusste, dass es falsch war, aber ich stand so unter Druck, und …" Die Tränen flossen jetzt in Strömen und erstickten ihre Worte.

Simon holte eine Packung Taschentücher vom Nachttisch und reichte ihr ein paar. „Hier, Liebes." Sie trocknete sich die Augen und schnäuzte. „Jetzt", sagte er und übernahm die Führung, „gehen wir nach unten und setzen den Kessel auf. Und dann erzählst du mir besser, was es damit auf sich hat."

KAPITEL 21

Am Dienstagmorgen brachte Bridget Chloe zur Schule. Endlich war der Tag ihrer Abschlussprüfung – Englische Literatur – gekommen, und Bridget war fast schwindelig vor Erleichterung. Heute Mittag würden die Zukunftsperspektiven ihrer Tochter wohl oder übel feststehen, und keine noch so große Anstrengung beim Lernen – oder deren Fehlen – würde das Ergebnis ändern. Bridget würde sich heute Abend zur Feier des Tages ein sehr großes Glas Pinot Noir einschenken.

„Viel Glück", flüsterte sie, als Chloe aus dem Auto stieg. Dann rief sie: „Warte! Hast du genug Ersatzstifte?"

„Ja!", sagte Chloe entnervt. „Jetzt geh und fang den Mörder."

Bridget sah ihrer Tochter nach, wie sie zur Schule ging und ihre Freunde begrüßte. In wenigen Tagen würde sie sechzehn werden, so unglaublich es auch schien. Es kam ihr vor, als wäre es erst gestern gewesen, dass Bridget sie an ihrem ersten Schultag abgesetzt hatte. Bald würde sie die Oberstufe besuchen und für ihr Abitur lernen.

Wenn sie die Prüfungen besteht.

Bei dem Gedanken zog sich Bridgets Herz zusammen. Aber sie schob den Gedanken an ein Scheitern schnell beiseite. Sie hatte ihre eigene Arbeit zu erledigen. *Geh und fang den Mörder*, hatte Chloe ihr gesagt. Ja, das war es, was sie tun musste.

Sie machte sich auf den Weg zur Umgehungsstraße von Oxford, doch als sie diese erreichte, bog sie spontan nach Süden auf die A34 in Richtung Hambledon ab, anstatt weiter nach Norden in Richtung Kidlington zu fahren.

Das Gespräch mit Maurice Fairweather im Eight Bells hatte Zweifel geweckt. War er wirklich nur ein harmloser Exzentriker mit einer Vorliebe für Seemannsgarn und unglaubwürdige Legenden, oder verbarg sich etwas Unheimlicheres hinter seiner vornehmen Fassade? Was war dran an der Geschichte, dass Harriet Stevenson mit Henry Burton verlobt gewesen war? Niemand sonst hatte das erwähnt. Stimmte es, oder hatte Maurice es als Ablenkungsmanöver erfunden? Bridget wollte hören, was Reverend Martin Armistead über die Beziehung zwischen Maurice und Harriet zu sagen hatte. Wie groß waren ihre Differenzen gewesen? Könnten sie ein Motiv für den Mord gewesen sein? Und was hatte der Gutsherr mit all dem zu tun, wenn überhaupt?

Als sie etwa zwanzig Minuten später an die Tür des Pfarrhauses klopfte, schien Martin Armistead nicht überrascht zu sein, sie zu sehen. Wieder bat er sie in sein Arbeitszimmer mit Blick auf den Garten. Diesmal war von Emma nichts zu sehen, weder im Garten noch in der Küche, aber der Pfarrer selbst wirkte ziemlich beschäftigt. Wie beim letzten Mal, als Bridget ihn gesehen hatte, waren seine Augen von dunklen Schatten umrandet. Geistesabwesend rieb er sich die Stirn.

„Ist alles in Ordnung?", erkundigte sie sich.

„Ja. Warum auch nicht?"

„Sie wirken nur …"

„Tut mir leid", sagte er entschuldigend. „Es ist nur, nach allem, was passiert ist … vor allem nach dem Mord in der Kirche … und dann die Sache mit dem verschwundenen Schlüssel ..." Er rang die Hände, seine Augen fixierten einen Punkt links von Bridgets Kopf.

„Das muss eine sehr stressige Zeit für Sie sein."

„Ja. Ja, das ist es. Die Leute erwarten ... Sie wissen schon ... als Pfarrer ... dass ich alle Antworten habe."

„Während Sie", sagte Bridget, „nicht mehr wissen als jeder andere auch."

„Genau." Er schien erleichtert, dass sie ihn verstand. „Manchmal habe ich das Gefühl, dass meine Schultern nicht breit genug sind, um die Last zu tragen. Ich hoffe, das klingt nicht zu melodramatisch oder selbstmitleidig."

„Keineswegs. Ich verstehe das vollkommen."

Er nickte. „Also, wie kann ich Ihnen helfen, Inspector?"

„Ich würde Ihnen gerne ein paar Fragen über Maurice Fairweather stellen."

„Maurice? Nun, ich werde Ihnen so viel erzählen, wie ich weiß, aber ich stehe ihm nicht besonders nahe."

„Können Sie seine Beziehung zu Harriet Stevenson beschreiben?"

Er überlegte, bevor er antwortete. „Die Leute verwenden das Wort ,Beziehung' oft im Sinne einer romantischen Bindung. Im Fall von Maurice und Harriet bin ich mir sicher, dass es nichts dergleichen gab. Im Gegenteil, sie waren oft zerstritten. Jedes Mal, wenn ich sie zusammen sah, schienen sie sich zu bekriegen und über irgendein Thema zu streiten. Wenn Harriet für etwas war, konnte man darauf wetten, dass Maurice dagegen war. Es war fast so, als ob sie es genossen, sich zu streiten, als ob der eine nicht ohne den anderen existieren konnte. Ich weiß nicht, was Maurice jetzt machen wird, wo sie nicht mehr da ist. Es gibt nichts mehr, worüber er sich aufregen könnte."

„Einer der Streitpunkte war die Sache mit dem Grab von Lord Edmund und Lady Ellen Burton."

Martin stöhnte auf. „Ach, das! Maurice hatte die absurde Idee, es zu öffnen, um nach einem vergrabenen Schatz zu suchen. Können Sie sich das vorstellen?

Natürlich fanden das alle anderen lächerlich."

„Alle?"

„Nun, hauptsächlich Harriet. Aber die meisten anderen im Gemeinderat stimmten ihr zu. Und Henry Burton natürlich auch. Er war strikt dagegen."

„Und Sie?"

„Ich? Zum Glück musste ich mich nicht einmischen. Der Vorschlag wurde einstimmig abgelehnt, bevor es dazu kam."

„Maurice scheint Harriet dafür verantwortlich zu machen."

„Nun, man könnte sagen, dass Harriet den Widerstand gegen die Idee angeführt hat. Aber sie musste sich nicht sonderlich anstrengen. Ich meine, wirklich ... ein vergrabener Schatz in einer Gruft!"

Durch das Fenster des Arbeitszimmers sah Bridget Emma Armistead in den Garten kommen. Sie war wieder barfuß und schwebte in einem weißen Sommerkleid über den Rasen, ein breitkrempiger Strohhut beschattete ihr blasses Gesicht. In der Hand hielt sie eine Gartenschere.

Martin wandte den Kopf, um ihrem Blick zu folgen.

Emma schlenderte gemächlich durch den Garten, bückte sich gelegentlich, um an einer Blume zu riechen, und wirkte dabei wie die Verkörperung einer klassischen englischen Rose.

„Ich wollte Sie auch nach Harriets Beziehung zum verstorbenen Henry Burton fragen", sagte Bridget.

Martin richtete seine Aufmerksamkeit wieder auf sie. „Beziehung? Wie meinen Sie das?"

„Ich hatte gehofft, Sie könnten mir das erzählen."

„Ich bin mir nicht sicher, was es da zu erzählen gibt", sagte der Pfarrer. „Ich glaube, sie waren befreundet. Harriet wurde im Dorf geboren, sie kannten sich also schon sehr lange. Sie war etwa zehn Jahre jünger als er, und natürlich hat sie die meiste Zeit ihres Lebens in Oxford gelebt und gearbeitet, aber ja, ich würde sagen, sie haben sich gut verstanden."

„Wussten Sie, dass die beiden einmal verlobt waren

und heiraten wollten?"

Seine Augenbrauen hoben sich. „Das wusste ich nicht. Das muss gewesen sein, als sie noch sehr jung war. Henry heiratete, glaube ich, in seinen Dreißigern, als Harriet ihren Abschluss in Oxford machte, und seine Frau starb ein paar Jahre, bevor Harriet sich zur Ruhe setzte und nach Hambledon zurückkehrte."

Sein Blick wanderte wieder zum Fenster. Bridget folgte seinem Blick zu der Stelle, wo Emma gerade Blumen von den Stielen schnitt und die abgeschnittenen Blüten achtlos zu Boden fallen ließ.

„Stimmt etwas nicht?", fragte Bridget.

Als sein Gesicht dem ihren begegnete, sah sie, dass seine Augen voller Schmerz und Trauer waren. Was auch immer ihn bedrückte, es war mehr als nur der Mord an der Messnerin. Er hatte versucht, seine Gefühle zu verbergen, aber jetzt schien er jede Maskerade abgelegt zu haben. Vielleicht war es das merkwürdige Verhalten seiner Frau, das diesen Wandel ausgelöst hatte, oder vielleicht war es einfach die Tatsache, dass Bridget die Frage gestellt hatte, die ihm die Erlaubnis gegeben hatte, seine Tarnung fallen zu lassen und seine wahren Gefühle zu offenbaren. Wie von Polizeibeamten wurde auch von Pfarrern erwartet, stark zu sein und anderen Trost zu spenden.

„Es geht um Emma. Ich mache mir Sorgen um sie."

„Was ist los?", fragte Bridget sanft.

„Sie … sie hat eine sehr schwere Zeit durchgemacht. Das haben wir beide."

Einen Moment lang saß er da, die Ellbogen auf dem Schreibtisch, den Kopf in die Hände gestützt. Als er aufblickte, schimmerten Tränen in seinen Augen. „Wir haben ein Baby verloren."

„Das tut mir sehr leid."

„Vielen Dank. Das war, bevor wir hierhergezogen sind, als wir noch in Birmingham waren." Jetzt, wo er angefangen hatte, über seine Probleme zu sprechen, schien er nicht mehr aufhören zu können. Bridget vermutete, dass er seine Gefühle schon lange in sich hineingefressen hatte, unfähig, sich jemandem anzuvertrauen. „Es war für uns beide schrecklich, aber Emma hat es besonders hart getroffen. Sie gab sich die Schuld, obwohl das natürlich irrational war. Die Ärzte versicherten ihr, dass Fehlgeburten häufig vorkommen. Sie bekam psychologische Beratung und Unterstützung, und alle taten ihr Bestes, um sie zu beruhigen und sie davon zu überzeugen, dass sie nichts falsch gemacht hatte. Aber es half nichts. Sie erholte sich zwar körperlich, verfiel aber in eine Depression. Einmal" – er hielt inne und sammelte sich, bevor er fortfuhr – „versuchte sie sogar, sich das Leben zu nehmen. Da wusste ich, dass wir etwas ändern mussten. Also habe ich um eine Versetzung gebeten. Wir wollten in eine anspruchsvolle Gemeinde, aber das Stadtzentrum von Birmingham war zu viel für uns. Ich konnte mich nicht zusätzlich zu Emmas Problemen auch noch um die Probleme anderer Leute kümmern. Deshalb sind wir hierher gezogen, verstehen Sie? Ein ruhiges Leben in einer ländlichen Gemeinde. Ich hoffte, es würde ihr die Zeit und den Raum geben, den sie brauchte, um zu verarbeiten, was passiert war."

„Aber so ist es nicht gekommen?"

Armistead schüttelte den Kopf. „Sie nimmt immer noch Medikamente, und wie Sie sehen" – er deutete zum Fenster – „ist sie die Hälfte der Zeit in ihrer eigenen Welt, ohne die Menschen um sich herum wahrzunehmen. Sie lässt sich einfach durchs Leben treiben und scheint zu nichts eine Beziehung aufbauen zu können."

„Wie hat sich der Mord an Harriet Stevenson auf sie ausgewirkt?", fragte Bridget. „Es wäre verständlich, wenn sich ein solches Ereignis negativ auf jemanden auswirkt, der ohnehin schon zerbrechlich ist."

Martin schüttelte den Kopf. „Das ist es ja gerade", sagte er und ein Hauch von Verzweiflung schlich sich in seine Stimme. „Es hatte fast den gegenteiligen Effekt. Zuerst dachte ich, ich hätte etwas von dem alten Funken in ihr entdeckt, aber dann sagte sie ..."

„Was?"

„Sie sagte, sie sei froh, dass Harriet Stevenson tot sei. Sie sagte, sie habe sie gehasst." In Armisteads Augen lag echte Angst, als seine Worte zwischen ihnen in der Luft hingen.

„Warum sollte sie so etwas sagen?", fragte Bridget. „Warum sollte Ihre Frau Harriet gehasst haben?"

„Ich weiß es nicht", flüsterte er. „Ich weiß, dass Harriet manchmal schwierig sein konnte. Sie hatte sehr klare Vorstellungen von Richtig und Falsch und konnte ziemlich voreingenommen sein. Vielleicht hat sie etwas Unfreundliches zu Emma gesagt ..."

„Ich glaube, ich muss mit Ihrer Frau sprechen", sagte Bridget. „Wäre es in Ordnung, wenn ich jetzt nach draußen gehe und mit ihr rede?"

Er schien sichtlich erleichtert über ihren Vorschlag. „Ja, ja, natürlich." Er blickte noch einmal aus dem Fenster. „Nur noch eine Sache."

„Ja?"

„Bitten Sie sie, die Gartenschere wegzulegen, bevor Sie ihr irgendwelche Fragen stellen."

★

Reverend Martin Armistead wartete unruhig in seinem Arbeitszimmer, während Bridget nach draußen in den Garten ging. Emma Armistead stand am anderen Ende des Gartens und pflückte Wicken von einem Wigwam, der mit einer Vielzahl von rosa, violetten und weißen Blüten bedeckt war. Ihr betörender Duft erinnerte Bridget an das Haus ihrer Eltern in Woodstock, wo im Sommer immer eine Vase mit Wicken auf dem Tisch gestanden hatte.

„Emma? Hier ist Detective Inspector Bridget Hart. Ist es in Ordnung, wenn ich einen Moment mit Ihnen spreche?"

Emma hielt inne und drehte sich zu Bridget um. Ihr Gesicht war zur Hälfte von ihrem langen goldenen Haar verdeckt, das ihr wirr ins Gesicht fiel. Sie strich es beiseite und enthüllte große, kindliche Augen. Barfuß stand sie auf der Erde, die Fußsohlen schwarz, die Gartenschere in der Hand.

„Warum setzen wir uns nicht?", sagte Bridget und deutete auf die Holzbank auf der Terrasse neben dem Haus.

Emma nickte und folgte ihr, ließ die Wicken hinter sich auf den Rasen fallen, umklammerte aber weiterhin die Gartenschere.

„Warum legen Sie die nicht erst mal weg?", schlug Bridget vor, als sie Platz genommen hatten.

Emma schaute auf die Schere und schien gar nicht bemerkt zu haben, dass sie sie noch in der Hand hielt. Dann legte sie sie auf die Terrasse. Aus der Nähe waren die Narben an ihren Handgelenken deutlich zu erkennen.

„Ihr Garten ist wunderschön", sagte Bridget.

„Ja."

„Es muss schön sein, hier zu sitzen und die Sonne zu genießen."

Emma nickte und hob ihr Kinn zum Himmel, als sähe sie die Sonne zum ersten Mal. Sie senkte den Kopf wieder und hüllte ihr Gesicht in Schatten.

„Ich wollte Sie etwas über Harriet Stevenson fragen", sagte Bridget.

Bei der Erwähnung der Toten zeigte sich ein leichtes Stirnrunzeln auf Emmas Gesicht. „Was ist mit ihr?"

„Haben Sie sie oft gesehen?"

„Sie war die Messnerin", sagte Emma schlicht. „Ich bin die Frau des Pfarrers."

„Kam sie oft ins Pfarrhaus?"

„Um mit Martin zu sprechen, ja."

„Und haben Sie sie sonst noch gesehen?"

„In der Kirche. Und im Dorfladen."

„Ich habe den Eindruck, Sie mochten sie nicht besonders", sagte Bridget.

Emmas Augen verengten sich, und Bridget sah, wie eine dunklere Seite zum Vorschein kam, wie düstere Wolken, die sich vor die Sonne schoben. „Niemand mochte sie. Sie war eine furchtbare Frau."

„Warum sagen Sie das?"

Emmas friedliches Gesicht verzog sich zu einer Grimasse. „Sie war böse. Gemein, grausam. Ich habe sie gehasst."

„Warum?"

Emma runzelte die Stirn.

„Hat sie etwas zu Ihnen gesagt?", fragte Bridget.

„Ich dachte, ich könnte ihr vertrauen. Ich dachte, sie würde mich verstehen."

„Haben Sie ihr von Ihren Problemen erzählt?"

Emmas Augen waren auf Bridget gerichtet, doch ihr Blick ging ins Leere. „Sie hat mich gefragt, warum wir nach Hambledon gekommen sind. Ich habe ihr von meinem Baby erzählt." Sie verstummte und Bridget wartete geduldig. Eine Hummel flog vorbei und summte leise vor sich hin, während sie ihrer Arbeit nachging. „Ich dachte, sie würde Mitgefühl zeigen. Ich hoffte … sie wäre jemand, mit dem ich reden kann."

„Aber das war sie nicht?"

„Am Anfang war sie freundlich, aber das war nur Fassade. Höflichkeit, kein Mitgefühl. Innerlich war sie pures Gift. Sie sagte, ich solle mich zusammenreißen. Sie sagte, die Frau eines Pfarrers müsse mehr Rückgrat zeigen. Sie sagte, das Problem heutzutage sei, dass alle zu sensibel seien, und es sei an der Zeit, dass mir jemand sage, ich solle mich endlich zusammenreißen." Emmas Augen waren trocken, aber ihr Gesicht sah aus, als würde es gleich in sich zusammenfallen.

„Wann haben Sie Harriet das letzte Mal gesehen?"

„Ich … Es war am Tag der Beerdigung." Die alte Emma war nach ihrem kurzen Ausbruch zurückgekehrt, vage und zögerlich. Sie tastete sich durch ihre Worte, als bahnte sie sich einen Weg durch ein verwildertes Dickicht.

„Erzählen Sie mir, was an jenem Tag passiert ist."

„Ich … Martin konnte nicht bei mir sein. Er war beschäftigt, weil er sich um die Beerdigung kümmern musste. Er hat mich gefragt, ob ich mit in die Kirche kommen oder hier bleiben wollte. Er sagte, es wäre in

Ordnung, wenn ich nicht mitkomme, wegen … wegen des Babys."

Bridget nickte und wartete.

„Ich wusste nicht, was ich tun sollte. Ich wollte Martin zuliebe da sein, aber ich hatte Angst."

„Angst? Warum?"

„Ich hatte Angst, dass ich wütend werden könnte. Wenn das passiert …" Sie verstummte und begann von Neuem. „Am Ende habe ich mich entschieden zu gehen. Ich habe bis zur letzten Minute gewartet, als alle schon drinnen waren, damit mich niemand sah, und bin dann reingeschlichen."

„Gut", sagte Bridget. „Sie machen das sehr gut. Erzählen Sie weiter."

„Harriet war dort", sagte Emma. „Sie saß ganz hinten in der Kirche. Als sie mich sah, drehte sie sich um und sah mich an, und ich konnte sehen, was sie dachte."

„Was dachte sie, Emma?"

„Dass ich eine Schande bin. Dass ich meinen Mann wieder im Stich gelassen habe. Sie sagte nichts, weil die Trauerfeier schon begonnen hatte, aber ich konnte es in ihren Augen sehen."

„Und was dann?"

„Und dann … war ich wieder hier und alles war vorbei. Die Beerdigung, meine ich. Es war vorbei und Martin war wieder da. Ich war so froh, ihn zu sehen, aber da war etwas in seinem Blick, das mir Angst machte. Ich fragte: ‚Ist alles in Ordnung?' Aber er sagte: ‚Nein, Harriet ist tot.'"

Bridget wartete auf mehr, aber Emma schien nicht weiter zu reden. „Es tut mir leid", sagte Bridget. „Ich verstehe nicht ganz. Sie sagten, Sie waren mit Harriet in der Kirche, und dann waren Sie wieder hier bei Ihrem Mann. ‚Es war alles vorbei', sagten Sie. Aber was geschah zwischen Ihrer Ankunft in der Kirche und Ihrer Rückkehr ins Pfarrhaus?"

„Ich weiß es nicht", sagte Emma, und ihre Stimme war so leise, dass Bridget sie kaum hören konnte. „Ich habe diese Lücken. Lücken in meinem Kopf. Aber … ich habe

Träume."

„Erzählen Sie mir davon."

„Manchmal, wenn ich wach bin, denke ich, dass ich träume, weil nichts mehr real zu sein scheint." Emma schaute sich im Garten um und nahm die lebhaften Farben und Düfte in sich auf, als wären sie nur ein Produkt ihrer eigenen Fantasie. „All das. Ich habe keinen Geschmack, kein Gefühl, nichts. Aber wenn ich träume, werde ich lebendig. Alles fühlt sich wieder echt an und ich kann alle meine Sorgen vergessen. Manchmal, wenn Martin nach Hause kommt, erzähle ich ihm, was ich gemacht habe, aber er sagt: ‚Nein, mein Schatz, das war nicht real, das war nur ein Traum.' Ich kann also nicht immer sagen, ob das, woran ich mich erinnere, wirklich passiert ist oder ob mir nur mein Verstand einen Streich gespielt hat." Sie schaute auf, als wäre sie sich nicht sicher, ob Bridget real oder ein von ihr erfundener Geist war.

„Hatten Sie am Tag der Beerdigung einen Traum?", fragte Bridget.

„Ich habe geträumt ... Ich habe geträumt, dass ich in der Kirche war, und ringsum war Lärm. Es waren die Glocken. Sie läuteten und waren so laut, dass ich keinen klaren Gedanken fassen konnte. Aber dann stand Harriet vor mir und sagte Dinge zu mir. Schreckliche Dinge. Grausame Dinge, über mein Baby. Und dann habe ich –"

„Ich denke, das reicht für den Moment." Martin Armistead war an der Hintertür des Hauses aufgetaucht. Bridget wusste nicht, wie lange er bereits zugehört hatte. „Emma ist aufgewühlt. Sie braucht jetzt Ruhe." In der Stimme des Pfarrers lag eine Entschlossenheit, die Bridget noch nie zuvor gehört hatte. Er setzte sich neben seine Frau und legte einen Arm schützend um sie. „Sie weiß nicht, was sie sagt."

Bridget stand auf. „Es tut mir leid, wenn ich Sie beunruhigt habe, Mrs. Armistead. Aber vielleicht muss ich später noch einmal wiederkommen, um weitere Fragen zu stellen."

„Wenn Sie das tun, werden wir einen Anwalt

hinzuziehen", sagte Martin.

„Natürlich", sagte Bridget. „Das ist kein Problem. Vielen Dank für Ihre Zeit."

Sie ging gerade zu ihrem Auto zurück, als ihr Telefon klingelte. Die Stimme am anderen Ende der Leitung klang aufgeregt. „Inspector Hart? Hier ist Rosemary Carver, die Krankenschwester von Hambledon Manor."

„Ja, Mrs. Carver? Wie kann ich Ihnen helfen?"

„Nun", sagte die Krankenschwester. „Die Frage ist eher, wie ich Ihnen helfen kann. Sehen Sie, Inspector, ich möchte ein Geständnis ablegen."

KAPITEL 22

Ist das die Karte von Ralph Agas, die du da hast?"
Amy blickte auf und sah, wie Evan über ihre
Schulter spähte. Sie war so in das Studium der Karte
vertieft gewesen, dass sie nicht bemerkt hatte, wie er von
seinem eigenen Schreibtisch aufgestanden und zu ihrem
gekommen war. Sie musste ihm wirklich sagen, dass er
nicht so neugierig sein sollte. Aber sie musste zugeben,
dass die antike Zeichnung von Hambledon-on-Thames
eine Faszination ausübte, der man sich nur schwer
entziehen konnte. Sie hatte Karten schon immer geliebt,
und der Gedanke, eine echte Schatzkarte in den Händen
zu halten, war fast zu aufregend, um ihn zu ertragen.
Nicht, dass sie Evan davon erzählen wollte. Über die
Vorstellung würde er bestimmt nur lachen.

„Ja, ich dachte, ich nehme sie mit nach Hause, um sie
mir genauer anzusehen", erklärte sie ihm.

Natürlich war es nicht das Originaldokument aus dem
sechzehnten Jahrhundert, das sie auf ihrem Schreibtisch
liegen hatte, das lag sicher verwahrt im klimatisierten
Archiv der Bibliothek. Sie hatte eine digitale Kopie
heruntergeladen und in Originalgröße ausgedruckt, um sie

zu studieren. Auf ihrem Schreibtisch ausgebreitet, maß sie fast 60 mal 45 cm.

Die Detailgenauigkeit der Zeichnung war verblüffend und es schien sich um eine realistische und genaue Darstellung des Dorfgrundrisses zu handeln. Da war der Pub, kleiner als Amy ihn kannte, weil der „moderne" Anbau aus dem achtzehnten Jahrhundert fehlte, aber jedes Fenster und jeder Giebel war präzise wiedergegeben. Sie konnte sogar ihr eigenes Zimmer sehen, mit Blick auf den Fluss in Richtung Hambledon Lock. Als die Karte gezeichnet worden war, gab es die Schleuse noch nicht. Sie war im neunzehnten Jahrhundert gebaut worden, um die Schifffahrt zu erleichtern, als der Flussverkehr zu Beginn des Industriezeitalters zunahm. Zu Agas' Zeiten war die Themse stromaufwärts von Burcot für Lastkähne fast unpassierbar. Aber die alte Mautbrücke, die Hambledon mit dem nahe gelegenen Dorf Appleford verband, sah genauso aus wie heute.

Das Dorf selbst schien 1585 nur halb so viele Häuser gehabt zu haben wie heute, aber sie waren so detailliert gezeichnet, dass Amy jedes einzelne erkennen konnte. Da war der Dorfladen, da war das winzige Cottage, auf das Kayleigh und Jamie gespart hatten, um es gemeinsam zu kaufen. Die Schule, in der Kayleigh unterrichtete, existierte damals noch nicht, ebenso wenig wie das Pfarrhaus, und der Dorfanger schien nichts weiter als eine Wiese zu sein, auf der niemand daran gedacht hatte, etwas zu bauen. Auf einem großen Grundstück in der Flussbiegung stand das Herrenhaus, das damals etwas kleiner war, da es erst im siebzehnten Jahrhundert erweitert worden war, und dem die verschiedenen Nebengebäude fehlten, die im Laufe der Jahre hinzugekommen waren.

Aber die Kirche sah genauso aus wie heute, mit Glockenturm, Nord- und Südquerschiff, seit über vierhundert Jahren unverändert. Am meisten interessierte sich Amy für die Kirche und vor allem für die Frage, ob die Karte Hinweise über die verlockende Aussicht auf einen verborgenen Schatz liefern könnte.

Jake hatte ihr erzählt, was Maurice Fairweather über den Schatz gesagt hatte, der unter dem Grab der Burtons im nördlichen Querschiff vergraben sein sollte. Er war sogar die einzelnen Zeilen des Verses durchgegangen und hatte erklärt, was sie zu bedeuten hatten.

„Glaubst du mir jetzt?", hatte sie ihn gefragt.

„Ich habe nicht gesagt, dass ich an den Schatz glaube. Ich erzähle dir nur, was Maurice Fairweather gesagt hat."

Amy streckte ihm die Zunge heraus. „Du bist so skeptisch! Nennst dich einen Detective! Bist du denn gar nicht neugierig?"

Sie war fest entschlossen, Jake das Gegenteil zu beweisen. Edmund Burton war ein sehr reicher Mann gewesen. Das wusste jeder im Dorf. Und das sechzehnte Jahrhundert war eine gefährliche Zeit gewesen, besonders für einen prominenten Anhänger der englischen Reformation wie Edmund. Daher war es nicht schwer zu glauben, dass er einen Teil seines Vermögens im Grab seiner Frau versteckt hatte. Allerdings war ihr nicht ganz klar, warum er seinen Sohn gebeten hatte, ein Rätsel auf die Glocken gravieren zu lassen, anstatt ihm einfach zu sagen, wo das Geld war. Aber vielleicht hatte er seinen Sohn nicht besonders gemocht und beschlossen, sein Vermögen demjenigen zu hinterlassen, der klug genug war, die geheime Nachricht zu entschlüsseln. *Sei es allen nah und fern bekannt.*

Was auch immer der Grund war, die Bedeutung des Rätsels schien klar genug zu sein. Oder doch nicht?

Als Amy die Karte genau studierte, fiel ihr eine interessante Beobachtung auf. In der Kirche gab es zwei Mauern, die nach Norden zeigten. Eine über und eine unter der Erde, und beide waren auf der Karte eingezeichnet.

Entgegen der Annahme von Maurice, dass sich der Schatz unter dem Grab von Lord Edmund und Lady Ellen befand, war eine ebenso plausible Interpretation, dass er in der Krypta unter der Kirche vergraben war.

Wo sterbliche Gebeine zur Ruhe gebracht, Und blinde Würmer Eier legen in dunkler Nacht. Es lag auf der Hand, dass dies sowohl auf eine Krypta als auch auf ein Grab zutreffen konnte. *Gegen die Nordwand in des Winters kaltem Arm.* Wie die Karte deutlich zeigte, hatte auch die Krypta eine Nordwand. *Wende Dich zu Eisen und Stein mit Bedacht.* Dieser Teil war kniffliger. Amy war noch nie in der Krypta gewesen, also konnte sie nicht mit Sicherheit sagen, was sich dort unten befand. Aber es gab mit Sicherheit Steine. Und wenn es dort auch Eisengitter gab, dann war die Krypta ein ebenso wahrscheinlicher Kandidat für das Versteck des verborgenen Schatzes wie das Grab in der Kirche. *Steige hinab in meine Kammer, kalt und finster, Dort wird Dir Dein Lohn gewiss, ganz sicher.* Ein kalter Schauder lief ihr den Rücken hinunter und ließ sie am ganzen Körper frösteln. Die Krypta war zweifellos eine kalte, finstere Kammer. Aber wenn dort eine Belohnung auf sie wartete, war Amy sicher, dass sie genug Mut aufbringen konnte, um selbst einen Blick hineinzuwerfen.

★

Nachdem sie den Anruf von Rosemary Carver erhalten hatte, fuhr Bridget direkt zum Haus der Krankenschwester in Cowley. Am Telefon hatte Rosemary weinerlich geklungen, fast panisch. Und was genau hatte sie vor zu gestehen? Bridget zwängte den Mini in eine schmale Parklücke zwischen einem Lieferwagen und der Markierung eines Zebrastreifens und klingelte an dem mit Kieselputz versehenen Doppelhaus, das etwas abseits der belebten Straße lag.

Rosemary musste auf ihre Ankunft gewartet haben, denn die Haustür schwang innerhalb von Sekunden auf. Die Krankenschwester stand im Flur und rang ängstlich mit den Händen.

„Oh, vielen Dank, dass Sie zu mir gekommen sind", sagte sie. „Es tut mir leid, dass ich Sie so überfalle, ich weiß, dass Sie sehr beschäftigt sein müssen, aber ich wollte mit Ihnen von Angesicht zu Angesicht sprechen. So ist es doch viel einfacher, nicht wahr? Und in Simons Zustand wollte ich ihn nicht allein lassen. Wissen Sie, wie es mit den Bussen ist? Ich müsste einen in die Stadt nehmen und dann auf einen anderen warten, um nach Kidlington zu kommen. Und man kann nie sicher sein, dass sie pünktlich kommen, es ist ..."

„Es ist wirklich kein Problem", unterbrach Bridget Rosemarys Redeschwall. Die Frau war eindeutig ein Nervenbündel.

„Kommen Sie und machen Sie es sich im Wohnzimmer bequem", sagte sie und trat zurück, um Bridget hereinzulassen. Sie führte sie in ein kleines, aber aufgeräumtes Wohnzimmer, das von einer übergroßen beigefarbenen Couch vor einem kleinen Fernseher dominiert wurde. Auf dem Kaminsims über dem Kamin kämpften unzählige kitschige Ornamente um den Platz. Ein Mann, der auf dem Sofa saß, mühte sich ab, auf die Beine zu kommen.

Bridget ging rasch zu ihm, um ihm die Hand zu schütteln. „Sie brauchen nicht aufzustehen."

„Das ist Simon, mein Mann", sagte Rosemary. „Er ist schon lange krankgeschrieben."

„Von der Leiter gefallen", sagte Simon. „Alles meine Schuld. Dumm von mir."

„Ich hole Ihnen etwas Warmes zu trinken", sagte Rosemary. „Tee oder Kaffee? Ich kann auch eine heiße Schokolade machen, wenn Sie möchten."

„Das ist wirklich nicht nötig", sagte Bridget.

Aber Rosemary war entschlossen, sich ihre Gastfreundschaft nicht nehmen zu lassen. „Ich bestehe darauf", sagte sie. „Es macht keine Umstände."

„Dann Tee, bitte." Bridget wartete schweigend in einem der tiefen Sessel, während der Tee aufgebrüht wurde. Simon schien im Gegensatz zu seiner geschwätzigen Frau damit zufrieden zu sein, nichts zu sagen, bis die Aufgabe erledigt war.

Rosemary kam ein paar Minuten später mit einem

Tablett voller Teetassen und einem Teller mit verschiedenen Keksen zurück. Sie stellte das Tablett auf einen Beistelltisch und reichte die Tassen weiter. „Nehmen Sie einen Keks", sagte sie zu Bridget. „Die mit Marmelade sind lecker. Finden Sie nicht?"

„Sehr lecker." Bridget nahm höflich einen und wartete, bis Rosemary mit dem Herumhantieren fertig war. „Also, Sie sagten am Telefon, Sie hätten mir etwas zu sagen?"

Rosemary kehrte sofort zu ihrem nervösen Händeringen zurück. Sie schien plötzlich sprachlos. Es war Simon, der das Wort ergriff. Er nahm die Hand seiner Frau und sagte: „Warum sagst du der Frau Inspector nicht einfach genau das, was du mir gestern Abend erzählt hast, Liebes? Du weißt, es ist das Richtige. Rede dir alles von der Seele."

Bridget warf ihr einen aufmunternden Blick zu.

Rosemary nickte. „Die Wahrheit ist, Inspector, und es fällt mir nicht leicht, das zu sagen, ich habe einen Fehler gemacht. Ich hätte es nie tun dürfen, das weiß ich jetzt, aber zu der Zeit … nun, vielleicht war ich nicht ganz bei Sinnen. Und wenn Lindsey Symonds nicht gewesen wäre …"

„Lindsey Symonds, die Verwalterin?", fragte Bridget.

„Genau. Wenn sie nicht gewesen wäre, das sage ich Ihnen, hätte ich es nie getan. Ich sagte zu Simon …"

„Entschuldigung", unterbrach Bridget. „Was hätten Sie nie getan?"

Rosemary wechselte einen kurzen Blick mit ihrem Mann, der ihr beruhigend zunickte. „Er hat ein neues Testament geschrieben", platzte sie heraus.

„Wer?"

„Henry Burton. Der alte Gutsherr. Kurz vor seinem Tod. Er hat ein neues Testament aufgesetzt und mich und Lindsey als Zeugen eingesetzt."

„Verstehe", sagte Bridget. „Ich denke, Sie fangen am besten ganz am Anfang an. Lassen Sie sich Zeit und erzählen Sie mir genau, was passiert ist."

Rosemary holte tief Luft. „Ja, ja, ich überstürze es, ich

weiß. Das liegt daran, dass ich so aufgeregt bin."

„Du machst das gut, Liebes", sagte Simon und streichelte ihre Hand. „Lass dir nur Zeit. Es gibt keinen Grund zur Eile."

Sie nickte. „Es hat sich so zugetragen, Inspector. Mr. Burton war sehr krank. Er wusste, dass er nicht mehr lange zu leben hatte, aber er war noch ganz klar im Kopf." Sie tippte sich an die Schläfe. „Es war nur das Morphium, das ihn ein wenig verwirrte, der Ärmste, aber die meiste Zeit wusste er genau, was vor sich ging. Jedenfalls bat er mich eines Tages, es war etwa vier Tage vor seinem Tod, Ms. Symonds, die Verwalterin, zu holen. Nun, ich hatte nie viel mit ihr zu tun, sie war immer mit irgendetwas im Büro beschäftigt oder mit dem jungen Mr. Burton unterwegs, um was auch immer zu tun. Dieser Sohn hat allerlei große Pläne, das Haus zu sanieren, ich nehme an, Sie haben davon gehört. Ein Hotel, heißt es. Er hatte es die ganze Zeit eilig, obwohl sein Vater im Sterben lag. Wenn Sie mich fragen –"

„Sie haben also Ms. Symonds geholt?", fragte Bridget.

„Ja, ich fand sie in ihrem Büro und sage zu ihr: ‚Mr. Burton möchte Sie sprechen.' Sie war nicht gerade begeistert, bei der Arbeit unterbrochen zu werden, das kann ich Ihnen sagen. ‚Worum geht es?', fragt sie schnippisch. Um ehrlich zu sein, fand ich sie ziemlich hochnäsig, kein bisschen wie Josephine, die Haushälterin. Sie wissen schon. So eine mit Starallüren, obwohl sie nicht besser war als Sie und ich. ‚Ich weiß nicht, worum es geht', sage ich zu ihr. ‚Aber er sagt, Sie sollen Stift und Papier mitbringen.' Jedenfalls macht sie ein großes Theater daraus, dass sie wichtige Arbeit zu erledigen hat, ihm aber fünf Minuten ihrer kostbaren Zeit gewähren würde. Wir gehen also nach oben, und Mr. Burton, mit einem Kissenberg im Rücken, sagt: ‚Ich möchte ein neues Testament machen.' Nun, ich konnte sehen, dass selbst *sie* das nicht erwartet hatte. Also hole ich das Betttablett, an dem er immer gegessen hat, und sorge dafür, dass er es bequem hat und gut schreiben kann. Und dann schreibt er ein neues Testament, einfach so, als wüsste er ganz genau, was er sagen will, und auch die rechtlichen Formulierungen stimmen. Und dann bittet er mich und Ms. Symonds, als Zeugen zu fungieren und es zu unterschreiben. Das konnte ich natürlich nicht ablehnen, oder? Es war der letzte Wunsch eines sterbenden Mannes, und den muss man respektieren."

Sie hielt kurz inne, um Luft zu holen und Bridget fragte: „Wer war der Begünstigte des neuen Testaments?"

„Oh, das habe ich gar nicht gesagt, oder?" Rosemary lachte über ihr Versäumnis. „Er hat alles seinem Sohn hinterlassen."

Bridget runzelte verwirrt die Stirn. „Ich bin mir nicht sicher, ob ich das verstehe. Henry Burton hat in seinem Testament ohnehin alles seinem Sohn vermacht, mit Ausnahme der Bücher in seiner Bibliothek."

Rosemary schlug eine Hand vor den Mund. „Natürlich, wie dumm von mir, Sie wissen es nicht, oder? Ich habe vergessen, es Ihnen zu sagen."

„Was zu sagen?"

„Das neue Testament hinterlässt alles seinem *anderen* Sohn."

„Seinem anderen Sohn?"

„Ganz recht. Es war auch für mich neu, und ich merkte, dass auch Lindsey kaum glauben konnte, was sie da hörte. Der Gärtner, Josephines Junge. Sie wissen schon, wen ich meine. Ein großer Kerl, den ich nicht sonderlich mochte, sehr mürrisch, nicht wie seine Mutter. Ich sagte zu Simon –"

„Moment mal, wollen Sie damit sagen, dass Shaun Daniels der Sohn von Henry Burton ist?"

„Genau!", sagte Rosemary. „Ist das zu glauben? Jetzt, wo ich es weiß, sehe ich die Ähnlichkeit. Sie sind beide gutaussehende Männer, Tobias und Shaun, genau wie ihr Vater in jungen Jahren. Sie haben verschiedene Mütter, aber Jungs kommen oft nach dem Vater, finde ich. Ich kannte diese eine Familie –"

„Hör auf, Liebes", sagte Simon. „Du kommst schon

wieder vom Thema ab. Die Frau Inspector will nichts von einer anderen Familie hören."

Bridgets Gedanken überschlugen sich. Jetzt, da Rosemary die Bombe hatte platzen lassen, war es offensichtlich, dass Tobias und Shaun sich tatsächlich ähnelten. Das dichte, fast schwarze Haar, die markanten Augenbrauen, die intensiven Augen, die schmalen, fast grausam wirkenden Münder .... Shaun war etwa fünf Jahre älter als Tobias, der kurz nach Henry Burtons Hochzeit geboren worden war, also passten die Daten. Wenn die Geschichte stimmte, wäre Shaun nur zwei Jahre vor der Heirat des alten Gutsherrn geboren worden. Hatte Henry eine kurze Affäre mit seiner Haushälterin gehabt, aus der ein unehelicher Sohn hervorging? Bridget konnte sich keinen Grund vorstellen, der dagegen sprach. Damals, in den späten Sechzigern, wäre es noch eine Schande gewesen, ein uneheliches Kind zu zeugen. Ein Mann in Henry Burtons Position hätte sich vielleicht unter Druck gesetzt gefühlt, die Wahrheit zu verheimlichen. Vielleicht wollte er sie aber auch gar nicht wahrhaben.

„Sind Sie absolut sicher, dass Henry Burton gesagt hat, Shaun Daniels sei sein Sohn?", fragte sie.

„Ja, natürlich. Er hat es für alle sichtbar in sein Testament geschrieben."

„Hat er erklärt, warum er sein Testament so spät geändert hat?"

„Er sagte, er hätte Shaun besser behandeln müssen und dass Shaun es verdient hätte, zu erfahren, wer sein Vater ist. Er sagte etwas darüber, dass Tobias alles im Leben hatte und Shaun nichts. Ich glaube, er wollte es wiedergutmachen, dass er Shaun kein besserer Vater gewesen war. Aber er hat mich und Lindsey zum Schweigen verpflichtet. Er wollte nicht, dass irgendetwas davon zu seinen Lebzeiten ans Licht kam."

„Josephine hat Ihnen nie davon erzählt? Ich habe gehört, dass Sie beide sich sehr nahe standen."

„Das stimmt", sagte Rosemary, „aber ich nehme an, sie hatte es so lange geheim gehalten, dass sie es vor mir, die sie gerade erst kennengelernt hatte, nicht plötzlich herausposaunen wollte."

„Glauben Sie, dass Shaun die Wahrheit geahnt hat?"

„Das glaube ich nicht. Er stand dem alten Gutsherrn nie sehr nahe, soweit ich das beurteilen kann. Und er hat immer erzählt, sein Vater sei weggelaufen und habe seine Mutter im Stich gelassen. Ich glaube nicht, dass sie ihm je gesagt hat, wer sein richtiger Vater war."

Bridget nickte. Josephine Daniels musste befragt werden, und die Wahrheit oder Unwahrheit von Shaun Daniels' Abstammung konnte durch einen DNA-Test überprüft werden. Was die Existenz eines neuen Testaments anging … „Sie sagten am Telefon, Sie wollten ein Geständnis ablegen?", fragte sie Rosemary.

Das Gesicht der Krankenschwester verfinsterte sich. „Nun, wie gesagt, ich bin nicht stolz auf das, was ich getan habe. Aber es war alles Lindsey Symonds' Idee. Nachdem der alte Mr. Burton sein Testament aufgesetzt und sie und ich es bezeugt hatten, nahm sie es an sich. Sie sagte ihm, sie würde es sicher für ihn aufbewahren und dafür sorgen, dass es den Anwälten übergeben würde, und ich hatte keinen Grund, ihr zu misstrauen. Zu der Zeit wurde der alte Gutsherr sehr schnell müde, und nach all der Aufregung um das neue Testament war er ziemlich erschöpft, Gott hab ihn selig. Es war so ziemlich das letzte Mal, dass er bei klarem Verstand war."

„Ms. Symonds hat also das Testament aufbewahrt?", fragte Bridget.

„Ja. Ich habe erst nach Mr. Burtons Tod wieder mit ihr darüber gesprochen. Dann bat sie mich, mit ihr unter vier Augen zu sprechen." Rosemary hielt inne. „Das ist der schwierige Teil. Sind Sie sicher, dass Sie nicht noch eine Tasse Tee möchten? Ich kann Ihnen eine holen, es ist wirklich kein Problem."

„Ich möchte nur wissen, was danach passierte", sagte Bridget.

„Gut. Nun, es war der Tag, an dem der alte Mr. Burton schließlich verstarb. Obwohl ich wusste, dass es so kommen würde, war ich trotzdem ziemlich aufgelöst, das kann ich Ihnen sagen. So ein lieber alter Mann. Jedenfalls verlor sie keine Zeit. Ich hatte den Arzt gerade erst über den Tod informiert, als sie mich in ihr Büro bat. ,In Ordnung', sage ich zu ihr, ,ich kann fünf Minuten entbehren', und folge ihr ins Büro. ,Schließen Sie die Tür hinter sich ', sagt sie. ,Das bleibt unter uns.' ,Worum geht es denn?', frage ich, wohl wissend, dass etwas nicht stimmt. Ich sehe das neue Testament auf dem Schreibtisch liegen, und sie hatte versprochen, es zu den Anwälten zu bringen. ,Wir wissen beide, dass Mr. Burton nicht bei klarem Verstand war, als er dieses Testament geschrieben hat', sagt sie. ,Er kann unmöglich gewollt haben, dass sein einziger Sohn enterbt wird.' ,Er schien mir völlig klar', sage ich ihr, ,deshalb habe ich zugestimmt, es zu bezeugen. Ich habe schon oft Leute gesehen, die verrückt geworden sind, aber Mr. Burton war keineswegs nicht so.' ,Aber dieser ganze Unsinn, dass Shaun Daniels sein Sohn sein soll', sagt sie, ,das können Sie doch nicht glauben?' ,Ich weiß nicht, was ich glauben soll', sage ich. ,Wenn der alte Mr. Burton sein Vermögen dem Gärtner hinterlassen wollte, steht es uns nicht zu, ihm im Weg zu stehen.' Aber sie lässt sich nicht davon abbringen. ,Was würde Shaun Daniels mit einem Haus wie diesem anstellen?', fragt sie. ,Er wüsste nicht, wo er anfangen sollte. Und all das Geld in den Händen eines Mannes wie ihm? Innerhalb eines Jahres wäre es für Alkohol, Frauen und Glücksspiel weg. Tobias hingegen hat große Pläne für diesen Ort. Pläne, die dem Dorf einen echten wirtschaftlichen Nutzen bringen werden.' Sie redet noch lange so weiter, ganz überheblich, ich kann mich nicht an alles erinnern. Ich habe versucht, mit ihr zu diskutieren, aber sie ließ sich nicht darauf ein. Endlich, nachdem ich mich geweigert habe, auf ihren Plan einzugehen, sagt sie: ,Die Sache ist die.' Sie nimmt das Testament in die Hand und sagt: ,In den richtigen Händen ist das ein äußerst wertvolles Dokument.' Also frage ich sie, was sie damit meint, und sie sagt: ,Tobias Burton wird uns beiden gutes Geld dafür zahlen, dass wir dieses

Dokument verstecken.' Und dann" – Rosemary fing an zu weinen – „redet sie von Simon und wie schwer es für mich sein muss, einen Ehemann zu haben, der nicht mehr arbeiten kann, und welchen Unterschied es machen würde, wenn ich jeden Monat ein bisschen mehr Geld hätte. Im Endeffekt habe ich zugestimmt, mitzuspielen. ‚Ich spreche mit Tobias', versichert sie mir. ‚Sie müssen gar nichts tun. Halten Sie einfach den Mund, dann wird alles gut.'"

Rosemary weinte jetzt richtig, den Kopf in beiden Händen, und ihr Mann sagte: „Na, na, Liebes. Es ist besser, endlich alles rauszulassen."

„Sie und Lindsey Symonds haben also begonnen, Tobias Burton zu erpressen", sagte Bridget.

„Es klingt schrecklich, wenn Sie es so sagen", sagte Rosemary. „Ich habe es nicht als Erpressung empfunden, sondern nur als Stillschweigen, um nicht alles durcheinanderzubringen. Schließlich war Tobias auch Mr. Burtons Sohn. Und Ms. Symonds hatte recht – Shaun Daniels hätte wahrscheinlich alles verprasst. Man hört immer wieder von Leuten, die im Lotto gewinnen und ihr ganzes Geld für sinnloses Zeug ausgeben. Es macht sie nie glücklich."

„Rosemary weiß, dass sie einen Fehler gemacht hat", sagte Simon, „und sie möchte die Dinge wieder in Ordnung bringen. Deshalb hat sie Sie angerufen."

„Oh, Inspector, wenn ich die Zeit zurückdrehen könnte, würde ich es tun", sagte Rosemary. „Ich schäme mich jetzt zutiefst, aber Lindsey Symonds kann sehr überzeugend sein, und damals dachte ich, wenn ich das Geld nehme, würde das Leben endlich mal besser werden."

„Was hat Sie dazu gebracht, Ihre Meinung zu ändern?", fragte Bridget. „Warum haben Sie sich entschieden, jetzt etwas zu sagen?"

„Letzte Nacht wurde bei uns eingebrochen", sagte Simon. „Während wir im Pub waren. Es wurde nichts gestohlen, aber als wir nach Hause kamen, war alles auf den Kopf gestellt. Ich sagte, wir sollten es der Polizei melden. Aber dann hat sie mir gesagt, was sie Ihnen gerade erzählt hat. Wir glauben, dass Tobias Burton oder jemand, der für ihn arbeitet, nach dem Testament gesucht hat. Wenn er es finden und vernichten könnte, müsste er Lindsey und Rosemary nicht länger für ihr Schweigen bezahlen."

„Wo ist das Testament jetzt?", fragte Bridget. „Sie sagten, es wurde nichts gestohlen?"

„Lindsey Symonds hat es noch", sagte Rosemary. „Ich weiß nicht, was sie damit gemacht hat, aber Sie können sicher sein, dass es an einem sicheren Ort ist. Sie weiß, dass Tobias keine andere Wahl hat, als weiter zu zahlen. Wenn er aufhört zu zahlen oder versucht, etwas zu unternehmen, geht sie direkt zum Anwalt und er verliert alles. Ich kann nicht sagen, dass ich den Mann mag, aber ein bisschen leid tut er einem schon, oder?"

Bridget war sich nicht sicher, wie viel Mitgefühl sie für Tobias Burton empfand, aber für Lindsey Symonds hatte sie überhaupt keins. Die Verwalterin und ihr Arbeitgeber hatten sich verschworen, um Shaun Daniels um sein rechtmäßiges Erbe zu bringen, ganz zu schweigen von dem Wissen um die Identität seines Vaters. Aber zumindest das war etwas, das man in Ordnung bringen konnte.

KAPITEL 23

Zurück auf dem Revier schickte Bridget Jake und Ryan los, um Lindsey Symonds wegen des Verdachts auf Erpressung zu verhaften.

„Shaun Daniels ist der Sohn des alten Gutsherrn?", fragte Jake ungläubig, als Bridget ihm erklärte, was die Krankenschwester ihr berichtet hatte. „Verdammte Scheiße! Und er hat die letzten dreißig Jahre als Gärtner auf dem Anwesen des alten Mannes gearbeitet."

„Junge, wird der wütend sein!", bemerkte Ryan und pfiff durch die Zähne.

Bridget wollte lieber nicht herausfinden, wie wütend Shaun Daniels sein würde, nachdem sie wusste, wie schlecht er sich am Samstagabend im Eight Bells benommen hatte. „Bringen Sie die Frau einfach her und wir werden sehen, ob wir dieses Durcheinander entwirren können", sagte sie zu ihren beiden Sergeants.

Eine Stunde später saß Lindsey Symonds ihr und Jake im Verhörraum Nummer zwei gegenüber, begleitet von einem Anwalt der Kanzlei, die auch Tobias Burton vertrat. Bridget vermutete, dass Ms. Symonds sich einen neuen Anwalt suchen würde, sobald die Art der Anschuldigung klar war. Ein und dieselbe Kanzlei konnte kaum gleichzeitig die Interessen von Tobias Burton und der Person vertreten, die ihn erpresst hatte.

Lindsey sah fast genauso aus wie damals, als Bridget ihr zum ersten Mal in dem Restaurant in Oxford begegnet war. Sie trug eine cremefarbene Bluse unter einem olivfarbenen Businesskostüm, das gut zu ihrem blonden Haar passte, und zeigte kaum Anzeichen von Nervosität. Sie bildete einen starken Kontrast zu ihrer Mitverschwörerin Rosemary Carver. Bridget fragte sich, wie lange diese Fassade der Selbstsicherheit unter dem Druck der gegen sie erhobenen Anschuldigungen Bestand haben würde.

Nachdem die Formalitäten erledigt waren und das Aufnahmegerät lief, ging Bridget direkt in die Offensive. „Ms. Symonds, wir haben Hinweise, dass der verstorbene Mr. Henry Burton etwa vier Tage vor seinem Tod ein neues Testament verfasst hat. Wissen Sie etwas darüber?"

„Kein Kommentar", sagte Lindsey ungerührt.

„Wir glauben auch, dass Sie dieses Testament als Zeugin unterschrieben haben."

„Kein Kommentar."

„In diesem Testament benannte Henry Burton Shaun Daniels als seinen Sohn und vermachte ihm sein gesamtes Vermögen."

„Kein Kommentar."

„DI Hart", meldete sich der Anwalt zu Wort, „haben Sie irgendwelche Beweise für diese Behauptungen oder handelt es sich lediglich um Spekulation?"

Bridget nickte Jake zu, der ein maschinengeschriebenes Dokument hervorholte. „Wir haben gerade eine unterschriebene Aussage von Mrs. Rosemary Carver erhalten", sagte er zu Lindsey Symonds. „Darin gibt sie an, dass Sie und sie gemeinsam als Zeugen für das neue Testament fungierten und dass Sie das Testament zur sicheren Aufbewahrung an sich nahmen. Sie behauptet auch, dass Sie sie nach dem Tod von Mr. Henry Burton überredeten, über das Testament zu schweigen, und dass

Sie beide sich verschworen hätten, Geld von Mr. Tobias Burton zu verlangen, um das Testament geheim zu halten."

„Kein Kommentar", sagte Lindsey, obwohl Bridget glaubte, einen Anflug von Besorgnis in den blauen Augen der Verwalterin zu erkennen.

„Ms. Symonds", sagte sie. „Es wird uns ein Leichtes sein, anhand der DNA-Profile festzustellen, ob Shaun Daniels wirklich der Halbbruder von Tobias Burton ist, und ebenso leicht wird eine Überprüfung Ihrer Bankkonten ergeben, ob Sie in letzter Zeit unerklärliche Zahlungen von Mr. Burton erhalten haben. Wir haben bereits die Kontoauszüge von Mrs. Carver geprüft und eine Zahlung von fünfhundert Pfund von Ihnen an sie gefunden."

Statt eines weiteren „Kein Kommentar" folgte, wie Bridget erfreut feststellte, ein geflüsterter Austausch zwischen Mandantin und Anwalt. Nach einer Minute machte sich der Anwalt eine Notiz und sagte: „Meine Mandantin möchte eine Erklärung abgeben."

„Ms. Symonds?", sagte Bridget.

Wenn der Anwalt eine vernünftige und besonnene Antwort von seiner Mandantin erwartet hatte, wurde er bitter enttäuscht. Lindseys Antwort war leidenschaftlich und gehässig. „Diese dumme Frau", fauchte sie. „Ich hätte ihr nie vertrauen dürfen. Sie war von Anfang an halbherzig dabei. Sie hätte nur ihre große Klappe halten müssen, aber nicht einmal das hat sie geschafft."

„Sie geben also zu, sich abgesprochen zu haben, das Testament geheim zu halten und Tobias Burton zu erpressen?"

„Meine Mandantin glaubte, in bester Absicht zu handeln", warf der Anwalt ein, bevor Lindsey etwas sagen konnte.

„In bester Absicht?", fragte Bridget. „Inwiefern?"

Lindsey schien einen Teil ihrer Fassung wiedergefunden zu haben. „Inspector, Sie können sich meine Reaktion vorstellen, als ich erfuhr, dass Henry

Burton alles Shaun Daniels hinterlassen wollte. Das wäre eine Katastrophe für das Anwesen und alle Beteiligten gewesen."

„Es war nicht Ihre Aufgabe, das zu entscheiden", sagte Bridget.

„Für mich war offensichtlich, dass Mr. Burton nicht bei klarem Verstand gewesen sein konnte, als er das Testament machte."

„Rosemary Carver behauptet, dass er völlig *compos mentis* war. Sie hat das in ihrer Aussage bestätigt und sie hat viel Erfahrung im Umgang mit Menschen am Ende ihres Lebens."

„Ja, nun", sagte Lindsey abschätzig, „ich habe mehr als ein Jahrzehnt für Mr. Burton gearbeitet und glaube, ihn sehr gut gekannt zu haben. Ich kann Ihnen versichern, dass er in all der Zeit nie auch nur angedeutet hat, dass Shaun Daniels sein Sohn ist."

„Ein DNA-Test wird das so oder so beweisen."

Lindsey zuckte mit den Schultern. „Wenn Shaun tatsächlich der Sohn von Mr. Burton ist, dann war das lange vor meiner Zeit. Aber ich hielt ihn für völlig ungeeignet, ein so großes historisches Anwesen zu übernehmen. Was weiß er schon von der Erhaltung eines denkmalgeschützten Gebäudes?"

„Das ist vollkommen irrelevant", sagte Bridget. „Was mich allerdings beunruhigt, ist, dass gestern in das Haus von Mrs. Carver eingebrochen wurde. Es wurde nichts gestohlen, und es ist sehr wahrscheinlich, dass der Eindringling etwas gesucht hat, das er nicht finden konnte. Wissen Sie, wer in ihr Haus eingedrungen sein könnte und was er gesucht haben könnte?"

„Meine Mandantin ist nicht verpflichtet, über solche Angelegenheiten zu spekulieren", sagte der Anwalt.

Aber Lindsey schien die Nachricht sehr unangenehm zu sein. „Ich weiß es nicht", murmelte sie.

„Glauben Sie, dass Tobias Burton in ihr Haus eingebrochen sein könnte, um nach dem Testament zu suchen?"

„Ich weiß es nicht", wiederholte Lindsey, aber jetzt war ein Ausdruck in ihre Augen getreten, der an Angst grenzte.

„Wo ist das Testament jetzt?"

Wieder beriet sich Lindsey kurz mit ihrem Anwalt. „In einem Bankschließfach", sagte sie.

„Und wie viel hat Tobias Burton bereits als Erpressungsgeld gezahlt?"

„Fünftausend Pfund, die ich mit Rosemary Carver geteilt habe."

Bridget hob eine Augenbraue. „Mrs. Carver hat fünfhundert Pfund erhalten."

„Ich habe nicht gesagt, dass es ein gleicher Anteil war", sagte Lindsey, und etwas von ihrem früheren Trotz kehrte in ihren Ton zurück. „Zehn Prozent schienen mir mehr als fair, schließlich war es meine Idee und ich habe die ganze Arbeit gemacht." Ihr Anwalt schien entsetzt über das, was sie gerade gesagt hatte, aber Lindsey bemerkte seinen Gesichtsausdruck nicht, und es war zu spät, um ihre Worte zurückzunehmen.

Bridget hatte genug gehört. Sie erhob Anklage gegen Lindsey Symonds wegen Erpressung und Betrugs und bat Jake, sie in die Zelle zu bringen.

★

„Was nun, Ma'am?", fragte Jake, als er von den Zellen zurückkam.

„Jetzt statten wir Hambledon Manor einen weiteren Besuch ab", sagte Bridget. Sie hatte Harry bereits losgeschickt, um das Testament aus Lindsey Symonds' Schließfach zu holen. Als jüngstes und unerfahrenstes Mitglied in Bridgets Team hatte er sich sehr gefreut, mit einer so verantwortungsvollen Aufgabe betraut zu werden.

Nachdem sie das Testament gelesen und sich vergewissert hatte, dass alles, was Rosemary Carver Bridget über den Inhalt berichtet hatte, der Wahrheit entsprach, war es nun an der Zeit, allen Betroffenen die Neuigkeit zu überbringen.

Josephine Daniels öffnete die Tür des Herrenhauses. „Inspector, kommen Sie herein." Ihr Auftreten war höflich, aber zurückhaltend. Sie trug wieder das schwarze Kleid, in dem Bridget sie zum ersten Mal gesehen hatte. Der dunkle Stoff betonte nur noch mehr die Blässe ihrer Haut und die Zierlichkeit ihrer Figur. „Mr. Burton ist in seinem Büro", erklärte sie. „Wenn Sie im Salon warten, sage ich ihm Bescheid, dass Sie hier sind."

„Eigentlich", sagte Bridget, „würde ich Mr. Burton später gern sehen, aber zuerst möchte ich mit Ihnen und Ihrem Sohn sprechen."

„Mit mir und Shaun?" Die Haushälterin wirkte verwundert. „Worüber?"

„Das erkläre ich Ihnen am besten persönlich", sagte Bridget. „Aber ich hoffe, dass es ausnahmsweise gute Nachrichten sind."

„Am besten warten Sie hier", sagte Josephine und führte sie in ein gut proportioniertes, getäfeltes Zimmer im vorderen Teil des Hauses. „Ich hole Shaun aus seinem Cottage."

Bridget und Jake machten es sich auf einem tiefen Chesterfield-Sofa mit Blick auf den Garten bequem. Der Raum war erfüllt von einem intensiven Geruch nach Leder, Möbelpolitur und Alter. Bridget fragte sich, wie viele Generationen der Familie Burton in diesem Raum gesessen oder gestanden hatten. Sie fragte sich auch, wie Tobias Burton wohl auf die Nachricht reagieren würde, dass er nicht länger Herr des Anwesens war, sondern dass sein niederer Halbbruder im Begriff war, ihn zu ersetzen.

Durch die bleiverglasten Fenster konnte sie die kunstvollen Buchsbaumhecken eines Irrgartens sehen. Trotz seiner Unzulänglichkeiten hatte Shaun Daniels in all den Jahren sicher gute Arbeit bei der Pflege der Außenanlagen des Herrenhauses geleistet. Bridget vermutete, dass der alte Gutsherr ihm diese Aufgabe teils aus Nächstenliebe, teils aus dem Wunsch heraus übertragen hatte, seinen Sohn in der Nähe zu haben, obwohl er ihn nicht öffentlich anerkennen konnte.

Wer wusste schon, wie Mutter und Sohn auf das reagieren würden, was sie gleich verkünden würde? Plötzlich Besitzer eines Herrenhauses aus dem sechzehnten Jahrhundert und mehrerer Hektar Land zu sein, mochte wie ein wahrgewordener Traum klingen, aber Rosemary Carver hatte recht gehabt, als sie sagte, dass Lottogewinne das Leben der Betroffenen oft auf den Kopf stellten – und nicht immer zum Besseren. Und dann war da noch die Frage, wie Shaun Daniels reagieren würde, wenn er die Wahrheit über seine Abstammung erfuhr. Allein diese Enthüllung würde wahrscheinlich Schockwellen auslösen, deren Ausgang Bridget nicht vorhersehen konnte.

Wenige Minuten später betraten die Haushälterin und der Gärtner den Raum, der Sohn überragte seine Mutter wie ein Riese. Er sah übernächtigt aus, als hätte man ihn gerade aus dem Bett geholt, trug alte Jeans und ein lockeres Hemd, dessen Ärmel bis zu den Ellbogen hochgekrempelt waren und kräftige Unterarme zeigten. Er begrüßte Bridget und Jake mit einem finsteren Blick. „Was habe ich diesmal angestellt?", verlangte er zu wissen. „Lassen Sie mich denn nie in Ruhe?"

„Hoffentlich ist dies das letzte Mal, dass wir mit Ihnen sprechen müssen", sagte Bridget lächelnd.

Josephine sah besorgt aus. „Sie sagten, es gäbe gute Neuigkeiten, Inspector?"

„Das hoffe ich", erwiderte Bridget. „Aber vielleicht setzen Sie sich erst einmal, bevor ich weiterspreche." Sie deutete auf das gegenüberliegende Sofa und wartete, bis Mutter und Sohn Platz genommen hatten. Josephine hatte die Hände ordentlich im Schoß gefaltet und Shaun saß breitbeinig da, die Arme provokativ auf der Rückenlehne des Ledersofas ausgebreitet.

Bridget holte das Testament aus der Tasche und entfaltete es. Es war ein schlichtes Dokument, handgeschrieben auf einem einzelnen Blatt Papier und unmissverständlich in seinen Absichten. Shaun Daniels, der Mann, der ihr mit einem Ausdruck unverhohlener

Abscheu gegenübersaß, sollte der alleinige Erbe von Hambledon Manor und allem, was dazugehörte, werden.

So prägnant wie möglich erklärte Bridget ihrem Publikum, dass Henry Burton vier Tage vor seinem Tod ein neues Testament verfasst hatte. „Dieses Testament", sagte sie und beobachtete aufmerksam ihre Reaktionen, „benennt Sie, Shaun, als Henry Burtons Sohn und hinterlässt Ihnen sein gesamtes Vermögen."

Einen Moment lang sagten weder Mutter noch Sohn ein Wort. Das bisschen Farbe, das Josephine noch auf den Wangen hatte, verschwand und hinterließ nur eine gespenstische Blässe. Shaun sah einfach nur fassungslos aus, als könne er nicht begreifen, was Bridget gerade gesagt hatte.

Schließlich wandte er sich an seine Mutter. „Du hast mir gesagt, dass mein Vater schon vor meiner Geburt abgehauen ist", explodierte er und sprang auf. „Und jetzt erfahre ich, dass er die ganze Zeit hier war, und keiner von euch hatte den Anstand, es mir zu sagen?"

„Shaun –", sagte Josephine.

„Warum hast du mir nicht die Wahrheit gesagt?" Shaun fuhr sich mit den Händen durch die Haare, die ihm zu Berge standen, und für einen Moment erhaschte Bridget einen Blick auf den verlorenen kleinen Jungen in dem erwachsenen Mann, den Teenager, der nie eine Vaterfigur hatte, zu der er aufschauen konnte, den Mann, der sich immer nach etwas sehnen würde, das er nie gekannt hatte.

„Es tut mir leid", sagte Josephine leise. „Dein Vater, Henry Burton, war ein guter Mann. Er hat uns ein Zuhause gegeben, er hat dir eine Arbeit gegeben, aber er konnte nicht zugeben, dass er dein Vater war. Für einen Mann in seiner Position war das damals einfach nicht üblich."

„Es waren die siebziger Jahre, nicht verdammte viktorianische Zeitalter", donnerte Shaun.

„Das ist lange her. Die Einstellung war damals ganz anders. Besonders für einen Mann wie Henry Burton. Er konnte nicht öffentlich zugeben, der Vater eines unehelichen Kindes zu sein."

„Stattdessen hat er dich gezwungen, die Schande zu ertragen, eine unverheiratete Mutter zu sein. Und mich ließ er als Bastard des Dorfes aufwachsen!"

„Bitte, Shaun, er war ein guter Mann. Du darfst ihm keine Vorwürfe machen."

„Warum hat er dich dann nicht geheiratet, wenn er so ein guter Mann war?"

„Ich war nur ein Mädchen aus dem Dorf. Henry war der Gutsherr. Er musste eine Frau aus der richtigen gesellschaftlichen Schicht finden." Josephine sprach nun mit sanfterer Stimme. „Ich habe immer versucht, dir ein gutes Zuhause zu bieten, Shaun. Und Henry hat auf seine Art auch sein Bestes getan, um zu helfen. Ich hoffe, du weißt, dass du für mich immer an erster Stelle standest, auch wenn ich dir nicht die Wahrheit sagen konnte."

Ihre Worte schienen ihn zu beruhigen. „Ich weiß, Mum", sagte er und legte seine großen, von der Arbeit rauen Hände auf ihre knochigen Schultern. „Ich weiß, dass du das hast." Nachdem er sie umarmt hatte, wandte er sich an Bridget. „Kann ich das Testament sehen?"

Sie reichte ihm das Dokument. Stirnrunzelnd las er es und gab es seiner Mutter. Josephine setzte ihre Lesebrille auf und nahm das Blatt Papier mit zitternden Händen. „Es … es wurde von Rosemary Carver und Lindsey Symonds bezeugt", sagte sie. „Keine von beiden hat mir davon erzählt."

„Henry Burton hat sie beide zur Verschwiegenheit verpflichtet", sagte Bridget, „obwohl Rosemary mir gesagt hat, dass sie ein schlechtes Gewissen hatte, es vor Ihnen geheim zu halten."

„Aber warum kommt das erst jetzt raus?", fragte Shaun. „Henry Burton ist vor über zwei Wochen gestorben. Wo war das Testament die ganze Zeit?"

„Es ist kompliziert", sagte Bridget und erklärte, wie das Testament versteckt und dazu benutzt worden war, Tobias zu erpressen. „Falls es Sie tröstet", schloss sie, „die ganze

Angelegenheit kam ans Licht, weil Rosemary schließlich den Mut fand, sich zu melden und ihre Beteiligung zuzugeben."

Shaun sprang erneut auf. „Lindsey Symonds, dieses intrigante Miststück!" Doch in seinen Augen blitzte so etwas wie Genugtuung auf. „Ich habe diese hochnäsige Kuh immer gehasst. Jetzt hat sie bekommen, was sie verdient." Er lachte laut auf, dann schien ihm eine Idee zu kommen. „Wissen Sie noch, das Buch, das ich aus der Bibliothek gestohlen habe? Stellt sich heraus, dass es die ganze Zeit mir gehört hat. Man kann mich wohl kaum dafür belangen, mein eigenes Eigentum gestohlen zu haben, oder?"

„Das muss unter den veränderten Umständen noch einmal überprüft werden", sagte Bridget. „Aber jetzt muss ich erst einmal mit Tobias Burton sprechen."

„Werden Sie ihn verhaften?", fragte Shaun. „Das will ich selbst sehen!"

Jake stand auf. „Ich fürchte, das wird nicht möglich sein, Kumpel. Sie müssen hier warten."

Shaun sah enttäuscht aus, protestierte aber nicht. „Also gut. Aber ich möchte seinen Gesichtsausdruck sehen, wenn Sie ihn abführen."

„Ich bringe Sie jetzt zu ihm", sagte Josephine, immer noch sichtlich geschockt von den Ereignissen des Tages. „Hier entlang, bitte." Sie führte Bridget den Korridor entlang und klopfte an eine Tür. Es kam keine Antwort, aber Bridget konnte Tobias' Stimme von drinnen hören. Sie drückte die Klinke und stieß die Tür auf.

Tobias Burton lief in seinem Büro auf und ab, das Handy am Ohr. „Ja, was ist?", sagte er, als er Bridget und die Haushälterin in der Tür stehen sah. Verärgert warf er das Telefon auf seinen Schreibtisch. „Und wo steckt diese verdammte Verwalterin? Ich versuche schon den ganzen Tag, sie zu erreichen. Sie reagiert weder auf Anrufe noch auf Nachrichten."

„Ms. Symonds befindet sich derzeit in Polizeigewahrsam", sagte Bridget und betrat den Raum.

„Sie wurde wegen Erpressung und Betrugs angeklagt."

„Sie wurde was?", fragte Tobias entrüstet, doch der Ausdruck des Entsetzens auf seinem Gesicht verriet Bridget, dass er wusste, dass das Spiel vorbei war.

„Ich denke, Sie wissen genau, wovon ich spreche, nicht wahr, Mr. Burton? Ich bin im Besitz des neuen Testaments Ihres Vaters und habe Josephine und Shaun Daniels bereits über die Einzelheiten informiert. Das Testament benennt Shaun Daniels als Sohn und alleinigen Erben des Anwesens Ihres Vaters."

Tobias zeigte keinerlei Reaktion auf diese Enthüllung. „Ist das so? Wir werden sehen, was meine Anwälte dazu sagen."

„Ich kann Ihnen versichern, dass das Testament echt ist. Es wurde vollständig gesetzeskonform unterzeichnet und bezeugt, wie Sie sicher wissen."

Tobias sagte nichts und presste seine schmalen Lippen fest zusammen.

Wie aufs Stichwort bahnte sich Shaun Daniels seinen Weg ins Büro. „Lasst mich zu ihm!", brüllte er.

„Tut mir leid, Ma'am", sagte Jake, der ihn nicht hatte aufhalten können.

„Was fällt dir ein?", fragte Tobias entrüstet. „Du kannst hier nicht einfach reinplatzen ...".

„Oh doch, das kann ich wohl, oder nicht?", sagte Shaun. „Weißt du, all das hier" – er deutete auf die holzgetäfelten Wände, die Mahagonimöbel und die Buntglasfenster – „gehört jetzt mir. Jeder einzelne Stein dieses Hauses. Ich habe also jedes Recht dazu. Du, Bruder" – er deutete mit dem Finger auf Tobias – „bist derjenige, der hier keine Rechte mehr hat. Tatsächlich will ich, dass du bis zum Ende des Tages aus meinem Haus verschwindest."

„Was für ein Unsinn!", sagte Tobias. „Ich werde dieses sogenannte Testament anfechten, das kannst du mir glauben."

„Wirklich? Du musst geglaubt haben, dass es echt ist, sonst hättest du Lindsey Symonds nicht dafür bezahlt, dass sie den Mund hält." Shaun schenkte Tobias ein hämisches Grinsen. „Sie mag ein intrigantes Miststück sein, aber das muss man ihr lassen – sie hat dich um den kleinen Finger gewickelt, nicht wahr? Also, wie fühlt es sich an, der Idiot zu sein? Der, dem der eigene Vater den Rücken gekehrt und ihn zurückgewiesen hat? Gewöhn dich daran, Bruder. Wenn das erst einmal alle erfahren, wirst du das Gespött des Dorfes sein!"

Tobias' Gesicht verzerrte sich vor Wut das und er stürzte sich auf Shaun, packte ihn am Hemdkragen. Aber der Gärtner war der Stärkere von beiden. All die Jahre, die er mit körperlicher Arbeit im Freien verbracht hatte, zahlten sich jetzt aus. Er stieß seinen Halbbruder von sich, so dass dieser taumelnd zu Boden ging.

„Das reicht!", rief Bridget, als Jake sich zwischen die beiden Männer stellte, um weitere Gewalt zu verhindern. „Tobias Burton, ich verhafte Sie wegen des Verdachts auf Betrug."

KAPITEL 24

An diesem Abend fiel das Läut-Training aus. Nach all den zusätzlichen Proben für die Beerdigung und die Hochzeit, und weil Jamie in den Flitterwochen war, hatte Bill den verbleibenden sechs Glockenläutern gesagt, sie sollten den Abend frei nehmen und das schöne Wetter genießen. Sie hätten sich alle eine Pause verdient, hatte er gesagt.

Unter normalen Umständen hätte Amy den unerwartet freien Abend genutzt, um Jake zu treffen, aber heute hatte sie andere Pläne. Statt ihm von der abgesagten Probe zu erzählen, wollte sie ihn mit ihrer eigenen Detektivarbeit überraschen.

Sie hatte ihr Glück kaum fassen können, als Jake – ein großer, gutaussehender Detective! – ihr Freund geworden war. Der Zufall hatte sie zusammengebracht – keiner von beiden hatte viel von einer Dating-App erwartet –, aber sie waren seit über zwei Monaten zusammen und hatten eine fantastische Zeit. Sie hatten den gleichen Humor, mochten die gleichen Filme, das gleiche Essen und sogar das gleiche Bier.

Aber manchmal befürchtete sie, dass alles zu schön

war, um wahr zu sein.

Die Leute neigten dazu, nur die quirlige, selbstbewusste Seite von ihr zu sehen. Das war eine Facette ihrer Persönlichkeit, die sie zum Teil deshalb kultiviert hatte, weil sie in der Schule nie zu den „coolen" Mädchen gehört hatte. Sie war nicht glamourös, aber sie konnte lustig sein; sie war nicht superschlau, aber sie tat ihr Bestes, freundlich zu sein. Doch die Zweifel blieben. Wollte Jake mehr von einer Frau?

Ihre Arbeit in der Bibliothek war im Vergleich zu seiner langweilig. War sie deshalb ein langweiliger Mensch? Sie wusste, dass er nicht viel las, vielleicht nicht einmal Bücher mochte.

Sie wusste, dass er einmal eine Beziehung mit einer Detective gehabt hatte. Amy hatte Ffion nie kennengelernt, aber einer von Jakes Kollegen, ein Typ namens Ryan, hatte die walisische Detective erwähnt, als Amy mit Jake und ein paar anderen Detectives aus seinem Team auf einen Drink in deren Stammlokal, dem King's Head in Kidlington, gegangen war. Ryan zufolge war Ffion attraktiv, trug hautenge Motorradkleidung und fuhr eine neongrüne Kawasaki Ninja H2, was auch immer das war. Sie war Langstreckenläuferin, Taekwondo-Expertin und dafür bekannt, gewalttätige Kriminelle mit einem gezielten Tritt außer Gefecht zu setzen.

Amy wusste, dass sie keine Schönheit war, dass ihre Warnweste sie wie einen städtischen Arbeiter aussehen ließ, dass sie ein altes Fahrrad mit einem Korb vorne und einer Gepäcktasche hinten fuhr und dass ihre einzige sportliche Betätigung, abgesehen vom Radfahren zur und von der Arbeit, darin bestand, auf Glockentürme zu klettern und an Glockenseilen zu ziehen. Sie spielte nicht annähernd in Ffions Liga.

Doch der Mord an Harriet Stevenson in Amys Heimatdorf bot ihr eine einmalige Gelegenheit. In Sachen Mode oder Fitness konnte sie vielleicht nicht mit Ffion mithalten, aber sie konnte Jake beweisen, dass sie nicht nur eine langweilige alte Bibliothekarin war.

„Hast du heute Abend etwas Interessantes vor?", fragte Evan, als sie ihre Tasche packte, bevor sie die Arbeit verließ. Sie hatte den ganzen Tag damit verbracht, die Titel aus Henry Burtons Bibliothek durchzuarbeiten und sie in die Bibliotheksdatenbank einzugeben, damit sie im Online-Katalog recherchiert werden konnten.

„Nicht viel", sagte Amy und hielt den Kopf gesenkt. Sie hatte nicht vor, Evan zu sagen, was sie vorhatte. „Nur ein ruhiger Abend zu Hause."

Sie rollte die Karte von Hambledon zusammen und steckte sie vorsichtig in ihren Rucksack, wobei der obere Teil aus einer Ecke herausragte. „Bis morgen", rief sie, als sie zur Tür ging.

Sie eilte die Bibliothekstreppe hinunter und hinaus in den Hof, wo die Statue des Earl of Pembroke in voller Rüstung eine leicht theatralische Pose einnahm, die linke Hand in die Hüfte gestemmt, die rechte hielt eine Schriftrolle vom Körper weg.

Mit Warnweste und Fahrradhelm bewaffnet, holte sie ihr Rad von den Gittern an der Radcliffe Camera und fuhr die Brasenose Lane hinunter, wobei sie Touristen und Studenten geschickt auswich. Am schnellsten kam sie nach Hause, wenn sie dem Verkehr auf der Abingdon Road auswich und südlich von Iffley auf den Thames Path wechselte. Zu dieser Jahreszeit war es eine angenehme Fahrt, und normalerweise ließ sie sich Zeit, um die Fülle an Wildblumen zu bewundern, die in den Hecken und am Wasser wuchsen, aber heute trat sie kräftig in die Pedale, bis sie das Dorf erreichte.

Sie stellte ihr Fahrrad in dem Schuppen hinter dem Pub ab, in dem Kisten mit Bier und Softdrinks gelagert wurden, und ging nach oben, um ihre Arbeitskleidung gegen etwas zu tauschen, das besser zu ihrem Vorhaben passte – knöchellange Jeans und ein T-Shirt. Ihr Vater war im Pub beschäftigt und sie wusste, dass ihre Mutter in der Küche viel zu tun haben würde. Da an diesem Abend eigentlich die Probe stattfände, würden sie erst später mit ihr rechnen, also störte sie sie nicht. Mit der Karte in der

Hand schlich sie sich unbemerkt durch die Seitentür hinaus.

Im Garten des Pubs tummelten sich viele Menschen, die das warme Wetter genossen. Amy ging unbemerkt an ihnen vorbei und machte sich auf den Weg durch das Dorf zur Kirche. Es war ein perfekter Abend für einen Spaziergang am Fluss und ein kühles Glas hausgemachter Limonade, aber sie sah niemanden, den sie kannte. Als sie die Tore des Herrenhauses passierte, lag der Duft von frisch gemähtem Gras vom Dorfplatz in der Luft. Bienen summten träge im warmen Sommerabend, gesättigt von Pollen.

Sie ging unter dem alten Kirchhofstor hindurch und folgte dem ausgetretenen Pfad, der zur Nordpforte führte. Sie stieß die schwere Eichentür auf und trat ein. Der plötzliche Temperatursturz veranlasste sie, sich die nackten Arme zu reiben. Zu ihrer Erleichterung stellte sie fest, dass die Kirche leer war.

Sie ging zügig den Mittelgang entlang und blieb am nördlichen Querschiff stehen, um sich daran zu erinnern, wo sie Harriet Stevensons Leiche gefunden hatte. Es war nicht schwer, die genaue Stelle zu bestimmen. Die Steinplatten dort waren so gründlich geschrubbt worden, dass sie jetzt sauberer und heller waren als im übrigen Gebäude. In der Nähe lagen die Bildnisse von Lord und Lady Burton in friedlicher Ruhe, die einzigen Zeugen dessen, was sich hier am vergangenen Mittwoch ereignet hatte.

Sie ging weiter und öffnete die Tür zur Sakristei. Sie wusste, dass die Schlüssel im Wandschrank aufbewahrt wurden, denn sie kam oft, um den Schlüssel zum Glockenturm zu holen. Diesmal wollte sie nicht den Schlüssel zum Glockenturm, sondern den zur Krypta. Sie zögerte einen Moment, bevor sie ihn vom Haken nahm, aber dann sagte sie sich, dass sie sich nicht so anstellen sollte. Sie wollte nur einen Blick hineinwerfen.

Bevor sie es sich anders überlegen konnte, nahm sie den Schlüssel vom Haken und machte sich auf den Weg zum südlichen Querschiff und zu der kleinen gewölbten Tür dort. Sie war noch nie in der Krypta gewesen und fragte sich, ob es klug war, allein hinunterzugehen. Was, wenn sie auf einer Steinstufe ausrutschte und sich den Kopf stieß? Niemand wusste, dass sie hier war. Doch dann stellte sie sich vor, was Ffion unter denselben Umständen tun würde, und steckte den Schlüssel ins Schloss.

Sie hatte erwartet, dass er sich nur schwer drehen würde, aber es ging so leicht, als wäre er gerade erst benutzt worden. Knarrend öffnete sich die Tür und gab den Blick auf eine schmale Steintreppe frei, die in die Dunkelheit führte.

Steige hinab in meine Kammer, kalt und finster, Dort wird Dir Dein Lohn gewiss, ganz sicher.

Amy ließ sich vom Licht ihres Handys leiten, schlüpfte durch den steinernen Torbogen und schloss die Tür hinter sich.

KAPITEL 25

Bridgets Handy-Uhr zeigte halb sechs, aber draußen war es bereits hell. Jonathan lag friedlich neben ihr und sein tiefer, regelmäßiger Atem verriet, dass er noch einen erholsamen Schlaf genoss. Wie sehr sie ihn beneidete.

Gestern Abend hatten sie mit Chloe Pizza vom Lieferservice und Eis gegessen, um das Ende ihrer Prüfungen zu feiern. Alfie war auch vorbeigekommen und sie hatten bis spät in die Nacht geredet, wobei Bridget und Jonathan es geschafft hatten, gemeinsam eine Flasche gekühlten Rosé zu leeren. Das Ende der GCSE-Prüfungen hatte sich wie ein besonderer Anlass angefühlt, und ob es nun am Wein oder an der spürbaren Erleichterung lag, dass die Prüfungen vorbei waren, Bridget war fast sofort eingeschlafen, als ihr Kopf das Kissen berührte.

Doch die Stunden des seligen Vergessens waren nur von kurzer Dauer gewesen.

Es war nicht nur das helle Sonnenlicht, das durch die Vorhänge fiel, das sie geweckt hatte, und auch das durchdringende Vogelgezwitscher aus den Bäumen hinter ihrem Haus. Es war die Tatsache, dass sie trotz der

Aufdeckung zahlreicher verworrener Beziehungen im Dorf Hambledon-on-Thames sowie der Verhaftung und Anklage mehrerer Bewohner wegen verschiedener Verbrechen der Lösung des Mordfalls keinen Schritt näher gekommen war, und ihr Unterbewusstsein ließ sie einfach nicht zur Ruhe kommen.

Sie schlug die Bettdecke zurück, griff nach ihrem Handy und schlich nach unten. Vielleicht würde ein Kaffee ihren Kopf frei machen und ihr Gehirn auf Trab bringen. Sie hätte am Abend zuvor wirklich nicht so viel Wein trinken sollen.

Sie machte den Kaffee stark, gab zur Sicherheit einen zusätzlichen Löffel Zucker in die Tasse und nahm ihn mit nach draußen zu dem kleinen Holztisch neben der Hintertür. Sie zog sich einen Stuhl heran und starrte erstaunt auf den Dschungel, der sich einen Großteil ihres Gartens einverleibt hatte und nun drohte, auch die letzte verbliebene Bastion zu verschlingen. Brombeeren, Rosen und andere Kletterpflanzen schlängelten sich über die Steinplatten, drangen auf die Terrasse vor und arbeiteten hart daran, sie für die Natur zurückzuerobern. Jetzt, da Chloe mit der Schule fertig war, konnte Bridget sie vielleicht engagieren, um etwas Platz zu schaffen. Mit ein wenig Arbeit – oder vielleicht auch mit sehr viel Arbeit – konnte es hier draußen ganz nett werden.

Sie wandte ihr Gesicht der Sonne zu – bereits warm, aber noch nicht so heiß, dass man sich verbrannte – und schloss die Augen. Unwillkürlich kam ihr die Kirche St. Michael and All Angels in den Sinn und vor ihrem inneren Auge erschien das Bild der Messnerin, wie sie tot in einer Blutlache am Fuße des elisabethanischen Grabmals im nördlichen Querschiff lag. Harriet Stevenson war eine hoch angesehene Bewohnerin von Hambledon gewesen, unermüdlich in ihrem Engagement für den Ort, in dem sie geboren worden war und wo sie einst mit dem Gutsherrn verlobt gewesen war, bevor sie ihn verließ, um eine akademische Laufbahn einzuschlagen. Nach ihrer Pensionierung war Harriet in ihre Heimat zurückgekehrt und hatte sich als Messnerin, als Vorsitzende des Gemeinderats und als Schulrätin mit Hingabe den dörflichen Angelegenheiten gewidmet. Welche Umstände hatten dazu geführt, dass diese ältere Dame mit einem Kerzenständer brutal auf den Kopf geschlagen und zum Sterben in der Kirche zurückgelassen wurde, die sie geliebt und der sie gedient hatte?

Bridget ließ ihr geistiges Auge durch das alte Gebäude schweifen, erkundete den hohen Raum des Kirchenschiffs mit seinem Fachwerkdach, den Chorraum – laut Reverend Martin Armistead normannischen Ursprungs –, wo das durch die Glasmalerei des heiligen Michael, der den Teufel besiegte, fallende Licht den Altar in Rot, Blau und Grün erleuchtete. Sie erinnerte sich an den kunstvollen Blumenschmuck, der den Altar am Tag der Beerdigung geschmückt hatte, und dessen berauschenden Duft nach Rosen, Freesien und Pfingstrosen. Ihre Gedanken verweilten einen Moment in der Sakristei und sie stellte sich den hölzernen Schlüsselschrank an der Wand vor, mit den sorgfältig von Hand beschrifteten Schildern über jedem Haken: *Nordtür, Südtür, Glockenturm, Orgelsakristei, Krypta*. Weiter wanderte ihr Blick durch das Hauptschiff der Kirche, vorbei am südlichen Querschiff – erbaut von den fleißigen Mönchen der Abtei Abingdon – und der kleinen Holztür, die zur Krypta führte, wo die Mordwaffe hastig entsorgt worden war. Durch die südliche Vorhalle zum zinnenbewehrten Turm mit seinem hinter Lamellenfenstern verborgenen Glockenturm und hinaus zum Kirchhof, seit mehr als tausend Jahren die letzte Ruhestätte der Bewohner von Hambledon, ganz zu schweigen von den Generationen der Burtons. Im Laufe der Jahrhunderte waren in dieser Kirche alle wichtigen Riten vollzogen worden: Taufen, Hochzeiten, Beerdigungen. Und nun ein Mord. Und nicht der erste, wenn man Maurice Fairweathers Geschichte über die religiöse Verfolgung zur Zeit der Bloody Mary Glauben schenken wollte.

Aber wem konnte man im Dorf noch glauben?

Tobias Burton, der fälschlicherweise behauptete, der alleinige Erbe von Hambledon Manor zu sein, hatte das alte Haus in ein Hotel umwandeln wollen, was Harriet Stevenson ablehnte, die, ungeachtet dessen, was die Leute von ihr hielten, den historischen Charakter des Hauses bewahren und es nicht in ein kommerzielles Unternehmen verwandeln wollte. Tobias war offensichtlich ein Geschäftsmann mit beträchtlichen Ressourcen. Bridget hatte die Erfahrung gemacht, dass diejenigen, die bereits viel Geld hatten, in der Regel am eifrigsten danach strebten, noch mehr zu verdienen. Sie lebten vom Streben nach Reichtum, sahen die Welt durch die Brille von Gewinn und Verlust und berechneten ständig ihre Rendite. Tobias war bereit gewesen, Erpressungsgeld zu zahlen, um das letzte Testament seines Vaters aus der Öffentlichkeit herauszuhalten, womit er nicht nur seinen Halbbruder um sein rechtmäßiges Erbe betrogen hatte, sondern ihm auch verschwiegen hatte, dass er Henrys Sohn war. Hatte der lautstarke Widerstand der Messnerin gegen Tobias' Pläne ihn zu einem Mord getrieben? Er hatte zugegeben, nach der Beisetzung in die Kirche zurückgekehrt zu sein, aber keinen überzeugenden Grund dafür genannt. Er hatte sogar eingeräumt, die Leiche entdeckt zu haben, es aber nicht gemeldet, weil er wusste, wie es aussehen würde.

Und dann war da noch die Verwalterin, Lindsey Symonds. Bridget hatte sie schon beim ersten Treffen im Restaurant in Oxford nicht sympathisch gefunden, und jetzt hatte sie guten Grund, ihrer instinktiven Abneigung zu vertrauen. Die Frau war eindeutig zu Intrigen und Betrügereien fähig. Sie hatte im Restaurant gelogen, um Tobias ein falsches Alibi für die Tatzeit zu verschaffen. Und indem sie Henry Burtons letzten Willen unterschlagen und damit Tobias erpresst hatte, hatte sie einmal mehr bewiesen, dass sie nicht davor zurückschreckte, das Gesetz zu brechen, um ihre eigenen Interessen zu verfolgen und zu wahren. Machte sie das zur Mörderin? Sie war skrupellos genug, aber angesichts ihrer

Fähigkeit, Intrigen zu spinnen, konnte es durchaus sein, dass sie jemand anderen dazu benutzt hatte, die Drecksarbeit für sie zu erledigen. Jemanden, der dafür bekannt war, schnell aus der Haut zu fahren ... wie Shaun Daniels.

Shaun war ein seltsamer Charakter. Offensichtlich war er mit einer großen Last auf den Schultern aufgewachsen, verbittert darüber, dass sein Vater ihn und seine Mutter angeblich schon vor seiner Geburt im Stich gelassen hatte, und verglich sich ständig mit den Burtons im „großen Haus". Mit seiner kleinkriminellen Vorgeschichte – einiges bewiesen, anderes, wie der Diebstahl von Blei vom Kirchendach, lediglich vermutet – war er genau die Art von Person, die mit Harriet Stevensons einmischender Art und ihrem strengen Moralkodex in Konflikt geraten konnte. Und er hatte ein hitziges Temperament, wie er zuletzt bewiesen hatte, als er betrunken im Pub ein Glas warf, und dann, als er Tobias zu Boden warf. Könnte eine zufällige Begegnung zwischen Shaun und Harriet in der Kirche zu einem spontanen Akt der Brutalität geführt haben? Es war leicht vorstellbar, dass Shaun in einem Wutanfall nach einem Kerzenständer in der Nähe gegriffen, dann den Schlüssel aus der Sakristei genommen und den Kerzenständer in die Krypta geworfen hatte. Aber wusste Shaun überhaupt, wo die Schlüssel aufbewahrt wurden?

Widerwillig musste Bridget zugeben, dass eine Person mit Sicherheit wusste, wo der Schlüssel zur Krypta zu finden war: Emma Armistead, die Frau des Pfarrers. Emma war eindeutig eine traumatisierte junge Frau, die großes Leid erfahren hatte. Sie war in der Hoffnung auf Heilung nach Hambledon gekommen, hatte aber in der Person von Harriet Stevenson – einer Frau, die großen Einfluss auf das kirchliche und dörfliche Leben hatte und der Emma als Pfarrersfrau nicht aus dem Weg gehen konnte – kaltherzige Gleichgültigkeit erfahren, die sie noch tiefer in ihre Verzweiflung getrieben haben musste. Sie hatte ihrem Mann gesagt, dass sie Harriet hasste und froh war, dass sie tot war. Sie hatte zugegeben, dass sie Erinnerungslücken und beunruhigende Träume hatte. War es möglich, dass sie in einem von ihrer Depression ausgelösten Anfall von Wahnsinn auf die Person losgegangen war, die ihr noch mehr Schmerzen bereitete? Wenn die Beweise auf Emma Armistead hindeuteten, würde Bridget versuchen, die Staatsanwaltschaft davon zu überzeugen, auf Totschlag wegen verminderter Schuldfähigkeit zu plädieren. Emma brauchte Hilfe, keine Bestrafung.

Aber hatte der Ort, an dem die Leiche gefunden wurde, eine Bedeutung? Das nördliche Querschiff, das Grab von Sir Edmund und Lady Ellen, die geheimnisvollen Inschriften auf den Glocken, die auf einen vergrabenen Schatz hinzuweisen schienen. Bridget war geneigt, die Idee als fantastische Spinnerei abzutun, aber Maurice Fairweather mit seinem tiefen Interesse an der lokalen Geschichte hatte offenbar geglaubt, dass mehr dahintersteckte. Er war mit der Messnerin aneinandergeraten, weil er die Öffnung des Grabes forderte. Das Grab, neben dem Harriet getötet worden war. Und auf dem Kerzenständer war ein Seidenfaden gefunden worden. Er war noch nicht identifiziert, aber wenn er mit einem von Maurices Seidenschals in Verbindung gebracht werden konnte ... Könnte Harriet wegen einer Legende ermordet worden sein? Der Gedanke schien weit hergeholt, aber der Dorfhistoriker war offensichtlich von seiner Theorie besessen, und Menschen hatten im Namen ihres Glaubens schon weitaus schlimmere Gräueltaten begangen, wie Maurice mit seinen Geschichten über mittelalterliche Märtyrer sicher wusste.

Bridgets Telefon klingelte und riss sie aus ihren Grübeleien. Die Sonne stand inzwischen höher am Himmel und begann, auf ihrer Kopfhaut zu brennen. Sie nahm den Anruf entgegen und stellte fest, dass es jetzt viertel nach sechs war.

„Hallo?"

„Ma'am? Entschuldigen Sie, dass ich Sie so früh

wecke." Jakes nordenglischer Akzent war am anderen Ende der Leitung sofort zu erkennen. Er klang aufgebracht, eine Emotion, die sie normalerweise nicht mit ihrem besonnenen Sergeant in Verbindung brachte.

Sie setzte sich aufrechter hin. „Kein Problem. Ich war schon wach. Was ist los?"

„Es geht um Amy. Sie ist verschwunden. Ihre Mutter hat mich sofort angerufen, als sie es bemerkte. Ich bin jetzt auf dem Weg nach Hambledon." Das Dröhnen des Subaru-Motors war über die Leitung zu hören und Bridget vermutete, dass Jake das Gaspedal kräftig durchdrückte.

Trotz der zunehmenden Wärme der Sonne spürte sie, wie ihr ein kalter Schauder der Angst über den Rücken lief. Nach allem, was sie über Jakes Freundin wusste, war Amy Bagot nicht die Art Mensch, der etwas Dummes tun würde; außerdem hätte Jake nicht Alarm geschlagen, wenn er sich nicht berechtigte Sorgen um ihr Wohl gemacht hätte. Und die Tatsache, dass eine junge Frau an einem Ort vermisst wurde, an dem genau eine Woche zuvor eine andere Frau angegriffen und getötet worden war, gab natürlich Anlass zu ernster Sorge. Bridget war bereits auf den Beinen und auf dem Weg zurück ins Haus. Sie kippte die Reste ihres Kaffees in die Spüle.

„Sagen Sie mir, was Sie wissen", sagte sie.

„Ich habe sie gestern Abend nicht gesehen, weil sie dienstags immer das Glockenläuten probt, obwohl ihre Eltern, Robert und Sue, sagen, dass sie gestern Abend kein Läuten gehört haben. Sie waren bis spät in die Nacht im Pub und haben daher nicht bemerkt, dass Amy nicht zu Hause war. Aber ihr Fahrrad steht an seinem üblichen Platz im Schuppen hinter dem Pub, also muss sie gestern Abend nach der Arbeit nach Hause gefahren sein. Sue hat erst heute Morgen bemerkt, dass Amys Zimmer leer war." Der Motor des Wagens verstummte, und Bridget hörte, wie die Tür geöffnet und zugeschlagen wurde. „Ich bin jetzt im Pub, ich muss los."

„In Ordnung, Jake, hören Sie, wir werden alles tun, was wir können, um sie zu finden. Ich verspreche es."

„Danke."

Bridget verlor keine Zeit und wählte sofort Ffions Nummer. Es war erst halb sieben, aber Ffion meldete sich schon beim zweiten Klingeln und klang fröhlich und erholt. Bridget stellte sie sich in Sportkleidung vor, vielleicht bei einer morgendlichen Yoga- und Meditationsübung oder bei einem leichten Frühstück mit Müsli und Sojamilch. Sie erklärte ihr kurz die Situation und Ffion versprach, sie in der nächsten halben Stunde in Hambledon zu treffen.

Es brauchte deutlich mehr als zwei Klingeltöne, um Ryan aus dem Schlaf zu reißen.

Schließlich nahm er ab, klang aber, als hätte er den Mund voller Watte. „Ja?" Er hatte sich offensichtlich nicht die Mühe gemacht, auf das Display zu schauen.

„Ryan, ich bin's, Bridget."

Sie hörte ein Krachen, gefolgt von einem Schwall Flüche. „Oh, tut mir leid, Ma'am", sagte Ryan verschlafen. „Was kann ich für Sie tun?"

Sie fasste Jakes Anruf so schnell wie möglich zusammen. „Ich habe bereits mit Ffion gesprochen. Sie ist auf dem Weg ins Dorf. Ich fahre jetzt los. Könnten Sie Andy und Harry anrufen und ihnen Bescheid geben?"

„Wird gemacht." Ryan klang jetzt hellwach. „Ich werde auch ein paar Uniformierte aus Abingdon organisieren, um uns bei der Suche zu helfen."

„Ausgezeichnet." Bridget beendete das Gespräch, gerade als Jonathan in der Küche erschien.

„Probleme?"

„Eine Vermisste. Möglicherweise hängt das mit den Mordermittlungen zusammen." Kaum hatte Bridget die Worte ausgesprochen, war sie davon überzeugt, dass die beiden Vorfälle miteinander verbunden waren. Es war einfach ein zu großer Zufall. Sie war Amy nur einmal begegnet, hatte aber ihre fröhliche und lebhafte Persönlichkeit sofort ins Herz geschlossen. Die Vorstellung, dass ihr das gleiche Schicksal wie Harriet Stevenson widerfahren könnte, war undenkbar. Nur wenige Menschen im Dorf hatten Tränen über das Ableben der Messnerin vergossen, aber wenn Amy Bagot etwas zugestoßen war, waren die Folgen zu schrecklich, um sie sich vorzustellen.

Sie warf sich ein paar Klamotten über, eilte wieder nach unten und gab Jonathan einen schnellen Kuss, bevor sie das Haus verließ.

KAPITEL 26

Ffion donnerte mit ihrer Kawasaki in das verschlafene Dorf, ohne sich darum zu kümmern, wie viele Menschen sie dabei aufweckte.

Jakes orangefarbener Subaru stand vor dem Pub, also parkte sie dahinter und ging hinein. Dort fand sie ihn mit einem älteren Mann und einer älteren Frau, vermutlich Amys Eltern. Alle drei waren mit ihren Handys beschäftigt; die Mutter war den Tränen nahe und fragte die Person am anderen Ende der Leitung, ob sie Amy gesehen habe, während der Vater und Jake eine Liste mit Namen abarbeiteten und jeden, den sie anriefen, fragten, ob sie bei der Suche helfen könnten. Sie hakten einem Namen nach dem anderen ab, und Ffion sah, dass bisher alle positiv reagiert hatten.

Ffion hatte Amy noch nie getroffen, obwohl sie schon viel von ihr gehört hatte. Sie war an dem Abend nicht mit Jake und dem Team im King's Head gewesen, weil sie wusste, dass Amy dort sein würde. Niemand war überrascht gewesen, als sie die Einladung abgelehnt hatte – ihre Kollegen hatten nichts anderes erwartet. Sie ging selten, wenn überhaupt, mit den Jungs nach der

Arbeit etwas trinken, weil sie keine Lust hatte, ihre Freizeit mit Ryans großspurigen Kommentaren zu verbringen. Also hatte sie einfach gesagt, sie sei beschäftigt. Um fair zu sein, war sie abends tatsächlich oft beschäftigt, entweder mit Taekwondo-Training oder Joggen über Port Meadow. Aber diesmal nicht. An diesem Abend hätte sie problemlos mitgehen können. Tatsächlich empfand sie Ryans Gesellschaft in letzter Zeit sogar weniger störend. Warum hatte sie sich ihnen also nicht angeschlossen?

Die Wahrheit war, dass sie Angst gehabt hatte. Angst davor, eine glockenläutende Bibliothekarin zu treffen. Es klang lächerlich, wenn sie es so formulierte, aber genau so war es. Sie hätte sich für Jake freuen sollen, und das hätte sie zweifellos auch getan, wenn er für sie nichts weiter als ein Freund und Kollege gewesen wäre. Aber Jake bedeutete ihr mehr. Nach ihrer kurzen, aber intensiven Beziehung hatte Ffion ihr Glück mit Marion gefunden. Aber Marion war nach Edinburgh gezogen, und ironischerweise hatte Jake Amy gerade dann kennengelernt, als sie sich getrennt hatten.

Jeder konnte sehen, dass Amy Jake glücklich machte. Er war fröhlicher bei der Arbeit, selbstbewusster in Meetings. Amy hatte eine Veränderung bewirkt, die weder Ffion noch Jakes vorherige Freundin Brittany geschafft hatten. Diese glockenläutende Bibliothekarin hatte eindeutig etwas Besonderes an sich, und zu Ffions Schande hatte sie es vermieden, sie kennenzulernen, aus Angst, herauszufinden, was diese besondere Eigenschaft war.

Aber jetzt wurde Amy vermisst, und die Sorge auf Jakes Gesicht war für alle deutlich sichtbar. Ffion schob ihre persönlichen Gefühle beiseite. Sie war als Polizeibeamtin hier, und sie würde ihre Arbeit so gut wie möglich machen, genau wie sie es bei jedem Menschen tun würde, der unter verdächtigen Umständen verschwunden war.

Jake beendete sein Telefonat, fügte der Liste einen weiteren Namen hinzu und kam zu ihr, um sie zu begrüßen. „Darf ich dir Amys Eltern vorstellen. Robert,

Sue, das ist DC Ffion Hughes. Sie ist die Beste, die wir haben."

Ffion war gerührt über das unerwartete und offensichtlich aufrichtige Kompliment, aber sie hatte keine Zeit, sich darin zu sonnen. „Erzähl mir alles", sagte sie. „Wie weit sind wir?"

„Ich habe alle ihre Freunde angerufen", sagte Sue und versuchte, die Tränen zurückzuhalten, „aber niemand hat sie gesehen. Nicht seit vorgestern."

Robert legte einen Arm um seine Frau. „Jake und ich haben eine Suchmannschaft zusammengestellt. Alle Glockenläuter haben sich freiwillig gemeldet. Sie sind ein eingeschworener Haufen und bereit, alles in ihrer Macht Stehende zu tun. Sie werden jeden Moment hier sein."

Die Tür schwang auf und Ryan kam herein, unrasiert und mit schief sitzender Krawatte. Aber er sah entschlossen aus. Mit einem Nicken grüßte er Amys Eltern. „Robert, Sue, ich weiß, das muss schwer für Sie sein. Ich kann mir nicht vorstellen, was Sie gerade durchmachen. Aber Sie sollen wissen, dass wir eine Vermisstensuche eingeleitet haben und die Sache sehr ernst nehmen." Zu Jake sagte er: „Keine Sorge, Kumpel, wir werden sie finden. Harry und Andy sind auf dem Weg, und ich habe Verstärkung aus Abingdon angefordert."

„Danke", sagte Jake.

Die Tür öffnete sich erneut und eine Gruppe von sechs Männern und Frauen trat ein, gekleidet wie für eine Wanderung in Wanderschuhen. Der älteste, ein Mann um die siebzig, schüttelte Robert ernst die Hand.

„Hallo, Bill", sagte Robert.

„Das ist Bill Harris, der Glockenmeister", erklärte Jake Ffion, „und das sind die anderen Glockenläuter."

Abgesehen von Ffion schienen sich alle zu kennen, und es lag eine spürbare Entschlossenheit über der Versammlung.

„Also gut", sagte Ryan, „machen wir einen Plan und legen los."

★

Nach einem kurzen Stopp im Eight Bells, das zum inoffiziellen Hauptquartier der Suchaktion geworden war, wo Sue Bagot jedem, der sich länger als eine Minute dort aufhielt, Erfrischungsgetränke und Sandwiches anbot, beschloss Bridget, zurück nach Oxford zu fahren. Amy war am Dienstagmorgen wie üblich zur Arbeit gegangen, vielleicht hatte sie also einem ihrer Arbeitskollegen etwas gesagt, das einen Hinweis darauf geben würde, was sie nach ihrer Heimkehr am Abend getan hatte.

Bridget war auf die Minute genau zur Öffnung der Bodleian Library da. Der überraschte Wachmann warf einen Blick auf ihren Dienstausweis und arrangierte sofort ein Treffen mit dem Bibliothekar.

Professor Patrick Danvers hörte ihr aufmerksam zu und nahm ihr Anliegen offensichtlich ernst. „Amy hat gerade mit der Arbeit an einem Projekt begonnen, bei dem es darum geht, eine Büchersammlung von Hambledon Manor an die Bodleian zu übertragen", sagte Danvers. „Ist es möglich, dass sie zum Herrenhaus gefahren ist, um ein paar unerledigte Dinge zu regeln?"

Bridget war sich des Vermächtnisses von Henry Burton und Amys Beteiligung am Umzug der Büchersammlung durchaus bewusst. „Detective Sergeant Jake Derwent – Amys Freund – hat bereits im Herrenhaus angerufen, aber sie ist nicht dort", sagte sie dem Professor. „Sie wohnt bei ihren Eltern im Eight Bells Pub in Hambledon und die sagen, dass sie letzte Nacht nicht in ihrem Bett geschlafen hat."

Danvers' Miene verfinsterte sich. „Oje, das klingt nicht gut. Wie kann ich helfen?"

„Ich möchte mir ein besseres Bild von Amys gestrigen Bewegungen machen. Wir wissen, dass sie morgens zur Arbeit gegangen ist und ihr Fahrrad wurde an seinem üblichen Platz gefunden, was darauf hindeutet, dass sie ins Dorf zurückgekehrt ist, aber können Sie bestätigen, dass sie gestern definitiv bei der Arbeit war?"

„Ich denke schon, aber ich sehe nicht jeden Tag alle Mitarbeiter. Die meiste Zeit bin ich in meinem Büro oder in Sitzungen mit anderen Bibliothekaren aus Oxford. Gestern habe ich den größten Teil des Tages in einer Besprechung mit dem Vizekanzler verbracht, in der es um die Finanzierung ging." Er dachte einen Moment nach. „Sie sprechen wohl besser mit einem von Amys Kollegen."

Er telefonierte und bat Evan Jones, sofort in sein Büro zu kommen. Zwei Minuten später klopfte es an der Tür und ein schlaksiger junger Mann Mitte zwanzig trat ein. Er machte einen unbeholfenen Eindruck und schien nicht zu wissen, wo er sich im Büro des Bibliothekars hinstellen sollte.

„Nehmen Sie Platz, Evan", sagte Danvers freundlich. „Das ist Detective Inspector Bridget Hart, und sie würde Ihnen gerne ein paar Fragen über Amy Bagot stellen."

„Geht es Amy gut?", fragte Evan und setzte sich auf die Kante eines Stuhls, als hätte er Angst, einen Abdruck zu hinterlassen. Sein Adamsapfel wippte auf und ab, während er sprach. „Es ist nur, sie ist heute Morgen nicht aufgetaucht, und das sieht ihr gar nicht ähnlich. Ich dachte, vielleicht hat ihr Fahrrad einen Platten oder sie ist krank." Er blickte zu Danvers und wieder zu Bridget, seine Augen hinter der dicken Brille weit aufgerissen und besorgt. Bridget konnte sehen, dass der junge Mann sich um Amy sorgte, dass sie für ihn mehr war als nur eine Kollegin.

„Amy wird derzeit vermisst", sagte Bridget. „War sie gestern bei der Arbeit?"

„Ja", sagte Evan und nickte energisch. „Wir arbeiten im selben Büro. Sie war den ganzen Tag da und hat die neue Sammlung ins Computersystem eingegeben. Wie immer hat sie um fünf Feierabend gemacht. Ich habe sie gefragt, ob sie noch etwas vorhat, aber sie sagte, nein, sie hätte keine besonderen Pläne. Aber sie hatte eine Karte dabei."

„Eine Karte?", fragte Danvers und legte seine Stirn in Falten. „Was für eine Karte war das?"

„Kein Original, Sir", sagte Evan hastig. „Nur eine Kopie, die sie heruntergeladen und ausgedruckt hatte. Es war eine Karte von Ralph Agas."

„Entschuldigung", sagte Bridget. „Wer ist Ralph Agas?"

Evan schien erfreut, ihr eine Erklärung geben zu können. „Er war ein berühmter Landvermesser und Kartograph aus dem sechzehnten Jahrhundert."

„Berühmt auf seinem Gebiet", bemerkte Danvers. „Aber vielleicht nicht in der breiten Öffentlichkeit. Können Sie uns erklären, was auf dieser Karte zu sehen ist?"

„Oh, ja", sagte Evan. „Es war eine Karte des Dorfes, in dem Amy lebt. Hambledon-on-Thames. Sie stammt aus dem Jahr 1585."

„Ist es möglich, eine Kopie dieser Karte zu sehen?", fragte Bridget.

„Natürlich", sagte Evan. „Ich drucke Ihnen eine aus."

KAPITEL 27

Ryan überprüfte sein Handy in der Hoffnung auf einen verpassten Anruf oder eine Nachricht, aber da war nichts. Er steckte das Telefon zurück in die Tasche und widmete sich wieder seiner Aufgabe.

Die Suchaktion lief auf Hochtouren und in Bridgets Abwesenheit hatte er die Aufgabe übernommen, die verschiedenen Teams zu koordinieren. An Freiwilligen mangelte es nicht, denn nicht nur die Glockenläuter, sondern das halbe Dorf war gekommen, um mitzuhelfen. Die Familie Bagot war in Hambledon allseits bekannt, und Amy war ein beliebtes Mädchen. Jeder, so schien es, wollte helfen.

Ryan hatte Harry die Aufgabe übertragen, die uniformierten Beamten zu organisieren, die von Tür zu Tür gingen, um herauszufinden, ob jemand die vermisste Frau gesehen hatte oder Informationen hatte, die ihnen helfen könnten, sie aufzuspüren. Wenn sie einen Hinweis erhielten, würde Harry die Nachricht an Ryan weiterleiten, aber bisher war nichts dabei gewesen.

Die Suche hatte in der Nähe des Eight Bells begonnen – jeder Winkel des Pubs, des Gartens und der

Nebengebäude war durchkämmt worden – und hatte sich dann immer weiter ins Dorf hinein verlagert. Bill Harris hatte drei der Glockenläuter zur Kirche mitgenommen. Andere Gruppen hatten damit begonnen, die Gegend um den Dorfanger und die Schule zu durchsuchen. So blieb Ryan mit den anderen Glockenläutern zurück.

„In Ordnung", sagte er jetzt zu ihnen. „Es wird Zeit, dass wir uns am Fluss umsehen."

„Die Schleuse wäre der beste Ausgangspunkt", meinte Jill, eine kleine Frau mit grauem Haar, die kaum kräftig genug aussah, um eine Glocke zu läuten, die einen Zentner oder mehr wog. „Nur für den Fall ..."

Sie musste den Satz nicht beenden. Ryan konnte an den Gesichtern der anderen ablesen, dass alle das Schlimmste befürchteten.

Er nickte. „Gute Idee. Wir fangen an der Schleuse an und arbeiten uns am Ufer entlang. Wir suchen nach allem, was uns einen Hinweis darauf geben könnte, wo Amy hingegangen sein könnte. Ein Handy, einen Schlüssel, ein Kleidungsstück, was auch immer. Aber es gibt absolut keinen Grund zur Annahme, dass ihr etwas zugestoßen ist. Die Chancen stehen gut, dass sie gesund und munter wieder auftaucht und sich wundert, warum alle nach ihr suchen." Er lächelte, um die anderen davon zu überzeugen, dass es Amy gut ging, aber er merkte, dass seine warmen Worte kaum Wirkung zeigten. Zum Teufel, er konnte nicht einmal sich selbst überzeugen.

★

„Danke, Mrs. Carver", sagte DS Andy Cartwright. „Und wenn Ihnen noch etwas einfällt ..."

„Ich rufe Sie auf jeden Fall sofort an, keine Sorge", sagte Rosemary Carver am Telefon. „Das arme, arme Mädchen. Hoffentlich ist ihr nichts Schlimmes zugestoßen. Heutzutage hört man ja in den Nachrichten so schreckliche Dinge, nicht wahr? Und ihre armen Eltern. Was müssen die nur denken? Ich habe erst neulich zu

Simon gesagt –"

„Nochmals vielen Dank für Ihre Hilfe, Mrs. Carver", unterbrach Andy die Krankenschwester, bevor sie sich in einer weiteren ihrer langen und ausschweifenden Geschichten verlieren konnte. „Rufen Sie mich einfach an, wenn Ihnen noch etwas einfällt." Er beendete das Gespräch und überprüfte seine Liste.

Er arbeitete sich durch die Namen, spürte die verschiedenen Personen auf, die mit der Mordermittlung in Verbindung standen, und befragte sie, um herauszufinden, ob sie etwas über Amys Verschwinden wussten.

Seine erste Anlaufstelle war das Herrenhaus gewesen, wo er mit der Haushälterin Josephine Daniels und dem Gärtner ... er korrigierte sich, dem *Gutsherrn* Shaun Daniels gesprochen hatte. Beide waren am Abend zuvor zu Hause gewesen, und nein, sie hatten Amy nicht gesehen. „Ich werde mich auf dem Gelände gründlich umsehen", hatte Shaun ihm versichert, wobei ihm die Sorge ins Gesicht geschrieben stand. „Amy ist ein gutes Mädchen. Und tapfer. Ich bin sicher, dass ihr nichts zugestoßen ist."

„Lassen Sie es mich wissen, falls Sie etwas finden", sagte Andy, „egal was."

Der ehemalige Gutsherr, Tobias Burton, wohnte im Randolph Hotel in Oxford. Er war am Vortag wegen des Verdachts der betrügerischen Absicht, seinen Halbbruder um sein rechtmäßiges Erbe zu bringen, angeklagt worden, aber gegen Kaution wieder freigelassen worden. Andy hatte ihn persönlich in der Lounge des Hotels befragt, wo er gerade frühstückte.

Tobias hatte sich von der Nachricht über Amys Verschwinden unbeeindruckt gezeigt. „Das Bagot-Mädchen? Ja, die kenne ich. Rothaarig, sommersprossig, eher pummelig und unscheinbar."

Andy ärgerte sich über die wenig schmeichelhafte Beschreibung von Jakes Freundin. Andy hatte Amy ein paar Mal getroffen und fand, dass sie eine sehr angenehme junge Frau war. Nach Jakes jüngsten romantischen

Desastern hatte er endlich etwas Glück verdient, und Amy tat ihm gut. Andy hoffte, dass die beiden sesshaft werden würden. Jake war der Typ, der heiraten wollte, genau wie er. Nicht so flatterhaft wie Ryan, der seine Freundinnen wechselte wie Andy frische Socken. Es war schon anstrengend, ihm dabei zuzusehen. Aber selbst ein Typ wie Ryan würde eines Tages ruhiger werden. Jeder tat das irgendwann.

„Können Sie mir bitte sagen, was Sie gestern Abend gemacht haben?", fragte er Tobias.

„Nachdem ich aus dem Gewahrsam entlassen wurde, meinen Sie?", sagte Tobias mit einem höhnischen Grinsen.

„Ja, danach, Sir. Wenn es keine Umstände macht."

Tobias schmierte sich in aller Ruhe ein Stück Butter auf seinen Toast. „Sind Sie sicher, dass Sie keinen Kaffee möchten?"

„Wenn Sie einfach die Frage beantworten könnten, Sir?"

„Nun gut. Ich habe Kidlington gegen fünf Uhr verlassen und bin mit dem Taxi hierher gefahren. Sie können sich an der Rezeption erkundigen. Ich habe ein Zimmer für die Nacht gebucht, da ich einen recht ereignisreichen Tag hatte und nicht direkt nach London zurückfahren wollte."

„Und was haben Sie nach dem Einchecken gemacht?"

„Ich habe einen ruhigen Abend in meiner Suite verbracht und ziemlich trashiges Fernsehen geschaut."

„Haben Sie niemanden getroffen?"

„Ich hatte den Inhalt meiner Minibar als Gesellschaft."

„Es gibt also niemanden, der Ihren Aufenthaltsort bestätigen kann?"

„Nein. Es sieht also so aus, als müssten Sie ein wenig herumrennen, sich Überwachungskameras ansehen und mit Zeugen sprechen, nicht wahr, Sergeant?"

„Ja, Sir. So sieht es aus."

Der letzte Name auf Andys Liste war Lindsey Symonds, die Verwalterin des Herrenhauses. *Ehemalige*

Verwalterin, denn eine der ersten Amtshandlungen von Shaun Daniels, als er das Anwesen übernahm, war es gewesen, sie zu feuern. Wie Tobias war auch sie am Vortag verhaftet und wieder freigelassen worden. Andy machte sie in ihrem Haus in Hambledon ausfindig.

Es war ein kleines Gebäude am Ende einer Reihenhauszeile an der Straße nach Clifton Hampden. Die Vorhänge waren zugezogen, aber nach einigem energischen Klopfen öffnete sie schließlich die Haustür. Sie trug noch ihre Nachtwäsche und hatte sich einen Morgenmantel übergeworfen.

„Ja?", fragte sie misstrauisch, als sie Andy sah.

„Ich wollte Sie fragen, ob Sie etwas über den Verbleib von Miss Amy Bagot wissen."

„Die Tochter des Wirtes? Warum sollte ich etwas über sie wissen?"

„Sie wurde als vermisst gemeldet. Zuletzt wurde sie gestern bei der Arbeit in Oxford gesehen."

„Ich habe sie nicht gesehen", sagte Lindsey. „Warum fragen Sie mich das? Sie wissen doch, dass ich gestern in Gewahrsam war."

„Aber Sie wurden gegen Kaution freigelassen, Ma'am."

„Ja, das wurde ich."

„Können Sie mir sagen, was Sie nach Ihrer Freilassung gemacht haben?"

„Nun, einer Ihrer Wagen brachte mich nach Hause."

„Wann war das?"

„Am späten Nachmittag."

Andy machte sich eine Notiz. „Und danach?"

„Ich bin zu Hause geblieben." Lindsey blickte die Straße auf und ab. „Ich hatte keine Lust, jemanden aus dem Dorf zu treffen. Sie glauben gar nicht, wie viel hier getratscht wird."

„Kann jemand bezeugen, dass Sie zu Hause waren?"

„Ich glaube nicht. Sie können doch nicht ernsthaft glauben, dass ich etwas mit dem Verschwinden dieses Mädchens zu tun habe?"

„Wir halten uns alle Optionen offen, Ma'am. Wenn Ihnen also etwas einfällt, das relevant sein könnte ..."

Er gab ihr seine Kontaktdaten und strich den letzten Namen von seiner Liste. Er überprüfte sein Telefon, aber es gab nichts Neues. Er hoffte nur, dass der Rest des Teams mehr Glück hatte als er.

★

Um ihn herum herrschte geschäftiges Treiben, Menschen kamen und gingen, berichteten von Ergebnissen oder deren Ausbleiben, führten hastige Gespräche, nickten und schüttelten die Köpfe. Robert Bagot hatte permanent das Telefon am Ohr. Sogar Sue hatte sich zusammengerissen und eilte geschäftig umher, um Tee zu kochen und Essen aus der Küche zu bringen, um die Suchtrupps und alle anderen, die sie finden konnte, zu versorgen.

Doch inmitten des Trubels stand Jake regungslos da, sein Geist ein brodelnder Kessel widersprüchlicher Gedanken und Gefühle.

Er konnte nicht einmal ansatzweise in Worte fassen, wie viel Amy ihm bedeutete und welch wichtiger Bestandteil seines Lebens sie jetzt war. In nur zwei Monaten war sie zu dem Fundament geworden, auf dem alles andere ruhte. Er erinnerte sich lebhaft an das erste Mal, als sie sich in einem überfüllten Pub in der Cowley Road getroffen hatten. Er hatte nicht viel von seinem neuesten Date erwartet, war aber innerhalb weniger Minuten von ihrer offenen Art und ihrem ruhigen, bescheidenen Charme verzaubert worden.

Ein Bild ihres runden, sommersprossigen Gesichts tauchte vor ihm auf, ihr warmes Lächeln erhellte die Dunkelheit. „Amy", murmelte er.

Es war alles seine Schuld.

Schon bei ihrer ersten Verabredung hatte sie ihm von ihrer Vorliebe für Krimis und Rätsel erzählt und ihn eifrig über seine Polizeiarbeit ausgefragt.

„So ist es nicht immer", hatte er ihr gesagt und

versucht, ihren Enthusiasmus zu bremsen, aber er hatte ihre ansteckende Neugier nicht dämpfen können. Selbst als er ihre verrückte Idee mit dem vergrabenen Schatz als Unsinn abgetan hatte, hatte sie sich nicht bremsen lassen. Er konnte sehen, dass sie entschlossen war, weiter nachzuforschen. Und jetzt war sie verschwunden …

Wenn sich herausstellte, dass sie bei dem Versuch, ihm das Gegenteil zu beweisen, zu Schaden gekommen war, würde er mit dieser Schuld niemals leben können.

„Hey."

Er blickte auf und sah Ffions mandelförmige Augen, die ihn besorgt musterten. Alle anderen, mit denen er gesprochen hatte, hatten ihm warme, aber leere Zusicherungen gegeben, dass alles gut werden würde, dass Amy bald wieder auftauchen würde, dass ihr nichts zugestoßen war. Ffion hingegen machte ihm keine falschen Hoffnungen.

„Du musst krank vor Sorge sein", sagte sie.

„Das bin ich."

„Das ist verständlich. Alle sagen, dass Amy ein vernünftiges Mädchen ist. Das passt nicht zu ihr."

„Das stimmt", sagte er. „Ihr muss etwas zugestoßen sein. Sie würde nicht einfach so verschwinden."

Ffion nickte. „Aber du weißt, dass wir sie finden werden. So oder so. Bei so vielen Leuten, die ein so kleines Dorf durchkämmen, kann sie nicht lange unentdeckt bleiben."

Ffion hatte recht, wie immer. Sie würden sie finden. So oder so.

„Komm her", sagte sie. „Du brauchst eine Umarmung."

Sie schlang die Arme um ihn und zog ihn an sich, sodass er ihre Wärme spüren konnte. Ihre Berührung schien ihn wiederzubeleben und vertrieb die Benommenheit, die ihn kurzzeitig übermannt hatte.

„So", sagte sie und ließ ihn los. „Amy braucht jetzt jede verfügbare Hand. Du kennst sie besser als jeder andere von uns. Also geh da raus und such sie."

Er lächelte sie an, dankbar, dass sie ihn aus seiner Verzweiflung befreit hatte. „Ja, Chefin."

Aber wo anfangen? Die Suchtrupps durchkämmten jeden Winkel des Dorfes, die Beamten klopften an jede Tür. Kein Stein würde auf dem anderen bleiben.

„Amy hatte diese Idee mit dem vergrabenen Schatz", erzählte er Ffion.

„Diese alte Legende? Glaubst du, sie hat danach gesucht?"

„Ja."

„Aber wo?"

Er zuckte mit den Schultern. „Ich weiß es nicht. Ich wünschte, ich hätte mir ihre Theorien angehört. Aber ich weiß, dass eine davon besagte, dass er in der Kirche vergraben wurde, im Burton-Grab."

„Ein Suchteam war bereits in der Kirche", sagte Ffion. „Wenn Amy dort gewesen wäre, hätten sie sie gefunden."

Jake spürte, wie seine Hoffnung erneut zu schwinden begann. „Dann –"

Die Tür des Pubs flog auf und Bridget kam herein, eine zusammengerollte Karte in der Hand. Als sie Jake und Ffion sah, eilte sie zu ihnen und zeigte ihnen, was sie bei sich hatte. „Das hier hat Amy gestern bei der Arbeit studiert."

„Was ist das, Ma'am?", fragte Jake.

„Eine Karte. Machen Sie Platz, damit wir sie uns genauer ansehen können."

KAPITEL 28

An einem Tisch im hinteren Teil des Eight Bells saßen Bridget, Jake und Ffion um die Karte von Hambledon herum, ihre gebeugten Köpfe berührten sich fast.

Bridget war direkt von Oxford hergekommen, sobald Evan ihr eine Kopie der Karte ausgedruckt hatte. Ein flüchtiger Blick hatte nichts Neues offenbart, aber wenn Amy eine Kopie mitgenommen hatte, als sie nach Feierabend ins Dorf zurückgeradelt war, musste etwas darauf ihr Interesse geweckt haben. Bridget breitete sie auf dem runden Tisch aus und erklärte Ffion und Jake ihre Bedeutung.

„Ich sehe nichts", sagte Jake frustriert, nachdem sie mehrere Minuten über der Karte gebrütet hatten. „Es gibt nichts auf dieser Karte, was wir nicht schon kennen."

Bridget war geneigt, zuzustimmen. Jake hatte ihr von seiner Vermutung erzählt, dass Amy sich auf die Suche nach dem verborgenen Schatz gemacht haben könnte. Doch die Karte, so detailliert sie auch war, enthielt nichts so Offensichtliches wie ein X, das die Stelle markierte. Zwar unterschieden sich einige der auf der Karte eingezeichneten Gebäude ein wenig von ihren heutigen Pendants, aber Bridget konnte nichts erkennen, was Amy zu einer Art Suche hätte inspirieren können.

„Laut Maurice Fairweather", sagte Ffion, „weisen die Inschriften auf den Glocken auf die Kirche hin."

„Unter dem Grab von Lord Edmund und Lady Ellen Burton", sagte Jake.

Bridget nickte stumm. Sie hatte keinen Zweifel daran, dass sie alle dasselbe dachten – dass am Grab die Leiche von Harriet Stevenson gefunden worden war.

„Aber es war doch schon ein Suchtrupp in der Kirche", sagte Ffion. „Wenn jemand das Grab geöffnet hätte, wäre das aufgefallen."

„Könnte es eine Geheimtür oder so etwas geben?", sagte Bridget. Aber sie wusste, dass sie sich an immer dünnere Strohhalme klammerte.

„Auf dem Plan ist keine Geheimtür eingezeichnet", fragte Ffion. „Aber die Karte zeigt die ganze Kirche."

„Wie meinst du das, die *ganze* Kirche?", fragte Jake. „Natürlich zeigt sie die ganze Kirche."

„Ich meine, die Karte ist aus der Vogelperspektive gezeichnet und zeigt die gesamte Kirche, sowohl über als auch unter der Erde."

Was Ffion sagte, stimmte. Obwohl kein Vogel jemals die Krypta von St. Michael and All Angels gesehen hatte, als er darüber flog, zeigte die Karte den unterirdischen Raum als eine Art gespenstischen Schatten unter dem Gebäude. „In der Krypta wurde der Kerzenständer gefunden", sagte Bridget.

„Du meinst, der Schatz ist in der Krypta vergraben?", fragte Jake.

„Was ich damit sagen will", sagte Ffion, „ist, dass Amy sich die Karte angesehen und beschlossen haben könnte, dass es sich lohnt, einen Blick in die Krypta zu werfen."

„Aber wie sollte sie da reingekommen sein, wenn der Schlüssel fehlt?", fragte Jake.

„Einen Moment", sagte Bridget. „Mal sehen, ob ich etwas herausfinden kann." Sie nahm ihr Handy aus der

Jacke und wählte eine Nummer. Nach nur einem Klingeln wurde abgenommen.

„Martin Armistead am Apparat?"

„Hier ist DI Hart. Können Sie mir sagen, was mit dem Ersatzschlüssel zur Krypta passiert ist, nachdem das SOCO-Team dort unten fertig war?"

„Der Schlüssel?", fragte der Pfarrer. „Warum, ich habe ihn an den Haken im Schrank in der Sakristei gehängt. Da der andere noch fehlte … Habe ich etwas falsch gemacht?"

„Nein", beruhigte ihn Bridget. „Ich wollte nur nachfragen. Danke."

Sie beendete das Gespräch. „Der Pfarrer hat den Ersatzschlüssel in die Sakristei zurückgehängt."

„Amy könnte ihn also genommen haben, um in die Krypta zu gelangen", sagte Jake sichtlich erregt.

„Dann könnte sie jetzt dort unten sein", sagte Ffion. „Los, gehen wir."

★

Jake und Ffion sprinteten in Richtung Kirche, und Bridget folgte ihnen keuchend, wohl wissend, dass sie wirklich an ihrer Kondition arbeiten musste. Es war einfach nicht befriedigend, das langsamste und am wenigsten agile Mitglied ihres Teams zu sein. Ffion und Harry waren begeisterte Läufer, und selbst Andy mit seiner korpulenten Statur und Ryan mit seinem Bierbauch waren ihr um Längen voraus.

Wenn das alles vorbei ist, schwor sie sich. *Keine Pasta mehr, keine Schokolade, kein Wein. Stattdessen Training.* Zumindest für eine Weile.

Ihr Gesicht war heiß und sie war völlig außer Atem, als sie in der Kirche ankam und die steinernen Stufen in die willkommene Kühle der Krypta hinabstieg.

Jake und Ffion waren bereits unten, und die weißen Strahlen ihrer Taschenlampen konnten die dichte Dunkelheit der unterirdischen Kammer kaum durchdringen.

„Amy!", rief Jake. „Amy! Wo bist du?"

Seine Stimme hallte von der Steindecke des Gewölbes wider, aber er erhielt keine Antwort auf seine Rufe.

„Der Schlüssel fehlte im Schrank in der Sakristei", erklärte Ffion Bridget. „Die Tür zur Krypta war geschlossen, aber nicht verriegelt. Also muss Amy hierhergekommen sein."

„Wo ist sie dann?", fragte Bridget. Der Lichtkegel der Taschenlampen war schmal und schwach, aber wenn Amy hier wäre, hätten sie sie bestimmt schon gefunden. Unwillkürlich wanderte ihr Blick zu den Steinsärgen in der Mitte des Raumes. Sie fröstelte, und das nicht nur wegen der kühlen, feuchten Luft.

„Wie geht das Gedicht noch mal?", fragte sie.

Jake schien die Zeilen auswendig zu kennen. „*Sei es allen nah und fern bekannt, Dass hier ein Geheimnis ruht, wohlgebannt. Wo sterbliche Gebeine zur Ruhe gebracht, Und blinde Würmer Eier legen in dunkler Nacht. Gegen die Nordwand in des Winters kaltem Arm …*" Er hielt inne und ließ den Lichtstrahl seiner Taschenlampe über die Steinmauern gleiten. „Welche Wand ist Norden?"

„Die da." Bridget zeigte auf die Wand, die am weitesten von der Treppe entfernt war. Sie war zwar keine Athletin, aber sie kannte sich mit religiöser Architektur aus. Jede Kirche der westlichen Tradition war auf einer Ost-West-Achse ausgerichtet, mit dem Altar und dem Heiligtum nach Osten.

„*Wende Dich zu Eisen und Stein mit Bedacht*", fuhr Jake fort. „Sucht alle nach einem Eisengitter!"

„Es muss an einem der Särge sein", sagte Bridget und näherte sich den steinernen Sarkophagen, die das Zentrum der Krypta dominierten. Die anderen folgten ihr und begannen, die riesigen Steinplatten zu inspizieren. Aber es gab keine Spur von Eisen oder irgendeiner Art von Metall.

„Was ist mit der Südwand?", fragte Ffion. „Wenn man sich von der Nordwand abwendet und auf die Steine schaut, blickt man dann nicht auf die Südwand?" Vorsichtig ging sie über den unebenen Boden der Krypta, bis das Licht ihrer Taschenlampe schwach und weit entfernt war.

„Können Sie etwas sehen?", rief Bridget.

Keine Antwort, nur der sich bewegende Lichtstrahl, als Ffion das alte Mauerwerk der Südwand untersuchte. Der Lichtkegel kam zum Stillstand und richtete sich nach unten. „Ich habe etwas gefunden!"

Bridget und Jake eilten zu einer Stelle in der Mitte der Südwand, etwas abseits der Stufen. Dort, auf Bodenhöhe, war ein Eisengitter in die Steinblöcke eingelassen. Es sah aus wie ein Belüftungs- oder Entwässerungsschacht.

„*Steige hinab in meine Kammer, kalt und finster*", rezitierte Jake, „*Dort wird Dir Dein Lohn gewiss, ganz sicher.*"

★

Das Gitter war etwa einen Quadratmeter groß, aus schwerem Eisen und an einer Seite mit Scharnieren versehen.

„Können Sie es öffnen?", fragte Bridget Jake.

Er packte das Gitter mit beiden Händen und zog mit aller Kraft, aber es rührte sich nicht. „Es muss im Stein verankert sein."

„Wie hat Amy es dann geöffnet?", fragte Bridget.

„Wir nehmen nur an, dass sie es getan hat", sagte Jake. Er klang der Verzweiflung nahe.

„Warte", sagte Ffion. „Kannst du es anheben?"

„Anheben?" Jake runzelte die Stirn. Aber er versuchte es, und zu Bridgets Erstaunen hob sich das Eisengitter einen Zentimeter und schwang dann nach vorn in den Raum, wobei die uralten Scharniere protestierend quietschten. Eine dunkle Öffnung in der Wand kam zum Vorschein. Selbst als drei Taschenlampen auf sie gerichtet waren, schien sie alles Licht zu verschlucken.

„Wir sollten Hilfe holen", sagte Bridget. „Wir haben keine Ahnung, was da drin ist. Es könnte gefährlich sein."

„Rufen Sie Hilfe, wenn Sie wollen, Ma'am", sagte Jake.

„Aber ich warte nicht." Er steckte Kopf und Schultern in das Loch in der Wand und leuchtete mit der Taschenlampe voraus.

„Was können Sie sehen?", rief Bridget.

Jakes Stimme kam gedämpft zurück. „Ich bin mir nicht sicher." Er rutschte weiter vor, bis sein ganzer Körper von der Öffnung hinter dem Gitter umschlossen war. „Ich glaube, es ist ein Tunnel!"

Bridget wechselte einen Blick mit Ffion. Der walisischen Detective war anzusehen, dass sie von dieser Entdeckung ebenso überrascht war wie Bridget. Dann schien Ffion einen Geistesblitz zu haben. „Ich glaube, ich weiß, wohin dieser Tunnel führt."

„Wohin?", fragte Bridget.

Doch Ffion rannte die Treppe bereits wieder hinauf und nahm zwei Stufen auf einmal. „Wir sehen uns auf der anderen Seite!"

Bridget fühlte sich hilflos und sah ihr nach. Als sie sich wieder dem Tunnel zuwandte, stellte sie mit noch größerem Schrecken fest, dass Jake komplett verschwunden war. Selbst das Licht seiner Taschenlampe war nicht mehr zu sehen. „Jake!", rief sie, aber es kam keine Antwort.

„Verdammt!", sagte sie zu sich selbst. Ffion hätte nicht weglaufen dürfen, ohne zu sagen, wohin sie ging. Und Jake hätte nicht allein in den Tunnel klettern dürfen. Aber Bridget wusste, dass sie keine Wahl hatte. Sie musste ihm folgen.

KAPITEL 29

Seufzend kniete sich Bridget auf den kalten Boden der Krypta und steckte vorsichtig ihren Kopf durch das Loch in der Wand. Es war stockdunkel, und das Licht ihres Handys reichte nur wenige Meter weit. Die Luft darin roch nach Schimmel und Moder, und instinktiv wollte sie sich zurückziehen. Aber das war keine Option. Auf Händen und Knien kriechend, das Telefon umständlich in einer Hand haltend, machte sie sich auf den Weg in die düstere Höhle.

Sie wusste, dass sie wahrscheinlich gegen hundert Vorschriften verstieß, die den Umgang mit einem möglichen Tatort betrafen, ganz zu schweigen von den Gesundheits- und Sicherheitsrichtlinien, und sie wollte nicht daran denken, was Chief Superintendent Grayson sagen würde, wenn etwas schief ging. Aber sie hatte ihre Entscheidung getroffen, und zur Hölle mit Fragen des Protokolls und des Verfahrens.

Der Tunnel war schmal, und während sie ihn entlangkroch, schienen sich die Wände und die Decke auf sie zuzubewegen. Ganz abgesehen davon, dass sie nicht in ein Kleid passte, würde sie bei diesem Tempo bald unter der Erde feststecken. Sie stellte sich vor, wie sie rückwärts an den Knöcheln herausgezogen werden musste. Aber hier stand weit mehr auf dem Spiel als ihre Würde, und obwohl sie ihren Glauben schon vor langer Zeit verloren hatte, betete sie, dass sie, wohin dieser Tunnel auch führen mochte, an dessen Ende nicht Amys Leiche finden würde.

Während sie sich tiefer unter die Erde begab, musste sie an einen Besuch in den Katakomben unter den Straßen von Paris denken, wo im achtzehnten Jahrhundert die Skelette der Toten der Stadt vom Friedhof *Saints-Innocents* in ein Tunnelnetz verlegt worden waren, das von einem alten Steinbruch übrig geblieben war. Damals war sie durch unheimliche unterirdische Gänge gelaufen, deren Wände aus Knochen und Schädeln bestanden. Jetzt hatte sie Angst, Knochen zu berühren, doch ihre Hände fanden nur Erde und Stein.

Sie hatte Jake längst aus den Augen verloren, und das einzige Licht kam von ihrem Handy. Sie hoffte, der Akku würde durchhalten. Der Gedanke, hier, allein in völliger Dunkelheit, festzusitzen, war beängstigend. Unwillkürlich musste sie an die Steinsärge denken, die hinter ihr in der Krypta standen. Und während sie kroch, spielte ihre Fantasie ihr Streiche mit Bildern von sich hebenden Steindeckeln und Skeletten, die herauskamen und ihr in den Tunnel folgten.

Dieser Gedanke setzte sich in ihr fest und sie beschleunigte ihr Tempo, stolperte vorwärts in die endlose Dunkelheit und sehnte sich verzweifelt nach frischer Luft, Sonnenlicht und dem Gefühl einer Sommerbrise in ihrem Gesicht.

★

Auf Händen und Knien bewegte sich Jake vorsichtig durch den Tunnel, leuchtete mit seinem Handy den Weg und tastete mit der anderen Hand die raue Wand ab. Hier unten war es kalt und dunkel, die Luft abgestanden, der Boden uneben.

Ein Tunnel war das Letzte, was er erwartet hatte, als er das Eisengitter hochgehoben hatte. Die Inschrift auf den Glocken hatte auf einen vergrabenen Schatz hingedeutet, und selbst in seinen kühnsten Träumen hatte er sich höchstens einen kleinen Hohlraum vorgestellt, vielleicht mit einer Truhe voller Gold darin. Der Gedanke, Amys Leiche zu finden, hatte ihn erschreckt. Ein Tunnel war unerwartet, aber er ließ zumindest die Hoffnung zu, dass Amy noch am Leben war. Und das war mehr wert als jede Schatztruhe.

Er konnte sich nicht vorstellen, wer diesen Tunnel gebaut hatte und warum, aber offenbar war viel Mühe darin investiert worden. Die Wände und die Decke waren mit Stein verkleidet, doch an einigen Stellen waren sie eingestürzt und hatten die Erde dahinter freigelegt. An diesen Stellen drangen weiße Wurzelgeflechte ins Innere, die nach Wasser suchten, aber nur auf Luft stießen.

Hin und wieder kreuzten die Gänge von Maulwürfen oder vielleicht sogar Kaninchen den Tunnel. An Würmern mangelte es hier unten gewiss nicht, von Insekten und Spinnen ganz zu schweigen. Glücklicherweise hatte Jake keine Angst vor Spinnen, selbst wenn ihre Netze seine Arme streiften oder in seinem Gesicht klebten. Was ihn jedoch beunruhigte, war die Tatsache, dass der Tunnel direkt zum Fluss führte. Er presste seine Handflächen gegen die irdenen Wände, weil er befürchtete, das Wasser könnte durch sie hindurchsickern und den engen Raum überfluten. Doch der Boden unter seinen Händen war staubtrocken.

Ein Gedanke trieb ihn unaufhaltsam vorwärts. Amy. Nur die Hoffnung, sie lebend zu finden, gab ihm die Kraft, die er jetzt brauchte. Für niemanden sonst hätte er sich freiwillig in einen solchen Tunnel begeben.

Und da war sie. Die Wahrheit lag klar auf der Hand. Er liebte sie, und der Gedanke, dass ihr etwas zustoßen könnte, war unerträglich.

Seine früheren Beziehungen, zuerst mit Brittany und dann mit Ffion, hatten auf einer starken körperlichen

Anziehung beruht. Beide Frauen waren von der Sorte, die alle Blicke auf sich zogen, sobald sie einen Raum betraten. Amy war anders. In ihrer Radlerkluft, bestehend aus wasserdichter Hose, Warnweste und Schutzhelm, ging jede Spur von Weiblichkeit verloren. Aber wenn sie lächelte, war es, als würde die Sonne aus ihren Augen scheinen. Sie strahlte Wärme, Humor und eine innere Schönheit aus, wie er es noch nie bei einer Frau erlebt hatte. In ihr hatte er endlich seine Seelenverwandte gefunden, und er würde alles tun, um sie zu beschützen.

Er kämpfte sich weiter durch die Dunkelheit, ohne zu wissen, wohin er ging. Er war überrascht, wie lang der Tunnel war, obwohl es schwierig war, Entfernungen unter der Erde ohne Orientierungspunkte abzuschätzen. Bei jedem Schritt fürchtete er, auf Amys Leiche zu stoßen, aber der Weg war frei, der Tunnel verlief schnurgerade.

Schließlich begann sich der Boden unter ihm zu heben. Er musste sich dem Ende seiner Reise nähern, aber was er dort vorfinden würde, konnte er sich nicht einmal ansatzweise vorstellen. Plötzlich stand er vor einer Holztür. Keuchend vor Anstrengung hielt er inne und lauschte.

Die massive Tür dämpfte die Geräusche von drüben, aber selbst über sein eigenes heftiges Atmen hinweg konnte er etwas hören. Eine Stimme. Und noch eine. Er spannte sich an und griff nach einem eisernen Ring, der in die Tür eingelassen war. Er drehte ihn langsam, stieß die Tür auf und blinzelte erstaunt, als Licht in seine Augen fiel und er die Szene vor sich wahrnahm.

*

Ffion lief die Steinstufen der Krypta hinauf und verließ die Kirche durch die Nordtür. Sie ging um das Gebäude herum bis zum hohen Bogenfenster des südlichen Querschiffs, wo sie den Eingang zum Tunnel vermutete. Dann ging sie geradeaus nach Süden und überquerte den Kirchhof.

Sie suchte sich einen Weg zwischen den Gräbern und

bemühte sich, eine gerade Linie zu halten. Die Grabsteine standen stellenweise schief, und je weiter sie in den Friedhof hineinkam, desto unebener wurde der Boden und desto wilder das Gras. An einigen Stellen tauchten Bäume und Sträucher vor ihr auf, und die Gräber waren von Blumenbeeten umgeben. Sie wich den verschiedenen Hindernissen aus, die sich ihr in den Weg stellten, und warf gelegentlich einen Blick zurück zur Kirche, um sich zu orientieren. Aber es gab keinen Zweifel, wohin der Tunnel führte. In Richtung des Herrenhauses.

Am Rand des Friedhofs angekommen, musterte sie die Mauer, die das Gelände begrenzte. Sie war etwa zwei Meter hoch und aus bröckelndem Trockenmauerwerk. Vorsichtig griff sie mit den Händen nach oben, suchte mit den Füßen nach Vertiefungen, in denen sie Halt finden konnte, kletterte hinauf und ließ sich auf der anderen Seite lautlos fallen.

Jetzt befand sie sich auf dem Gelände des Herrenhauses. Hier gab es keine Grabsteine, nur Bäume und Sträucher. Sie konnte die Kirche hinter sich nicht mehr sehen, aber sie hatte jetzt ein gutes Gespür für ihre Richtung und richtete ihre Aufmerksamkeit auf eine Weide, die sich am fernen Flussufer erhob. Der Tunnel konnte unmöglich unter dem Fluss hindurchführen, also musste er vorher enden. Aber das Herrenhaus lag etwas weiter links, und vor ihr war kein Gebäude in Sicht.

Sie ging weiter, bahnte sich einen Weg durch das hohe Gras und die Brennnesseln neben der Mauer. Bald wichen diese einer Wildblumenwiese und dann einem gepflegten Rasen mit Rosen und Buchsbäumen zu beiden Seiten.

Die ganze Zeit über behielt sie die ferne Weide im Blick und behielt das Bild der Karte vor ihrem geistigen Auge. Sie war sich sicher, dass ein Dorfbewohner aus dem sechzehnten Jahrhundert, wäre er ins einundzwanzigste Jahrhundert versetzt worden, den Grundriss des Herrenhauses und des angrenzenden Friedhofs nahezu unverändert vorgefunden hätte.

Sie dachte an Jake, der sich seinen Weg durch den

Tunnel unter ihr bahnte. Sie hatte keine Ahnung, wie weit er schon gekommen war oder ob der Tunnel versperrt war und ihn am Weiterkommen hinderte. Sie beneidete ihn nicht um diese enge Umgebung.

Ffion litt schon immer unter einer leichten Klaustrophobie und bevorzugte weite, offene Räume. Sie liebte es, über die weiten Wiesen von Port Meadow zu laufen oder kilometerweit mit ihrem Motorrad zu fahren, und nicht in einem engen Tunnel unter der Erde gefangen zu sein. Vielleicht lag es daran, dass sie in den walisischen Tälern aufgewachsen war, wo die Fördertürme noch die Eingänge zu den tiefen Kohlegruben markierten. Ihr eigener Großvater hatte in der Cambrian Colliery nahe Clydach Vale gearbeitet, als vierundsechzig Männer bei einer Explosion unter Tage ums Leben kamen. Er hatte Glück gehabt, dass er mit dem Leben davongekommen war, und seine Beschreibungen von Schächten und Stollen hatten in ihr eine tiefe Angst vor geschlossenen Räumen, besonders unter Tage, geweckt. Besser, an der frischen Luft zu sein und den Himmel über sich zu haben, als eine steinerne Gruft.

Die Tatsache, dass Jake so bereitwillig in den dunklen, engen Raum gekrochen war, bevor ihn jemand aufhalten konnte, sagte Ffion alles, was sie über seine Gefühle für Amy wissen musste. Doch jetzt war keine Zeit, darüber nachzudenken, was das in ihr auslöste. Sie folgte weiter dem Weg, den der Tunnel ihrer Meinung nach nahm.

Vor ihr tauchte eine sanfte Erhebung im Gelände auf. Es handelte sich eindeutig um einen künstlichen Hügel, und als sie näher kam, erkannte sie ihn als das Eishaus, in dem sie und Bridget auf Shaun Daniels mit seinen Gartengeräten gestoßen waren. Wenn sie die Richtung richtig eingeschätzt hatte, lag es genau auf dem Weg des Tunnels.

Sie rannte auf die andere Seite des grasbewachsenen Hügels und sah, dass eine kurze Treppe zu einer halb geöffneten Tür führte, die in die Vorderseite des Eishauses eingelassen war.

Sie hörte Stimmen. Erst die eines Mannes, dann die einer Frau.

Sie schlich auf Zehenspitzen die Stufen hinunter und spähte um die Tür herum.

★

Gerade als sie dachte, der Tunnel würde nie enden, erblickte Bridget ein schwaches Licht vor sich. Sie kroch die letzten Meter weiter, während das Licht immer heller wurde und Stimmen zu hören waren. Sie erreichte eine offene Holztür am Ende des Tunnels und blieb stehen, um die Szenerie dahinter zu betrachten.

Der Tunnel mündete in eine runde Kammer, deren Kuppeldach aus Stein und deren Boden aus nackter Erde bestand. Das Eishaus. Licht fiel durch die halb geöffnete Tür gegenüber und erhellte den Raum. Der Raum war nicht groß – vielleicht sechs Meter im Durchmesser – und abgesehen vom Tunneleingang war der einzige Ausgang die Tür gegenüber. Es gab keine Fenster und die Luft im Raum war kühl – kaum wärmer als im Tunnel selbst. An den Wänden waren Regale angebracht, die mit alten Gartengeräten, Säcken mit Dünger und Unkrautvernichtungsmitteln, Samen, Tontöpfen und allerlei Maschinen beladen waren, vieles davon verrostet. An einer Seite saß Amy, an die Wand gelehnt, die Hände auf dem Rücken gefesselt, den Mund geknebelt, aber glücklicherweise noch am Leben.

Die Haushälterin Josephine Daniels war anwesend, und über ihr thronte ihr Sohn Shaun. In seiner Hand hielt er ein Messer.

Im krassen Gegensatz zu den rostigen alten Werkzeugen, die in den Regalen lagen, war das Messer in tadellosem Zustand, die Klinge etwa fünfundzwanzig Zentimeter lang und unglaublich scharf. Sie funkelte im Licht und blitzte gefährlich in Shauns Hand. Vanessa hatte genau so ein Messer in ihrer Küche, und Bridget wusste, wie mühelos es Pastinaken, Rüben und anderes hartschaliges Gemüse durchtrennte. Bridget hatte sich einmal damit geschnitten, sehr zu Vanessas Ärger. Ein Messer wie dieses konnte, als Waffe eingesetzt, tödlich sein.

Die vierte Person im Raum war Jake, der nur ein paar Schritte vor dem Tunneleingang stand und damit half, Bridgets Anwesenheit vor Shaun und seiner Mutter zu verbergen. Er war zu Shaun Daniels zugewandt. „Kumpel, leg das Messer weg", sagte er.

Shaun blickte auf das Messer in seiner Hand hinunter, als ob er sich fragte, wie es dorthin gekommen war. Aber er machte keine Anstalten, Jakes Anweisungen zu folgen. Stattdessen machte er einen Schritt in Amys Richtung.

„Wage es nicht, ihr etwas anzutun", sagte Jake und trat ebenfalls einen Schritt vor.

Amy schüttelte den Kopf, ihre Augen fixierten das Messer in Shauns Händen. Sie gab einen Laut von sich, aber der Knebel in ihrem Mund hinderte sie daran, verständliche Worte zu formen.

„Das werde ich nicht", sagte Shaun. Er hob den Arm und hielt das Messer höher.

„Ich warne dich", sagte Jake und trat erneut vor. „Halte dich von ihr fern."

Shaun wich vor ihm zurück. „Komm nicht näher!" Er zielte mit der Klinge auf Jake.

Aus den Augenwinkeln sah Bridget, wie eine Hand am Rand der halb geöffneten Tür auftauchte und dann Ffions schlanke Gestalt hineinschlüpfte. Sie fing Bridgets Blick ab. Bridget hob die Handfläche und sah, dass Ffion sofort verstand, was sie meinte. Sie blieb stehen und musterte die Szene, unbemerkt von Mutter und Sohn, deren Aufmerksamkeit ganz auf Jake gerichtet war.

Shaun entfernte sich wieder von Jake und machte einen weiteren Schritt auf Amy zu.

„Das ist die letzte Warnung", sagte Jake.

Shaun blieb stehen. „Ich werde ihr nicht wehtun. Als du kamst, wollte ich sie gerade losbinden."

„Und das soll ich glauben?", sagte Jake.

„Glaub, was du willst." Shaun zuckte mit den Schultern, und in diesem Moment sprang Jake vor und versuchte, Shauns Handgelenk zu packen.

Fast wäre es ihm gelungen, aber als er sich auf ihn stürzte, drehte Shaun sich zu ihm um. Der Abstand zwischen den beiden Männern war zu gering und die Klinge zu lang. Sie schnitt durch Jakes Hemd und zog eine rote Linie über seinen Bauch. Shauns Augen weiteten sich vor Entsetzen und er ließ das Messer los, das klirrend zu Boden fiel.

Ein gequältes Stöhnen kam aus Amys Richtung, als sie beobachtete, was geschah, und Bridget trat aus dem Tunnel, so dass alle sie sehen konnten.

Jake krümmte sich und hielt sich die Seite, das Blut sickerte zwischen seinen Fingern hervor.

„Scheiße!", sagte Shaun mit bleichem Gesicht. „Es tut mir leid. Das wollte ich nicht. Du hättest nicht auf mich losgehen sollen."

Bridgets Blick wanderte zu Josephine Daniels, die während des ganzen Wortwechsels seltsam still geblieben war. Sie stand neben ihrem Sohn und machte keine Anstalten, Jake zu Hilfe zu eilen.

Das Messer lag auf dem Boden, die Klinge rot verschmiert, genau zwischen Bridget und der Haushälterin.

Bridget schaute noch einmal hin und sah einen kalten, berechnenden Ausdruck auf Josephines Gesicht. Dann fiel ihr der Seidenschal auf, der um Josephines Hals gebunden war.

Bevor Bridget sie aufhalten konnte, stürzte sich Josephine auf das Messer. Sie packte es und hob es in die Höhe. „Keiner bewegt sich!", schrie sie. „Alle bleiben zurück!" Dann ging sie schnell zu Amy, hielt ihr die Klinge an die Kehle und drückte die Spitze gegen ihre Haut.

★

Als Ffion sah, wie das Blut zwischen Jakes Fingern

hervorquoll, wollte sie ihm instinktiv zu Hilfe eilen. Aber da er sich schon wie ein Hitzkopf benommen hatte, war das Letzte, was die Situation jetzt brauchte, noch jemand, der unüberlegt hineinstürmte.

Jake war ein Idiot gewesen, als er versucht hatte, einen Mann mit einem Messer zu entwaffnen. Das zeigte nur, wie sehr ihm Amy am Herzen lag und wie weit er bereit war zu gehen, um sie zu beschützen. Aber das hatte ihm nur eine üble Stichwunde eingebracht.

Ffion schätzte die Situation schnell ein und beschloss, abzuwarten. Sie wusste genug über Stichwunden, um zu erkennen, dass seine Verletzung nicht unmittelbar lebensbedrohlich war, solange Jake bei Bewusstsein blieb und seine Hände auf die Wunde presste. Es war besser, einen kühlen Kopf zu bewahren und ihre Anwesenheit vorerst geheim zu halten.

Shaun stand mit dem Rücken zu ihr, und Josephine schien sie nicht bemerkt zu haben, so abgelenkt war sie von all dem Trubel. Die junge Frau – es musste Amy sein – saß an der Wand, die Hände gefesselt, der Mund geknebelt und das Messer der Haushälterin an der Kehle. Sie erhaschte Ffions Blick, aber Ffion legte den Finger auf ihre Lippen, und die Frau schwieg.

Ffion beobachtete aufmerksam, was als Nächstes geschehen würde.

KAPITEL 30

„Josephine, bitte legen Sie das Messer weg." Bridgets Stimme klang erstaunlich ruhig, selbst für ihre eigenen Ohren.

Doch Josephine Daniels machte keine Anstalten, ihr zu gehorchen. Sie stand neben Amy, das Messer an deren Kehle. „Nein", sagte sie schlicht.

Shaun stand wie erstarrt da, als könne er kaum glauben, was er sah. „Mum?" Seine Stimme klang beinahe kindlich. „Was machst du da?"

Doch Josephine drückte das Messer nur noch fester gegen Amys Kehle.

An der Spitze der Klinge bildete sich eine rote Blutperle, die über Amys blasse Haut lief. Ihre Augen weiteten sich vor Angst und aus ihrem geknebelten Mund drang ein ersticktes Wimmern.

„Legen Sie das Messer weg", wiederholte Bridget. „Es ist vorbei."

„Tu, was sie sagt, Mum!", flehte Shaun. „Nimm das Messer runter. Lass Amy gehen!"

„Nein!" Josephines Stimme war hoch und schrill und hallte von den harten Wänden des Eishauses wider. Das

Messer zitterte in ihrer Hand. „Bleibt alle zurück."

„Das ist Wahnsinn!", sagte Shaun. „Was machst du da?"

„Ich weiß, dass Sie Harriet Stevenson getötet haben", sagte Bridget zur Haushälterin. „Damit machen Sie alles nur noch schlimmer."

Josephine schüttelte den Kopf. „Diese schreckliche Frau! Als ich erfuhr, was sie getan hat ..."

„Was hat sie getan?", fragte Bridget. Ihre beste Chance bestand jetzt darin, Josephine zum Reden zu bringen. Wenn es ihr gelang, sie zu beruhigen, konnte sie sie vielleicht überreden, ihr das Messer zu geben. Sie warf einen Blick auf Jake, der auf dem Boden lag und seine Hände auf die Wunde presste. Seine Augen waren offen und auf Amy gerichtet. Er brauchte dringend ärztliche Hilfe, aber solange die Geiselnahme andauerte, musste er sich selbst helfen.

„Mum, wovon redest du?" Shaun Daniels starrte seine Mutter ungläubig an.

Josephine wandte sich an ihren Sohn. „Oh, Shaun! Diese Frau hat unser Leben ruiniert! Henry hätte mich geheiratet, wenn sich diese Wichtigtuerin nicht eingemischt hätte. Er hat mich geliebt. Das habe ich immer gewusst. Und er wollte das Richtige tun, das konnte ich spüren. Aber irgendetwas hat ihn zurückgehalten."

„Ich verstehe das nicht", sagte Shaun. „Was meinst du?"

„Ich war noch ein Mädchen, als ich in das Haus kam, um dort zu arbeiten. Sechzehn Jahre alt. Henry war zwölf Jahre älter, ein erwachsener Mann und der Gutsherr. Ich war furchtbar schüchtern in seiner Gegenwart. Anfangs konnte ich kaum den Mut aufbringen, ihn anzusehen. Aber er war freundlich. Er sprach mit mir, nicht wie ein Herr zu einem Dienstmädchen, sondern wie ein Mensch mit einem anderen. Langsam begann ich, ihn zu bewundern, und dann" – sie machte eine Pause, bevor sie mit einem Leuchten in den Augen fortfuhr – „verliebte ich mich in ihn."

Sie schaute Shaun und Bridget an, als wollte sie sie herausfordern, ihr zu widersprechen, aber keiner tat es.

„Er liebte mich auch, zumindest dachte ich das, und so kam eins zum anderen. Nach einer Weile wurde ich schwanger. Ich war mir nicht sicher, ob ich es Henry sagen sollte. Ich wusste nicht, ob er wütend auf mich sein würde. Ich wusste nicht, was er davon halten würde, Vater zu werden. Aber schließlich war es unmöglich, die Wahrheit länger zu verbergen. Als er es herausfand, war er überhaupt nicht wütend, aber er wurde sehr nachdenklich. Er wollte mir nicht sagen, was er dachte. Ich fragte, ob ich das Dorf verlassen und weggehen sollte, aber er sagte, das sei das Letzte, was er wolle. Er sagte mir, dass er eine wichtige Entscheidung treffen müsse, und dass er einen Freund um Rat fragen würde."

Das Leuchten in Josephines Augen verdunkelte sich. „Als ich ihn das nächste Mal sah, hatte er sich verändert. Er rief mich in sein Arbeitszimmer und zwang mich, mich auf den Stuhl zu setzen, während er hinter seinem Schreibtisch stand. Er war nicht mehr mein Henry, er war wieder der Gutsherr, und ich war nur ein Dienstmädchen. Schlimmer noch, ein törichtes Mädchen, das seine Unschuld verloren hatte. Er sagte mir, er habe sich von einer vertrauenswürdigen Person beraten lassen, jemandem von höchster Integrität, der wisse, was das Beste sei, und diese Person habe ihm gesagt, dass es für einen Mann in seiner Position unmöglich sei, eine Heirat mit einem Mädchen ohne Bildung, ohne Geld und ohne Perspektive in Betracht zu ziehen. Er sagte, ich könne meine Stelle als Haushälterin behalten und weiterhin im Haus leben und auch mein Kind dürfe bei mir bleiben. Er versprach, für uns zu sorgen, aber ich dürfe niemandem erzählen, wer der Vater des Kindes sei."

Josephine drehte sich zu ihrem Sohn um, ihre Augen glänzten nun vor Tränen. „Nicht einmal dir, Shaun. Ich habe dem alten Gutsherrn versprochen, sein Geheimnis zu bewahren, und im Gegenzug hat er versprochen, sich um uns zu kümmern. Ich habe mein Wort gehalten, und

Henry das seine. Ich blieb Haushälterin, und als du
erwachsen wurdest und es für dich an der Zeit war, Arbeit
zu finden, stellte er dich als Gärtner ein und gab dir das
Cottage zum Wohnen. Er hat sein Bestes für uns getan, du
darfst ihn dafür nicht hassen."

„Das tue ich nicht, Mum", sagte Shaun. „Ich habe den
alten Gutsherrn nie gehasst. Aber ich verstehe es trotzdem
nicht. Was hatte Harriet Stevenson mit all dem zu tun?"

Aber Bridget hatte die Wahrheit bereits erraten.
„Harriet war die vertrauenswürdige Person, mit der Henry
gesprochen hat. Stimmt das, Josephine?"

Sie nickte. „Harriet war einmal mit Henry verlobt. Das
war kurz, bevor ich in diesem Haus anfing zu arbeiten.
Harriet stammte aus einer wohlhabenden Familie im Dorf.
Sie war gebildet und angesehen; eine passende Partie für
einen Gutsherrn. Sie wollten heiraten, aber Harriet hatte
Ambitionen. Sie wollte in Oxford studieren und
Akademikerin werden. In jenen Tagen war das für eine
Frau nicht einfach. Frauen konnten nicht auf Männer-
Colleges gehen, sondern nur auf Frauen-Colleges. Henry
war nicht glücklich darüber, dass sie weggehen und
studieren wollte. Er wollte eine Frau, die als Gutsherrin
blieb und tat, was von ihr erwartet wurde. So löste Harriet
die Verlobung und ging zum Studium an die Lady
Margaret Hall. Aber sie blieb mit Henry in Kontakt, und
er vertraute ihrem Urteil. Ich weiß jetzt, dass sie diejenige
war, die er um Rat fragte."

Josephines Griff um das Messer hatte sich gelockert, als
sie die Geschichte aus der Vergangenheit erzählte, aber
jetzt zog sie die Klinge wieder fester an Amys Hals. Aus
den Augenwinkeln bemerkte Bridget, wie Ffion begann,
sich katzenhaft und leise an der gewölbten Wand des
Eishauses entlangzubewegen.

Josephine begann wieder zu sprechen, den Blick wieder
auf ihren Sohn gerichtet. „Fast ein halbes Jahrhundert lang
wusste ich nicht, was Harriet getan hatte. Ich habe Henrys
Geheimnis bewahrt, und er hat sich an seinen Teil der
Abmachung gehalten. Er heiratete kurz nach deiner

Geburt, Shaun. Eine richtige Lady, die gern tat, was man von ihr erwartete. Nicht wie ich. Nicht wie Harriet. Selbst nach dem Tod seiner Frau habe ich niemandem erzählt, was passiert war. Nicht einmal, als Henry selbst starb – ich hatte das Geheimnis zu lange bewahrt, und es schien unmöglich, es jemals zu enthüllen. Aber dann" – ihre Fingerknöchel wurden weiß, und die Klinge ritzte erneut Amys Hals und ließ frisches Blut hervorquellen – „bei Henrys Beerdigung, als ich die letzten Vorbereitungen für die Blumen traf, kam Harriet auf mich zu und flüsterte mir ins Ohr: ‚Er ist jetzt fort, und Sie können ihm nicht mehr schaden.' Erstaunt drehte ich mich zu ihr um. ‚Was meinen Sie damit?', fragte ich, und sie antwortete: ‚Ich weiß alles über Sie und Ihren Bastard-Sohn. Henry kam zu mir, als er herausfand, wie Sie ihn getäuscht haben. Er hatte vor, Sie zu heiraten! Ich habe ihm unmissverständlich gesagt, dass er solche törichten Gedanken beiseiteschieben musste. Er konnte niemals ein Dienstmädchen heiraten. Was für eine Schande das über ihn bringen würde!' Ich sagte ihr, dass ich nie versucht habe, Henry zu täuschen, aber sie wollte es nicht hören. Sie beschimpfte mich auf alle möglichen Arten. Ich kann sie gar nicht mehr wiederholen. Und da habe ich mich entschieden."

Shaun war wie gebannt von der Geschichte seiner Mutter. „Entschieden?"

„Sie zu töten. Ich ging in die Sakristei und nahm den Schlüssel zur Krypta. Weißt du, Henry hatte mir den Tunnel gezeigt, als er und ich noch zusammen waren. Eines Tages brachte er mich zum Eishaus und zündete eine Kerze an. Ich hatte keine Ahnung, was er mir zeigen wollte. Dann führte er mich durch den Tunnel in die Krypta und zeigte mir, wie man das Eisengitter öffnet und schließt, ohne dass es jemand merkt. ‚Es ist ein Geheimnis', sagte er mir. ‚Ein Geheimnis der Familie Burton.'"

„Aber ich wusste von dem Tunnel", sagte Shaun. „Du hast mir erzählt, dass er von Edmund Burton als Fluchtweg gebaut wurde, als die Protestanten wegen ihres

Glaubens verfolgt wurden."

„Ich habe es dir gesagt, weil du ein Burton bist", sagte Josephine. „Auch wenn du es nicht wusstest."

„Und so", sagte Bridget, „kehrten Sie nach der Trauerfeier zum Herrenhaus zurück, aber anstatt hineinzugehen, kamen Sie hierher, in das Eishaus."

Ffion kauerte jetzt neben Jake und fühlte seinen Puls. Josephine schien sie entweder nicht zu bemerken oder es war ihr egal. Zu sehr war sie in ihre eigenen Erinnerungen vertieft.

„Ja", sagte sie. „Ich kroch durch den Tunnel, kam durch die Krypta nach oben, und da war Harriet, die wie immer nach der Kirche herumhantierte. Ich schnappte mir den Kerzenständer und schlich mich von hinten an sie heran. Sie stand mit dem Rücken zu mir am Grab von Sir Edmund und Lady Ellen, aber so wollte ich es nicht machen. Ich wollte, dass sie es mitbekam. Also wartete ich, bis sie sich umdrehte, und dann schlug ich sie. Ich schlug sie so fest, wie ich konnte. Ich wollte sicher sein, dass sie stirbt. Sie hatte mein ganzes Leben zerstört, da war es nur recht und billig, auch das zu zerstören, was von ihrem noch übrig war."

Sie verstummte.

„In Ordnung, Mum", sagte Shaun. „Ich verstehe, warum du getan hast, was du getan hast. Aber Amy hat nichts damit zu tun. Du musst sie gehen lassen." Er wandte sich an Bridget. „Als ich Amy hier fand, dachte ich, es wäre Tobias' Werk. Ich dachte, er hätte es getan, um mich in Verruf zu bringen. Heute Morgen stand ein Polizist vor der Tür und sagte, Amy sei verschwunden, also beschloss ich, das Gelände und die Nebengebäude zu durchsuchen. Ich fand sie hier, gefesselt und geknebelt. Ich dachte, Tobias wollte es mir heimzahlen, weil ich ihn aus dem Haus geworfen hatte. Ich sagte Mum, sie soll ein scharfes Messer holen, damit ich sie befreien kann."

Josephine nickte, aber sie nahm das Messer nicht von Amys Kehle. „Dieses Mädchen ist der Grund, warum ich erwischt wurde", sagte sie. „Zuerst hat sie im Haus herumgeschnüffelt und mir alle möglichen neugierigen Fragen gestellt, obwohl sie eigentlich in der Bibliothek sein sollte. Sie hätte es besser wissen müssen, aber sie war genau wie Harriet und steckte ihre Nase in fremde Angelegenheiten. Und dann fand sie den Tunnel. Ich erwischte sie, als sie aus dem Eishaus kam. Sie hätte es besser wissen müssen!"

Ein wütendes Funkeln trat in Josephines Augen, und sie zerrte heftig an Amys Haar und warf ihren Kopf zurück, sodass das weiße Fleisch ihrer Kehle entblößt wurde. Amy schrie, es klang wie ein gedämpftes Wimmern.

Dann schien alles auf einmal zu passieren.

Shaun stürzte sich auf seine Mutter und versuchte, nach dem Messer zu greifen, doch sie drehte es in seine Richtung. Die Klinge bohrte sich tief in seinen Arm, Blut spritzte heraus, und er sprang mit einem Aufschrei zurück.

Dann kam Ffion auf sie zu, sprintete aus ihrer geduckten Position an Jakes Seite heraus. Sie packte Josephines Messerarm und drehte ihn hinter ihren Rücken. Die Haushälterin schrie auf und ließ das Messer auf den Boden fallen. Ffion drückte sie zu Boden, verschränkte ihre Arme hinter ihrem Rücken und legte ihr Handschellen an.

Als die Situation sicher war, ging Bridget zu Amy und zog ihr den Knebel aus dem Mund.

„Jake!", rief Amy. „Schnell! Jemand muss Hilfe holen!"

„Hilfe ist schon unterwegs", sagte Ffion. „Ich habe Ryan eine Nachricht geschickt, während Josephine gesprochen hat. Ein Krankenwagen wird jeden Moment hier sein."

Josephine Daniels lag auf dem Boden, ihre Augen waren voller Tränen und ihr Zorn wich langsam. Sie drehte ihr Gesicht in Richtung ihres Sohnes. „Es tut mir leid, Shaun. Ich habe dich so sehr enttäuscht. Ich war eine schreckliche Mutter."

Bridget wartete, ob er etwas sagen würde, aber er wandte sich von ihr ab und hielt sich den Arm, aus dessen Wunde Blut tropfte.

„Josephine Daniels", sagte Bridget, „ich verhafte Sie wegen des Mordes an Harriet Stevenson und der Freiheitsberaubung von Amy Bagot. Sie haben das Recht zu schweigen. Aber es könnte Ihrer Verteidigung schaden, wenn Sie bei der Befragung etwas verschweigen, auf das Sie sich später vor Gericht berufen. Alles, was Sie sagen, kann als Beweismittel verwendet werden."

Als sie fertig war, hörte sie in der Ferne das Heulen eines sich nähernden Krankenwagens.

KAPITEL 31

„DI Hart", sagte Grayson hinter seinem Schreibtisch, „es scheint, als hätten Sie bei dieser Gelegenheit so ziemlich jede Regel gebrochen, die es gibt."

Es war der Tag nach der Verhaftung, und Bridget hatte die Nacht zwischen der Erleichterung darüber, dass die Ermittlungen abgeschlossen waren und der Täter hinter Gittern saß, und der Angst davor verbracht, was der Chief Superintendent über die Art und Weise sagen würde, wie sie den Fall gehandhabt hatte.

„Sir, ich –"

Grayson klopfte mit seinem Stift auf den Schreibtisch. „Erstens: Sie haben einen Tatort betreten, ohne zu versuchen, Beweise zu sichern."

„Sir, wenn ich nur –"

Ein zweites, energischeres Klopfen folgte. „Zweitens haben Sie einem jungen Beamten erlaubt, einen engen und potenziell gefährlichen Raum zu betreten, ohne irgendeine Risikobewertung vorzunehmen."

„Sir, bei allem Respekt –"

Klopfen. „Und dann sind Sie ihm auch noch gefolgt,

anstatt Verstärkung zu rufen und zu warten!"

Bridget schwieg und wartete darauf, dass die Liste ihrer Vergehen um weitere ergänzt wurde.

„Ihre Handlungen führten dazu, dass der betreffende Officer eine Stichverletzung erlitt und ins Krankenhaus gebracht werden musste."

Jake war zusammen mit Shaun und Amy ins John Radcliffe eingeliefert worden. Ffion war dem Krankenwagen auf ihrem Motorrad gefolgt und hatte berichtet, dass alle drei wegen ihrer Wunden behandelt worden waren und keiner von ihnen ernsthafte Verletzungen erlitten hatte. Shaun und Amy waren schnell entlassen worden, während Jake, nachdem er genäht und verbunden worden war, über Nacht zur Beobachtung blieb. Das Messer hatte alle lebenswichtigen Organe verfehlt, und obwohl er Blut verloren hatte, ging man davon aus, dass er sich schnell und vollständig erholen würde.

Grayson schien mit der Aufzählung seiner Beschwerden fertig zu sein, und Bridget wollte sich gerade verteidigen, aber er bedeutete ihr zu schweigen. „Nun, gute Arbeit", sagte er. „Wie ich höre, sind die Verletzungen von DS Derwent nicht ernst. Sowohl er als auch DC Hughes haben mutig gehandelt und gute Initiative gezeigt, so dass Sie den Mörder festnehmen und eine junge Frau befreien konnten, die gegen ihren Willen festgehalten worden war. Ein gutes Ergebnis, wie ich finde."

Bridget schaute ihn misstrauisch an. „Es wird also keine Untersuchung wegen meines Verhaltens geben?"

„Nun ja", sagte Grayson, „das habe ich nicht gesagt. Sie wissen ja, wie das ist. Die Vorschriften müssen eingehalten werden. Aber ich würde mir keine Sorgen machen. Nehmen Sie sich lieber eine Auszeit. Die haben sie sich verdient."

„Auszeit? Wollen Sie mich vom Dienst suspendieren, Sir?"

Grayson schien die Frage zu irritieren. „Natürlich

nicht. Wie lange sind Sie jetzt schon Detective Inspector?"

Bridget dachte an den ersten Mordfall zurück, den sie nach ihrer Beförderung zum DI geleitet hatte. Es war der Mord an einer Studentin in Christ Church gewesen, und Grayson hatte sie – widerwillig – an Chloes fünfzehntem Geburtstag zur leitenden Ermittlerin ernannt. Ihre Tochter würde an diesem Sonntag sechzehn werden.

„Es ist etwas mehr als ein Jahr her, Sir."

„Genau", sagte Grayson. „Und wie viele Urlaubstage haben Sie in dieser Zeit genommen?"

„Ein paar." Es war nicht leicht für Bridget gewesen, in diesem Jahr viel von ihrem Jahresurlaub zu nehmen. Ständig hatte es einen neuen Fall gegeben und sie hatte sich ständig unter Druck gesetzt gefühlt, sich zu beweisen. Graysons ständige Forderungen hatten nicht geholfen.

„Es wird Zeit, dass Sie sich ausruhen", sagte er. „Buchen Sie einen Urlaub. Sie haben es sich verdient."

„Und diese Untersuchung, Sir?"

„Reine Routine. Nichts, worüber man sich Sorgen machen müsste. Bis Sie zurück sind, ist alles vorbei."

„In Ordnung, Sir. Danke, Sir."

„Gut. Und jetzt hauen Sie ab und amüsieren Sie sich", sagte er und ein winziges Grinsen breitete sich kurz auf seinen strengen Zügen aus. „Ich will Sie mindestens zwei Wochen lang nicht sehen."

★

Shaun Daniels beendete das Gespräch. Der Anruf war gar nicht so schwer gewesen.

Rosemary Carver war überrascht gewesen, von ihm zu hören, und zutiefst schockiert, als sie erfuhr, dass ihre Freundin des Mordes an Harriet Stevenson angeklagt worden war. Aber sie war äußerst dankbar gewesen, als er ihr anbot, die Behandlung ihres Mannes in einer Privatklinik zu bezahlen, die dafür bekannt war, Wunder bei Wirbelsäulenverletzungen zu vollbringen.

„Ich weiß nicht, was ich sagen soll", sagte Rosemary

weinerlich, die sonst nie um Worte verlegen war. Shaun hatte es immer vermieden, in die Küche des Herrenhauses zu gehen, wenn sie mit seiner Mutter dort war, weil die beiden sich stundenlang unterhalten konnten und ihm das ständige Geplapper auf die Nerven ging.

Bei dem Gedanken an seine Mutter zog sich sein Herz schmerzhaft zusammen. „Sie brauchen nichts zu sagen", sagte er zu Rosemary. „Es ist mir ein Vergnügen."

Es war ein seltsames Gefühl, Geld zu verschenken. Sein ganzes Leben lang hatte er knausern und sparen – und ja, manchmal auch stehlen – müssen, um über die Runden zu kommen. Aber diese Zeiten waren vorbei. Er hatte bereits im Eight Bells vorbeigeschaut, um sich bei Robert kleinlaut zu entschuldigen und den Schaden zu begleichen, den er angerichtet hatte. Und auf dem Rückweg vom Pub hatte er im Pfarrhaus vorbeigeschaut, um mit dem Pfarrer über die Kosten für die Reparatur des Kirchendachs zu sprechen. Schließlich war er es gewesen, der das Blei entfernt hatte, also war es nur recht und billig, dass er für die Erneuerung des Daches aufkam. Es war leicht, Geld zu verteilen, wenn man genug davon hatte.

Er hatte auch mit dem Mann in der Bodleian Library gesprochen, Professor Danvers, und ihm gesagt, dass er die Büchersammlung seines Vaters behalten könne, einschließlich des Buches über das Glockenläuten, das ihm so viel Ärger eingebracht hatte. Was sollte er mit einem Stapel staubiger Bücher?

Jetzt musste er eine viel schwierigere Entscheidung treffen. Zuerst machte er einen Rundgang durch den Garten, inspizierte die Rosen, stellte fest, dass der Rasen gemäht werden musste, und rupfte ein paar Unkräuter aus der Kiesauffahrt. Es war erstaunlich, wie schnell ein Garten verwilderte, wenn man ihn sich selbst überließ. Er würde jemanden holen müssen, der sich darum kümmerte. Der Gedanke brachte ihn zum Schmunzeln. Warum jemanden für die Arbeit bezahlen, wenn er sie selbst erledigen konnte? Vielleicht würde er wieder zum Gärtner werden, aber diesmal mit Hilfe. Ein junger Mann aus dem

Dorf, der einen Beruf erlernen wollte. Er könnte ihm beim Start ins Leben helfen, so wie der alte Gutsherr – es fiel ihm immer noch schwer, Henry Burton als seinen Vater zu betrachten – ihm geholfen hatte.

Mit einem letzten Blick ging er hinein und machte sich eine Tasse Kaffee. Er wusste, dass er nur auf Zeit spielte. *Genug*, sagte er sich. *Bring es hinter dich. Was kann schlimmstenfalls passieren?*

Er brachte den Kaffee ins Büro, nahm den Hörer ab und wählte die Tobias' Nummer.

Die hochmütige Stimme seines Bruders – Shaun nahm an, dass er das in seinem Nobelinternat gelernt hatte, also war es nicht allein seine Schuld – kam laut und deutlich über die Leitung. „Hallo? Hier ist Tobias Burton. Wer ist da?"

„Tobias, ich bin's, Shaun."

Dann herrschte Stille am anderen Ende der Leitung: „Was willst du?"

Shaun fuhr fort, bevor er die Nerven verlor. „Hör zu, ich weiß, dass wir unsere Differenzen hatten und dass ich dich rausgeschmissen habe, als ich von dem Testament erfuhr, aber ... trotz allem, was passiert ist, sind wir Brüder und ich dachte ... Nun, vielleicht war deine Idee, etwas mit dem Haus zu machen, gar nicht so schlecht. Ich meine, was soll ich denn mit diesem alten Haus machen? Es ist viel zu groß. Und da sind zu viele Erinnerungen. Zu viele Geister. Vielleicht könnten wir darüber reden ... uns irgendwie arrangieren. Ich weiß nicht ... eine Partnerschaft oder so. Ich denke, wir beide haben die Fähigkeiten, daraus etwas zu machen. Was sagst du dazu?"

Er hielt den Atem an, Daumen und Zeigefinger seiner linken Hand drückten auf seine geschlossenen Augenlider.

Als Tobias schließlich sprach, war die Überheblichkeit aus seiner Stimme verschwunden und hatte einer zurückhaltenden Wärme Platz gemacht. „Ja, lass uns darüber reden. Ich habe dieses Wochenende nichts vor. Ich könnte vorbeikommen. Wie klingt das?"

„Das wäre großartig", sagte Shaun. „Wir sehen uns

dann am Samstag." Er legte den Hörer auf und atmete mit einem tiefen Seufzer aus.

Zum ersten Mal seit dem Tod des alten Gutsherrn war er mit sich im Reinen. Der Tod des alten Mannes hatte ihn mit Angst vor Veränderungen erfüllt, und er hatte nicht unrecht gehabt. Die Veränderungen waren schneller und härter gekommen, als er es sich vorgestellt hatte, und vieles war schlimmer gewesen, als er befürchtet hatte. Aber jetzt bewegten sich die Dinge in die richtige Richtung. Es kam ihm wie ein Wunder vor, dass er die Chance bekommen hatte, sein Leben neu zu beginnen und die Fehler zu vermeiden, die er zuvor gemacht hatte. Sein Vater hatte lange gebraucht, um ihn anzuerkennen, aber als er sich einmal entschieden hatte, hatte er es auf spektakuläre Weise getan, und Shaun war es ihm schuldig, das Beste aus der ihm gebotenen Gelegenheit zu machen.

Ja, die Dinge würden sich hier zum Besseren wenden, und es würde damit beginnen, Brücken wieder aufzubauen, die gar nicht erst hätten zerstört werden dürfen.

★

Ffion kam mit einem Strauß gelber und weißer Blumen und einer Schachtel Pralinen ins Eight Bells.

Es war der Abend nach dem Tag der Verhaftung und Jake befand sich im Krankenstand, um sich von seinen Verletzungen zu erholen. Nachdem er am Morgen aus dem Krankenhaus entlassen worden war, waren Amy und ihre Eltern gekommen, um ihn abzuholen und ihn mit in den Pub zu nehmen, damit er sich erholen konnte. Ffion stellte sich vor, dass Sue Bagot ihn wahrscheinlich verköstigen und ihm jeden Wunsch von den Augen ablesen würde. Sie hoffte, dass Amy ihn vielleicht etwas weniger verhätscheln würde. Das Letzte, was Jake brauchte, war, den ganzen Tag herumzuliegen und sich mit Leckereien vollzustopfen. In dem Jahr, in dem sie ihn kannte, hatte er schon ein paar Pfunde zugelegt.

Als Ryan erfahren hatte, dass sie Jake besuchen wollte, war er Feuer und Flamme gewesen, Andy und Harry mitzunehmen und einen draufzumachen, aber Ffion hatte ihn davon überzeugt, dass Jake wahrscheinlich noch nicht bereit für eine große Sauftour war. Also war sie allein gekommen, seltsam nervös, aber in dem Wissen, dass sie es tun musste.

Am Abend zuvor hatte sie im Krankenhaus Amys Hingabe zu Jake mit eigenen Augen gesehen. Trotz Amys eigener Stichwunde war sie die ganze Zeit an Jakes Seite geblieben und hatte sich geweigert, ihn zu verlassen, bis das Krankenhauspersonal schließlich darauf bestanden hatte, dass sie nach Hause ging, um sich auszuruhen. Und sie war so voll des Lobes und der Dankbarkeit für Ffions Rettungsbemühungen gewesen, dass es fast peinlich war.

Ffion war in das Haus in Jericho zurückgekehrt, das sie mit ein paar Doktoranden teilte, und fühlte sich trotz ihrer Heldentaten im Eishaus seltsam erschöpft. Zum ersten Mal seit Monaten hatte sie keine Lust, für ihre Sergeant-Prüfungen zu lernen. Stattdessen war sie eine lange Runde joggen gegangen und hatte versucht, ihre Gefühle zu ertränken, indem sie einen ihrer klassischen Trance-Mixe über ihre Kopfhörer hörte.

Heute war sie damit beschäftigt gewesen, eine Aussage vorzubereiten, die der Staatsanwaltschaft dabei helfen sollte, den Fall gegen Josephine Daniels aufzubauen, und hatte keine Zeit gehabt, über Jake und Amy nachzudenken und darüber, was deren Beziehung für sie bedeutete.

Sie atmete tief durch, stieß die Tür des Pubs auf und ging hinein.

Robert stand hinter der Theke, zapfte ein Pint und unterhielt sich mit Maurice Fairweather. Er begrüßte sie mit einem breiten Lächeln und einem Nicken. „Das ist die junge Dame, die Amy gerettet hat", sagte er zu Maurice.

Maurice Fairweather warf Ffion einen prüfenden Blick zu. „Das kann ich mir gut vorstellen. Sie sieht aus wie eine moderne Hippolyta."

Robert lachte. „Wer um alles in der Welt soll das sein,

Maurice?"

Ffion antwortete ihm. „Die Königin der Amazonen. Tochter von Ares, dem griechischen Gott der Tapferkeit. Ich fasse das als Kompliment auf."

Maurice hob anerkennend sein Glas. „So war es auch gemeint. Robert, diese Frau könnten wir beim nächsten Kneipenquiz gebrauchen."

„Ich werde darüber nachdenken", sagte Ffion.

Da erschien Sue aus der Küche und trug zwei Teller mit Kuchen und Pommes frites. Sie begrüßte Ffion wie eine gute Freundin. „Ich nehme an, du bist hier, um Jake und Amy zu sehen", sagte sie. „Sie sind im Garten. Was kann ich dir bringen? Geht natürlich aufs Haus."

Ffion sah sich das Tee- und Kaffeesortiment des Pubs an und bestellte einen Pfefferminztee.

„Kommt sofort."

Draußen entdeckte sie Jake und Amy, die im Schatten einer Eiche an einem Tisch saßen. Sie waren in ein Gespräch vertieft, und Jake lachte über etwas, das Amy gesagt hatte. Ffion blieb stehen. Die beiden Liebenden waren so ineinander vertieft, dass sie sich beinahe umgedreht hätte, aber Jake entdeckte sie und winkte sie zu sich.

Als sie sich dem Tisch näherte, sprang Amy auf und umarmte sie, was sie sehr überraschte. „Ich kann dir gar nicht genug danken für das, was du gestern getan hast", sagte sie. „Oh, was für hübsche Blumen, das wäre doch nicht nötig gewesen! Und Pralinen auch! Ich danke dir. Aber nach dem, was du getan hast, sollte ich dir eigentlich Pralinen kaufen."

„Ich habe nur meine Arbeit gemacht", sagte Ffion und setzte sich an den Tisch.

„Und in Zukunft werde ich mich daran halten, meine Arbeit zu machen", sagte Amy. „Ich werde nicht mehr Miss Marple spielen. Ich denke, ich habe meine Lektion gelernt."

„Aber vergiss nicht, dass es die Karte war, die du in der Bodleian gefunden hast, die zur Lösung des Falles beigetragen hat", sagte Ffion. „Wenn du nicht gewesen wärst, hätten wir vielleicht nie etwas über den Tunnel erfahren."

„Vermutlich", sagte Amy und grinste. „Ich glaube nicht, dass Maurice mir das je verzeihen wird. Er war von seiner Theorie über den Schatz im Grab überzeugt."

Sue kam über den Rasen und brachte eine Kanne Pfefferminztee an den Tisch. „Was für schöne Blumen", sagte sie. „Soll ich sie ins Wasser stellen?"

„Danke, Mum", sagte Amy und reichte sie weiter. Als Sue mit den Blumen verschwunden war, sagte sie: „Mum hat beschlossen, für den Gemeinderat zu kandidieren. Jetzt, wo Harriet nicht mehr da ist, gibt es eine freie Stelle."

„Sie können sich glücklich schätzen, sie zu haben", sagte Jake. „Sie ist genau das, was das Dorf braucht. Jede Menge positive Energie."

„Die hat sie wirklich", sagte Amy.

Während sich Jake und Amy darüber unterhielten, wie das Dorf nach dem Tod von Harriet Stevenson wieder auf die Beine kam, dachte Ffion darüber nach, wie Jake Zufriedenheit gefunden hatte, nicht nur mit Amy, sondern auch dadurch, dass er in den Schoß ihrer Familie und im Dorf aufgenommen worden war. Sie konnte sich gut vorstellen, wie er aus seiner winzigen Wohnung in der Cowley Road in ein rosenumranktes Cottage im Herzen von Hambledon zog, vielleicht sogar eine Familie mit rothaarigen, sommersprossigen Kindern gründete. In Amy hatte er die perfekte Partnerin gefunden. Aber was wurde aus Ffion?

„Wie auch immer, genug vom Gemeinderat", sagte Amy und riss die Verpackung von den Pralinen. „Wer möchte eine?" Sie bot Ffion die Schachtel an.

„Eigentlich", sagte Ffion und stand auf, „muss ich los. Ich habe morgen meine Prüfung zum Sergeant, und es bleibt gerade noch Zeit, ein paar Dinge in letzter Minute zu lernen. Die Pralinen sind für euch. Lasst sie euch schmecken."

Sie ging schnell, bevor Amy die Gelegenheit hatte, sie

erneut zu umarmen.

„Viel Glück für die Prüfung", rief Jake. „Nicht, dass du es brauchen wirst."

Ffion winkte zum Abschied, ohne sich umzusehen.

KAPITEL 32

P robier das mal, Mum."
„Das kann ich unmöglich anziehen! Schau dir
" den Ausschnitt an."
„Probier es einfach an, Mum."
Widerwillig nahm Bridget Chloe das Kleid ab und
verschwand unter dem aufmunternden Lächeln der
Verkäuferin in der Umkleidekabine. Je schneller sie das
hinter sich brachte, desto besser. Und vielleicht hatte
Chloe ja recht – vielleicht würde ihr dieses Kleid auf
wundersame Weise passen, obwohl alle anderen Kleider in
Oxford die falsche Größe oder den falschen Schnitt hatten.

Sie hatte nicht wirklich eine Wahl. Sie hatte es bis kurz
vor der Hochzeit aufgeschoben, und wenn sie heute kein
Outfit fand, dann wusste sie nicht, was sie anziehen sollte.
Vielleicht versuchte ihr Unterbewusstsein insgeheim, die
ganze Angelegenheit zu sabotieren. Aber sie wusste, dass
Chloe und Jonathan nicht zulassen würden, dass sie sich
vor der Hochzeit drückte, nur weil sie kein neues Kleid
gekauft hatte. Sie würde so oder so hingehen müssen.
Besser, sie probierte weiter Kleider an. Immerhin hatte
Grayson sie nach Hause geschickt, und es war ja nicht so,

als hätte sie etwas Besseres zu tun.

Chloe hatte sie in eine Designer-Boutique im Westgate-Einkaufszentrum mitgenommen, in der sie noch nie gewesen war, und Bridget tat ihr Bestes, nicht auf die Preisschilder zu schauen.

Sie streifte ihre Kleidung ab – schwarze Hose, weißes Hemd, vernünftige Schuhe – und schlüpfte in das Kleid, das sie an der Seite mit einem Reißverschluss verschloss. Nun, der Reißverschluss ging ganz nach oben und sie konnte immer noch atmen, das war also ein vielversprechender Anfang. Sie richtete sich auf und betrachtete sich im Ganzkörperspiegel.

Sie erkannte sich kaum wieder.

Das mitternachtsblaue Seidenkleid war zwar figurbetont, aber an den richtigen Stellen gerafft, verbarg so manche Sünde und ließ sie um einige Pfunde leichter erscheinen. Der Ausschnitt betonte ihr Schlüsselbein und schien ihren Hals auf wundersame Weise zu verlängern und sie größer erscheinen zu lassen. Die Länge war weder zu kurz – was ihre Stummelknie hätte enthüllen können – noch zu lang – was ihre Beine noch weiter verkürzt hätte. Es war perfekt.

„Lass mal sehen, Mum", rief Chloe von außerhalb der Umkleidekabine.

Bridget öffnete die Tür und trat hinaus.

„Wow", sagte Chloe.

„Es steht Ihnen ausgezeichnet", sagte die Verkäuferin.

„Ich nehme es", sagte Bridget.

*

Ffion war früh aufgewacht und hatte den Tag mit einem schnellen Lauf über Port Meadow begonnen, um ihre Lungen mit frischer Morgenluft zu füllen. Danach hatte sie eine belebende kalte Dusche genommen und ein Frühstück mit selbstgemachtem Müsli und einer Tasse Ginsengtee, um ihre Konzentration zu steigern, gehabt.

Als sie nun den Prüfungsraum betrat, fühlte sie sich

ausgeruht, energiegeladen und konzentriert. Sie hatte sich lange auf die Prüfung vorbereitet, und ihr Geist war ruhig und gesammelt.

Jake hatte sein Glück mit Amy gefunden, und Ffion freute sich für die beiden. Was ihr eigenes Leben betraf, so kam es jetzt nur darauf an, diese Prüfung zu bestehen und auf der Karriereleiter nach oben zu klettern. Ihr Ehrgeiz kannte keine Grenzen. Sie würde ihre Karriere so weit wie möglich vorantreiben und es nicht bereuen. Kein Blick zurück. Nur nach vorne.

Sie fand den ihr zugewiesenen Platz, holte alles aus ihrem Mäppchen und bereitete sich auf den Kampf vor.

Eine Frau, etwa in ihrem Alter, betrat den Raum und setzte sich ihr gegenüber auf die andere Seite des Ganges. Sie war schlank, hatte langes kastanienbraunes Haar, das zu einem ordentlichen Pferdeschwanz zurückgebunden war, und trug ein legeres Crop-Top und verwaschene Jeans, die ihre langen, gebräunten Beine zur Geltung brachten. Ihr Gesicht kam Ffion bekannt vor, und sie erkannte sie als neue DC, die vor kurzem von Bracknell versetzt worden war. Die Neue öffnete ihr Federmäppchen und Stifte und Bleistifte fielen heraus. Sie fielen klappernd zu Boden.

Ein Bleistift rollte zu Ffions Tisch, und sie bückte sich, um ihn aufzuheben. Als sie ihn seiner Besitzerin zurückgab, berührten sich ihre Finger, ihre Blicke trafen sich, und für eine Sekunde verharrten ihre Blicke. Die Zeit schien stillzustehen, der Moment dehnte sich unendlich. Ein warmes Lächeln breitete sich auf dem Gesicht der anderen Frau aus und erhellte den ganzen Raum wie die Sonne. Dankbar nahm sie den Bleistift entgegen.

Ffion lächelte vor sich hin. Wer hätte das gedacht? Vielleicht würde es mehr als nur Arbeit geben, auf die sie sich freuen konnte. Was auch immer auf sie zukommen würde, sie war mehr als bereit, es anzunehmen. Vorwärts, niemals zurück. Das war Ffions Motto.

„Drehen Sie bitte Ihre Unterlagen um", sagte die Aufsichtsperson vorne im Prüfungsraum.

Ffion schob den Gedanken für später beiseite, drehte ihre Prüfungsunterlagen um, schraubte die Kappe ihres Füllfederhalters ab und bereitete sich darauf vor, die anderen Kandidaten in den Schatten zu stellen.

*

„Auszeit?", sagte Vanessa verächtlich. „Du weißt nicht, was Auszeit bedeutet."

„Nun, ich habe zwei ganze Wochen", sagte Bridget, „also werde ich es herausfinden."

Sie hatte bereits erste Pläne für ihren Urlaub geschmiedet. Am Tag nach der Hochzeit wollte sie eine Geburtstagsparty zu Chloes Sechzehntem geben und alle ihre Freunde einladen, einschließlich Olivia und Alfie. Und anders als bei Chloes fünfzehntem Geburtstag, würde es diesmal auf jeden Fall eine Schokoladentorte geben. Sie hatte bereits eine in der italienischen Konditorei in North Oxford gekauft.

„Jedenfalls", sagte Vanessa, „rufe ich an, weil ich Neuigkeiten habe."

„Gute Nachrichten?"

„Ich denke schon. Ich habe mit Mum und Dad gesprochen und vorgeschlagen, dass sie zu mir und James ziehen könnten. Je mehr ich darüber nachdachte, desto klarer wurde mir, dass das die perfekte Lösung wäre. Die Einrichtungen im Altersheim wären für sie wahrscheinlich sowieso eine Verschwendung gewesen. Ich kann mir nicht vorstellen, dass sie morgens zum Yoga gehen, du etwa? Und was das Restaurant angeht, du weißt ja, wie zurückhaltend Mum ist, wenn es ums Essen geht."

Bridget ahnte bereits, wohin die Sache führen würde. Vanessa hatte die Idee als ihre eigene ausgegeben und würde in Kürze von Bridget ein Lob für ihre kreative Lösung eines unlösbaren Problems verlangen.

„Und was haben sie gesagt?"

„Sie wollten ein paar Tage Bedenkzeit, aber ich habe sie heute Morgen zurückgerufen und sie haben zugesagt."

„Das ist großartig."

„Nicht wahr?", sagte Vanessa. „Ich werde nächste Woche mit dem Makler über den Verkauf ihres Hauses sprechen, und dann leiten wir alles in die Wege, dass sie sofort hier einziehen können."

„Und sie haben definitiv zugestimmt?", fragte Bridget. „Du hast sie nicht dazu überredet?"

„Natürlich nicht. Ehrlich, Bridget, du weißt doch, dass ich immer nur helfen will."

„Ich weiß, Vanessa. Ich weiß."

KAPITEL 33

Bridget saß zwischen Jonathan und Alfie in der vornehmen Einrichtung des Savoy Hotels und wünschte sich, sie wäre woanders. Vielleicht im Wartezimmer des Zahnarztes. Selbst der Zahnarztstuhl wäre besser als der bequeme Sessel, in dem sie jetzt saß.

Sie waren an diesem Morgen nach London gefahren und hatten im Hotel eingecheckt – ein Doppelzimmer für Bridget und Jonathan und zwei Einzelzimmer für Chloe und Alfie. Bridget war nicht bereit, ihre Tochter ein Zimmer mit ihrem Freund teilen zu lassen. Sie war erst fünfzehn, auch wenn sie am nächsten Tag sechzehn wurde. Bridget würde diese Brücke überqueren, wenn sie es musste, aber im Moment war sie froh, eine Ausrede zu haben, um auf getrennte Betten zu bestehen.

Als erste Brautjungfer war Chloe losgezogen, um Tamsin bei den Vorbereitungen für ihren großen Auftritt zu helfen. Bald würde Bridget ihre Tochter zum ersten Mal in dem viel diskutierten roten Kleid mit freiem Rücken sehen, wenn Chloe in Tamsins Gefolge zum Altar schritt. Außerdem würde sie zum ersten Mal einen Blick auf Tamsin erhaschen, eine weitere Hürde, vor der sie sich fürchtete. In ihrer Vorstellung hatte Tamsin die Attribute einer Göttin angenommen – jung, schön, unglaublich schlank und glamourös. Selbst wenn sie nur halb so umwerfend war, wie Bridget sie sich vorstellte, würde sie Bridget trotz ihres neuen Kleides, das sowohl Chloe als auch Jonathan für einen Triumph hielten, das Gefühl geben, wie eine schreckliche Vogelscheuche auszusehen.

Jonathan drückte ihre Hand und schenkte ihr eines seiner beruhigenden Lächeln, da er offensichtlich ihre Nervosität spürte. Als sie sich im Hotelzimmer umgezogen hatte, hatte er die richtigen Worte zu ihrem Aussehen gefunden, und das hatte viel dazu beigetragen, sie zu beruhigen. Doch jetzt, da sie auf den Beginn der Zeremonie wartete, begannen die Schmetterlinge wieder in Bridgets Bauch zu flattern. Und als Ben, ihr Ex, auftauchte, herausgeputzt und mit einem breiten Grinsen im Gesicht, verwandelten sich die Schmetterlinge in wütende Bienen und Bridget wurde schlecht.

Aber Ben zeigte sich von seiner charmantesten Seite und machte ihr unermüdlich Komplimente. „Bridget, du siehst fabelhaft aus!" Er küsste sie auf die Wange. „Und ich freue mich auch, dich zu sehen, Jonathan." Er schüttelte Jonathans Hand mit einer Herzlichkeit, die vermuten ließ, dass sie beste Freunde waren, ungeachtet der Tatsache, dass Ben Jonathan einmal wegen eines lächerlichen Verdachts auf Drogenhandel verhaftet hatte. „Und Alfie, schön, dass du kommen konntest." Er klopfte Chloes Freund jovial auf die Schulter, woraufhin der schlaksige junge Mann kurz ins Wanken geriet, bevor er seinen natürlichen Elan wiederfand.

Bridget wechselte ein paar höfliche Worte mit ihm, aber sie war nicht mit dem Herzen bei der Sache. Sie wollte einfach nur, dass das alles vorbei war.

„Wie auch immer", schloss Ben nach einigen Minuten, „ich bin so froh, dass ihr alle gekommen seid. Es bedeutet mir sehr viel."

„Wir freuen uns, hier zu sein", sagte Jonathan, und Bridget gab sich Mühe, zu lächeln.

Bens Augen waren bereits auf seinen nächsten Gast gerichtet. „Ich muss weiter. War schön, euch alle zu sehen. Wir sehen uns später."

Bridget drückte fest Jonathans Hand. „Ich schließe jetzt meine Augen. Sag mir, wenn alles vorbei ist."

„Sei nicht albern", flüsterte er. „Entspann dich und genieße es."

Sie saßen in dem blumengeschmückten Saal, der für Hochzeiten genutzt wurde, während ein Pianist in weißer Fliege und Frack Chopin auf einem glänzenden weißen Flügel spielte. Ben hatte schon immer eine Vorliebe für große Gesten gehabt, aber selbst für ihn, mit dem Gehalt eines DCI, musste das hier ruinös teuer gewesen sein. Der Gedanke spendete Bridget ein wenig Trost.

Wieder einmal fragte sie sich, wie die Etikette für die Teilnahme an der Hochzeit ihres Ex-Mannes aussah. Sollte sie sich wie eine böse Fee benehmen und Braut und Bräutigam verfluchen, oder wurde von ihr erwartet, dass sie sich in ihrer Niederlage gnädig zeigte und allen ein gequältes Lächeln schenkte? Sie bildete sich ein, dass die Augen aller anderen Gäste auf sie gerichtet waren und jede ihrer Gesichtsbewegungen auf Anzeichen eines bevorstehenden Nervenzusammenbruchs beobachteten. Aber in Wirklichkeit schien ihr niemand die geringste Aufmerksamkeit zu schenken.

Eine plötzliche Stille in der versammelten Menge verriet ihr, dass die Zeremonie gleich beginnen würde. Der Pianist lockerte seine Finger und setzte zu einer mitreißenden Darbietung von Mendelssohns Hochzeitsmarsch aus *Ein Sommernachtstraum* an. Bridget stand automatisch auf und hielt die Gottesdienstordnung in beiden Händen.

Dies war der Moment, den sie am meisten gefürchtet hatte. Sie wagte kaum hinzusehen, als die Braut den Raum betrat und zum Altar ging. Bridget hatte so lange mit der Vorstellung gelebt, dass Tamsin mindestens fünfzehn Zentimeter größer und zwei Kleidergrößen schlanker war als sie, dass sie sich zunächst fragte, wer diese fremde Frau sein könnte, die da den Gang entlangschritt.

Tamsin war ganz anders, als Bridget sie sich vorgestellt hatte. Zum einen war sie älter. Warum hatte Bridget angenommen, dass Ben eine Frau in ihren Zwanzigern heiraten würde? Und obwohl es lieblos gewesen wäre, seine Braut als fett zu bezeichnen, hatte Tamsin mindestens die gleiche Kleidergröße wie Bridget, also kein Grund zur Schadenfreude. Der Unterschied zwischen den beiden, das musste Bridget zugeben, war, dass Tamsin in ihrem Körper strahlte, während Bridget sich immer Sorgen machte, dass sie schrecklich aussah.

Sie war so sehr auf Tamsin konzentriert, dass sie vergaß, Chloe anzusehen, bis ihre Tochter vortrat, um Tamsin den Brautstrauß abzunehmen. Das rote Kleid war nicht halb so freizügig, wie Bridget befürchtet hatte, und passte perfekt zu Chloes mädchenhafter Figur. Bridget wurde plötzlich von ihren Gefühlen überwältigt und griff nach einem Taschentuch aus der Clutch, die Chloe für sie ausgesucht hatte, während sie das Kleid anprobiert hatte.

„Alles in Ordnung?", flüsterte Jonathan.

„Ja", sagte Bridget leise.

Als sie sich danach anstellten, um dem Brautpaar zu gratulieren, nahm Jonathan ihre Hand. „Das war doch gar nicht so schlimm, oder?"

„Nein", gab Bridget zu. „Eigentlich" – die Schlange bewegte sich langsam nach vorne – „hat es mir sogar gefallen."

Die Erfahrung war seltsam befreiend, und Bridget fühlte eine Leichtigkeit des Geistes, die sie schon lange nicht mehr verspürt hatte. Es war, als wäre Bens Geist endlich vertrieben worden, und sie endlich frei von ihm. Es gab keinen Grund, warum sie nicht mit Chloes Vater befreundet bleiben konnte, wie ein erwachsener, zivilisierter Mensch, anstatt ständig verbittert und nachtragend zu sein. Und was Tamsin anging, so war klar, dass Chloe viel von ihr hielt, und es war albern von Bridget gewesen, heimlich eifersüchtig auf sie zu sein.

Als sie an der Reihe waren, Braut und Bräutigam zu

gratulieren, wirkte Tamsin in Bridgets Gegenwart nervös. Sie streckte eine Hand aus, die Bridget gerne annahm, und sie umarmten sich zaghaft.

„Herzlichen Glückwunsch!", sagte Bridget.

„Danke", sagte Tamsin. „Ich bin so froh, dass du kommen konntest. Es ist so schön, dich endlich kennenzulernen. Chloe hat mir schon so viel von dir erzählt."

„Hat sie das?", fragte Bridget.

„O ja! Sie hält große Stücke auf dich." Tamsin errötete. „Weißt du, ich habe dich die ganze Zeit ein wenig bewundert. Du hast eine so erfolgreiche Karriere und ein so ereignisreiches Leben, und wie ich höre, hast du gerade wieder einen Mordfall gelöst." Sie beugte sich vor und sagte aufrichtig: „Die Welt braucht mehr Frauen wie dich, Bridget. Und deine Tochter ist einfach wunderbar. Ganz ehrlich, ich weiß nicht, wie du das alles schaffst."

Bridget war einen Moment sprachlos. „Ich habe gute Leute um mich herum", sagte sie schließlich. „Ohne sie könnte ich das nicht." Sie streckte erneut die Hand aus, und diesmal umarmten sich die beiden Frauen innig.

★

Es war einfach ein wunderschöner Tag gewesen. Das Essen war köstlich, die Gesellschaft angenehm und die Reden unterhaltsam, ohne sich zu sehr in die Länge zu ziehen. Tamsin, eine moderne Frau mit eigener Meinung, hatte eine kurze, amüsante Rede gehalten. Bridget konnte verstehen, warum Chloe sie so sehr mochte. Sie war eine intelligente, selbstbewusste und warmherzige Frau, nicht der schlechte Einfluss, den Bridget für ihre Teenagertochter befürchtet hatte. Vielleicht würden sie und Bridget sogar Freundinnen werden.

Unter großem Jubel und Winken verabschiedete sich das glückliche Paar schließlich in die Flitterwochen – zwei Wochen auf Barbados – und der Abend ging mit Live-Musik weiter.

Chloe und Alfie waren glücklich in der Gesellschaft des anderen und gehörten zu den ersten Paaren auf der Tanzfläche. Bridget wäre auch bereit gewesen, einen Tanz zu wagen, aber Jonathan hatte andere Pläne. „Lass uns spazieren gehen", sagte er und nahm ihre Hand.

Die Nacht war warm und lau, als sie am Strand entlang schlenderten, vorbei an Cafés, Bars und Restaurants voller fröhlicher, plaudernder Menschen. Sie gingen die Duncannon Street hinunter, vorbei an St. Martin-in-the-Fields, wo die Klänge eines Kammermusikkonzerts – Vivaldis *Frühlingssinfonie* – durch die Nachtluft wehten.

Oben am Trafalgar Square, auf den Stufen zur National Gallery, blieb Jonathan stehen und drehte sich zu ihr um. Die beleuchteten Springbrunnen glitzerten und plätscherten, während sich Nelsons Säule hoch und majestätisch gegen den indigoblauen Himmel abhob.

Jonathan sah ihr in die Augen, und seine eigenen funkelten wie Diamanten.

„Was ist?", fragte Bridget.

Er nahm ihre beiden Hände in die seinen und ging dann auf ein Knie. „Bridget Hart", sagte er, während die vorbeigehenden Touristen sich umdrehten, um auf sie zu zeigen und sie anzustarren. „Willst du mich heiraten?"

Ihr stockte der Atem. Was auch immer sie gedacht hatte, was er sagen würde, damit hatte sie nicht gerechnet.

Plötzlich schlang sie ihre Arme um ihn. „Ja", sagte sie. „Ja, natürlich will ich dich heiraten."

Die kleine Gruppe von Schaulustigen brach in Jubel aus.

Totengeläut ist der letzte Band der Bridget-Hart-Reihe. Weiter geht es mit DCI Tom Raven in Die Landschaft des Todes.

DIE LANDSCHAFT DES TODES
(TOM RAVEN #1)

Ein Mord. Eine Heimkehr. Ein Tag der Abrechnung.

Die Leiche eines Mannes mit einer Schusswunde in der Brust wird an einen Strand an der Küste von North Yorkshire gespült. Der einzige Hinweis zur Identität des Opfers ist ein Ring mit zwei eingravierten Namen.

Zum ersten Mal seit über dreißig Jahren ist DCI Tom Raven wieder in seiner Heimatstadt Scarborough. Als ihm vorgeschlagen wird, die Mordermittlungen zu leiten, nimmt er das Angebot an.

Raven findet schnell heraus, dass es sich beim Hauptverdächtigen um seinen ehemaligen Jugendfreund handelt – inzwischen ein wohlhabender, aber zwielichtiger Geschäftsmann. In Detective Sergeant Becca Shawcross findet er eine Verbündete, doch nicht alle im Team sind auf seiner Seite.

Als Raven sich in den Fall vertieft, wird er mit jenen Ereignissen konfrontiert, die ihn vor so vielen Jahren aus Scarborough vertrieben haben. Er hat die Chance, die Fehler der Vergangenheit ungeschehen zu machen, und muss die wichtigste Entscheidung seines Lebens treffen. Doch zunächst muss er herausfinden, wem er vertrauen kann. Denn Lügen können töten.

Die Tom-Raven-Reihe spielt an der Küste von North Yorkshire und ist perfekt für Fans von J M Dalgliesh, Rachel McLean, Angela Marsons und britischen Krimis.

VIELEN DANK FÜRS LESEN

Wir hoffen, dass dir dieses Buch gefallen hat. Wenn ja, wären wir dir sehr dankbar, wenn du dir einen Moment Zeit nehmen und eine Rezension bei Amazon hinterlassen könntest. Herzlichen Dank.

BÜCHER DER BRIDGET-HART-REIHE:

Bridget Hart® ist eine eingetragene Marke von Landmark Internet Ltd.
Todesstreben (Bridget Hart #1)
Morden nach Zahlen (Bridget Hart #2)
Tu nichts Böses (Bridget Hart #3)
In Liebe und Mord (Bridget Hart #4)
Ein dunkel leuchtender Stern (Bridget Hart #5)
Prolog zum Mord (Bridget Hart #6)
Totengeläut (Bridget Hart #7)

BÜCHER DER TOM-RAVEN-REIHE

Tom Raven® ist eine eingetragene Marke von Landmark Internet Ltd.
Die Landschaft des Todes (Tom Raven #1)
Unter der kalten Erde (Tom Raven #2)
Das Sterben des Jahres (Tom Raven #3)

ÜBER DIE AUTOREN

M.S. Morris ist das Pseudonym des Autorenduos Margarita und Steve Morris. Beide studierten an der Universität Oxford, wo sie sich 1990 kennenlernten. Zusammen schreiben sie Psychothriller und Kriminalromane. Sie sind verheiratet und leben in Oxfordshire.

www.ingramcontent.com/pod-product-compliance
Lightning Source LLC
Chambersburg PA
CBHW032146190626
46814CB00005BA/1865